KB265831

길 위에서 길을 묻다

길路 위에서 길道을 묻다

삶, 그 신비한 여정이 답하는 인생의 지혜

송영국 지음

프롤로그

오늘도 눈을 뜨고 새로운 날을 맞이한다. 내 삶의 2만 2,700번째의 하루가 시작된다. 오늘은 "영원에서 태어났고, 밤이면 다시 영원으로 돌아간다."라고 했다. 우리의 삶은 수많은 오늘의 반복이고, 오늘은 그 자체로 하루의 인생이다. 오늘이 서른 번 모여 한 달이 되고, 그 한 달이 열두 번을 채우면 일 년이 된다. 하루의 인생인 오늘을 3만 번 살면 83년이 된다. 거기까지 아직 갈 길이 멀다.

자 여기 동터 온다
또 하나의 푸르른 날이
생각하라, 그대는
하릴없이 흘려보낼 것인지
영원으로부터
이 새 날이 태어나

영원으로

밤이 되면 다시 돌아가리니

– 토마스 칼라일

아침에 눈 뜨고 시작하는 오늘은 밤에 눈 감으면 사라진다. 아침에 태어나고 밤에 죽는 오늘의 시간은 그 자체로 하루의 인생이다. 우리의 삶은 하루하루의 짧은 인생이 모여서 이루어지는 긴 여정일 것이다. 부분이 모여 전체의 합이 된다는 단순한 진리는 하루의 생활이 알차고 헛되지 말아야 한다고 알려 준다. 지나간 어제도 아닌 오지 않은 내일도 아닌 오늘을 잘 살아야 하는 분명한 이유인 것이다. 매일 매일을 새로운 날이 되라고 했다. 하루를 한 치라도 나아가는 삶이 되도록 해야 하는 명백한 이유다.

누구나 자기의 방식으로 주어진 시간을 살아간다. 각자 살아온 삶의 모습은 다르고, 그 삶의 의미는 각자 고유의 영역이다. 폭풍우를 뚫기 위해 몸부림치는 시간도 있고, 깊은 벙커에 빠져 허우적거리는 시간도 있고, 반면에 성공의 달콤함에 취하는 시간도 있을 것이다. 우리의 인생은 사회적인 관계 속에서 개인적인 가치 기준으로 평가될 것이다. 우리는 남의 시선에 항상 노출되어 있고, 역설적이지만 남의 평가는 나의 삶에 영향을 미친다.

우리 사회의 보편타당한 상식과 기준에 의하여 평가되는 것은 사회적인 관계 속에서 살아가는 존재이기에 무시할 수는 없다. 나의 주관적인 관점이 아닌 타인의 인식과 관점에 의하여 나의 삶이 평가받기도 한다. 때로는 그 평가가 나의 판단과 상이하여 나의 자존감에 상처를 입히기도 한다.

인생의 주인은 자기이고 누구나 자기의 주체적인 인생을 살아가는 것이다. 스포츠 경기는 선수와 심판이 따로 있고 각자의 주어진 역할을 수행한다. 하지만, 인생은 선수와 심판이 한 몸이 되어 움직이고 그 주인공은 바로 나이다. 내 삶의 주인으로서 내가 살아온 가치를 온전히 바라보고 내리는 평가는 나의 몫이고, 그것은 또한 나에 대한 책임이고 진실인 것이다.

누구나 자신이 원하는 삶을 희망하며 살 것이고, 절대적이 아닌 나의 기준으로 인생의 그림을 그려 갈 것이다. 우리가 느끼는 아름다움과 행복의 감정은 늘 상대적이고 개인의 가치에 의존하여 평가된다. 타인이 느끼는 아름다움이 꼭 나의 아름다움이 될 수는 없고, 나의 행복은 타인의 행복과 비교할 대상도 아니고 나의 기준의 행복이다.

나의 지나온 시간을 들여다보고 그 속에 묻어 있는 많은 감사와 잠자고 있는 반성의 자각을 일깨워 본다. 우여곡절의 시간이 주마등처럼 스쳐 간다. 젖혀진 병풍 속의 숨은 이야기들을 펼쳐내어 그때의 감흥을 다시 떠올려 보는 것은 단지 과거에 대한 집착이 아니다. 과거의 경험은 분명 오늘과 연결될 것이다. 그 시간 속에 맺혀 있는 경험을 통하여 내일의 시간을 그려 보고 싶은 작은 욕심이 책을 쓰게 한 계기가 된 듯하다.

평범한 60대 초반의 은퇴자가 시간의 여유를 방패 삼아, 살아온 경험과 그 속에서 느끼고 생각한 이야기를 풀어놓은 것이다. 다수의 독자는 다 알고 있는 이야기도 인용했고, 두 번의 산티아고 길을 걸으며 잠재되어 있는 생각들을 들추어내고 그 기억을 놓치고 싶지 않아 두서없이 늘어놓았을 뿐이다.

굳이 책의 주제를 말하라고 하면 제목처럼 길에 관한 것이다. 길은 현실적인 삶이 펼쳐지는 두 발을 딛고 걸어가는 길(路)이요 더불어 살아가는 도리로서 길(道)의 의미를 함축하고 있다.

1부는 살아온 길의 여정이다. 나의 걸어온 길에 보태어 우리보다 먼저 살다 간 귀감이 될 분들의 이야기를 통하여 삶의 지난한 모습들을 비추어 보았다. 그 소중한 삶의 경험에서 앞으로 나아갈 길의 지혜를 얻고 힘을 빌려오는 것이 책의 주된 내용이고 또한 목적하는 의미이다.

2부는 살아가는 길의 모습이다. 두 번의 산티아고 길이 모티브가 되어 지금 걸어가는 길 속에 존재하는 기쁨과 행복을 발견하는 시도였다고 자평해 본다. 행복은 미지의 어떤 것에서 불현듯 찾아오는 것이 아니라, 현재의 평범함 속에 내재되어 있는 것을 발견하는 것이라 하였다. 살아가는 모습 속에서 행복을 발견하는 지혜가 조금이나마 자라난다면, 그것은 오늘에 대한 감사이고 내일을 위한 축복일 것이다.

3부는 살아갈 길의 그림이다. 앞으로 걸어갈 길을 주시하면서 그 길 속에서 온전히 나의 모습을 비추어 보았다. 누구나 제한적인 한 인간의 개체에 불과하지만, 한편으로 우리의 존재는 조상으로부터 물려받은 불멸의 유전자 덕에 미래의 후손까지 연결될 것이다. 살아가는 길이 단순히 나로 제한되지 않으며, 무한한 가능성을 내포하는 것이고 존재의 가치가 고귀해지는 이유이다. 살아갈 길을 더욱 진실하고 충만하게 해줄 지침 같은 이야기들을 옮겨 보았다.

책은 삼독을 권한다고 한다. 책에 쓰인 텍스트를 읽고, 다음으로 책을 쓴 필자를 읽고, 마지막으로 독자 자신을 읽으라고 했다. 책을 읽으며 자신을 비추어 보라는 의미에서의 삼독일 것이다. 감히, 이 책이 삼독할 정도의 가치라는 것은 결코 아니다. 이 책에는 주목할 만한 인문학적인 고찰이나 부러움이 될만한 업적도 자랑할 만한 이야기도 없다. 심오한 철학적 사고를 담고 있지도 않고 흥미를 유발하는 극적인 반전이 전개되는 스토리도 없다. 평범한 삶을 살아온 일상의 이야기가 책을 읽는 평범한 독자와 교감이 되었으면 하는 바람이다. 독자들이 책의 내용이나 글의 문체나 이야기에 구속되지 않고 스스로를 바라볼 기회가 된다면 너무나 기쁠 것이고, 또한 그것을 소망해 본다.

엔지니어링을 전공했고 35년의 업의 시간을 반도체 분야에 종사했고 20년은 한국에서 15년은 미국에서 보냈다. 매일 맞이하는 업의 하루는 해야 하는 일로 언제나 채워져 있었다. 혹여, 하루의 시간에 빈 공간이 생기면 여백으로 남겨 놓기보다 놓친 일을 다시 채워 넣는 분주한 생활이었다. 일하면서 요구되는 것은 문제의 신속하고 효율적인 해결을 위해 핵심을 요약하고 정리하는 기술이었다. 많은 정보와 복잡한 환경 속에서 단순하고 명징한 결과를 도출하여 업무의 실행력을 높이는 재능이었다. 아이러니하게도 책을 쓴다는 것은 압축된 내용을 풀어서 이야기로 만들어야 하고, 책의 부피에 대한 부담을 떨쳐 내는 것도 자유롭지 않았다.

페이지를 늘리기 위해 난잡하게 이야기를 마구 늘어놓는 게 아닌가 하는 걱정도 있다. 쏟아 낸 많은 단어와 문장이 핵심 없이 길을 잃고 독자의 머리에 가슴에 흔적도 남기지 못하고 흩어져 버릴까 두려운 마음이다. 글쓰기가 나의 삶에 더하고 채우려는 욕심으로 번지지 않길 희망한다. 공자는 "글은 말을 다 할 수 없고 말은 뜻을 다 할 수 없다."라고 했다. 어쭙잖은 솜씨로 늘어놓은 글들이 하고자 하는 말을 다 표현할 수 없을 것이다. 하물며 전하고자 하는 마음을 제대로 전달하지도 못할 것이다. 감히 독자들의 큰 아량으로 부족한 글을 읽어주면 감사할 뿐이다.

벌써 은퇴 4년차에 접어들었다. 인생의 3번째 챕터의 문턱을 막 넘어서고 있다. 이제는 무엇을 이루어야 한다는 목표보다는 어떻게 살아야 하나를 많이 생각하는 나이에 접어들었다. 나에게 집중하고 나를 돌아보는 시간을 많이 가지려고 하고 있다. 나를 잘 관찰할 수 있는 여건은 익숙한 곳이 아닌 미숙한 장소에서 주로 제공된다. 생소한 환경의 타지를 여행하는 것은 나를 돌아보기에 좋은 기회이다. 가 보고 싶었던 산티아고 여행을 작년에 이어 올해도 가게 된 것은 이런 생각에 끌렸기 때문이라고 생각한다.

주변 사람들은 종종 묻는다. "산티아고에 가면 뭐 볼만한 게 있나요?" 그렇다, 산티아고에는 뭐 그리 유명하거나 볼만한 관광 거리는 없다. 하지만, 그곳에서는 평소에 잘 보지 못하는 소중한 것을 보게 되는 기쁨이 있다. 그것은 바로 나의 모습이다. 일상 속에서는 잊혀버리기 일쑤인 생 얼굴의 나 자신을 자주 만나기에 아주 최적화된 환경이다. 나와의 만남은 자극적인 쾌락이나 기쁨은 아니지만 잔잔한 행복을 가져온다. 걸어온 길을 되돌아보고 앞으로 나아갈 길을 생각하게 해 주는 선물 같은 만남이었다.

여행 중 보스턴에서 오신 80대 중반의 백인 부부와 우연히 식사 자리에 합석하게 되었고, 이런저런 대화를 나누다 왜 산티아고를 두 번씩이나 오게 되었는지 질문을 받았다. 그 질문은 산티아고 길의 의미와 인생 길의 의미를 함축하는 질문으로 다가왔다. 즉답대신 산티아고 광장에서 다시 만나게 된다면 그 답을 하겠다며 얼버무리고 헤어졌다. 그 백인 부부를 다시 만난다면 이렇게 답할 것이다.

"우리는 무엇을 어떻게 알 수 있는가?" "우리는 어떻게 행동하며 살아야 하는가?" 칸트의 이 질문으로 돌아가는 것이 그 답에 이르는 길인 것 같다. 내 삶의 남은 시간 동안 이 질문을 잊지 않고 살아갈 것이다. 삶이 바뀌기 위해서는 삶을 대하는 질문이 바뀌어야 한다고 믿는다. 산티아고의 길 위에서 많이 생각한 화두였고, 질문의 답은 어쩌면 정해진 답이 아닐 수도 있지만 그 질문만은 잊지 않고 살아야 할 것이다.

내 생각과 경험을 머릿속에 조용히 간직하거나, 흘러가는 시간이 온전한 기억을 차츰 침범한다면 나만의 메모 정도로 남겨놓고 간혹 들춰보면 될 일인데, 왜 굳이 책으로 남겨야 하는가에 대한 명쾌한 답을 찾지 못한다. 나의 앞으로의 시간을 그려 보는 의미였다고 궁색한 핑계를 내세운다. 책을 썼다는 사실이 살아가면서 지켜야 할 겸손의 자세에 누를 끼치지 않으리라는 약속으로 궁색한 답에 양해를 구한다.

2만 2,700일이 넘는 하루의 인생을 살아오면서 많은 감사함을 받았고 지금도 과분한 사랑을 받으며 살고 있다. 열거할 수도 없이 많은 고마운 분들이 계셨고 그들은 일상의 평범한 사람들이자 내 감사함의 주인공이었다. 눈뜨고 깨어나는 오늘이 나의 힘만으로 가능하지는 않았을 것이고, 그 생각은 오만일 것이다.

내가 나눈 사랑은 받은 사랑에 비하면 지극히 미천하고 부족할 것이다. 이 책을 쓰면서 모든 분께 그 감사함을 표시하는 마음을 진하게 담는다. 특히 '나를 깨우는 여인' 아내에게 끝이 없는 고마움을 표한다.

목차

2부 배움의 길, 산티아고

살아 있음의 감사함

우연 또는 ── 필연

1914년 6월 28일 일요일, 사라예보 도심 한복판에서 울린 두 방의 총소리는 향후 전 세계를 참혹한 전쟁의 소용돌이로 몰아넣는 시초가 된다. 100년 후인 2014년 9월, 두 번째 뇌수술을 위해 수술대에 누웠고, 그 수술은 내 인생의 전환점이 된 중대한 사건이었다. 제1차 세계대전의 결과 러시아에 세계 최초의 공산국가가 세워지고, 전쟁의 미흡한 수습 과정에서 패전국 독일의 파시즘의 부활은 제2차 세계대전으로 이어지는 단초를 제공한다.

제1차 세계대전은 전사자 900만 명, 부상자 2,700만 명, 장애인 600만 명, 미망인 400만 명, 그리고 고아 800만 명이라는 인명 피해를 남긴다. 이후 발발된 제2차 세계대전은 사망자 7,500만 명이라는 인류 역사 최대의 재앙으로 기록된다. 두 전쟁은 전 세계 열강의 세력 구도가 자본주의와 공산주의 진영으로 재편성되고, 이후 지속되는 냉전 체제는 인류 역사의 흐름에 큰 영향을 미치게 된다. 우리는 두 전쟁의 사망자 수에만 주목하지만 이보다 몇 곱절의 부상자 그리고 가족의 붕괴를 초래한 전무후무한 인류 역사의 비극적인 사건이었다.

오스트리아-헝가리 제국의 황태자 페르디난트가 1914년 6월 28일 19세의 세르비아 청년 프린치프에 의해 암살당하고, 이 사건은 제1차 세계대전의 도화선이 된다. 이날 7인의 암살단이 감행한 1차 암살 시도는 실패로 돌아간다. 황태자가 탄 차를 목표로 수류탄이 투척되었지만, 차는 속력을 높여 폭발 현장에서 탈출하고 피격을 모면한다. 폭탄은 뒤따르던 수행원들 차에 터지고 수행원들이 부상당하게 된다. 죽음의 위기를 모면한 황태자는 부상자들을 위문하러 병원을 찾는다. 지름길을 통해 가려던 황태자의 차가 길을 잘못 드는 바람에 세르비아 민족주의자 프린치프와 조우하게 되고 그의 총탄을 맞는다. 황태자가 무모하게 그날 병원을 가지 않았다면, 그는 피살당하는 운명에서 벗어나고 제1차 세계대전도 발발하는 일이 없었을까?

두 번째 뇌수술을 하고 11년 후, 정확히 같은 날 같은 병원에서 이번에는 심혈관 수술을 위해 수술대에 다시 누워 있다. 그리고 그날은 공교롭게도 9월 11일이었다. 나의 두 번의 뇌수술은 인간의 몸을 지배하는 뇌에 공급되는 피의 통로인 혈관을 수리하는 고도의 의학적인 작업이었다. 1.4kg에 불과한 뇌는 신체의 기능을 조절하고 인지 능력과 행동을 통제하는 생명 유지의 핵심적인 기관이다. 그만큼 중요한 기능을 담당하기에 단단한 두개골이 뇌를 보호하고 있다. 뇌혈관이 막히거나 파열되어 피가 공급되지 못하면 우리의 몸은 생명을 유지하지 못한다. 두개골을 뚫고 뇌혈관을 치료하는 수술을 받았다. 수술로 뇌는 복구되지만, 그 여파로 일상이 붕괴되었고 각종 후유증이 수반되어 이후 내 삶은 크게 바뀌었다.

내가 두 번씩이나 뇌수술을 받게 된 원인은 무엇이었을까? 수술과 그 후에 겪는 신체적인 고통 못지않게 그에 대한 의문은 나를 괴롭히는 또 다른 정신적인 고통이었다. 그 인과의 불분명함에 나는 늘 답답했고 종국에는 '내가 무엇을 잘못한 것인가?' 하는 생각으로 귀결되었다. 어째서 이처럼 큰 시련을 주는 것인지, 그것이 풀리지 않는 의문이자 원망이었다.

혈관은 산소와 각종 영양분을 담은 혈액을 우리의 뇌, 심장, 그리고 신체 구석구석에 보내어 우리 몸을 지탱하는 생명의 원천이다. 남자는 체중의 8%, 여자는 7% 정도의 혈액을 보유하고 있다. 혈액의 통로인 혈관은 동맥, 정맥 그리고 모세혈관으로 나뉜다. 동맥은 심장에서 산소와 영양분을 담아 피를 내보내는 혈관이고, 정맥은 몸에서 산소를 모두 사용한 후 피가 다시 심장으로 가는 혈관이다. 모세혈관은 우리 몸의 구석구석에 골고루 퍼져 있어 세포 하나하나에 산소를 전해 준다. 동맥, 정맥, 그리고 모세혈관을 하나로 연결하면 약 12만 킬로미터의 길이이며, 지구를 세 바퀴 도는 거리와 맞먹는다고 한다.

심장 박동에 의해 혈관으로 밀려 나간 혈액은 우리 몸을 도는 데 약 1분이 걸린다고 한다. 300그램의 심장은 혈액을 내보내기 위하여 우리가 죽을 때까지 박동을 멈추지 않는다. 우리가 죽어서 심장이 멈추는 것이 아니라 심장이 박동하지 않으면 우리의 생명이 끝난다. 나는 피가 흐르는 길인 혈관을 제대로 관리하지 못한 벌을 받은 것이다.

세상이건 개인이건 많은 사건과 사고를 경험하며 앞으로 나아간다. 사건과 사고는 예고 없이 우리를 방문한다. 준비할 충분한 시간을 주지 않은 채 찾아온다. 이 모든 일들은 우연히 일어나는 것인가? 아니면 필연의 결과인가? 역사상 발생한 많은 일들로 세계사의 분수령이 찾아오고,

개인의 서사에서 발생하는 예측 못 한 일들로 인생이 변화하기도 한다.

20대 중반에 사회생활을 시작한 나는 베이비 붐 1차 세대의 끝자락이다. 베이비 붐 1차 세대는 6.25전쟁이 1953년 정전 협정되고, 붕괴된 사회가 조금씩 복구되기 시작하면서 1955~1963년 사이에 태어난 세대를 말한다. 전쟁이라는 참담한 비극으로 생활 기반이 무너지고 전쟁의 폐허를 재건하면서 우리의 부모들은 가정을 다시 복원하기 위해 아이를 많이 낳는다. 가족의 소중함과 종족을 보존해야 한다는 생물적 본능의 발현이었다. 그 결과 베이비 붐 세대는 한국 현대사를 지탱하는 큰 역할을 함과 동시에 그들 간에도 치열한 경쟁을 벌여야 하는 아이러니를 만든다. 베이비 붐 시기에 태어난 우리는 이제 은퇴해야 하는 나이가 되었고, 은퇴자가 동시에 몰리면서 사회는 또 다른 혼란을 겪었다.

나는 20세기의 후반부에서 태어났고, 21세기 새로운 100년의 초기를 경험하고 있다. 20세기 100년은 전대미문의 제1차 세계대전(1914~1918)의 충격으로 그 서막을 연다. 19세기 말, 400년 이상 발칸 반도의 지배자로 군림해 온 오스만 튀르크는 발칸 지역의 상당 부분의 지배권을 상실하고 세르비아 왕국이 독립한다. 세르비아 왕국은 민족주의 열기를 발칸 반도 전역으로 전파하려 했고, 이러한 세르비아의 야망은 오스트리아-헝가리 제국의 질서와 충돌한다. 이것이 세르비아계 청년이 제국의 황태자 부부를 저격하는 이유가 된다. 이로 인하여 발발한 전쟁은 복잡한 유럽의 정치 지형의 이해관계 때문에 유럽 전역으로 확전되고 마침내 세계대전이 된다.

제1차 세계대전은 제국주의 유럽 강대국 간의 정치적·경제적 이해관계의 충돌에 기인한 전쟁이었다. 당시 유럽의 정치적 지형은 두 축으로 구분되어 있었다. 독일, 오스트리아, 그리고 이탈리아가 중심이 된

삼국동맹과, 영국, 프랑스, 그리고 러시아가 중심인 삼국협상이었다. 동맹에 함께 소속된 국가 간에 전쟁이나 분쟁이 발생하면, 다른 나라가 자동 개입하는 구조였다. 세르비아에 대한 오스트리아의 선전포고로 시작된 전쟁은 동맹관계에 있는 주변국들의 잇따른 참전을 불러온다. 이후 전쟁은 유럽의 신흥 맹주로 부상하던 독일 제국주의를 억제하기 위한 영국, 프랑스, 러시아의 전쟁이었다.

열세에 몰린 독일이 대서양에서 벌인 무제한적인 잠수함 작전은 고립주의를 고수하던 미국의 참전을 불렀다. 미국의 참전은 동맹국들 패전의 결정적인 변수가 되었고, 미국은 종전 후 세계 질서 재편 과정에서 새로운 강대국으로 부상하는 계기를 제공했다. 제1차 세계대전은 동맹국에 대한 연합국의 승리로 끝났다. 패전국 독일은 해외 식민지를 모두 잃었고 막대한 전쟁 배상금을 지불해야 했기 때문에 세계 경제 시장에서 주도적인 위치를 상실했다. 이러한 경제적 쇠퇴는 패전국인 독일에만 해당되지 않았다. 승전국인 영국과 프랑스도 미국에 대한 박대한 부채의 증가로 인하여 세계 금융 시장의 주도권을 미국에 넘겨주게 되었다.

제1차 세계대전은 20세기 또 하나의 역사적인 사건을 낳는 계기가 된다. 연합국의 일원으로 전쟁에 참가한 러시아는 사회주의 혁명을 통하여 인류 역사상 최초의 사회주의 체제를 탄생시켰다. 마르크스는 자본주의가 성숙되면 체제 내부의 모순이 증가하고 필연적으로 그 모순을 해결하기 위해 사회주의 혁명이 일어난다고 했다. 즉, 사회주의 혁명은 자본주의가 가장 발달한 선진 자본주의 국가에서 일어날 것이라고 예견했다. 마르크스 시대의 자본주의는 자유 경쟁을 원천으로 하는데, 그것은 무한한 시장이 전제되어야 하는 것이다. 그러나 국내 시장이 포화 상태에 이르자 자본주의는 제국주의로 변모하면서 시장 확대를 위해 해외 식민지 개발로 눈을 돌렸다.

19세기 말 서구 열강들은 식민지 쟁탈에 혈안이 되고, 결국 해외 식민지마저 고갈되자 자본주의는 독점 자본주의로 변형된다. 세계대전의 장기화로 러시아 국내 경제 상황이 악화되는 환경에서, 혁명의 주체적인 역량을 강조한 레닌의 생각대로 볼셰비키에 의하여 자본주의의 가장 약한 고리인 러시아에서 최초의 사회주의 국가인 소비에트 연합인 소련이 1917년 수립되었다.

후발 자본주의 국가로서 식민지를 많이 확보하지 못한 이탈리아, 독일 일본은 향후 제2차 세계대전의 주축국이 되며 세계사의 또 다른 반동의 길을 걸었다. 이들은 각각 파시즘, 나치즘, 그리고 천황제 군국주의를 표방하며 전체주의 정치에 의한 독재체제를 갖추었다. 세 나라는 침략 전쟁을 통하여 생활 경제권을 확대하고, 자원의 획득을 추구하는 정책을 전개했다. 그 일환으로 일본은 대동아공영권이라는 명분을 앞세워 아시아를 지배하려는 야욕으로 중국과의 전쟁을 일으킨다. 독일과 이탈리아, 그리고 일본은 삼국 반공 연맹을 결성한다.

제2차 세계대전은 1939년 9월 발발하여 1945년 9월까지 벌어진 미국, 영국, 프랑스, 소련을 주축으로 한 연합국과 독일, 일본, 이탈리아의 추축국 간에 벌어진 세계대전이다. 제2차 세계대전은 30개국 이상에서 1억 명이 넘는 군인이 참전한 전 세계적인 총력전이었다. 이 전쟁은 인류 역사상 사망자가 가장 많은 전쟁으로 기록되며, 총사망자는 7,500만 명 정도로 추정된다. 그리고 사망자 중 대부분이 민간인이었다.

제국주의의 정복 야망에 기인하여 발발한 전쟁은 세계대전으로 확전되고, 전 세계를 전쟁의 공포와 트라우마에 빠뜨렸다. 1945년 5월, 전쟁의 주범인 아돌프 히틀러가 사망하며 독일은 무조건 항복했다. 독일의 항복에도 불구하고 일본이 끝까지 버티자 미국은 8월 6일에 히로시마에, 8월 9일에는 나가사키에 핵폭탄을 투하했다. 더 이상 버티지 못한 일본은 1945년 9월 2일, 항복문서에 정식으로 서명했다.

제2차 세계대전이 끝나자 미국과 소련은 서로 경쟁하는 초강대국으로서 입지를 확고히 했다. 이는 이후 반세기 동안 이어질 냉전의 단초가 되었다. 또한 전쟁으로 유럽이 황폐화되자 식민지 모국의 영향력이 약해지고, 이 기회를 틈타 아시아와 아프리카의 탈식민지화가 촉발되었다.

2차 세계대전 동안 같은 연합국의 일원으로 파시즘과 나치즘에 맞서 싸운 미국과 소련은 종전 후 공동의 적이 사라지자, 자본주의와 공산주의라는 상호 적대적인 이념과 체제를 갖는 대립적인 입장으로 돌아섰다. 세계 질서는 미국을 중심으로 하는 서구의 자본주의 진영과 소련이 종주국이 된 공산주의 진영 간의 고도의 정치적인 긴장과 대립을 유지하는 냉전체제로 재편되었다. 미국과 소련은 수천 개의 핵탄두를 보유한 핵무장 국가였다. 따라서 상호 간의 무력행사는 전 지구를 파괴하는 핵전쟁으로 확전되리라는 우려 속에서 살얼음판을 걷는 것 같은 냉전의 분위기가 전 지구를 감쌌다.

중국의 공산화는 좌우 이데올로기로 재편된 전후의 세계 질서에 매우 큰 영향을 준 사건이었다. 거대한 영토와 자원, 그리고 인구를 가진 나라의 주인으로 중국공산당이 등장했다. 특히 중화인민공화국 수립 후 다음 해에 일어난 한국전쟁에 100만 명에 가까운 병력을 참전시켜 한국전쟁의 향배에 결정적인 영향을 미쳤다. 소련이라는 거대한 상대와 맞서야 했던 미국을 위시한 서구 진영은 동아시아에 중국이라는 또 다른 거대한 적성국이 생겼다는 부담을 가지게 되었다. 중국은 실용주의를 중시하는 개방정책을 중국공산당의 기본 노선으로 채택하면서 눈

부신 성장을 이루었다. 그 후 미국과 세계 2강 구도를 형성하며 패권경쟁을 벌였다.

1929년 10월 29일, 이른바 검은 화요일에 뉴욕 증권 시장이 대폭락하자 사람들은 거리로 몰려나오고 세계 경제는 끝없는 추락과 대혼란에 빠졌다. 제1차 세계대전이 끝난 후 세계 경제는 1920년대 내내 비교적 견실하게 유지되고 있었다. 전후 재건 사업이 경제에 활력을 제공하고 있었기 때문이다. 물론, 세계 경제의 붕괴를 예측하는 여러 가지 경고 시그널이 나타나기는 했지만, 각국의 정치 지도자들은 그 신호를 알아차리지 못했거나, 전후의 재건되는 경제 분위기에 압도되어 알면서도 인정하기 싫었는지도 모른다.

미국 경제는 대호황을 누리며 부유하고 강한 나라로 성장하고 있었다. 그러나 이 과정에서 벌어지는 과잉 생산과 투기는 대공황이라는 악마를 잉태하는 잠재적 원인이 되었다. 뉴욕 월가의 주가가 대폭락했다는 소식이 전해지고 주식 보유자들의 잇단 투매로 주가는 더욱더욱 하락했고, 개인 주식 투자자들과 은행은 많은 돈을 공중에 날리게 되었다. 주식 시세의 폭락과 그 여파는 경기의 후퇴로 이어지고, 대량 해고와 실직으로 실업률이 25%에 달하는 최악의 상황이 벌어진다. 회사는 줄줄이 도산하고 실직자는 생활고를 버티지 못하여 스스로 목숨을 버리는 지경에 이르렀다.

1936년 미국의 국민 총소득은 1929년의 절반 이하로 떨어졌다. 이 사태는 유럽 주요 국가에도 실업과 심각한 불황을 초래했다. 이어서 세계적으로 무역이 침체되고 사회가 극도로 불안에 빠지는 공황 상태까지 번져 갔다. 1930년대까지 세계 경제는 장기 정체 상태에 놓였고, 각국은 불황을 타개하기 위한 해결책에 골몰했다. 세계 각국은 대공황의 위기를 돌파하려는 정부의 경제 개입 정책을 펴 나갔다.

대공황으로 인한 실업과 생활 물자의 부족으로 기근에 허덕이는 사람들이 늘어났다. 일하고자 하는 사람에 비하여 필요한 일자리는 턱없이 모자랐다. 반대로 말하면 일하고자 하는 사람이 남아돌아 잉여 인력이 되어 직업을 갖지 못하게 되었다. 대공황은 생활을 위한 먹을거리, 일자리 등 기본 조건이 부족한 시기이면서 또한 일자리를 구하지 못한 사람이 잉여로 처리되는 슬픈 시대의 반증이었다. 한쪽은 궁핍으로 고통스러워하고, 그 궁핍을 해결할 인적 자원이 잉여로 간주되는 또 다른 고통의 시기였다. 결국 대공황은 제2차 세계대전의 발발로 인해 막대한 전시 수요가 발생하면서 끝나게 되는 역사적 아이러니를 맞았다.

21세기가 문을 연 지 벌써 25년이 지났다. 인공지능을 정점으로 하는 과학 기술의 발달은 우리 생활을 혁신적으로 변화시키고 있다. 21세기 100년 동안 일어날 변화는 그 어느 세기보다 더 혁신적일 것이며, 그 변화의 끝을 예단하기조차 어렵다. 인류 역사상 가장 큰 전쟁이었던 두 번의 세계대전과 한국전쟁, 베트남 전쟁 등 냉전의 영향이 낳은 대규모 전쟁으로 몸살을 앓았던 20세기보다 21세기는 훨씬 안정적이고 평화로운 시대가 될 것이라고 많은 사람이 전망했다.

그러나 21세기는 문을 열자마자 큰 충격에 빠졌다. 9.11테러로 불타는 뉴욕의 세계무역센터를 TV 생중계 화면으로 보게 된 것이다. 전 세계는 테러의 공포에 빠졌다. 2001년 9월 11일에 이슬람 근본주의 테러 조직인 알카에다가 일으킨 하이재킹 및 자살 테러 사건은 전 세계인을 유례없는 충격에 몰아넣었다. 알카에다 주도의 테러리스트들은 납치한 항공기를 미국의 주요 건물에 충돌시키는 방식으로 테러를 일으켜 미국 뉴욕 맨해튼의 세계무역센터와 워싱턴 D.C.의 국방부 청사를 공격했

911 테러로 불타는 세계무역센터

다. 2,977명의 사망자와 최소 6,000여 명 이상의 부상자가 발생했으며, 현재까지도 가장 큰 인명 피해를 유발한 테러로 기록되고 있다.

백악관 또는 미국 국회의사당도 테러 목표였던 것으로 추정되나, 이 공격을 위해 납치된 비행기는 승객들의 저항으로 펜실베이니아주의 한 광산에서 추락하고 실패로 돌아갔다고 하니 그나마 다행이었다. 미국 본토의 중심부가 피격당한 이 사건으로 테러와의 전쟁이 선언되었다. 테러가 일어난 지 한 달 뒤, 미국이 아프가니스탄 공습을 시작하여 미국-아프가니스탄 간의 전쟁을 일으켰고, 그 결과 탈레반 정권이 축출되었다. 2003년 대량살상무기를 명분으로 이라크를 침공하여 이라크 전쟁을 일으키고 사담 후세인 정권을 붕괴시키고 후세인은 처형되었다. 9.11테러의 배후로 지목된 빈 라덴은 미국의 끈질긴 수색 끝에 2011년 사살되었다.

우리의 역사에서 또는 개인의 서사에서 일어나는 많은 일은 필연적인 결과인가? 아니면 우연히 일어나는 일인가? 역사에서 가정을 전제한

논의는 역사의 수레바퀴를 되돌릴 수 없기에 의미가 없을 것이다. 하지만 우리는 과거의 사건을 가정이라는 거울을 통해 들여다보기도 한다.

한국전쟁에 중공군이 개입하지 않았더라면 과연 한반도의 통일은 이루어졌을까? 한국전쟁 발발 후 부산까지 밀려난 국군과 유엔군은 인천상륙작전으로 북한군에 큰 타격을 입히고 서울을 수복했다. 그 여세를 몰아 압록강과 두만강선을 향해 파죽지세로 진격을 계속하고 한반도의 통일은 현실로 다가온 듯했다. 그러나 예상외로 중국이 개입함으로써 전쟁의 방향은 완전히 뒤바뀌게 되었다. 한국전쟁이 발발한 직후, 이 전쟁에 소련과 중국의 개입 여부는 중요한 변수였다. 이것은 전쟁의 향방을 예측하는 정책 결정자들에게는 매우 중요한 과제였다.

당시 유엔군 측은 중국의 개입 가능성을 높게 보지 않았고, 여러 가지 이유를 들어 "중국은 결국 전쟁에 개입하지 않을 것이다."라며 오판을 했다. 그러나 유엔군의 판단과 달리 실제로 중국은 예상외의 많은 병력 규모로 전쟁에 개입했다. 중국 입장에서는 북한이 미국에 의해 점령된다면 적대 국가와 국경을 마주하게 되는 상황이었다. 그런 불리한 상황을 바라지는 않았을 것이다. 만약, 중국이 한국전쟁에 개입하지 않았거나, 정책 결정자가 중국의 참전을 제대로 판단하고 미리 대처했다면 한반도의 통일은 이루어졌을까?

통일이 되었다면 지금 많은 상상 속 일들이 현실의 즐거움이 되었을 것이고, 우리는 또 다른 더 큰 상상을 하고 있을 것이다. 평범한 직장인 가족이 서울에서 일요일 아침 자동차로 출발하여 대동강변을 산책하고 점심으로 옥류관 평양냉면을 먹고 저녁에 서울로 돌아오는 당일치기 서울-평양 여행이 인기를 누렸을지도 모를 일이다. SNS에 백두산 등정 기념사진이 넘쳐나고, 백두산 천지의 푸른 물을 보면서 대리 만족을 느꼈을 수도 있다. "동해 물과 백두산이 마르고 닳도록 하느님이 보우하사 우리나라 만세!"라는 애국가 가사가 실현되었을까? 꿈 같은 상상을 해 볼 뿐이다.

세계사나 개인사에 일어나는 사건의 핵심은 변화이다. 현재 상황에 만족하지 않고 무언가를 바꾸기 위한 힘이 모든 사건의 원동력이 된다. 변화는 긍정적이고 발전적인 방향도 있지만 부정적이고 후퇴를 유발하는 방향도 있다. 변화의 지속성과 효율성에 대한 비유로 흔히 궁하면 통한다는 '궁즉통'을 이야기한다. 『주역』「계사전」에 나오는 말이다. 전체의 내용은 모든 것은 궁하면 변하기 마련인 궁즉변이 첫 단계이고, 변하면 통하게 된다는 변즉통이 그다음이며, 통하여야 오래 유지된다는 통즉구로 변화는 완성된다.

궁즉변은 극한 상황에 이르면 변화한다는 것이다. 이 변화의 원리에서 가장 중요한 것은 곤궁하다는 의미의 '궁'이다. 모든 것이 풍족하고 안락한 상태에서는 변화의 동기와 그 실행력이 약하다. 변화의 출발은 편하고 안전할 때가 아니라 어렵고 위기에 처한 곤궁한 상태일 것이다. 인생의 장구한 길을 걷다 보면 곤궁한 처지에 많이 빠진다. 어려운 시기는 변화를 시도하는 동기이고, 또한 변할 수 있는 기회이다. 신영복 선생은 감옥 생활의 고독과 암담함을 변화의 기회로 삼았다. 스스로의 깊은 사색과 다른 수감자와의 공감을 통하여 감옥을 인생을 배우는 대학으로 활용했다. 빅터 프랭클 박사는 참담한 유대인 수용소에서 대면하는 죽음의 현실 속에서도 삶에 대한 의미를 잃지 않고 의미치료법을 확립하는 변화를 시도했다. 그들은 그 변화의 힘으로 감옥에서 살아남을 수 있었다.

변즉통은 변하면 통하는 길이 생긴다는 것이다. 변화의 핵심은 타인의 강요에 의한 것이 아닌 자발적인 것이어야 하고, 순리에 어긋나지 않는 변화여야 높은 실행력이 보장된다는 것이다. 현재 나의 약점과 개선이 필요한 부분을 자각하지 못하고, 잘못된 부분에 대한 반성 없이는 변화를 기대하기는 어렵다. 주위의 권고나 강요로 변화를 시도할 수는 있지만, 이것은 스스로 받아들이는 변화가 아니기에 그 변화는 순리와 통하지 못하고 원하는 결과를 이루지 못한다.

자연계의 섭리 속에서 살아가는 한 부분으로의 인간이기에 우리의 변화는 자연과 우주의 섭리와 통해야 한다. 통한다는 것은 보편적인 인식과 부합되는 것이어야 하고, 자연의 섭리와 이치에도 합일되어야 한다. 나만의 이익만을 추구하는 변화가 아니고, 자연의 섭리와 도리에 부합하는 변화여야 한다. 변화는 우리가 살아가는 세상의 사람들과 자연의 섭리에 바르게 연결되는 변화여야 한다. 이것이 변화가 세상과 그리고 사람과 통하게 되는 것이다.

통즉구는 통하면 오래 지속된다는 뜻이다. 변화는 언제나 제자리로 돌아가고 싶은 복원력이 늘 있다. 변화로 인한 어려움과 고통을 그 변화가 가져올 결과에 대한 희망으로 이겨내야 한다. 자기 내면의 본성과 통하는 변화, 자연과 우주의 섭리에 통하는 변화가 참된 변화이다. 내가 지금 시도하는 변화가 이러한 변화인지를 끊임없이 스스로에게 물어야 한다. 진정으로 통하는 변화를 해야 하고 그러한 변화는 그 지속성을 오래 유지할 것이다. 일류는 변화를 주도한다, 이류는 변화에 나름대로 잘 적응한다. 하지만 삼류는 변화를 불평하고 쫓아다니기에 급급하다. 삼류가 되지 말아야 한다. 그것은 변화에 주체적으로 대응하는 것이고 변화를 주도하는 것이어야 한다.

변화를 가로막는 잘못된 믿음에는 다음과 같은 것들이 있다.

첫째, "내가 이해한다면, 나는 실제로 바뀔 거야."

'이해하기'와 '실행하기'는 엄연히 다르다. 즉, 우리가 무엇을 해야 할지 이해한다고 해서 그것이 실행을 반드시 보장하는 것은 아니다. 그러한 잘못된 믿음은 변화에 대한 실행력을 떨어뜨릴 뿐이다. 머리로의 이해를 넘어서는 가슴으로의 공감을 통하여, 변화는 두발로 우리의 삶에서 실행될 것이다.

둘째, "오늘은 특별한 날이기 때문이야."

자신이 저지른 잘못된 행동에 대하여 변명하고 싶을 때 우리는 흔히 그렇게 말한다. 정말로 자신이 바뀌길 바란다면, 그 어떤 날도 '평상시'와 다른 특별한 날로 자기의 기분대로 규정할 수 없다. 어떤 실수는 특별한 날의 이벤트인 양 덮어 버리면, 우리는 변화에 대한 일관성을 잃을 것이고, 변화는 가로막힌다. 인생에 중요하지 않은 날이 없다. 오늘 하루를 무시하지 않고 존중하는 마음이 그 하루의 경험을 보다 나은 변화로 이끌어 줄 것이다.

셋째, "적어도 나는 누구보다 나아."

실패나 상실을 겪고 우울한 시기에 그렇게 스스로를 위로한다. 하지만 이는 실수에 대한 면죄부를 주는 것이고, 자신에 대한 평가의 잣대를 낮추는 것이다. 울타리를 뛰어넘어 새로운 출발을 하는 것이 진정한 변화다. 울타리에 갇혀 변명으로 위기를 모면하는 것은 변화를 가로막는 행위이다. 울타리를 뛰어넘는 변화의 고통 뒤에 찾아오는 새로운 희망을 잃지 않아야 할 것이다.

넷째, "세상의 모든 시간은 다 내 거야."

우리는 시간에 대한 상반된 믿음과 실행이 있다. 하나는 어떤 일을 완수하는 데 드는 시간을 지나치게 적게 잡는 것이고, 또 하나는 시간이란 무한해서 자기 계발에 투입할 시간은 언제나 충분하다고 생각하는 것이다. 지금 해야 하는 변화는 지금 당장 시작해야 한다. 지연된 변화의 약속은 변화의 저항을 높이고, 그 실행력을 현저히 떨어뜨린다. 우리는 한정된 시간의 삶을 산다. 그리고 누구에게도 얼마만큼의 시간이 보장되었다고 확신할 수 없다. 한정된 시간은 자꾸 흘러가고, 남은 시간은 많지 않다.

다섯째, "전환의 순간이 찾아오고 갑자기 내 인생이 바뀔 거야."

우리의 인생에서 갑작스러운 전환의 시기가 찾아와 변화를 유발한다. 하지만 그런 전환의 순간을 경험한다고 반드시 변화가 지속적으로 보장되는 것은 아니다. 잠깐의 변화는 가능할지 몰라도 지속적인 변화를 유지하는 또 다른 산을 넘어야 한다. 그것은 전환의 순간을 깊은 사색과 통찰로 완전히 자신의 것으로 소화하고 전환해야 하는 산이다. 경험의 크기가 깨달음의 크기에 비례하지 않고, 더구나 반드시 성장을 보장하지는 않는다. 그 경험 속에서 길러지는 지혜를 통하여 우리의 삶이 변하고 발전하는 것이리라.

여섯째, "내 변화는 영구적일 테니까 걱정할 필요 없어."

'~라면 난 행복할 텐데!'라는 생각은 우리의 고질적인 병이다. 우리는 목표를 세우고 난 뒤 그 목표를 달성하면 행복해질 거라는 믿음을 갖는다. 그 믿음은 조건적인 것이고, 목표를 향한 추진력을 높이는 측면에서는 도움이 될 것이다. 하지만 목표에 도달한 다음의 결과에 대한 진실은 아니다. 행복은 목표에 도달하고도 지치지 않는 노력에 의하여 그 지속성이 보장된다. 긍정적인 변화는 끊임없는 노력의 결과이다.

일곱째, "나는 노력한 만큼 정당한 대가를 얻을 거야."

변화를 추구하는 이유가 스스로 그것이 옳은 일이라고 믿기 때문이어야 한다. 만일 변화하고자 하는 이유가 승진, 급여 등 더 큰 보상을 얻기 위한 것이라면, 그것은 진정한 변화를 보장할 수 없다. 보상이 변화의 주된 동기라면, 그 변화는 보상에 익숙해지면 다시 제자리로 돌아가려는 복원력이 생긴다. 더 나은 자신이 되고자 하는 변화로 주어지는 보상은 자신이 더 나아졌다는 것뿐임을 허용해야 한다. 나머지는 덤인 것이다.

여덟째, "내가 변한다면 그건 진짜 내가 아니야."

사람들은 지금 나의 행동 양식이 나의 정체성을 규정하고, 진짜인 나로 영원히 상징되는 것이라는 잘못된 믿음을 가지고 있다. 만일 내가 변한다면 내가 아닌 다른 누군가가 되는 것이라고 생각하는데, 이것은 인간의 무한한 가능성과 창의성을 무시한 완고함이다. '그건 내가 아니야.'라는 이유로 새로운 변화를 받아들이지 않는 것이다. 우리는 인간의 무한한 가능성과 창의력으로 생각과 행동이 발전하는 것을 자랑스러워해야 한다. 그것은 변하지 않으려는 나에 대한 집착을 초월한, 변화하고 발전하는 나에 대한 존중이고 믿음인 것이다.

20세기 100년, 그리고 21세기 25년 동안 이 지구상에 일어난 수많은 사건은 우연의 결과인가? 아니면 필연적으로 예정되어 있었는가? 우연과 필연의 차이는 어떤 사건이 발생한 결과에 대한 충분한 원인이 있는가, 없는가로 구분할 수 있을 것이다. 그러나 원인과 결과라는 인과관계만으로 어떤 사건의 우연성과 필연성을 구분하는 것은 논리적 한계에 빠질 수 있다. 세상에 원인 없는 결과는 없다. 우리가 사는 세상이 어떤 형태로든 연결되어 상호 작용을 주고받는 것이라면, 결과에 대한 원인이 적절한지의 연계를 따지는 것도 명확하지가 않다.

우연과 필연을 가르는 경계선은 그 일의 발생에 '반드시'라는 전제를 놓고 보면 조금은 분명해진다. 그 일이 반드시 틀림없이 일어나야 하는 필요충분한 원인이 있었던가? 역사적인 큰 사건만이 아니라, 개인적인 서사에서 일어나는 많은 일들도 우연과 필연의 조합일 것이다. 필연은 우연의 옷을 입고 나타난다고 했다.

나의 개인 서사에서 겪은 많은 일의 원인은 결국 내게 있을 것이다. 나의 생각과 마음, 그리고 행동이 그 원인을 유발하는 씨앗이었을 것이다. 사건의 원인과 결과의 개연성을 인정한다면, 나에게 닥친 그 결과가 어떤 모습이건 수용하고 인정하여야 할 것이다. 그것은 전적으로 나의 책임이며, 누구에게도 불평하거나 전가할 수 없는 오롯이 나의 문제인 것이다. 결과에 대한 불평불만에서 한 걸음 물러나 그 원인을 차분히 들여다보아야 한다. 결과의 좋고 나쁨을 따지기 전에, 좋은 원인이 있었는지 나쁜 원인이 있었는지를 먼저 생각한다면 결과에 대한 집착은 가벼워질 것이다.

살아가는 매 순간이 업을 쌓는 것이고 모든 일의 원인을 만드는 것이라면, 우리는 매 순간을 소중하게 대하지 않을 수 없다. 오늘 나의 말과 생각과 행동이 미래 나의 결과를 만드는 것이라면, 지금 이 순간에 감사하고 집중하지 않을 수 없다. 그것은 존재함에 대한 진정한 감사이고 삶을 겸허히 받아들이는 것이다. 원인과 결과의 통로인 과정에 대한 중요성도 무시할 수 없다. 나쁜 원인도 과정이라는 통로 속에서 모난 부분이 마모되고 부드러워지면서 점차 좋은 원인으로 변모할 수도 있다.

인생의 긴 여정은 하나의 원인이 즉각적인 하나의 결과로 나타나지 않는다. 때로는 긴 시간의 과정을 거쳐서 나타나기도 한다. 어쩌면 내가 만든 원인이 나의 세대를 지나 나의 후세에게 나타날 수도 있을 것이다. 오늘은 내일의 어떤 결과를 만들어 가는 원인임과 동시에, 과거에 일어난 어떤 원인이 일으킨 결과일 수도 있다. 오늘이 어떠한 모습의 시간이건, 오늘에 집중해야 하고 오늘을 소중히 여기며 살아야 하는 이유이다.

우리의 삶에 찾아오는 많은 사건과 사고가 우연인지 필연인지에 대한 답은 여전히 분명하지 않다. 분명한 것은 결과에 매달리기보다 그 결과를 만드는 원인에 집중할 때, 우리는 삶의 주인으로서 책임과 삶에 대한 감사함을 느낄 것이다. 그리고 원인이 결과로 나아가는 통로인 삶의 과정에 충실함으로써 그 원인의 모습들도 변화해 갈 것이다.

전조

골프를 좋아하는 나의 주말 일상의 하나는 일요일 오후에 중계하는 PGA 토너먼트 마지막 4라운드 경기를 시청하는 것이다. 그들의 유연하면서도 강력한 샷에 대한 감탄과 부러움을 보내며 휴일을 만끽한다. 늘 반복되는 일상의 어느 날, 아내의 다급한, 보통 때보다 한 톤 높은 목소리가 들린다.

"이게 무슨 냄새야, 여보! 가스레인지 불을 꺼야지! 아 참, 자기는… 미안….″

가스레인지 위의 된장찌개, 우리의 주말을 장식할 저녁 메뉴이다. 이미 다 졸아들었고, 새파란 가스 불은 죄 없는 냄비를 태우고도 그 기세를 멈추지 않고 강렬한 불꽃을 뿜어내고 있었다. 나는 후각 기능을 상실했고, 지금은 어떤 냄새도 맡지 못한다. 의학적으로는 후각 소실이라고 한다. 사건은 벌써 11년을 훌쩍 거슬러 올라가 2014년 5월의 일이다.

나는 한국과 미국에서의 경력을 합하여 반도체 업종에 26년째 종사하고 있었고, 미국 캘리포니아주에 있는 외국계 반도체 장비 회사에 근무 중이었다. 그해 5월 한국의 주요 고객과의 사업 협상을 위해 일주일 일정으로 출장을 계획했다. 출장 며칠 전 보스와의 면담 중 받은 질문이 어깨를 짓눌렀다. 마치 이번 출장이 만만치 않을 것이라는 예고를 하는 듯했다.

"이번 출장에서 달성해야 할 우리의 중요한 세 가지 목표는 무엇인가?"라는 질문에, 나는 이미 준비하여 서류로 제출한 출장의 배경, 목적, 그리고 그것을 달성하기 위한 세부적인 전략에 대하여 다시 한번 설명했다.

"첫째, 이번 협상을 통하여 고객은 올해 장비 구입 비용에서 3,000억 원을 깎아 달라는 요구를 했고, 우리는 이 협상에서 상호 공생하는 결과를 성취해야 한다. 둘째, 우리는 고객의 요구를 합리적인 수준에서 타결하고 회사의 이익을 극대화하는 전략을 개발할 것이며, 이를 통하여 협상을 성공적으로 타결할 것이다. 셋째, 이 협상을 고객과의 상호 믿음을 더욱 견고히 하는 기회로 활용할 것이며, 이를 통하여 회사의 장기적인 성장과 발전의 토대를 마련하는 것을 목표로 한다."

3,000억 원의 상품을 사는 것이 아니라 그만큼의 가격을 인하해 달라는 것이었다. 물론 고객과 매년 이 금액의 10배 이상의 거래를 하고 있지만, 3,000억 인하는 받아들이기 어려운 요구였다. 그 당시 내가 일하고 있던 반도체 업계의 구매 계약은 고객은 매번 물건을 살 때마다 가격 협상을 하는 것이 아니라, 해당 연도의 전체 구매 금액에 대해 총괄적인 가격 인하 수준을 정하는 연간 구매 거래 협상 방식이었다.

반도체 시황이 멈추지 않는 활황으로 타올랐고, 특히 한국 반도체 산업이 세계 시장의 주도권을 공고히 하고 있는 시기였다. 회사의 최대 고객인 삼성과의 가격 협상은 나의 가장 중요한 업무였고 또한 회사 내에서도 가장 주목받는 일 중 하나였다. 그 시기가 되면 나를 비롯한 업무 담당자들의 긴장과 스트레스는 극에 달했다.

이 당시 반도체 업계에 종사하는 사람들이 얼마나 바쁘고 치열하게 살았는지를 돌아보면, 늘 복잡 미묘한 감정이 함께한다. 한국이 전 세계의 각광을 받은 적이 얼마나 있었던가? 그 당시 반도체 산업에서 한국의 위치는 추종불허의 1위 자리였다. 업계 종사자들은 한국 반도체 성장의 후광을 받으며 늘 화려한 스포트라이트를 받았고, 그것은 업무의 분주함을 상쇄하는 빛과 같은 것이었다. 하지만 그 화려함 뒤에 감추어진 개개의 애달픈 사연들은 마치 빛에 가려진 어둠 같았다.

미국으로 이주하기 전 한국 지사에 근무하던 나는 미국 출장을 자주 다녔다. 오고 가는 땅과 하늘의 길에서 보내는 시간이 아까워 무박 2일의 출장을 갔다 오기도 했다. 밤 비행기를 타고 미국에 새벽에 도착하여 고객과의 회의에 참석하고 그날 밤 비행기로 다시 한국으로 돌아가는, 지금으로서는 말도 안 되는 일정이었다. 비행기는 이동식 호텔이었고, 휴식 공간이었고, 식당이었고 동시에 업무 공간이었다. 지금 같으면 왜 그런 무리한 일정을 했을까 하는 생각도 들지만, 그때는 그것이 나름의 최선이라고 생각했다. 무리한 일정을 정당화하는 스스로의 이유를 주변에서 이야기하는 부정적인 이유보다 더 많이 찾았다.

기술의 혁신과 개발의 이면에는 항상 또 다른 면이 있기 마련이다. 반도체 칩의 집적도 증가는 칩의 제조를 위한 연구 개발 비용과 이를 위한 고품질 장비의 개발, 고품질의 재료, 소프트웨어 개발, 그리고 자동화 기술을 수반할 수밖에 없었다. 이 모든 것은 가격 상승의 원인이었고 반도체 장비의 가격은 천정부지로 올라갔다. 동시에 반도체 제조업체의 수익 또한 매년 기록 경신 행진을 하고 있었다. 직장 동료들과 가끔 '이 지구상에서 단위 면적당 땅값이 가장 비싼 곳이 어디일까?' 하고 농담을 하곤 했다. 그곳은 뉴욕도 아니고, 런던, 홍콩도 아니고, 모나코도 아니고 아마 한국에 있는 어느 반도체 회사의 연구소 땅일 거라고 누군가가 대답했다.

그 연구소 안에는 수십억 하는 장비들이 즐비했다. 넓지 않은 연구소 공간 안에는 심지어 수백억 하는 장비까지 설치되어 있었다. 그 내부는 항시 일정한 온도와 습도를 유지하고, 미세한 불순물까지도 제거하는 청정한 시설로 설계된다. 이러한 요구 조건을 유지하기 위한 관리 비용도 상당하다. 가히 지구상에서 가장 비싼 땅값을 가진 장소이리라. 또한 이 땅은 최신의 기술이 탑재된 반도체 칩을 개발하는 연구 시설이고 그 부가가치는 엄청난 것이기에 상당히 합리적인 설명이었다.

아이러니하게도 이렇게 비싼 땅을 차지하기 위한 경쟁도 아주 치열했다. 수십억의 장비를 제공하면서, 자기 회사의 장비를 그 땅에 설치하기 위하여 장비회사들은 최고의 노력과 투자를 했다. 차세대의 반도체 제품의 개발에 사용되고 검증된 장비가 추후 대량 생산에 필요한 장비로 선점되었다. 당시 한국 반도체의 엄청난 투자 규모를 감안하면, 연구소에 대한 한발 앞선 투자는 매우 가치가 높은 미래를 위한 투자라고 판단했기 때문이다.

반도체 장비의 가격 상승은 가격 협상을 해야 하는 우리에게는 협상의 문턱이 점점 높아지는 것을 의미했다. 한 대에 수십억 하는 장비의 가격을 어떻게 인정받을 것인가에 대한 고민은 쌓여 가고, 우리는 적절한 판매 전략을 수립하기 위한 회의에 회의를 거듭했다. 수많은 토론과 논쟁을 통하여 우리는 가격 협상의 논점을 바꾸지 않고는 원하는 가격을 고객으로부터 인정받기 어렵다는 결론을 내렸다.

고객은 수십억 가격의 장비를 연간 수백 대나 구매하기에, 그 규모에 상응하여 제품의 가격이 낮아져야 한다는 것이었다. 판매자는 고가의 제품이 왜 필요하고 그것을 사용함으로써 얻는 이득이 지불하는 가격보다 훨씬 크다는 것을 설명할 수 있어야 했다. 사용함으로써 얻는 가치의 월등함을 인정받고 또한 증명하는 것이 가격 협상의 난제를 해결하는 최선의 전략으로 도출되었다. 따라서 우리는 가치의 관점을 지금까지 논점이었던 교환 가치에서 사용 가치로 전환했다.

구매자는 특정 가격을 지불하고 판매자로부터 그 상품을 구입한다. 이때 지불하는 가격은 그 상품의 교환 가치이다. 구매자는 COSTCO나 대형 마트에서 판매되는 어떤 상품의 가격이 높은가 낮은가에 대한 의견은 항상 있지만, 다른 대안이 없으면 가격에 대한 저항은 있지만 그 상품을 구입한다. 구매한 상품은 우리 생활에 사용되면서 그 가치가 판명된다. 어떤 상품은 구매한 가격 대비 형편없는 성능을 보이고, 또 어떤 상품은 가격 대비 뛰어난 성능을 발휘한다. 가성비 좋은 상품이 잘 팔리는 것이 당연한 시장의 원리이다.

어떤 제품이 사용될 때 우리에게 주는 효용과 직접적인 혜택으로 판단되는 가치를 사용 가치라고 한다. 사용 가치가 높은 상품은 고객이 지불하는 교환 가치가 높아도 큰 저항 없이 고객의 구매가 이루어진다. 높은 교환 가치를 인정받고 고객의 구매 의지를 유지하기 위한 최고의 전략은 사용 가치를 극대화하는 것이라는 결론에 도달한다.

가격 협상의 논점을 교환 가치에서 사용 가치로 전환하기로 결정하고, 우리의 영업 전략은 사용 가치의 발굴과 그 가치를 판매하는 것으로 전환했다. 모든 회의의 주제는 장비의 사용 가치를 어떻게 극대화할 것이며, 어떻게 발굴하고, 발굴된 가치를 수치화하고, 최종적으로 어떻게 가치를 판매할 것인가였다. 비단 회사에서 일하는 시간만이 아니었다. 운전을 하면서도, 밥을 먹으면서도 가치를 생각했다. 깨어 있는 모든 시간이 온통 가치에 집중하는 생활이었던 것 같다.

그 당시 우리는 어떤 주제의 회의를 하더라도 항상 결론은 그것의 가치로 귀결되었고, 우리가 창출한 가치에 대하여 따지고 물었다. 무엇에 많은 시간을 투자한다는 것이 반드시 좋은 결과를 도출한다는 보장은 없지만, 그 시간만큼 많은 관점과 방법에 대하여 생각해 보는 기회를 제공한다. 가치에 대한 논의가 생활에서 대부분의 시간을 점유한다. 이는 현실적인 목표를 달성하기 위한 도전 과정이라는 점에서도 의미가 있었지만, 개인적으로 매우 의미가 있었다. 우리가 판매하는 제품의 가치를 발굴하려는 노력은, 우리 인생의 가치에 대해서도 생각해 보게 된 부가적인 기회를 얻었기 때문이었다. 내 삶의 모습을 고민하고 그 길의 가치에 관해 많은 생각을 한 시기였다.

반도체뿐만 아니라 전 세계적인 물가 상승을 유발한 엄청난 암초인 코로나19가 찾아왔다. 2019년 말 중국 우한시에서 발견된 폐렴 발생 바이러스의 습격은 전 세계를 유례없는 팬데믹의 혼란에 빠뜨렸다. 이 바이러스는 2020년 1월부터 본격적으로 중국을 넘어 아시아권부터 퍼지기 시작해 발생 2개월부터 전 세계로 전파되었다. 세계보건기구는 2020년 1월 31일 국제적 공중보건 비상사태를 선포했고, 3월 코로나19가 범유행 전염병임을 선언했다.

코로나 확진 판정을 받은 사람은 추가 감염 방지를 위해 일상생활에서 격리되는 불편함을 겪었다. 많은 확진자는 바이러스의 고통에 시달리고 처방 약도 개발되지 않은 상황에서 별 도리 없이 죽어 가는 운명에 처했다. 비극적이고 슬픈 현실을 한탄하지만, 21세기의 첨단 과학 기술도 해답을 주지 못했다. 기고만장하던 인간이 쌓아 올린 업적이 어찌 감히 바이러스에 점령당하고 파괴되는가?

절망적인 현실을 회피하듯 모두 입을 가렸다. 마스크를 써야 하고 부득이 만날 경우에도 서로의 공간을 유지해야 했다. 사회적 거리라는 말이 회자되었다. 만나면 반가움에 악수하고 포옹하고 서로의 몸을 터치하면서 대화하는 일상은 이제 더 이상 허락되지 않았다. 사회적 거리인 1.8미터는 인간과 인간이 살아남기 위해, 서로를 보호하기 위해, 그리고 이 행성에서 인간의 생존을 유지하기 위해 지켜야 하는 생명의 거리였다. 일상의 회복은 요원한 것처럼 멀어지기만 하고, 바이러스의 고통에 시달리다 목숨을 잃어 가는 사람들의 뉴스가 차고 넘치는 암울한 시기였다.

이 바이러스는 인간의 목숨만 앗아간 것이 아니라 개인과 국가에 큰 경제적 손실을 끼쳤다. 만남의 부재로 인간관계의 단절이 생기면서 각자도생해야 했다. 우리가 지키며 살아온 사회적 시스템을 무력화하며 그야말로 전 세계적으로 대혼란이 찾아왔다. 거리에는 다니는 사람이 없어 죽은 도시 같았다. 식당과 상점은 문을 닫았고, 그들은 생활 터전을 잃었다. 살아 있는 사람의 입과 코는 흰색, 회색, 검은색 마스크로 가려졌다. 얼굴에는 눈만 보였고 그 속의 눈동자만 반짝였다.

21세기의 현대적 과학 기술과 의학 그리고 제약 기술도 이 바이러스 앞에 굴복하는 듯 보였다. 가족, 친지, 친구가 바이러스로 목숨을 잃었다는 소식을 접하고도 우리는 그저 슬픔의 눈물만 흘릴 뿐 장례식도 참석하지 못했다. 그렇게 비극적이고 참혹한 시대에 살았다. 죽은 자를 수용할 시설이 모자라 시체를 쌓아 놓은 현장을 뉴스로 목격하며, 우리는 슬퍼하다 못 해 인간 존재의 초라함마저 느꼈다. 제약회사들은 각고의 노력으로 치료 백신을 개발했다. 많은 사람의 희생과 노력, 그리고 관리 시스템이 작동하면서 2~3년의 홍역 끝에 이 지구는 코로나19 바이러스의 습격으로부터 안정을 찾았다.

2023년 5월 5일, 세계보건기구는 코로나19의 국제적 공중 보건 비상사태의 해제를 발표했다. 세계보건기구는 전 세계 인구의 약 10%인 7억 6,000만 명이 코로나19에 감염되었다고 추정했고, 그로 인한 사망자는 700만 명에 이른다고 발표했다. 한편, 코로나19 바이러스는 전 세계 지구인을 하나의 운명 공동체로 묶는 긍정적인 역할도 했다. 외부의 적이 생기면 내부는 다툼을 멈추고 뭉치기 마련이다. 국가 간의 피를 흘리는 전쟁도 이 시기에는 없었고, 이유 없이 때리고 쏘는 소위 묻지 마 식의 폭행도 줄어들었다. 전 세계인 공동의 목표는 코로나19 바이러스 종식이었고, 눈에 보이지 않는 거대한 적 앞에서 인간 간의 싸움은 부질없는 것처럼 보였을 것이다.

사람의 관계에서 서로의 눈을 마주 보는 것은 매우 큰 영향을 미친다. 여러 가지 이유로 우리는 눈을 잘 마주하지 못하는 습성이 있다. 부끄러움을 타기 때문이기도 할 것이고, 무언가 마음이 솔직하지 못한 이유도 있을 것이고, 어떤 관계에서는 상대에 대한 두려움 때문이기도 할 것이다.

코로나19 시기에는 모든 사람이 마스크를 썼다. 눈만 보이고 나머지 부위는 다 가려졌다. 사람들은 서로의 눈을 바라보는 것이 조금은 쉬워졌다, 얼굴의 다른 부분이 다 가려졌으니 눈밖에 볼 수가 없다. 눈만 보이니 악한 인상도 없었고 모두가 선하고 아름다워 보였다. 눈은 마음의 거울이라 했다. 눈을 통하여 마음을 볼 수 있다고 했다. 눈에 비치는 마음을 볼 수 있다니, 그것이 그나마 코로나19의 비극 속에서 발견된 희망이었다고 위로해 본다.

코로나19의 여파로 전 세계 물류 공급망은 심각한 타격을 받았다. 물류 수급 문제가 물가 상승을 초래하면서 우리의 삶에 직격탄을 날린다. 나의 업이었던 반도체 산업에도 큰 영향을 미쳤다. 경쟁사보다 조금이라도 빠르게 시장에 제품을 출시하고, 이를 통하여 시장에서의 독점적인 우위를 차지하는 것은 업의 생리였다. 시간이 중요시되는 산업의 특성상 물류 공급망의 붕괴는 매우 심각한 문제를 초래했다. 물류 시스템이 제대로 작동되지 않으면서 과거 한 달이면 공급되던 부품이 두 달세 달 걸려야 공급되고 급기야 품질의 문제까지 발생했다.

코로나19 감염으로 전 세계적으로 확진자가 증가하면서 직원들이 출근을 하지 못했고, 공장이 가동되지 못하면서 문을 닫는 경우가 늘어난다. 공장이 운영되는 경우에도 코로나19 방역 지침인 사회적 거리를 유지하면서 작업을 해야 하기 때문에 생산성은 상당한 수준으로 저하되었다. 반도체 장비에 사용되는 수백 가지의 부품과 자재는 2차, 3차로 분화된 물류 체인망을 통하여 수급되었다. 물류의 안전하고 원활한 수급은 하청 업체와의 유기적인 관계망을 통하여 이루어진다. 따라서 어느 한 업체의 문제는 전체적인 물류망에 파급효과를 일으킨다. 3차 공급 업체의 문제는 2차 공급 업체에 영향을 미치고, 이것은 결국 본 장비의 제조 일정에 영향을 미치는 나비효과를 유발하는 것이다.

깨어나면 중국 어디에 있는 업체가 부품 공급을 못 하게 되었다는 연락을 받게 된다. 다음 날은 말레이시아에서, 그다음 날은 멕시코에서, 또 다음 날은 베트남에서 연락이 온다. 3차 공급 업체의 직원이 코로나19에 감염되어 공장 가동이 중단된다는 소식이 들려온다. 이 시기는 정말로 무소식이 희소식인 시기였고, 아이러니한 일도 많았다. 수십억 하는 장비의 제조를 고작 몇 달러의 나사가 공급되지 않아 하지 못하는 희극적인 비극을 경험하기도 했다. 무너진 공급망 시스템을 복원하기 위해서는 인력을 기존의 2~3배 이상 충원하고, 더 강화된 관리 체계를 적용하고, 비싼 가격을 지불하더라도 부품과 자재를 확보해야 하는 상황이었다. 이러한 자구책은 어쩔 수 없는 선택이었고 결국은 가격 상승이라는 현실적인 화살이 되어 돌아왔다.

코로나19가 촉발한 물류 공급망의 붕괴는 반도체 산업의 핵심인 시간과의 싸움에 엄청난 피해를 끼쳤다. 새로운 제품의 개발에 필수적인 장비의 공급이 지연되고, 제품의 개발과 생산에 결정적인 피해를 미쳤다. 주문 후 3개월이면 공급되던 장비가 6개월 9개월로 미뤄지고, 가격 또한 상승하는 이중고를 겪었다.

나는 코로나19와의 직접적인 만남을 인천에 있는 한 자가격리 시설에서 대면했다. 갑작스런 바이러스의 습격으로 지금까지 경험하지 못한 가상현실로만 인식하던 팬데믹의 공포가 현실로 다가온 2020년 봄, 나는 미룰 수 없는 업무 때문에 한국행 비행기에 올랐다. 비행기는 마치 자가용 전용 비행기인 것처럼 텅 비어 있었고 승무원과 승객의 수는 별반 차이가 없었다. 식사 때만 빼고는 줄곧 마스크를 써야 했다. 인천공항 도착 후 코로나 검사와 각종 서류를 제출하고, 방역관의 안내를 받아 지정된 차량을 이용하여 숙소로 이동한다. 코로나 발생 초기인 그 당시는 한국 도착하면 정부에서 지정한 숙소에서 2주간의 자가 격리를 해야 했다. 정부에서 지정한 숙소는 세 끼 식사를 제공하지만 편의시설이 조금 열악하다는 정보를 미리 들었기에, 나는 공항 근처에 있는 원룸형 숙소를 예약했다. 물론 이 숙소도 정부의 허가를 받은 곳이었다. 숙소에서 지켜야 하는 몇 가지 규칙들이 벽에 붙어 있다.

- 이 방 밖을 절대 나가서는 안 된다.
- 하루에 두 번씩 해당 지자체의 담당 관리인에게 상황을 보고한다.
- 식사 후의 쓰레기는 배급받은 봉투에 밀봉하여 문밖에 둔다.

마지막 문구는 다분히 경고의 수준을 넘어서는 위협이다.

- 이 규칙을 위반하면 이 시설에서 퇴실 조치를 당한다.

내 숙소는 3층이었다. 충분한 크기의 침대, TV, 간단한 조리 시설, 화장실, 샤워실이 있어, 2주를 지내기에 충분해 보였다. 한쪽 벽에 있는 작은 창문 하나가 밖과 나를 연결해 주는 유일한 통로였다. 2주 동안 방 밖으로 한 발자국도 나가지 못했다. 완벽한 고립이었다. 좁은 방 한 칸에서 먹고 잤다. 철저히 혼자만의 세계. 그 기간 동안 한 번도 사람을 직접 대면하지 못했다. 창문 밖으로 보이는 거리에는 사람 흔적을 찾기 어려웠다. 가끔씩 자동차만이 한적한 거리를 유유히 달렸다. 아파트 단지들의 불빛과 저 멀리 어렴풋이 보이는 산의 풍경이 내가 즐기는 풍경의 전부였다.

첫 번째 관문은 식사를 해결하는 것이었다. 외출이 허용되지 않으니 모든 식사는 배달 음식에 의존해야 했다. 한국인이 누구인가. 배달의 민족 아닌가. 우리는 배달 문화에 익숙하다. 한국은 인터넷 강국으로, 원하는 음식은 온라인으로 주문만 하면 즉시 배달되는 배달 문화의 천국이다. 하지만 나는 곧 난감한 상황에 빠졌다. 우선 한국에서 사용하는 휴대폰이 없어 신분 인증이 어려웠다. 게다가 한국에서 발행한 신용카드가 없어서 주문도 어려웠다.

아내가 한국에 있는 친구에게 긴급구조 메시지를 보내 음식이 배달되고, 지인들의 도움을 받아 급한 상황을 해결한다. 자가격리 2주의 시간은 인간관계의 측면에서는 감옥보다 열악한 환경이었다. 감옥에는 교도관도 있고 간수도 있고 동료 죄수들도 있고, 제한적이지만 외출도 허용된다. 하지만 자가격리 때는 누구의 방문도 외출도 허락되지 않는다. 나의 상태를 확인하러 오는 사람도 없다. 대신에 하루에 두 번 지자체의 내 담당 관리인에게 상태를 문자로 보고해야 한다. 또한 내 스마트폰도 위치 추적을 당한다. 스마트폰의 위치는 항상 방 안이어야 했고 나는 그 기기와 함께 있어야 했다. 철저히 고립된 공간에서 무사히 2주를 지냈다.

코로나19 시기를 돌이켜 보면 아마 가장 많이 사용한 단어는 '불확실성'일 듯하다. "말레이시아 A 업체의 공장 가동이 언제 정상화되나요? 중국 B 업체의 공장 가동률은? 베트남 C 업체의 직원 출근율은?" 고객 구매 담당자의 질문에 모든 가능한 정보를 종합하여 답변을 하지만, 아쉽게도 우리의 답의 끝은 항상 이렇게 마무리되었다. "그렇지만, 그 전제에도 상당한 불확실성이 존재합니다."

불확실한 것만큼 불안하고 걱정도 주는 것도 없다. 코로나19 시기에는 누구나 불확실함 때문에 고통을 겪었다. '코로나19에 감염되지나 않을까? 건강을 잃고 목숨까지 빼앗아 가는 바이러스의 침략에서 그 누구도 자유로울 수 없었다. 나의 주식 계좌는 어떻게 될까? 일상은 언제 회복될까?' 하는 불확실성으로 뒤덮인 시기였다. 아무리 큰 고통일지라도 그 끝을 안다면 우리는 마음을 단단히 먹고 견뎌 낼 준비를 할 것이다. 하지만 앞으로 무엇이 언제 닥칠지 알 수 없는 상황에서 걱정이 앞서는 것은 어쩔 수 없다. 그것이 인간의 본성일 것이다. 불확실성이 커질수록 그것이 끝나기를 바라는 마음도 커진다. 무언가 결론이 나고 문제의 원인이 발견되고 그 문제가 매듭지어지기를 바란다. 이것을 종결 욕구 라고 한다.

하지만 일반 서민이 코로나19의 종결을 위해 딱히 할 수 있는 일이 별로 없었다. 방역 지침을 잘 따르고, 마스크를 잘 쓰고, 손을 잘 씻고, 사람을 만나면 사회적 거리를 유지하는 것이 거의 전부였다. 현대인들 이 '소확행'에 기대는 이유는 충분히 설득력이 있다. 확실한 행복을 주 는 그 무엇이라면, 비록 작더라도 우리는 그것을 찾는다. 우리의 인생에 서도 불확실성이 유발하는 걱정이 줄어들고, 확실한 그 무엇으로 행복 을 누리는 시간을 기대해 본다.

모든 구매 과정이 그렇듯 구매자는 판매자보다 늘 입장의 우위를 점 한다. 왜냐하면 구매자에게는 가격이 비싸거나 성능이 부족하거나 디자 인이 마음에 들지 않다는 등의 이유로 다른 상품을 선택할 수 있는 권한 이 언제나 있기 때문이다. 당시 내가 근무한 회사의 중요한 정책 중 하 나는 고객 신뢰 경영이었다. 이에 따라 고객의 신뢰는 거의 '바이블'처 럼 신성시되었다.

가격 협상 시기가 되면 나는 언제나 회사의 이익과 고객의 신뢰라는 두 가지 목표에 충실하기 위한 딜레마 같은 전쟁을 치러야 했다. 불황 의 늪을 모르는 반도체의 시장의 활황에 업계 종사들은 환호했다. 그렇 지만 내 몸은 지쳐가는 신호를 보내고 있었다. 분명 전조가 있었다. 하 지만 그걸 알아차리지 못했는지, 알고도 무시했는지, 시간은 또 그렇게 흘러갔다.

지금 생각하면 어리석고도 부끄러운 일이지만 또 다른 전조도 있었 다. 내가 수술을 받기 몇 해 전 나는 이상한 신체의 변화를 경험했다. 업무 후 동료들과 식사를 하다가 음식 국물이 입 오른쪽으로 자꾸 흘러내리는 느낌을 받았다. 그냥 좀 피곤해서 그런가 보다 생각하고 집으로 왔다. 그런데 집에서 아내와 이야기를 하던 중 아내가 나의 얼굴 형태가 조금 이상하다고 말했다. "자기 얼굴이 대칭이 아니야."라고.

그 후 나는 대칭이 얼마나 중요한지를 뼈저리게 느꼈다. 약간의 비대칭은 각 부분의 아름다움을 무색하게 하고, 전체의 모양을 흉하게 만든다. 그때는 아내의 예민함이라고 치부하며 별로 심각하게 받아들이지 않았다. 다음 날은 토요일이었다. 초겨울이었고, 하필 중요한 고객과의 골프 약속이 정해져 있었다. 아내의 반대를 무릅쓰고 골프를 치러 갔다. 골프가 끝나고 집으로 돌아오니 문제가 커졌다. 내 입 한쪽이 얼굴의 대칭을 완벽히 부정하며 돌아가 버린 상태였다.

급하게 병원 응급실로 갔다. 의사는 '구안와사'라는 진단을 내렸다. 생소한 병명이었다. 바이러스의 감염이 주원인으로 추정되는 말초성 안면마비라 한다. 특히 과로와 스트레스가 일상이 된 현대인들 사이에 발병률이 높아졌다고 했다. 이미 조짐이 있는 상태에서 차가운 겨울바람을 맞으며 몇 시간을 바깥에 있었으니, 상태가 급속히 악화된 것이었다. 저녁에 병원을 찾아온 딸아이가 나의 얼굴을 보고 서럽게 펑펑 울었다. 나는 참담한 기분으로 비뚤어진 얼굴을 보며, 그 너머에 있는 나의 현실을 슬프게 바라보았다.

한의학과 양학의 치료를 동시에 받았다. 몇 달 동안 말을 할 때 입을 가렸고, 음식을 먹을 때는 늘 한 손에 손수건을 들고 흘러내리는 음식물을 훔쳐야 했다. 6개월 이상의 치료와 노력으로 내 얼굴은 비뚤어진 비대칭의 흔적을 남기지 않고 기적같이 정상으로 돌아왔다. 그 후로 내겐 몇 가지 버릇이 생겼다. 아침에 일어나면 꼭 거울을 보고 얼굴, 특히 입의 대칭을 확인한다. 위대한 세종대왕이 만든 한글의 힘을 빌려, 모음 '아, 에, 이, 오, 우'를 발성하면서 상태를 체크한다.

또 다른 버릇은 누구를 만나면 먼저 상대의 입 모양을 관찰하는 것이다. 입 모양이 약간 대칭이 아닌 사람을 보면 동병상련의 마음을 느끼게 된다. 손바닥만 한 우리의 얼굴에는 눈, 코, 입이 오밀조밀한 조합으로 들어 있다. 눈, 코, 입 제각각의 아름다움도 있지만, 그것들이 전체적으로 균형 있게 대칭을 잘 이룬 얼굴이 아름다운 얼굴일 것이다. 위대한 건축물이 대칭인 것도 그런 이유에서이지 않을까. 부분이 아무리 아름다워도 전체적인 균형과 대칭이 어긋나면 그 아름다움이 빛을 잃는다. 클레오파트라의 코가 1cm만 낮았어도 세계 역사는 달라졌을 것이라는 말도 있지 않나. 누구라도 코가 1cm 낮아지면 그의 개인 서사는 분명 오늘과 다른 모습일 것이다.

나는 잃어버린 얼굴의 대칭을 찾기 위하여 물리치료를 받고, 침을 맞고, 약도 먹으며 6개월의 시간을 치료에 전념했다. 책상에는 얼굴을 언제나 확인할 수 있도록 작은 거울을 놓았다. 지금도 거울은 내 책상 왼쪽 45도 지점에 늘 자리해 있다. 그때의 아픔을 기억하기 위해, 거울을 통해 자주 나를 보았다. 스트레스로 찡그린 얼굴을 보면 다시 마음을 바로잡는다. 늘 밝은 모습만 이 거울 속에 보이도록. 어느 순간 착각에 빠지기도 한다. 내가 거울 속 가상의 나를 보는 것이 아니라 거울 속 내가 현실의 나를 지켜보는 것 같다.

거울을 통해 만나는 나에게 용서를 구한다. 그때 찾아온 구안와사는 어쩌면 내 삶의 비대칭을 정상으로 돌리라는 경고였는지도 모른다. 일과 삶의 조화를 이루라는, 즉 워라밸을 찾으라는 외침이었을 것이다. '곤이부지 하지하(困而不知 何之下)'라는 말이 있다. 곤경에 빠지고도 깨닫지 못하면 하수 중의 하수라는 뜻이다. 그때의 나는 지금의 곤경이 다가올 곤경의 전조라는 것을 알아차리지 못했다. 분명 하수 중의 하수였음을 부인하지 않는다.

하나의 칩 속에 얼마나 많은 트랜지스트를
집어넣을까 하고 상상력을 동원하자
열 개, 백 개… 맙소사 백만 개 그리고 더 많이…
정말 짜릿하고 눈부신 순간이었습니다.

- 고든 무어

업의
—— 35년

"정확하다."라는 표현을 최고의 칭찬으로 여겼던 실리콘밸리의 전설 고든 무어가 2023년 향년 94세로 세상을 떠났다. 미국 반도체 기업 인텔의 공동 창립자인 무어는 반도체 집적회로의 성능이 2년마다 2배로 증가한다는 '무어의 법칙'을 창시한다. 이것은 엄밀히 말하면 물리학적 법칙은 아니며 경험적인 예측인데, 반도체 제품은 2년 주기로 메모리 용량 혹은 CPU 속도가 2배로 발전해 왔다.

무어의 법칙은 반도체 칩의 집적도뿐만 아니라 전자부품과 관계된 모든 것들의 상식을 뒤집어 놓을 정도로 엄청난 영향을 미쳤다. 이후 반도체 칩 제조업체들은 무어의 법칙을 증명하기 위해, 또 그 법칙을 추월하기 위해 치열한 속도 전쟁을 벌였다. 그야말로 시간과의 싸움이었다. 시간은 돈이며, 시간은 성장을 위한 기회였다. 무어는 칩의 집적도가 증가하는 환희를 『인텔: 끝나지 않은 도전과 혁신』에서 이렇게 적었다.

마치 문이 활짝 열린 듯한 기분이었죠. 우리들은 바닥이 보이지 않는 심연 같은 세상을 현미경을 통해 눈으로 보며 원자의 세계까지 내려가는 듯했습니다. 이 심연은 엄청난 속도와 힘을 약속해 주는 궁극의 기계와 같았습니다. 하나의 칩 속에 얼마나 많은 트랜지스트를 집어넣을까 하고 상상력을 동원하자 열 개, 백 개… 맙소사 백만 개 그리고 더 많이… 정말 짜릿하고 눈부신 순간이었습니다.

반도체 업체는 그가 예견한 '무어의 법칙'을 경쟁적으로 준수하며 성장에 성장을 거듭했다. 반도체는 컴퓨터, 자동차, 휴대전화, 각종 가전제품, 그리고 인공지능의 발전에도 적용되면서 우리의 생활에 큰 변화와 혁신을 주고 있다.

나는 1987년 반도체 업계에 발을 들여놓았고, 오직 한 업에만 종사했다. 한국에서 일을 시작했고, 미국에서 그 마무리를 했다. 그리고 2022년, 35년간의 업을 내려놓았다. 반도체라고 하면 복잡하고 어려운 어떤 기기처럼 느끼지만, 일상에서 흔히 볼 수 있는 물질인 실리콘 위에서 만들어지는 칩으로 압축 설명된다.

반도체 원료인 실리콘은 지구 지각의 약 27.7%를 차지하는 풍부한 재료이다. 우리 주위에서 보이는 흙, 모래, 돌멩이를 구성하는 원소가 바로 실리콘이다. 반도체는 핵심 소재인 실리콘을 이용하여 전기적 특성을 제어하는 기능을 가진 소자를 만드는 것이다. 실리콘은 전기가 통하는 전도체와 전기가 통하지 않는 부도체의 중간적 성질을 가진 물질로, 전기 전도도를 조절할 수 있어 반도체 소자 제작에 적합한 물질이다.

반도체 칩은 실리콘 웨이퍼라는 둥근 기판 위에서 만들어지는 첨단 기술 복합 프로세서의 결과물이다. 반도체 산업의 핵심은 한정된 사이즈의 실리콘 웨이퍼에 성능 좋은 칩을 많이 만드는 것이다. 그것은 필연적으로 칩 내부의 회로를 최대한 적게 만들고 그것을 수십, 수백 층으로 쌓아 올리는 경쟁인 것이다. 반도체 기술을 측정하는 단위로 나노미터를 사용하며, 반도체 공정은 수 나노미터의 크기로 그려진 회로가 칩 위에서 패턴화되어 만들어지는 것이다.

1나노미터는 10억분의 1미터이다. 쉽게 비유하면, 1나노미터는 사람의 머리카락 두께를 10만 번으로 나누었을 때의 한 조각의 두께이다. 10만 개로 잘린 조각이 칩에 패턴으로 형성되며, 잘린 조각의 각도가 90도로 두부처럼 직각인 상태이면 합격이고, 85도의 경사로 비스듬히 잘리면 불합격으로 처리된다. 세계 유수의 대학을 졸업한 수많은 박사급 엔지니어들은 각도 1도를 개선하기 위하여 밤을 새우고 머리를 싸맨다.

미국 캘리포니아주에 위치한 구글, 애플, 엔비디아, 페이스북, 넷플릭스 등의 기업이 몰려 있는 지역을 실리콘밸리라고 한다. 반도체의 주재료인 실리콘 위에서 전개되는 기술 혁신을 상징하는 의미일 것이다. 1970년대까지는 라디오나 TV와 같은 전자제품에는 지금과 달리 반도체 칩 대신 진공관을 사용했다. 그런데 진공관은 부피도 크고 전기도 많이 사용되고 작동하는 속도도 빠르지 않았다. 이런 사용상의 불편함을 대체하기 위해, 작고 효율적이며 빠르게 작동하는 대안으로 반도체가 발명되었다.

반도체 산업은 우리의 생활 전반을 발전시키는 토대를 제공했다. 그후 IT 기술의 부흥과 인공 지능으로 대표되는 현재의 과학 기술을 뒷받침하는 핵심 산업으로 성장을 해 왔다. 지난 수십 년간에 걸쳐 벌어지고 있는 반도체 산업의 주도권 싸움은 총탄 없는 전쟁처럼 치열했다. 그것은 기업 간의 경쟁을 넘어서 국가 간의 싸움으로 아직까지 이어지고 있다.

1947년 트랜지스터의 발명, 1959년 집적회로의 발명 이후 미국은 반도체 산업의 종주국이었고, 타의 추종을 불허하는 입지를 구축했다. 하지만, 제2차 세계대전 이후 지속된 냉전 시대에 미국의 반도체 산업은 군사적 사용에 초점이 맞추어졌고, 가전 기기 등 민간 소비용 제품의 개발과 투자는 상대적으로 등한시되었다. 반면, 패전국으로 국가의 재건을 최우선으로 했던 일본은 민간 소비재용 반도체 산업에 눈을 돌리고 본격적으로 뛰어든다. 소니를 필두로 한 일본산 가전제품들이 세계 시장을 급속히 잠식한다. 우리 나이 때의 사람들은 '소니 워크맨'에 대한 향수가 있다. 그럴 정도로 일본산 전자 제품들이 인기를 누리며 세계 시장을 점령하기 시작했다.

1973년 중동 전쟁과 1978년 이란 대 이라크의 전쟁으로 유발되는 중동발 오일 쇼크는 세계 경제에 큰 타격을 입혔다. 이 여파로 미국 기업들의 반도체 투자가 주춤하고 이를 기회로 여긴 일본 기업들은 반도체 사업에 대규모 투자를 감행했다. 일본 반도체 산업은 일본의 특화된 제조 기술력과 정부의 전폭적인 지원에 힘입어 국제적인 경쟁력을 갖추고 일본 반도체의 전성기를 여는 기초를 마련했다. 1980년 30% 수준이던 일본 반도체는 내가 반도체 업종에 첫발을 디딘 1987년 세계 시장 점유율 80%를 넘어서며 세계 시장을 거의 독점했다. 이 당시는 세계 반도체 10대 기업 중 NEC, 도시바, 히타치, 후지쓰, 그리고 마쓰시타 등 6개의 일본 회사가 자리를 차지하는 압도적인 강세를 유지했다. 현재 일본 회사의 세계 시장 점유율이 10% 미만이니 지난 반세기 동안 벌어진 반도체 산업의 부침은 가히 엄청난 지각 변동이라 할 수 있다.

한때 90%의 시장 점유율을 자랑하던 인텔은 1985년 메모리 사업을 포기하고, 다수의 미국 반도체 회사들도 급속한 쇠퇴의 길로 접어든다.

이 시기에 반도체의 주도권 변화를 일본에 빼앗긴 결과를 '제2의 진주만 습격'이라 부르기도 했다. 반도체는 가전 산업뿐만 아니라, 국방, 우주 산업에도 매우 중요하다. 미국은 자국의 향후 이익을 위해 너무나 거대해진 일본 반도체 산업을 견제하기 시작했다. 전방위적인 측면에서 일본 반도체 산업을 압박했다. 미 상무부는 일본 반도체 제품의 대대적인 덤핑 혐의를 조사하여, 보복 관세와 함께 미국의 대일본 반도체 기업 투자를 골자로 하는 반도체 협정을 체결했다. 동시에 일본을 견제하기 위해 미국 반도체 기술이 한국으로 이전되는 것을 암묵적으로 허용하는 결과를 낳는다.

미국의 이러한 전략과 시도는 일본 반도체 산업에 치명타로 작용했다. 일본 반도체 기업들이 붕괴되는 신호는 역설적이게도 한국 기업에는 반도체 산업에 진입하는 절호의 기회를 제공했다. 1990년부터 반도체 응용 분야가 가전 산업에서 컴퓨터로 선회하고, 기존 메모리 시장과 더불어 시스템 반도체의 비중이 커지기 시작했다. 미국 기업들은 경기 사이클에 큰 영향을 받는 메모리 사업보다 비메모리 사업 쪽으로 집중하고, 인텔, 엔비디아, AMD 등이 시스템 반도체의 강자로 부상했다.

한국 반도체 산업은 1974년 '한국 반도체'가 설립되고 1978년 삼성 그룹에 합병됨으로써 반도체의 역사가 시작되었다. 일본 반도체의 성장 스토리를 벤치마킹하고, 기업들의 선제적이고 과감한 투자와 정부의 지원을 힘입어 세계 시장에 진입하는 토대를 마련했다. 미국과 일본의 총성 없는 반도체 전쟁의 수혜국으로서 뜻하지 않은 혜택도 얻으며, 한국 경제 성장에 기여하는 주도적인 한 산업으로 자리매김했다.

2000년대에 들어서면서 한국 반도체는 메모리 산업에서 독주 체제를 갖추며 세계 시장의 점유율을 점점 높여 갔다. 삼성과 SK 하이닉스는 기술 개발, 생산 능력, 그리고 과감한 선제적인 투자를 통해 경쟁사들을 앞지르고 독보적인 우위를 점했다. 2009년, 메모리 세계 시장 점유율을 55%까지 끌어올리고 세계 반도체 시장을 재편성했다. 한국의 제품과 기술이 최첨단 산업에서 이처럼 세계적인 경쟁력과 주도권을 확보한 것은 반도체 산업이 그 시초일 것이다.

반세기 만에 세계 반도체의 생태계를 바꾸고 반도체 산업의 절대적 강자로 부상한 그 성과는 이 업종에 종사한 사람으로서 대단한 자긍심을 갖게 하는 것이었다. 이 업종에 발을 내디딘 것은 개인적으로 큰 행운이고 보람이었다. 내가 반도체 업계에 입문한 1987년, 세계 반도체 시장 규모는 약 326억 달러였고, 그해 한국 반도체 수출은 8억 7,000만 달러였다. 한국 반도체는 세계 시장의 2.6%를 차지했고, 반도체 수출은 한국 전체 수출의 1.45%를 차지하는 극히 미미한 수준이었다. 1980년대 중반부터 개인용 컴퓨터의 보급과 통신 기기 수요가 증가하고 세계 경제가 회복되면서 반도체 시장은 빠르게 성장했다. 한국이 본격적으로 메모리 반도체 분야의 경쟁력을 갖추며 세계 시장에 진출하며 성장 궤도에 진입하던 시기이다.

2000년대에 들어서면서 세계 시장에서의 한국 반도체의 입지는 더욱 공고해졌다. 이 시기 미국과 유럽의 유명 장비 회사의 CEO, 기술 담당 책임자, 영업과 마케팅 담당자, 그리고 최고의 엔지니어들은 한국행 비행기에 몸을 실었다. 동방의 고요한 아침의 나라에서 일어나고 있는 반도체 부흥의 그 현장을 직접 찾은 것이다. 반도체 산업은 이후에도 스마트폰과 모바일 통신기기 그리고 인공지능으로 촉발되는 수요 증가로 지속적으로 성장했다.

2022년 나는 35년간 종사한 반도체 업계에서 은퇴했다. 반도체 업계에 입문한 1987년과 비교하면, 세계 반도체 산업의 발전 속에서 이룩한 한국 반도체 산업의 성장은 과히 타의 추종을 불허하는 비약적인 도약이었다. 원 없이 일했고 끊이지 않는 도전과 함께 뒹굴었고 또 침체를 딛고 일어섰다. 소중한 추억들이 여기저기 흔적을 남겼다. 그 추억들과 함께 기뻐하고 슬퍼했고, 또한 많은 배움과 성장의 기회를 얻었다.

반도체 산업의 성장(단위: 억 달러, %)

반도체 산업의 변천사	1987년	2022년	비교
세계 반도체 시장 규모	326	5,741	17.6배 성장
한국 반도체 수출	8.7	1,292	148배 성장
한국 반도체 세계시장 점유율	2.6%	22.5%	-
한국 수출의 반도체 비중	1.45%	18.9%	-

20대 중반에 한국에서 업을 시작했고, 60을 바라보는 해에 미국에서 업을 내려놓았다. 내 업의 35년을 길흉회린(吉凶悔吝)이 함께했다고 자평한다.

'길(吉)'은 무엇보다 이 업에 종사한 것이다. 그것이 크나큰 행운이었다. 늘 도전했고, 이루어 냈고, 성공한 결과도 많이 있었다. 앞으로 살아갈 인생에 영감을 준 훌륭한 분들도 많이 만났다. 그들은 아직도 내게 살아 있는 스승들이다. 가족을 이루었고, 어른으로 나아가는 성장의 시기였다. 또 오늘을, 그리고 앞으로 살아가게 하는 기반이 되었으니 길하다고 할 수 있을 것이다.

'흉(凶)'도 있었다. 자연의 이치는 그러하다. 늘 빛과 그림자가 함께하고 음양이 교차한다. 어찌 좋은 일만 있겠는가? 좋지 않은 결과도 많이 있었고, 실패의 경험도 있었으며, 그것을 불운 탓으로 돌리기도 했다. 나를 따르는 사람도 있었지만, 나로 인해 상처받고 실망한 사람들도 있었을 것이다. 중요한 결정의 시기를 놓치는 경우도 있었고, 잘못된 결정을 내리기도 했다. 두 번의 뇌수술을 받고 좌절에 빠졌을 때는 흉이 모든 길한 것을 덮었다고 생각했다.

'회린(悔吝).' 인생의 긴 여정에 잘못과 실수는 반드시 일어난다. 결함이 없는 삶을 기대하는 것은 망상이고 허황된 것이다. 잘못을 알아차리고 즉각 반성하고, 새로운 출발을 통하여 인간은 성장하고 성숙해지는 것이다. 후회와 반성에 인색하지 않고 잘못을 인정하고 깨우치는 '회'의 시간 못지않게, 잘못한 것을 알고도 고치지 못하고 고집을 부린 '린'의 시간도 많았다. 나이가 들수록 주머니를 여는 것에 인색하지 말라고 하지만, 그것 못지않게 반성에 인색하지 말아야 할 것이다. 반성은 나의 잘못과 실수를 인정하는 것에서 시작될 것이고, 반성의 완성은 용기일 것이다. 잘못에 매몰되지 않고 새로운 출발을 통한 발전을 일으키는 힘은 용기일 것이다.

이미 과거가 되어 버린 업의 시간 35년은 흘러가며 죽어 사라진 것이 아니라, 다가올 날들의 의미를 살리는 생명의 시간이라고 믿는다. 너무나 소중하고 귀한 시간이었다. 받은 감사보다 보낸 감사가 비교되지 않을 만큼 많이 빚진 시간이었다. 다가올 시간 속에서 그 빚 갚음의 기회가 있다는 것에 감사할 뿐이다.

시련 1

2014년 5월, 나는 한국 출장 중에 예기치 않은 두 차례의 뇌수술을 받았다. 그 당시 한국 출장을 가면 매년 건강 진단을 받았다. 그해 출장도 늘 그렇듯이 도착하여 건강 검진을 받았고, 출국 전날 결과를 보기 위하여 병원을 찾았다. 순번표를 받고 기다리는 사람의 대열에 합류했다. 병원에서 줄 서서 기다리는 사람은 대략 두 분류이다. 전자는 어떤 병이 생겼는지를 알아보기 위해 온 사람이고, 후자는 이미 생긴 병의 진행 상황을 확인하기 위해 온 사람이다.

나는 다행히 전자였고 후자가 걱정해야 어떤 병을 가지고 있지 않은, 그때까지는 나름 건강한 삶이었다. 검사 결과를 받고 가는 것이 요식행위라고 여기며 가벼운 마음으로 기다림의 대열에 서 있었다. 내 차례가 되고 가운데 이름이 X로 표시된 내 이름이 전광판에 뜬다. 병원에 오면 대부분의 사람은 공손해진다. 기다리는 대열 중 전자인 사람은 병이 생기지 않기를 바라며 공손해지고, 후자의 사람은 지금 병의 빠른 쾌유를 바라는 간절함으로 공손한 자세를 취할 것이다. 누구나 고통과 죽음으로 안내하는 치명적인 병을 원하지 않을 것이고, 또한 그 병에서 무사히 회복되기를 희망할 것이다.

의사 선생님과 나는 작은 책상 하나를 두고 90도 각을 이루며 앉았다. 나의 기록이 담긴 차트를 보고, 내 얼굴을 또 힐끔 보고, 펜으로 알 수 없는 의학 용어를 휘갈겼다. X-Ray 사진을 끼우고 무덤덤하게 검사 결과를 말했다. 나의 뇌가 단층 촬영된 사진의 어느 부분을 가리키며, 이곳 뇌혈관에 문제가 있다고 한다.

"그럼 어떻게 해야 하죠?"

"수술을 해야 할 것 같습니다."

"…"

많은 질문과 대답이 오고 가고, 또 같은 내용을 다른 식으로 묻고, 같은 대답이 돌아온다. 나는 이 상황을 인정하기도 싫고, 동의하기는 더욱 어려웠다. 의사의 수술 의견에 동의할 수 없다는 나는 최후의 일침을 날렸다.

"저는 미국에 살고 있고, 가족과 직장도 그곳에 있고, 내일 미국으로 돌아갈 예정입니다."

의사는 수술을 해야 하는 당위성을 길고 복잡하게 설명하는데, 그 말이 귀에 잘 들어오지 않았다. 내일 미국으로 돌아가야 하고, 나를 기다리는 일들이 줄지어 있는데, 수술이 웬 말인가. 그것도 뇌수술이라니 가당치도 않은 이야기였다. 지금 이 상황은 나의 계획에 추호의 가능성도 부여되지 않은 절대 발생해서는 안 되는 일이었다. 지금 이 순간이 매우 당황스럽고 혼란스러웠다. 하지만 의사의 말을 무시할 수는 없었다. 그래서 나의 최선이라고 믿는 선택을 제안했다.

"미국 돌아가서 회사 일과 개인적인 일을 정리하고, 다시 한국에 와
서 수술을 받겠습니다."

하지만 의사의 반응은 단호했다.

"비행기를 타는 것은 위험합니다."

뇌혈관의 한 부분이 많이 얇아져 풍선처럼 부풀어 있는 상태이고, 비
행기를 타면 압력 차이에 의하여 혈관이 터질 위험이 있다고 한다. 의사
들은 많은 경우에 환자의 상태를 확률로 이야기한다. '환자의 병이 더 나
빠져 심각한 문제가 생길 확률은 얼마입니다.' 이 경우의 심각한 문제는
정상적인 생활을 할 수 없는 극단적인 경우이거나 그것도 넘어선다면, '사
망'일 것이다. 이 분야의 전문가는 의사이고, 의사의 말을 거부할 논리적
인 명분이 점점 사라졌다. '병원에서는 환자가 아닌 의사가 왕이다.'

난상 토론 같은 대화가 의사와 나 사이에 또 오고 갔고, 나는 결국 수
술받기로 결정했다. 나의 인생은 50대 초반의 이 사건으로 중대한 전환
점을 맞았다. 이 사건은 나에게 숙제 같은 질문을 던졌고, 이 질문은 나의
인생 후반기의 화두가 되었다. '나에게 찾아온 시련은 의도된 것인가?'

우리가 원을 그릴 때 어떤 하나의 점에서 시작한다. 그 점이 원을 그
리는 시작점이 된다. 그 시작점은 다음 점의 원인이 되어 연결되고, 다
음 점은 그다음 점의 원인이 되어 또 연결된다. 시작점과, 다음 점, 그리
고 그다음 점이 모여져 선이 그려진다. 수많은 점이 쌓여 선이 되고, 선
들이 연결되어 원을 만든다. 원이 완성되는 끝 지점에서 결국 시작 지점
을 다시 만난다. 우리의 인생에서도 그냥 우연히 일어나는 게 없을 것이
다. 수많은 일들의 원인이 쌓여 하나의 사건이 만들어질 것이다. 내가
앞으로 겪게 될 이 시련의 원인은 무엇인가. 그 시작은 무엇이고 그 끝
은 과연 어디일까?

병원에서 나와 택시를 타고 호텔로 가는 차 안에서 차분히 하루를 복기해 보았다. 내일 미국으로 가는 일정이고, 매년 받는 건강 검진 결과를 보기 위한 통과 의례처럼 병원을 방문했다. 검사 결과에 대한 이런저런 평가를 들을 것이고, 앞으로 무엇을 조심하고 어떤 것은 금하라는 경고도 들을 것이다. 매년 기본적으로 하는 건강 검진이라 생각하고 가벼운 마음으로 병원을 찾았다.

내일 돌아가는 비행기를 타면 불꽃처럼 성장하는 한국 반도체 업계와 비즈니스를 하는 외국계 회사의 직원으로 돌아갈 것이다. 바쁜 생활을 정당화하는 많은 이유를 찾을 것이며, 회사의 급한 일과 가족의 소중한 일 사이의 균형에서 줄타기하는 삶을 살았을 것이다. 어리석게도, 회사에서 받는 스포트라이트가 진정 나의 가치라고 믿으며 우길지도 모른다.

'무엇이 잘못된 거지?' 호텔 방에 도착하여 냉정하게 앞으로의 진행을 그려 보았다. 잘못과 원인을 따지는 것이 지금 상황에서 무슨 소용이 있단 말인가? 이미 일어난 일이고 돌릴 수 없는 비가역적인 일이다. 나는 수술을, 그것도 두개골을 절개하는 수술을 받을 것이다. 수술이 잘될 것인지, 회복에는 얼마나 시간이 걸릴지, 수술 후유증은 없을지, 내 가족들은 회사 일은 어떻게 하지, 끝도 없는 생각이 꼬리에 꼬리를 물었다.

'아내가 곁에 있어야 한다.' 아내는 나의 보호자이다. 아내에 대한 정의가 이렇게 명쾌하고 단순하게 내려진다. 하지만 아내에게 전화할 용기가 나지 않았다. 터지려는 울음을 억누르고 울렁거리는 가슴을 다가올 시련의 무게로 잠시 진정시켰다. 아내에게 상황을 설명한다. 내가 한 말은 기억나는데, 아내가 한 대답은 잘 기억나지 않았다. 내일 당장 한국으로 오겠다고 한 것 같다.

아내는 그날 밤을 지새우고 집 정리를 하고, 다음 날 바로 한국행 비행기를 탔다. 그동안 우리의 결혼 생활을 돌아보기도 했을 것이고, 연애 시절의 애틋한 순간도 떠올렸을 것이고, 미국에 혼자 남을 딸도 생각했을 것이다. 앞으로 다가올 일들의 불확실함에 대한 걱정과 두려움으로 잠을 못 이루었을 것이다. 아내도 나와 같은 의문을 가졌을지도 모른다. "남편에게, 우리 가족에게 찾아온 이 시련은 의도된 것인가?"

아내는 한쪽 머리로는 꼬리를 물고 몰려오는 생각들을 털어내려고, 또 다른 쪽 머리로는 의문에 대한 답을 떠올려 보려고 했을 것이다. 아내는 머리가 복잡하고 무언가 답을 찾으려고 할 때 늘 집 안 정리를 한다. 아내는 버릴 것은 버리고 소중한 것은 더욱 소중히 정리하고, 언제 다시 올지 모르는 우리의 집을 쓸고 닦고, 짐들을 싸고 덮고 했을 것이다. 집을 정리하는 것은 그녀의 손과 몸이었지만, 그녀의 머리는 마음을 정리하고 있었을 것이다. 아내는 담담하게 말했다.

"자기야, 걱정 마. 내일 비행기 타고 바로 한국 갈 거니까."

아내는 동부에서 학교 다니는 딸에게 이 사실을 알리면서 펑펑 울었다고 했다. 나는 아내에게 평생을 갚아도 모자랄 빚을 졌다.

아내가 왔다. 편하게 보이려고 하지만 피곤한 얼굴이었다. 보호자를 자청하고 주저 없이 먼 길을 달려온 아내와의 이런 만남이 참 고마우면서도 슬펐다. 나는 그 복잡한 감정을 드러낼 수 없어 더 미안하고 착잡했다. 무심한 시간은 야금야금 수술까지의 남은 날들을 갉아 먹었다. 시간이 어서 지나가서 그날을 빨리 맞는 것이 좋은가, 느리게 천천히 시간이 지나가는 것이 좋을까.

사랑은 늘 같은 곳을 바라보는 것이라 했다. 아내와 나는 말하지 않아도 같은 걱정을 했고, 말하지 않아도 비슷한 불안으로 우울했다. 아내에게는 이제 수술 환자가 될 남편의 측은하고 안쓰러운 모습을 보았을 것이고, 나에게는 보호자가 되어 나를 보살펴야 하는 아내가 그저 안타깝게만 느껴졌다. 우리는 어쩌면 서로에게 안타까움을 주는 사람이었다.

"우리 며칠 여행 다녀오자."

남해 바닷가에서 시간을 보냈다. 한국에 오면 가고 싶은 장소였지만 감흥이 별로 없었다. 당연했다. 우선 여행을 하는 이유가 그다지 달가운 게 아니었다. 여행 후 치러야 할 일로 풍경이며, 음식이며, 또 바다가 눈에 들어오지 않았다. 파도는 밀려오고 밀려가는 끝없는 전진과 후퇴 속에서 부서지고 뭉치고를 반복한다. 지금의 파도는 다음에 올 파도의 과거가 될 것이고, 또 미래의 파도도 곧 올 것이다. 이 무한한 반복과 재생 속에서도 머리를 조금만 들어 먼바다를 보면 바다는 한없이 평온하다.

나에게 다가온 이 사건은 나를, 아내를 그리고 가족을 혼돈 속으로 밀어 넣었다. 어찌 보면 우리의 인생도 수많은 사건과 예상치 못한 일들이 발생하고 소멸하고, 또 재생되며 앞으로 나아가는 여정일 것이다. 몰아치는 파도의 격랑 속에서도 늘 평온을 유지하는 바다의 그 무심함을 지켜볼 뿐이다. 나는 그 먼 바다의 평온함이 부러웠다.

수술 전날 병원에 입원했다. 간호사에게 수술 관련해 여러 가지 안내를 받고 의사와 면담을 했다. 의사에게는 유의미하지만 환자인 나에게는 무의미한 수술의 확률 이야기를 또 들었다. 그리고 덧붙였다. 뇌에는 온갖 신경 세포가 분포되어 있고, 나의 뇌혈관 수술 지점 근처에 후각 신경이 지나가고, 손상되지 않도록 최선을 다하겠다고 했다. 정작 당사자인 나는 뇌수술이 잘되기만을 바랄 뿐 후각 신경 따윈 큰 신경이 쓰이지 않았다.

수술에 방해가 되는 머리카락을 깎고 몇 가지 검사를 받았다. 이제 수술 준비는 끝났다. 나는 침상에 몸을 눕혔고, 아내는 딱딱한 간이 소파에 웅크렸다. 그녀는 몸의 부피를 최대한 줄였다. 그만큼 절박하다는 뜻이리라. TV 드라마에서 보던 수술실 천장에 원형으로 빼곡히 박혀 있는 밝은 조명을 마주하고 수술대에 누웠다. 별생각이 들지 않고 오히려 차분해졌다. 수술 침대가 싸늘했다. 온도가 아니라 수술실의 분위기가 서늘했다. 수술실에 들어오기 전에 아내에게 따뜻한 말 한마디를 해 줄 걸 하는 아쉬움이 남았다.

"마취 들어갑니다." 하는 말과 함께, 보이지도 않고 느낌도 없는 액체가 들어오고 내 몸은 긴 여행에 빠져든다. 나의 여행 길에 함께하는 의사와 간호사들은 내 여행 길의 모습을 보고 그들만의 대화로 그 결과를 예측할 것이다. 아내는 복도의 딱딱한 의자에서 웅크린 채 나의 여행길이 평탄하고 완만하기를 간절히 기도하고 있을 것이다.

아이러니하게도, 당사자인 나의 육체는 아무런 느낌도 고통도 감흥도 없이 이 상황의 방관자일 수밖에 없다. 나의 영혼은 언제나 나와 함께할 것이다. 내 영혼이 나를 지키며, 내가 꿈꾸는 세계를 보여 줄 것이고, 나의 길이 탈선하지 않도록 함께하며 떠나지 않을 것이다. 수술이 무사히 끝나고 영혼의 단짝인 나의 육체가 다시 일어날 수 있도록 영적인 힘을 발휘할 것이다.

시간은 흐르고 또 흘렀다. 며칠이 지나 나는 깨어났다. 깨어난 후의 세상과의 첫 만남은 의사의 여러 가지 질문들로 시작되었다.

"여기가 어디죠? 이름이 뭔가요? 생년월일은?"

기억이 흐릿하고 나는 제대로 대답하지 못했다.

"여보, 우리 딸 민선이 기억나지?"

이 소리는 나의 기억이 살아 있는지를 테스트하는 의사의 형식적인 물음이 아닌, 나의 무의식을 때리고 깨우려는 아내의 간절한 물음이었다. 의사의 물음은 머리로 생각해야 했지만, 아내의 물음은 가슴을 울렸다. 생각은 머리가 아닌 가슴으로 한다고 했다. 가슴에 손을 얹고 생각해 보라고 하지 않았는가?

나는 가슴으로 딸을 생각하고 또 그 딸을 묻는 아내를 생각했다. 아내의 물음은 낮지만 분명한 외침이었고, 나는 꼭 대답해야만 하는 명령이었다. 나는 혼신의 힘을 다해 아내의 물음에 집중하고 내 기억 속 어디에 있을 딸을 찾아 헤맨다. 내 인생에 이렇게 무엇에 혼신의 힘을 다한 적이 있었나 싶다.

내가 딸의 기억을 찾은 것인지, 너무나 사랑하는 딸이 아빠의 간절한 부름에 찾아온 것인지, 내 기억 속에서 딸이 살아온다. 양 눈가로 축축하지만 뜨거운 액체의 흐름을 감사히 느낀다. 아빠가 수술한다는 소식을 듣고 한국으로 오겠다는 딸을 엄마는 만류했고, 딸은 나중에 수술한 아빠의 얼굴을 그린 스케치를 보내 주었다. 강의실로 가는 길에서, 기숙사에서, 캠퍼스 여기저기서 문득 떠오르는 아빠와의 추억을 되새기며 나를 그렸을 것이다. 딸의 스케치 그림은 한동안 나의 병실을 지켰다. 나는 급작스럽게 찾아온 수술, 10일간의 중환자실 입원, 집중 치료실과 일반 병실에서 회복의 시간을 거쳐 드디어 퇴원을 했다. 그러나 그것이 끝이 아니었다.

세월호

평형수는 선박의 무게 중심을 잡고 안정성을 유지하는 데 필수적이다. 평형수의 부족은 선박의 전복 사고를 초래한다. 외형에 치중하느라 인격적 성장을 보장하는 내면을 소홀히 한 삶의 대가는 세월호와 다르지 않을 것이다.

수술 후 중환자실에 의식 없이 누워 있었고, 상태가 호전되어 일반 병실로 옮겨졌다. 머리에는 아직 붕대가 감겨 있고 수술 후유증으로 한쪽 눈은 핏발을 머금은 채 퉁퉁 부었다. 침상 오른쪽에 창문이 있고, 그 창문 너무 밖이 보인다. 내가 살던 그 창문 너머 세상의 자유가 한없이 그리울 뿐이었다. 의사와 간호사, 그리고 병원 생활에 차츰 익숙해진다. 혼자서 회색 병원 복도를 걸어 휴게실 가는 나들이도 차츰 자연스러워졌다. 병원 식사가 점점 지겨움을 더해 갈 즈음 드디어 퇴원했다.

경기도 분당에 있는 병원 근처에 작은 숙소를 얻어 아내와 나는 해방된 우리만의 공간을 마련했다. 이제는 지나가는 시간이 헛되지 않고 고통과 상처를 회복시킬 거라는 믿음으로 지내야 했다. 그 시기에는 간단한 산책 외에는 방에서 주로 시간을 보내야 하는 방돌이 신세였다. 책을 볼 수도 없고, 딱히 뭘 할 수 있는 것도 없었으니, TV 시청으로 대부분의 시간을 보냈다.

TV는 온통 지난달 터진 세월호 사건 뉴스로 가득 찼다. 큰 슬픔은 작은 기쁨으로도 치유되는 효과가 있다고 한다. 또한 큰 슬픔은 더 큰 슬픔을 마주하면 희석되기도 한다. 백주 대낮에 청춘의 자식을 잃고 땅을 치고 목 놓아 우는 부모들의 처절한 모습을 목도하면서 나의 슬픔과 치유의 과정도 함께하는 동질감을 느낀다.

2014년 4월 15일 오후 9시, 제주도로 3박 4일의 수학여행을 가는 경기도 안산 단원고 2학년 학생 325명을 포함한 476명의 승객을 태운 여객선 세월호가 인천에서 제주로 출발했다. 세월호는 4월 16일 아침 거센 조류에 중심을 잃고 표류했다. 이후 배는 침몰하기 시작했다. 선내에는 행동 지침을 알리는 안내 방송이 흘러나왔다.

"승객들은 이동하지 말고 객실에서 대기하라."라니. 배가 침몰해 가는데 구조나 탈출 지시를 하지 않고, 승객의 안전을 돕지는 않고, 객실에서 대기하라니. 이 무슨 가당치도 않은 지시인가? 안내 방송을 잘 따른 아이들은 바다에 수장되었고, 안내를 따르지 않고 스스로의 판단으로 행동한 아이들은 살아났다면, 이것은 또 어떻게 설명되어야 하나?

기관부와 조타실 선원은 승객을 버리고 탈출하는 용기인지 객기인지를 구분 못 하는 행동을 한다. 그 선택으로 그들은 살아남았다. 하지만 그것이 행운인지 악운인지는 그들의 남은 시간이 평가할 것이다. 배의 선장도 당연히 그 대열에 합류한다. 일부 언론은 이 상황을 전 국민에게 긴급 속보로 자랑스럽게 알린다. "전원 구조."라고.

불행하게도 세월호는 4월 18일 완전히 침몰한다. 세월호는 구조 또는 탈출 172명, 실종자 포함 사망 304명이라는 기록을 남기고 전라남도 진도 부근의 바닷속으로 가라앉는다. 이 사고로 단원고 학생 325명 중 250명이 사망하고, 교사 11명이 사망했다. 세월호 사건은 대한민국 해상 사고 중 세 번째로 많은 희생자를 낸 침몰 사고이며, 520명이 사망한 삼풍백화점 붕괴 사고, 330명이 사망한 창경호 침몰 사고, 326명이 사망한 남영호 침몰 사고 이후 네 번째로 많은 인명 피해를 낸 재난 사고로 기록되었다.

이후 한국 사회의 뉴스는 세월호 사건으로 도배된다. 사고의 발생 원인과 수습 과정, 책임 문제를 판단하기 위한 진상 조사가 이루어졌지만, 여러 의혹이 아직도 남아 있는 현재 진행형이다. 꽃다운 청춘의 10대 아이들이 꿈을 펼쳐 보지 못하고 그 운명을 달리했다.

이 사건은 대체 왜 발생한 것일까? 희생당한 이 아이들에게 이 사건은 어떤 원인에서 발생했다고 말해야 할까? 단순한 사고로 치부하기엔 아이들의 인생에 너무 가혹하지 않을까? 한 사람의 인생은 하나의 우주라고 했다. 그들은 우주로서 이 세상에 온 것이다. 죽은 아이들이 90세까지 살 수도 있었다. 그러니 이 사고는 희생당한 아이들에게서 2만 년의 시간을 앗아갔고, 그만큼의 우주가 날아가 버린 무서운 사건이다.

세월호 참사의 원인으로 평형수의 문제가 제기되었다. 평형수는 선박의 무게 중심을 잡고 안정성을 유지하는 데 필수적이다. 배가 좌우로 기울어지는 것을 방지하고, 파도나 급격한 방향 전환 시에도 배의 안전한 운행을 돕는다. 평형수의 부족은 선박의 복원력을 약화하고, 선체가 쉽게 기울어지거나 전복되는 사고를 초래한다.

사고 당시 세월호에는 필요한 평형수의 절반 수준인 800여 톤만 채워

저 있었다고 한다. 화물의 과적과 객실 증축 등으로 선박의 무게가 증가했고, 이를 상쇄하기 위해 평형수를 줄였다는 분석이다. 배 위에 있는 승객과 화물은 배 아래에 채워져 있는 평형수로 그 안전이 보장된다. 과적된 화물과 증축된 객실은 평형수의 무게를 줄여 선박 전체의 무게를 유지하려는 과욕을 불렀고 이것이 사고의 원인으로 지적된 것이다.

세월호 선박의 침몰로 수많은 꽃다운 청춘의 학생, 교사, 그리고 일반 승객의 사상자를 낸 이 사고는 우리에게 통렬한 가르침을 던져 준다. 우리 사회는 외형적이고 눈에 보이고 과시하기 위한 상층부를 키우고 높이고 늘리는 데 집중하느라, 그 중심을 잡고 안전을 보장하는 눈에 보이지 않는 하층부를 강화하는 것을 소홀히 한 대가를 치른 것이다. 눈에 보이는 육체의 근육도 중요하지만, 세월의 비바람을 이겨내는 마음의 근육도 중요하다. 상층부와 하층부, 외면과 내면, 보이는 것과 보이지 않는 것은 공존하며 함께 살펴져야 한다. 상층부를 강화하느라 하층부를 부실하게 관리한 것이 세월호 참사의 원인이 되었다. 외면을 중시하고 내면이 부실한 삶, 보이는 것에 집중하고 보이지 않는 것을 경시하는 삶이 세월호의 비극과 같은 인생의 참사를 잉태하지 않으리라는 보장이 없다.

세월호 참사의 희생자를 추모하고 기억하는 것은 산 자의 도리이다. 각자의 우주는 나름의 이유로 태어나고 또 나름의 이유로 사라질 것이다. 300명이 넘는 희생자가 같은 공간 같은 시기에 사라지는 이유와 그들의 죽음이 던지는 외침을 잊지 않아야 하는 것이다. 세월호가 삶에 던지는 교훈적인 메시지는 세월호 침몰 사건을 기억하고 잊지 않아야 하는 또 다른 이유일 것이다.

얼마 전 세월호 선장 이준석에 대한 대법원 확정 판결이 나왔다. 법

원은 위험을 충분히 인식하고도 구조 의무를 다하지 않아 결과적으로
다수의 사망을 초래했다는 점을 인정했다. 미필적 고의에 의한 부작위
살인죄를 적용한 것이다.

원은 위험을 충분히 인식하고도 구조 의무를 다하지 않아 결과적으로
다수의 사망을 초래했다는 점을 인정했다. 미필적 고의에 의한 부작위

시련 2

아내와 나는 병원 근처의 시니어 센터에 작은 방을 마련하고, 3개월을 목표로 회복의 시간을 가졌다. 환자복을 벗었고, 병원 밥 대신 그곳에서 제공하는 밥을 먹었다. 머리 한쪽에는 수술 자국이 흉하게 남아 있고, 집 근처 산책 이외에는 주로 방에 있어야 했다. 외출 시는 수술 자국을 가리기 위해 모자를 쓰고, 걸음은 느릿느릿 여유가 있었다.

상처가 빨리 아물기를 바라고, 시시로 찾아오는 통증이 무뎌지기를 바랐다. 무엇보다 일상으로 빨리 복귀하는 것만이 유일한 희망이자 간절한 소망이었다. 나에게 그 이상은 원하지도 않고 필요치도 않은 과한 욕심이었다. 나의 미래와 직장으로 복귀하는 시점 등의 계획은 매일 마주하는 통증 앞에 내려놓을 수밖에 없었다. 바람처럼 흘러가는 시간이 안겨 줄 치유의 기적에만 매달린 채 버텨야 했다. 계속되는 머리의 통증에 익숙해지고, 그 익숙함이 고통을 잊게 하는 약이라는 스스로의 처방전을 믿으며 매일을 지냈다.

나와 아내는 24시간 대부분을 한 칸의 방에서 같이 지냈다. 사람은 그들 사이의 관계에 따라 서로의 행동에 대한 적절한 기대치를 가지게 된다. 사장과 종업원의 관계, 스승과 학생의 관계, 부모와 자식의 관계에 따라 서로가 기대하고 요구하는 범위와 수준이 정해진다. 나와 아내는 부부의 관계이고 또한 지금 이 상황은 환자와 보호자의 관계이다. 환자는 보호자가 자기를 보살핀다는 당연한 기대가 있고, 환자의 응석을 다 받아주고, 때로는 환자를 위해 자신을 희생할 수도 있다는 착각도 한다.

나의 수술 과정, 그리고 중환자실에 있는 동안 아내는 침대에서 한 번도 잠을 자지 않았다. 수술 때는 수술실 앞 의자에서, 중환자실 입원 때는 중환자실 앞 의자에 몸을 쪼그리고 나를 지켰다. 회복을 위해 마련된 숙소에서도 아내는 늘 쪼그리고 누워 잠을 잤다. 내가 잠을 잘 자지 못할까 봐, 혹 새벽이라도 내가 깨면 아내도 빨리 일어나기 위하여 편히 잠들지 못했다. 나는 아내의 이런 모습을 그때는 잘 알아차리지 못했고, 설사 알았더라도 환자라는 핑계로 무신경했을지도 모른다. 그때 아내의 모습을 떠올리면 늘 가슴이 저리고 눈앞이 흐릿해진다.

그녀는 나를 간호하는 보호자이기 이전에 내가 사랑하는 내 아내였다. 나의 고통 못지않게 그녀의 고통도 상당했을 것이다. 나는 머리에 붕대를 칭칭 감고 있는 눈에 띄는 환자였기에 누구나 나의 고통을 짐작한다. 아내는 눈에 띄지는 않지만, 그래서 남들은 짐작하지 못하지만, 나를 보살피는 보호자로서 사랑하는 아내로서 그녀만의 고통을 안고 지냈을 것이다. 아내는 묵묵히 3개월의 시간 동안 나를 지켜 주었다.

인체의 신비한 우주로 비유되는 뇌에는 1,000억 개의 신경 세포가 있다고 한다. 뇌는 움직임, 행동 대부분을 관장하고, 신체의 항상성을 유지하는 기능을 한다. 뇌는 또 지식, 정보, 감정, 기억, 추론 등을 담당하는 중추 신경계의 주요 기관이다. 개인차에 따라 다르지만, 성인의 뇌는 평균적으로 1.2~1.4킬로그램으로 신체의 2%의 중량을 차지하며, 남성의 뇌는 1.2~1.3리터, 여성의 뇌는 1.1리터 정도의 부피이다. 신체 중량의 2%에 불과한 우리의 뇌를 위하여 피의 25% 그리고 섭취 열량의 20%가 사용된다고 한다. 우리 몸이 쉬고 있을 때도 뇌는 쉬지 않고 판단하고 명령을 내리기 때문에 많은 에너지를 소모한다. 이런 중요한 역할을 수행하기에 뇌를 두개골이라는 단단한 뼈가 보호하고 있다.

나는 두개골을 절개하고 뇌를 치유하는 수술을 했고, 3개월의 회복 기간을 가진 후 이제 정상임을 확인하는 검사를 받으러 병원으로 간다. 미국으로 돌아가는 비행기표도 예약했고 지내던 숙소의 사람들과 GOODBYE 인사도 나누었고 아내와 나는 일상으로 재진입하는 희망으로 가득 차 있다. 또다시 병원에서 의사를 만나기 위해 기다리는 줄에 합류한다. 3개월 전에는 검사의 결과를 보기 위한 기다림의 줄이었고, 지금은 수술의 완치를 확인받는 기다림의 줄에 섰다. 후자의 기다림은 전자의 기다림보다 사뭇 긴장되고 비장하기까지 하다. 지루한 기다림의 시간 끝에 나의 이름이 전광판에 뜬다.

수술 후 많이 친해진 B교수와 마주했다. B교수는 나를 한번 쳐다보고, 차트를 들여다보고, 아내를 한 번 보고, 또 차트를 보고… 나를 향해 돌아앉으며 말했다.

"수술한 부위는 잘 아물었고 수술 경과도 좋습니다."

듣고 싶었고 기대했던 말이다. 이제 일상으로 돌아가도 좋다는 신호인 것이다.

"그런데, 조금 문제가 있습니다."

"그동안 필요한 검사 다 받았고, 약 제때 빠뜨리지 않고 먹었고, 의사 선생님께서 지시하신 것도 다 지키면서 3개월을 보냈는데, 무슨 문제가 있나요?"

"수술한 오른쪽 뇌가 아니라 왼쪽 뇌에 다른 문제가 있습니다. 한 번더 수술해야 하며, 이번에는 왼쪽입니다."

"안 됩니다, 지금은 할 수 없습니다."

B교수는 왜 다시 수술해야 하고 하지 않으면 어떤 위험이 있는지를 장황하게 설명했다. 나는 내가 지금 수술을 받을 수 없는 이유를 더 장황하고 더 간곡하게 말했다. 나는 이제는 집으로 돌아가야 하고 휴직 상태인 직장 문제도 해결해야 하는 상태였다. 더구나, 이제 막 첫 수술에서 회복되어 일상으로의 복귀를 간절히 희망하는 아내와 나는 한 번 더 수술을 받아야 한다는 사실을 받아들일 수 없었다. 이 상황은 의사가 무슨 말을 하더라도 받아들일 수가 없다. 지금 이 자리를 탈출하고 싶은 마음이다. B교수는 왜 이렇게 나를 괴롭히는 것인가?

"저는 며칠 뒤 돌아가는 비행기표가 예약되어 있고, 미국 들어가서 여러 가지 신변의 일을 정리하고 한국 다시 들어와 수술을 받겠습니다."

3개월 전과 같은 말, 그리고 최선이라고 생각하는 타협안을 또 제시한다.

"지금 상태로 비행기를 타는 것은 대단히 위험합니다. 의학적으로는 뇌에 시한폭탄이 장착되어 있는 겁니다. 기압 차이로 뇌혈관이 파열되면….."

상상하고 싶지도 않은 그 가능성, 그리고 듣고 싶지 않은 그 이유를 또 말한다, 그러나 그것은 의사로서는 수술을 권유하는 타당하고도 합리적인 이유인 것이다. 나를 둘러싸고 있는 여러 문제의 전후좌우 그리고 우선순위를 놓고 결정을 해야만 하는 상황에 놓였다. 내가 위험 부담을 감수하고 미국을 들어가겠다고 하면 의사도 어쩔 수 없는 상황이다.

강제로 수술을 할 수는 없는 것이다. "뭣이 중헌디." 어느 영화 속 대사가 지금 나의 상황에 대한 적절한 비유인 듯하다. B교수의 이어지는 감성적인 말은 수술에 대한 나의 저항을 무너뜨리고, 두 번째 수술 결심을 하게 만든다.

"선배님을 환자가 아닌 저의 친형이라고 생각하고, 의사의 입장이 아닌 가족의 입장이라면 어떤 선택을 해야 하는지 곰곰이 생각해 보았습니다."

수술을 하고 회복의 과정을 거치면서 자주 만나게 된 B교수는 대학교 5년 후배였고 개인적으로 친해지는 사이로 발전한다. 의사와 환자의 관계는 다분히 사무적인 관계인 반면 가족은 이해관계를 초월하는 관계이다. 가족의 입장으로 나의 선택을 생각해 보고 수술을 권하는 것인데 거부해야 할 마땅한 이유가 없었다. 그것은 지금 이 시점에서 '뭣이 중헌디'의 문제였다.

병원을 다녀 본 분들은 알 것이다. 한국 대학병원 의사와의 상담은 대개 5분을 넘지 않는다. B교수와 수술에 대한 치열한 대화를 마치고 상담실을 나오니, 시간이 30분을 훌쩍 지나 있었다. 기다리는 환자들의 눈총이 따가웠다. B교수는 나를 위하여 그렇게 긴 시간을 배려해 주었다. B교수는 나의 상황을 최대한 고려하여 빠른 수술 일정을 잡아 주겠다고 약속했다. 수술 날짜를 통보받고 나는 어이가 없어졌다.

"수술 날짜가 잡혔습니다. 9월 11일입니다."

'왜 하필 9.11이야?' B교수는 2차 수술은 1차 수술보다 훨씬 어렵다고 했고, 통계적인 근거에 의한 수술의 성공 확률은 7:3이라고 말했다. 수술이 실패할 확률이 30%라는 말이었다. 이 확률은 수술을 앞둔 나에게 실체적으로 어떤 의미가 있을까. 내가 종사한 업무에서는 일선의 영업 담당자는 고객으로부터 장비가 언제까지 필요하다는 요청을 듣는다. 영업 담당자는 그 요구에 대한 확신이 80% 이상일 경우 본사에 통보하고 장비 제작에 들어간다. 고객의 요청이 여러 가지 이유로 진행되지 못하고 이미 제작된 수십억 원의 장비가 재고로 남게 되는 것을 막기 위한 안전망이었다. 지금 나는 장비를 제작하는 데 필요한 확신인 80%보다 낮은 수술 성공률 70%로 내 인생을 걸어야 하는 것인가?

나와 아내는 시험 준비를 하는 학생과 부모처럼 만반의 2차 시험 준비에 들어갔다. 이미 한번 경험한 것이기에 쉬울 것 같았지만, 오히려 그 경험의 트라우마가 되살아나며 더 힘든 시간이 다가오고 있음을 알아차렸다. 하지만, 아내도 나도 누구도 그 말을 입 밖으로 내지 않았다. 첫 번째 수술보다 조금 더 시간이 오래 걸렸지만 수술은 무사히 끝났다. 첫 수술과 비슷한 중환자실, 집중 치료실, 일반 병실로 옮겨지는 과정을 밟았다. 나도 이제 이 병원의 뇌신경센터의 고참이고 딱히 좋을 것 없는 익히 알려진 환자가 되었다. 수술 후 어느 정도 안정을 되찾고 B교수는 수술의 결과와 향후 일정을 이야기한다.

수술은 잘되었고 3개월 후에 다음 일을 판단하자고 했다. 그것은 집에 돌아간다는 뜻이었다. 또, 한 가지 추이를 살펴야 하는 것이 있다고 했다. 1차 수술 때 후각신경이 지나가는 부위의 뇌혈관을 수술했고, 이제 3개월이 지났으니 그 기능이 돌아올 때가 되었다는 것이다. 하지만 나는 전혀 냄새가 느껴지지 않았다. 환자에 따라 감각이 회복되는 시간이 다르니 3개월을 더 지켜보자고 했다.

그 후 3개월이 또 지났는데도 나의 후각 신경은 아직 잠자고 있는 것인가, 반응이 없었다. B교수는 의학적으로 조치할 방법은 다 했으니 이제 오직 하늘에 맡겨 보자고 했다. 그리고 6개월, 1년이 지나도 나는 냄새를 맡을 수가 없었다. 후각 신경이 나에게서 영원히 사라진 것이다. 다행히 미각은 잃지 않았으니 이만하길 다행이고 감사하게 여긴다. 단 한 번의 황당한 경험을 제외하고는 후각 상실에 대한 큰 슬픔에 빠질 정도는 아니었다,

그 황당한 경험은 수술 후 몇 년이 지나서 일어났다. 한국 출장을 갔고 한국 지사 근처에 있는 항상 이용하는 호텔에 체크인했다. 그래서 내부 시설이나 구조에도 익숙하다. 늘 하는 방식으로 세면대에 치약, 칫솔, 면도기, 그리고 몇 가지 약을 정리해 놓고 샤워실로 들어갔다. 따뜻한 물줄기를 맞으며 긴 여행의 피로를 풀며 이빨을 닦는다. 우리의 감각 기관은 상호 작용으로 그 기능을 보완하고 더욱 완벽하게 만든다. 음식의 맛은 단지 혀로만 느끼는 것이 아니며, 눈으로 보며 식감을 더 살리고 고소한 냄새는 그 맛의 풍미를 더 높여 준다.

그런데 지금 뭔가 이상한 느낌이었다. 샤워실에 들어와 제법 오랜 시간 양치질을 하고 있는데 왠지 입속에 거품이 나오지 않았다. 냄새는 맡지 못하니 판단을 할 수 없고, 눈으로 보이는 칫솔에는 분명 거품이 없고 그제야 입에서 느껴지는 치약 특유의 맛이 없는 것 같았다. 아차…! 세면대 위에 놓인 물건들을 확인했다. 출장 때면 항상 가지고 다니는 피부 연고제의 위치가 제자리가 아니었다. 설마 치약 대용으로… 그렇다, 치약을 사용한 자국 없이 그 자리에 그대로였다.

보통 사람이 이런 일을 겪었다면 나중에 술자리에서 나눌 수 있는 재미있는 에피소드가 하나 생긴 것이다. 그러나 후각을 잃은, 아픔의 당사자가 겪는 이 상황은 씁쓸하고 외롭다. 그 이후론 큰 실수 없이 잘 지내고 있다. 후각이 상실한 자리를 나머지 네 가지의 감각인 시각, 청각, 미각 촉각이 서로를 도우며 빈자리를 잘 메꾸어 주고 있다. 좋지 않은 냄

새 맡지 않으니 오히려 다행이라고 위로하는 것도 덤이다.

아내와 나는 다시 3개월의 회복 기간을 위해 밀착된 생활공간에 함께했다. 첫 수술 후 지낸 같은 장소에서 비슷한 생활 패턴으로 같은 듯 다른 두 번째의 회복 기간을 맞이한다. 이제는 양쪽 머리에 수술 자국이 또렷이 남아 있다. 나를 바라보는 아내의 눈길은 안타까움으로 가득하고 그것을 바라보는 나는 또 아내의 처지가 안타깝다. 두 번째이니 조금은 익숙하고 처음만큼 힘들지는 않을 거라고 서로를 위로했다. 좋은 기억에 대한 익숙함은 편안함을 주지만, 나쁜 기억에 대한 익숙함은 그 아픔을 실제보다 더 키우기도 한다. 어느 시점에 어떤 통증이 찾아오고 그 통증은 얼마나 지속되는지를 아는 것은 그 공포를 미리 당겨 경험하게 한다. 어쩌면 모르고 맞이하는 고통이 더 나을지도 모른다.

아내와 나는 그렇게 6개월을 버텼다. 여기에 다 풀 수 없는 기적 같은 일들도 많았다. 그것은 결코 우연이라고 할 수 없는 많은 신비한 일들이 나를 보살피고 아내와 나를 지켜 준 듯한 경험이었다. 고통의 두 번째 3개월도 지나가고 6개월 만에 집으로 돌아온다. 일주일 일정의 출장이 6개월로 늘어났고, 갈 때는 혼자였지만 돌아올 때는 둘이었다. 떠날 때는 멀쩡한 외형이었는데 돌아올 때는 머리 양쪽에 큰 수술 자국이 남아 있다.

아내와 나는 다시 돌아온 집의 푸근함을 느끼며, 서로를 위로하며 우리의 희망을 주워 담기 시작한다. 믿음과 소망이 간절히 합치할 때 기적이 일어난다고 한다. 집으로 돌아왔지만 나는 여전히 수술 관리 대상자이며, 주기적으로 병원을 방문하고 경과를 확인해야 하는 조건부 석방인 것이다. 집으로 돌아온 지 3개월 만에 다시 검사를 받기 위해 한국행 비행기에 몸을 실었다.

아내는 혼자 보내는 것이 무척 걱정되는지 함께 가겠다고 떼를 썼다. 아내를 달래고 어르고 하여 혼자 다녀오기로 했다. 혼자 가는 것의 부담이 없는 것은 아니지만, 그 아픈 기억의 장소에 아내를 다시 데려가고 싶지가 않았다. 그것은 지금 내가 감당해야 하는 것이고 아내에 대한 최소한의 배려일 것이라 생각했다. 항상 이용하는 항공사 비행기를 타고 짐 정리를 하고 정해진 좌석에 앉는다. 한국에서 해야 할 일들을 머릿속에 정리하며 휴식을 취하고 있는데 승무원이 다가와 "오늘 비행을 도와줄 승무원입니다."라고 자기를 소개했다.

이런 기적 같은 만남이 있는가! 아내를 만난 것이다. 눈이 확 뜨였다! 내 귀로 들은 승무원의 이름과 가슴에 붙어 있는 이름표를 번갈아 확인했다. 그 승무원의 이름은 분명 아내의 이름과 같았다. 기적같이 나타난 아내와 같은 이름을 가진 승무원의 도움 덕분인지 나는 한국에서 수술 후 검사를 잘 마치고 무사히 집으로 돌아왔다. 그 후에도 방문하는 주기는 길어지지만 같은 의료 목적의 한국 방문은 계속된다. 시간이 지나고 가끔 혼자 생각해 본다. '그때 그 승무원의 이름은 정말로 아내와 같은 이름이었나? 아니면 나의 소망과 믿음이 합쳐져 아내의 이름으로 읽은 것인가?'

많은 분이 나의 회복을 위하여 기도하고, 용기를 주었고, 또 말없이 나의 복귀를 기다려 주었다. 무어라 표현할 수 없는 감사함과 배려를 보여 주었다. 병원으로 직접 찾아오신 분들도 많았지만 사정상 면회가 되지 않아 그냥 돌아가신 분들께는 지금도 미안한 마음이었다. 내가 먹고 싶어 한다고 수박을 한 통 사온 분도 있었고, 나는 수술로 퉁퉁 부은 눈을 뜨지도 못한 채 그 달콤함과 시원함을 탐미했다.

병원 식사를 지루해하는 것을 알고 얼큰한 탕을 사서 오고, 많은 외부 음식을 들고 오셔서 나의 입맛을 살려 주었다. 수술이 끝나자 직장 동료들이 위로와 격려의 메시지를 보내 주었다. 내 병실 한 귀퉁이에 걸어 놓고 그들과 다시 만날 날을 기대하며 힘을 챙겼다. 영광스럽게도 3분의 CEO도 응원 메시지의 한 칸을 채워 주었다. 개인적으로 결이 비슷하여 많이 따랐던 현 CEO도 응원해 주었고, 압도적인 카리스마로 모두 가까이하기 어려워했던 전임 CEO도 예상치 못한 응원 메시지를 보내 주었고, 후임 CEO가 되는 분도 격려해 주었다. 많은 분의 격려와 응원을 발판 삼아 나는 다시 업의 현장으로 복귀한다.

두 차례의 수술은 분명 내 인생에서 힘들고 고통스러운 시기였다. 육체적인 고통과 더불어 내 인생의 경로가 탈선하는 듯한 심리적인 불안에 더욱 힘들었다. 수술대 위에 누웠을 때의 싸늘한 냉기는 몸이 느끼는 차가움보다 더한 마음의 쓸쓸함이었다. 철제 핀이 양쪽으로 꽂혀 있는 머리를 바라볼 때의 참담함은 생에 대한 원망이었다. 한밤 병실 복도를 걸을 때의 외로움은 고독보다 더한 초라함이었다. 딱딱한 의자에 쪼그리고 얼굴을 묻고 있는 아내를 지켜보아야 하는 가슴쓰림은 나를 오그라들게 만드는 답답함이었다.

오늘은 또 어떤 통증이 찾아올까 하는 두려움으로 두 손으로 머리를 감싸고 깨어난다. 그렇게 맞이하는 아침은 나와의 슬픈 첫 만남이었고, 그 만남은 꽤 오랜 시간 지속된다. 지금 나의 고통에 언젠가는 둔감해지고 또 그것에 익숙해질 것이다. 이 고통이 나를 단단히 할 것이고 새로운 변화를 줄 것이라는 희망을 놓지 않으려고 다짐하고 다짐했다. 훗날 지금 나의 고통이 아무 의미 없이 한 때의 기억 속으로 사라질까 두려웠다.

내가 받은 육체적 고통과 정신적인 좌절보다 더 심한 나락을 경험하고 있는 분들이 많이 있을 것이다. 나의 고통이 치유되고 다시 일상으

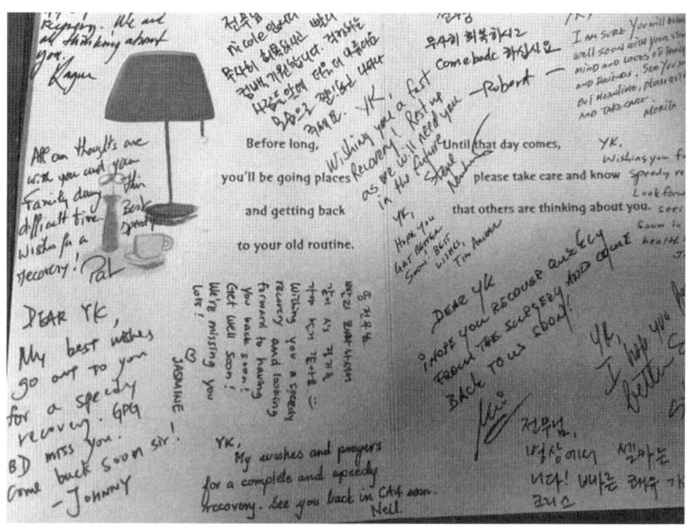

격려 메시지 1

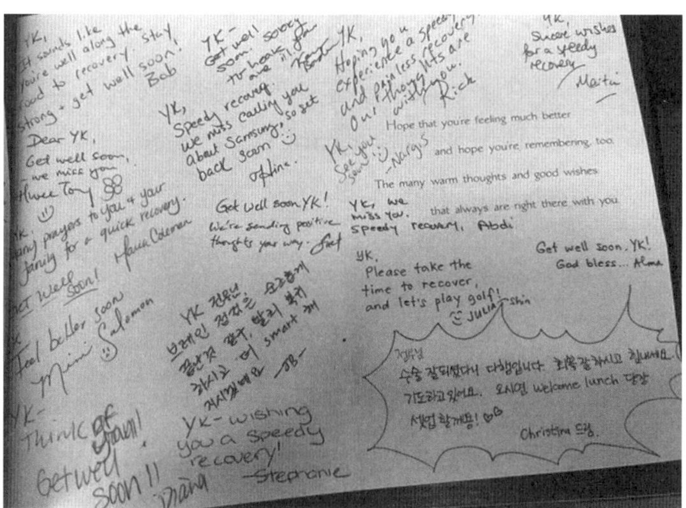

격려 메시지 2

로 돌아온 것처럼, 지금 힘든 시간을 겪고 있는 많은 분에게도 치유의 기적이 일어나길 진심으로 기도한다. 굳건한 믿음과 소망이 합치되면 기적은 분명 일어날 것이다. 찰스 디킨스는 1859년 토머스 칼라일의 프랑스 혁명사를 참고하고 런던과 파리의 두 도시를 배경으로 펼쳐지는 인간성과 희생, 사랑, 정의를 다룬 장편 역사소설인 『두 도시 이야기』를 발표한다. 고통스러운 왕정 통치 끝에 자코뱅파가 모든 걸 뒤엎어버리고 피바다가 된 파리와 합리적인 통치와 위로부터의 혁명을 성공시켜 대도시가 된 런던이 대비되며 공존하는 시기였다. 암울하면서도 역동적인 혁명 전야의 세태를 묘사한 글은 이렇게 시작한다.

"최고의 시절이자 최악의 시절, 지혜의 시대이자 어리석음의 시대였다. 믿음의 세기이자 의심의 세기였으며, 빛의 계절이자 어둠의 계절이었다. 희망의 봄이면서 곧 절망의 겨울이었다. 우리 앞에는 모든 것이 있었지만 한편으로 아무것도 없었다. 우리는 모두 천국으로 향해 가고자 했지만 우리는 엉뚱한 방향으로 걸었다."

주인공 시드니 칼튼이 사랑하는 여성 루시 마네뜨와 그녀의 연인 찰스 다네이를 대신하여 자진하여 단두대에 오르는 인간적인 숭고함과 자기희생을 보여주며 이야기는 마무리된다. 시드니가 단두대에 오르기 전 던지는 독백은 그의 희생이 단순한 종말이 아닌 영원한 구원을 의미하는 메시지를 던진다. "내가 지금 하려는 것은 지금까지 해 온 어떤 행동보다도 훨씬 더 숭고한 일이다. 이제 나는 지금까지 내가 알았던 그 어떤 안식보다도 더 평안한 안식을 향해 갈 것이다."

우리는 늘 극단의 대비가 공존하는 세상을 살고 있다. 두 번의 뇌 수술과 치유의 과정을 거치는 시기에 나는 두 개의 타협되지 않는 세상과 마주하고 있었다.

하나의 세상은 why me?의 의식이 지배하는 세상이었다. 그것은 부정이었고 절망이었고, 또한 불신의 세상이었다. 하필 나에게 어떻게 이런 일이 생길 수 있나 하는 현실에 대한 부정은 그동안 살아온 나의 삶을 절망의 나락으로 빠뜨렸다. 무엇보다 앞으로 살아갈 날들에 대한 믿음을 심각히 훼손시키고 있었다. 세상의 순리를 크게 거역하지 않았고, 악함을 의도하지 않았고, 나름 선한 업을 쌓으며 살아왔다고 생각했기에 나에게 닥친 시련을 받아들이기가 버거웠다. 적어도 나에게는 이런 비극이 생기지 말아야 한다는 믿음에 대한 배반이 눈앞에 어슬렁거렸다.

또 다른 세상은 why not me?의 마음으로 바라보는 세상이었다. 그것은 인정이었고 희망이었고, 또한 믿음의 세상이었다. 세상 풍파는 누구에게나 예기치 않게 일어나고 꼭 나를 피해 가야 하는 필연적인 근거는 없는 것이다. 내가 특별해야 하는 이유도 예외여야 하는 명분도 없다는 것에 대한 인정이었다. 그것은 나의 존재에 대한 있는 그대로의 수용이고 또한 세상을 한층 겸허하게 바라보는 것이었다. 두 세상의 충돌은 나름의 부정과 인정이 부딪히고, 타협과 한 극단의 선택을 강요하며 치열하게 싸우고 있었다.

『두 도시 이야기』의 시드니의 선택이 그에게 구원의 평안을 주었다면, 나의 구원은 어떤 선택으로부터 가능한 것일까? 어쩌면 그것은 한 극단에 대한 선택의 문제가 아니라 나를 바라보는 그리고 세상을 바라보는 믿음의 문제였다. Why me?의 마음을 Why not me? 그리고 For me!의 마음으로 전환하는 시도를 요구하고 있었다. 50대 초반 인생의 황금기에 들이닥친 두 번의 시련은 절망의 문턱에 다가가는 시간이기도 했지만, 한편으로는 인생 긴 여정을 밝혀줄 희망의 등불이 숨어있는 비밀의 문을 여는 경험일 수도 있었다. 이 시기는 분명 내 인생의 전환

점이었다. 하룻밤 눈뜨고 경험하는 어떠한 계기로 우리의 인생이 결정
적으로 바뀌지는 않는다. 시련과 고통 속에서 다져지고 자라나는 믿음
과 용기가 우리의 인생을 전환하는 근원적인 힘일 것이다. 이 시기는 분
명 두 번의 뇌 수술이라는 전복적인 사건을 통하여 하나의 세상에서 새
로운 세상으로 진입하는 전환기였다. 나에게 닥친 시련은 why me?의
부정과 절망이 아니라 why not me?의 겸손한 인정으로 다가올 시간에
대한 희망과 함께 시련을 지혜롭게 극복하는 힘이 되었다. 그 시절 부
정, 절망, 불신이 지배하는 세상 너머에서 발견한 인정, 희망, 믿음의 세
상의 힘으로 오늘을 버티고 있는지도 모른다. 살아가는 것에 감사할 뿐
이다!

My ——— Way

길은 언제나 선택이다. 두 갈래 길 중 어떤 길을 걸어갈 것인지는 오롯이 나의 선택이고 책임이다. 선택된 길 자체가 행복을 보장하지는 않는다. 인생의 길에는 100점 만점이 보장된 길도 없고, 10점으로 낙인찍힌 길도 없다. 산티아고 길을 걷다 보면 갈림길을 나타내는 표지판을 만나게 된다. 왼쪽 길은 거리는 짧지만 험하고 대신에 멋진 풍경을 볼 수 있다. 오른쪽 길은 길지만 단조롭고 평이하다. 어느 길이나 다 나름의 특색이 있고 장점과 단점이 공존한다. 길 자체가 행복과 불행을 단정 짓지는 않는다. 어떠한 길이든 그 길을 걷는 사람의 자세와 태도가 행복과 불행 여부를 결정할 것이다.

우리보다 먼저 살고 가신 감동과 깨우침을 주신 분들의 삶에 대한 기록들이 많이 있다. 처절한 절망 속에서도 희망을 잃지 않고 오히려 그 상황을 자신을 다듬고 성장하는 기회로 삼은 분들의 이야기는 늘 우리를 감동시킨다. 산티아고 길을 걸으며 자주 듣는 노래 중의 하나가 프랭

갈림길

크 시나트라가 부르는 'My Way'이다. 노래 속 가사를 음미하며 세상을 자기의 방식으로 살아간 삶의 스승들의 길을 되새겨 본다. 앞으로의 나의 길을 그려 보며 지금 걷고 있는 길의 고단함을 이기는 힘도 받았다.

And now the end is near
이제 끝이 다가오네
And so I face the final curtain
내 인생의 마지막 장을 마주하네
…
I traveled each and every highway
나는 갈 수 있는 모든 길을 다 가 보았다네
And more much more than this
그러나 그 무엇보다 중요한 것은
I did it my way
난 나만의 길을 걸었다는 것이네

Regrets, I've had a few

후회, 몇 번 있었지

But then again, too few to mention

하지만 그리 대단한 건 아니었어

I did what I had to do

나는 내가 해야 할 일을 했고

And saw it through without exemption

예외라곤 없이 끝까지 해 나갔지

…

When I bit off more than I could chew

감당하기 힘든 일이 있었을 때

But through it all when there was doubt

그 모든 일들을 겪으며, 의심이 들기도 했지만

I ate it up and spit it out

난 결국 해냈지

I faced it all

난 모두 받아들였고

And I stood tall

모두 버텨냈지

And did it my way

그리고 나의 길을 걸어갔다네

I've loved, I've laughed and cried

난 사랑도 했고, 웃고 울기도 했다네

I've had my fill, my share of losing

충만감도, 상실감도 겪었지

And now as tears subside

그리고 이제 눈물이 가라앉고 보니

I find it all so amusing

이 모든 게 즐거웠다고 느껴지네

To think I did all that

내가 그런 일을 다 해냈다고 생각하니

And may I say

이제 이렇게 말할 수 있겠지

Not in a shy way

부끄러움 하나 없이

I did it my way

난 나의 길을 걸어왔다네

– 프랭크 시나트라, 'My Way' 노래 가사

산 좋고 물 좋고 정자 좋은 곳이 어디 있으랴? 옛날에 딸 하나를 둔 아버지가 있었고 딸을 아주 귀하게 길렀다. 딸이 자라 시집갈 나이가 되자, 아버지는 이 세상에서 제일 훌륭한 사위를 맞이하고 싶었다. 그래서 사방으로 혼처를 알아보았지만, 인심 좋고 인물 좋고 살림도 좋은 조건을 갖춘 혼처가 없어 딸을 시집보내지 못했다. 딸은 점점 나이를 먹어 노처녀 소리를 듣게 되었다. 그러나 아버지가 생각을 바꾸지 않으니, 별도리가 없었다.

어느 날, 딸이 작은 보퉁이 하나를 아버지께 드렸다.

"이게 무엇이냐?"

"아버지, 점심 도시락이어요. 이 도시락을 가지고 다니시다가 산 좋고, 물 좋고, 정자 좋은 곳에서 잡수세요. 꼭 그런 곳에서 잡수셔야 해요."

길을 걷던 아버지가 점심때가 되자 점심 먹을 자리를 찾기 시작했다. 그런데 산이 좋으면 물이 시원치 않고, 산도 좋고 물도 좋은 곳엔 정자가 없었다. 아무 곳에서나 점심을 먹을까 생각도 했지만, 딸이 당부하던 말이 생각나서 그러지도 못했다. 그는 해가 질 무렵까지 그런 곳을 찾았으나, 세 가지 조간을 다 만족하는 곳을 찾지 못했다. 그래서 점심을 먹지 못하고 도시락을 그대로 들고 집으로 왔다.

해가 진 뒤에 집에 돌아온 아버지에게 딸이 물었다.

"아버지 점심 잡수셨어요?"

"아니다. 네가 말한 산 좋고, 물 좋고, 정자 좋은 곳을 찾지 못해 점심을 먹지 못했다."

이 말을 들은 딸이 말했다.

"아버지, 산 좋고 물 좋고 정자 좋은 곳은 찾기 힘들 거예요. 어느 한 가지가 좋으면 다른 한 가지가 좀 부족하겠지요. 사윗감 고르는 일도 그런 것 아닐까요? 인심 좋고 인물 좋고 집안 좋고 이런 조건을 다 갖춘 사람이 어디 있겠어요? 여러 조건 중 가장 중요한 것은 성실한 것일 터이니, 그런 사람을 찾아서 맞춰 살면 되겠지요." 비단 이 이야기 속의 사위를 고르는 일뿐만 아니라 우리가 생활 속에도 이것저것 따지고 싶은 조건이 많지만, 모든 조건을 만족하는 경우는 잘 없다. 오르막이 있으면 내리막이 있고, 반복되는 순환이다. 넓고 평탄한 길을 달리기도 하고 좁고 험난한 오솔길을 만나 천천히 걸어야 하는 경우도 있다. 직선 길로 빠르게 가기도 하지만 곡선의 길을 만나 돌아가기도 하는 것이 인생이다. 인생의 긴 여정을 계획대로 오차 없이 정해진 길을 가는 경우는 거의 없다. 누구나 예상치 못한 복병처럼 험난한 길을 만나고, 때로는 힘든 길인 줄 알면서도 자청해서 그 길로 들어서는 경우도 있다. 험난한 인생길을 걸어온 여러 사람의 이야기를 따라가 보자. 그들의 인생길은 역경을 헤쳐 나가는 인간 승리의 길이자, 그 시간 속에 함께하는 사색과 성찰을 통해 성숙해지고 성장하는 길이었다.

신영복 선생의 길

어제의 반성과 성찰 위에서
오늘을 만들어 내고,
오늘의 반성과 성찰 위에
다시 내일을 만들어 가는
끊임없는 사색의 갈무리가
우리를 아름답게 키워 주는 것입니다.
— 신영복

신영복 선생(1941~2016)은 1968년 통일혁명당 사건으로 무기 징역형을 선고받고, 1988년 8.15 가석방으로 20년 20일의 수형 생활을 마치고 출소했다. 이후 성공회 대학교 경제학부 교수로 2006년까지 재직했으며, 2014년 암 판정을 받고 투병하다 향년 74세로 생을 마감한 우리 시대 대표적인 진보 지식인이다. 선생에게 내려진 암 판정은 '흑색종암'이라고 한다. 이 암은 통상적으로는 잘 발병하지 않는 햇빛이 귀한 지역에서 발생하는 암이라고 한다. 20년의 감옥 생활에서 누리지 못한 부족한 햇빛이 이 암의 발병과 관련이 있을까? 안타깝고도 애석한 마음이 든다.

신영복 선생의 삶은 크게 세 시기로 나뉜다. 첫 번째 시기는 청춘의 시기다. 그는 부모의 사랑 속에서 다재다능한 소년으로 자라나고, 시대의 모순과 아픔을 헤치고 행동하는 사회학자로 성장했다. 하지만 28세의 나이에 투옥되어 20년이 넘는 세월을 감옥에서 보낸다. 그때 감옥이 아니었다면 절대로 만나지 못했을 사람들을 만난다.

두 번째 시기에는 감옥에서 사람들과 교류하면서 책과 논리가 아닌 인간과의 관계를 통해 세상을 보는 새로운 시각을 형성하게 된다. 선생은 이 시기를 낮은 곳에서 함께하며 참다운 삶의 자세를 배운 인생의 대학 시절이라고 했다. 감옥은 동료 죄수들과의 관계를 통한 인간학 교실로, 감옥의 좁은 창으로 넓은 사회를 조명하는 사회학 교실로 여기며 사람에 대한 애정을 토대로 한 '관계론'을 일구었다.

세 번째 시기에는 감옥에서 나와 성공회 대학에 재직했다. 감옥이라는 인생 대학에서 배우고 체득한 인간학, 사회학, 그리고 삶의 철학을 현실의 대학에서 가르쳤다. 선생은 감옥에서의 성찰과 사색 그리고 다른 죄수들과의 관계 속에서 인간과 삶에 대한 선생의 사고 체계를 정립했다. 선생은 함축적인 글과 글씨, 그리고 강연을 통해 많은 사람에게 위로와 각성의 계기를 주었다. 그러므로 사랑과 삶의 철학을 전파해 준 시기라 할 수 있다.

신영복 선생은 28세의 나이에 무기징역을 선고받고, 지금은 없어진 남한산성 육군 교도소에 수감된다. 교도소는 살인, 강도, 폭행, 사기 등의 범죄를 저지른 사람들이 모여 있는 곳이다. 평탄치 않은 삶의 과정에서 춥고 낮은 곳에서 몸으로 부딪치며 살아온 습성이 몸에 밴 다른 재소자들과 엘리트 코스를 걸으며 관념적인 삶의 길을 걸어 온 선생의 인생의 결은 사뭇 달랐을 것이다. 대학을 나오고 엘리트 코스를 걸어온 선생은 그들과 사용하는 언어도 다르고, 생각의 차이도 있을 것이고, 하물며 몸에서 묻어나오는 모습도 달랐을 것이다. 감옥에서 선생은 다른 재소자와 어울리지 못하고 따돌림을 받았다. 감옥 속에서도 또 다른 감옥에 갇혀 있는 듯한 이방인 같은 시간이 4~5년이었다고 한다. 같은 방에 함께 수감되어 있는 재소자들과 기울어진 운동장이 아닌 같은 평면에 함께하고 있다는 사실이 인정되고 확인되기 전까지 그들은 선생을 이방인으로 취급했을 것이다.

선생이 남한산성(육군교도소)에서 처음 만난 것은 '죽음'이었다고 한다. 함께 생활하던 사형수 중 다섯 명의 사형이 집행되었고, 한 사람은 그곳에서 타살되었다. 선생도 처음에는 사형수였다. 그 당시 교도소에서는 자살하는 사람도 꽤 많았다고 한다. 붓글씨를 잘 쓰던 선생에게 재소자가 지켜야 할 준수 사항을 직접 쓰게 했고, 그 준수 사항이 교도소에 걸렸다고 한다. 30개 정도 되는 준수 사항의 제1항은 교도관의 지시 명령에 복종해야 한다는 것이었고, 5~6번 항에 자살을 해서는 안 된다는 항목이 있었다고 한다. 선생은 죽음의 유혹을 이기게 한 것은 독방에서 맞이하는 햇볕이었다고 한다. 감옥의 작은 독방에 비치는 하루 2시간의 햇볕은 생명의 양지였다. 신문지 한 장 크기 창으로 들어오는 햇볕만으로도 인생은 결코 손해가 아니라고 느끼며 행복을 느꼈다고 말한다.

24시간 모든 것이 공개되는 감옥은 목욕탕처럼 적나라하게 서로의 실체가 드러나는 공간이다. 가면으로 씌워진 가짜가 지워지고 인간의 민낯을 있는 그대로 들여다볼 수 있다. 선생은 5년의 수감 생활 동안 물 위의 기름처럼 겉도는 존재였다. 하지만 많은 재소자를 만나고 그들의 이야기를 들으면서 선생의 인간관이 서서히 바뀌기 시작했다. 교도소에서 금지된 재소자들 간의 축구 내기 경기를 함께하고 그 벌로 같이 '빠따'를 맞았다고 한다. 주일이면 먹을 것을 얻기 위해 교회를 찾는 '떡신자' 대열에 같이 줄을 서기도 했다. 가르치려 드는 인텔리의 완고함에서 벗어나니 교도소 곳곳에 그의 스승이 있고 친구가 있었다고 했다. 선생은 이 변화를 "머리에서 가슴으로의 긴 여행"이라고 말했다. 차가운 머리로만 인식하고 있던 지식과 관념이 가슴으로 내려와 따뜻한 마음으로 바라보고 인식하게 되는 변화이다. 이는 쉬운 변화가 아니다.

나이 많은 목수 재소자의 이야기다. 그분이 땅바닥에 꼬챙이로 집을 그리는데, 선생은 집이 다 그릴 때까지 그것이 집인지 몰랐다고 한다. 그분이 집을 그리는 순서가 우리가 집을 그리는 순서와 달랐기 때문이었다. 보통은 집을 그릴 때 지붕을 먼저 그리고 다음에 기둥, 방, 마루, 마지막으로 주춧돌을 그린다. 그분은 반대로 주춧돌을 먼저 그리고, 기둥을 세우고, 방과 마루를 만든 후 문을 달고, 마지막으로 지붕을 그렸다. 일하는 목수로서 집을 그리는 순서는 실제로 집을 짓는 순서와 같았다. 집을 지어 본 경험도 없는 우리는 지붕부터 그렸다. 하지만 주춧돌과 기둥 없이 지붕이 어떻게 버틸 수 있겠는가? 살아가면서 이러한 관념적인 사고에 사로잡히고 삶에 기반하지 못한 말과 행동들이 얼마나 나약하고 허망한 것인지를 이 나이 많은 목수의 집 그리기를 통해 깨쳤다고 한다.

신영복 선생의 재소자와의 인간관계를 보여 주는 또 다른 일화이다. 재소자 중에 말도 없고 표정도 어두운 젊은 친구가 있었다. 그는 감방 사람들과의 관계를 일절 거부하고 늘 침울하게 혼자 지냈다. 치약이 없어 세탁비누로 양치질을 하는 것을 보고 치약을 하나 주어도 받지 않았다. 같은 방의 재소자들이 여러 물건을 주었지만 매몰차게 받기를 거부했다. 그는 잊힌 사람으로, 다른 재소자들과 같은 방을 쓰며 지냈다. 한참의 시간이 지난 후 그가 선생에게 말했다. "신 선생님, 저 치약 하나 사 주세요."

"너는 줘도 안 받는 녀석 아냐?" 했더니 신 선생에게는 한 개 사달라고 해도 될 것 같다고 말했단다. 선생은 그 순간이 20년 징역살이 동안 가장 행복했다고 했다. 그때부터 그 젊은이와의 관계가 열리고 말도 나누고 책도 빌려주는 사이가 되었다. 이 젊은이는 과거의 아픈 경험으로 사람을 기피하고, 자신의 울타리를 철저히 치고 그 속에서 생활하는 습성이 배어 있었던 것이다. 하지만 24시간 열려 있는, 숨김없이 인간의 본성을 적나라하게 볼 수 있는 감옥살이에서 신 선생을 나름대로 분석하고 평가하여 관계를 맺어도 좋다고 혼자만의 판단했을 것이다.

이 젊은이는 단기수였기 때문에 곧 출소했다. 그 후 들려온 소식은 그가 '안양에서 죽었다.'라는 것이었다. 그것은 죄를 짓고 잡혀서 안양교도소에서 징역살이를 한다는 의미였다. 신 선생은 이 소식을 듣고 안타까운 마음으로 지내고 있는데, 이 젊은이가 어느 날 난데없이 대전 교도소에 나타났다. 선생과 같이 지내려고 단식 투쟁까지 해서 어렵게 이곳으로 이송되어 온 것이었다. 선생에게 주려고 캐시밀론 A급 담요 한 장을 들고 왔다고 한다. 교도소에서 다시 만나게 된 그 인연이 마냥 반가울 수는 없지만 선생은 그때 행복했다고 한다.

신영복 선생은 감옥살이를 이렇게 말한다. "수형 생활의 관계의 출발은 상대가 아닌 나를 먼저 비추어 보는 것이다." 선생은 감옥에서의 깊은 사색과 성찰을 통하여 인간관계의 본질을 예리하고도 선명하게 꿰뚫어 보았다.

없는 사람이 살기는 겨울보다 여름이 낫다고 하지만 교도소의 우리들은 더 없이 사는 사람이지만, 차라리 겨울을 택합니다. 왜냐하면, 여름 징역은 자기의 바로 옆 사람을 증오하게 한다는 사실 때문입니다. 모로 누워 칼잠을 자야 하는 좁은 잠자리는 옆 사람을 단지 36도의 열 덩어리로만 느끼게 합니다. 이것은 옆 사람의 체온으로 추위를 이겨 나가는 겨울철의 원시적인 우정과는 극명한 대조를 이루는 형벌 중의 형벌입니다. 자기의 가장 가까이에 있는 사람을 미워한다는 사실, 그리고 자기의 가장 가까이에 있는 사람으로부터 미움받는다는 사실은 매우 불행한 일입니다. 더구나 그 증오가 자기의 고의적인 소행 때문이 아니라 자기의 존재 자체 때문이라는 사실은 그 불행을 매우 절망적인 것으로 만듭니다. 그러나 가장 큰 절망은 자기 자신에 대한 혐오로부터 옵니다. 증오의 대상을 잘못 파악하고 있는 자기 자신에 대한 혐오감 그리고 그것을 알면서도 바로잡지 못하고 있는 자기혐오로부터 오는 것입니다.

신영복 선생이 '죽지 않은 이유'가 신문지 한 장 크기만큼의 햇볕이었다면, 깨달음과 공부는 선생이 '살아가는 이유'였다. 공부는 살아가는 것 그 자체요, 살아 있는 생명의 존재 형식이라고 했다. 그것은 인간과 세계에 대한 올바른 인식을 키우는 성찰이며, 그것을 토대로 현실을 바꾸고 새로운 미래를 창조하는 실천이라고 했다. 공부의 시작은 우리를 가두고 있는 완고한 인식을 깨뜨리는 것이며, 차가운 머리에서 따뜻한 가슴으로 가는 먼 여행이라고 했다. 머리로 깨치고 습득한 지식은 가슴으로 내려와 공감하는 능력을 만날 때 그 지식은 한층 성숙되고 삶의 지혜로 재탄생한다. 선생은 머리와 가슴의 비유를 또 이렇게 말한다.

생각은 가슴이 합니다.
　가슴에 두 손을 얹고 조용히 생각합니다. 누구도 머리에 손을 얹고 생각하지 않습니다. 생각이란 잊지 않는 마음입니다. 가슴에 담는 것입니다. 생각은 애정이며 책임이며 포옹입니다. 그래서 생각은 가슴 두근거리게 합니다. 우리는 가슴에 손을 얹고 생각해야 합니다. 하지만 우리 몸의 여행은 그것으로 끝이 아니다. 가슴에서 발까지 가는 더 먼 여행이 남아 있기 때문이다. 우리가 훌륭한 사상을 가진 사람을 만나기 어려운 이유는 그 사상 자체가 복잡하고 난해하여 습득하기가 어렵기 때문이 아니라, 생활 속에서 그 사상이 바르게 실천되기가 어렵기 때문이다. 생활 속에서 실천된 만큼의 사상이 자기 것이며, 그 나머지는 아무리 떠들고 외쳐도 자기의 것이 아닌 허공에 떠도는 공허한 사상에 불과한 것이다. 자기 것이 아닌 것을 자기 것으로 하는 행위를 우리는 도둑질이라고 한다. 훌륭한 사상과 좋은 말을 하나 그에 부합되는 실천을 하지 못하는 것을 경계하라고 하는 말이다. 머리에서 가슴으로 가는 먼 여행을 거쳐 가슴에서 발로 가는 더 먼 여행이 인생 여정이다. 우리의 인생은 어떤 여행을 하고 있는지를 생각해 볼 일이다.

선생이 20년이라는 긴 수형 생활 속에서 제수, 형수, 부모님에게 보낸 서간을 엮은 『감옥으로부터의 사색』이 출소 후 출간되었다. 감옥에서 휴지와 봉함엽서 등에 깨알같이 쓴 가족에게 보낸 편지에 수형 생활의 단상, 가족의 소중함, 세상을 바라보는 시선 등을 진솔하고 정제된 언어로 표현되어 있다.

당시의 감옥에서는 일체의 집필이 허락되지 않았다. 오직 한 달에 한 번씩 엽서를 신청해서 쓰는 편지만이 허락되었다. 편지는 교도관의 감시하에 썼고, 내용은 검열을 통과해야만 외부로 보낼 수 있었다. 작은 엽서 한 장에 정리된 내용을 묘사하기 위하여 선생은 한 달 동안 머릿속에 그 내용을 적고, 고치고 또 자체 검열의 과정을 거쳐 완성했다. 그리고 엽서를 교도관 앞에서 한자의 틀림도 없이 썼다. 이렇게 하여 시적이고 사색적인 선생의 감옥에서의 글이 탄생했다.

선생은 많은 편지를 형과 동생이 아닌 형수와 제수에게 보낸다. 형수와 제수는 선생이 감옥에 있는 동안 시집온 분들이라 선생과는 인간적인 만남이 전혀 없었다. 당시에는 '연좌제'라는 말도 되지 않는 제약이 존재했었다. 형과 동생 앞으로 편지가 보내지면 형제가 사찰의 대상이 되고 사회생활을 하는 그들에게 문제가 생길 것을 염려하여 형수와 제수에게 보냈다고 한다. 선생의 배려는 여기서 그치지 않고 그 수신자를 형수님 '앞'이라고 쓰지 않고 형수님 '옆'이라고 썼다.

무기 징역형을 선고받은 장기수로서 일상이 단절되고, 인생의 끝없는 추락을 경험하고 삶과 죽음의 경계마저도 희미해졌을 것이다. 선생은 이 참담한 현실 속에서 몸으로 부딪히며 살아온 사람들을 만나고 그들로부터 관념적 나약함을 깨쳤다. 그러면서 자신과 세상을 들여다보는 깊은 사색을 통하여 감옥이 주는 단절로부터 탈출했다. 비록 수형자의 몸이지만 그의 정신은 오히려 자유의 공간에서 훨훨 날아다닌 듯하다. 감옥에서의 깊은 사색을 통하여 선생의 생각은 한결 정제되고, 세상과 사람을 바라보는 시선은 더욱 따뜻하게 다듬어졌다. 선생의 정제된 생각과 따뜻한 마음이 정갈한 언어로 남겨져 아직까지도 우리에게 큰 감흥을 남긴다.

선생은 '하는 일' 없이 '보는 일'만으로 얻을 수 있는 것은 별로 많지 않다고 말했다. 깨달음은 결국 자신의 삶과 각자의 길 속에서 길어 올려져야 할 것이다. 모든 깨달음은 오늘의 깨달음 위에서 다시 내일의 깨달음을 쌓아 가고, 깨달음 그 자체를 부단히 높여 가는 과정의 총체일 뿐이라고 말했다.

신영복 선생은 1988년 출소 후 이듬해부터 성공회대학교에서 한국 사상사를 강의했다. 경제학 전공인 선생이 한국 사상사에 관심을 가진 것은 개인의 삶 속에서 시대정신이 중요하다는 믿음 때문이었다. 자유의 몸이 되었지만, 사회와 유리된 삶 속에 안주하는 것은 정직한 삶이 아니라는 그 생각을 지키기 위해서였다고 한다.

선생은 감옥에 있을 때 자신의 미래를 이렇게 그렸다고 한다. "50살에는 사회로 나간다. 50~60살에는 많이 보고 듣고 싶다. 60~70살에는 책을 한 권 쓰고 싶다. 70~80살에는 좀 편하게 쉬겠다." 74세에 생을 마감했으니, 선생의 말씀대로 영원한 휴식을 얻었으리라 믿는다. 선생은 2007년 서화 에세이집 『처음처럼』을 출간한다. 직접 쓰고 그린 서화를 곁들여 감옥 생활에서 얻은 사색의 절정을 보여 준다. 우리가 살아가면서 마주하는 삶의 본질적인 문제들을 감옥이라는 극한적인 환경 속에서 되새기며 그 진정한 의미를 깨우치는 배움의 글이다. 가슴을 울리는 몇 가지 내용을 옮겨 적었다.

고통의 본질

고통이 견디기 어려운 까닭은 그것을 혼자서 짐 져야 한다는 외로움 때문입니다. 남이 대신할 수 없는 일인칭의 고독이 고통의 본질입니다. 여럿이 겪는 고통은 훨씬 가볍고, 여럿이 맞는 벌은 놀이와 같습니다. 우리가 어려움을 견디는 방법도 이와 같아야 한다고 생각합니다.

기쁨과 슬픔을 대하는 자세

큰 슬픔을 견디기 위해서 반드시 그만한 크기의 기쁨이 필요한 것은 아닙니다. 때로는 작은 기쁨 하나가 큰 슬픔을 견디게 합니다. 우리는 작은 기쁨에 대해 인색해서는 안 됩니다. 마찬가지로 큰 슬픔에 절망해서도 안 됩니다. 우리의 일상은 작은 기쁨과 우연한 만남으로 가득 차 있기 때문입니다.

오늘과 내일 사이의 밤

어제가 불행한 사람은 십중팔구 오늘도 불행하고, 오늘이 불행한 사람은 십중팔구 내일도 불행합니다. 어제저녁에 덮고 잔 이불 속에서 오늘 아침을 맞이하기 때문입니다. 누구에게나 어제와 오늘 사이에는 '밤'이 있습니다. 이 밤의 역사는 불행의 연쇄를 끊을 수 있는 유일한 가능성입니다. 밤의 한복판에서 잠들지 말아야 합니다. 새벽을 위하여 꼿꼿이 서서 밤을 이겨야 합니다.

꿈과 깸

우리는 새로운 꿈을 설계하기 전에 먼저 모든 종류의 꿈에서 깨어나야 합니다. 꿈보다 깸이 먼저입니다. 꿈은 꾸어 오는 것입니다. 그렇기 때문에 어디서, 누구한테서 꾸어 올 것인지 생각해야 합니다. 그리고 꿈과 동시에 갚을 준비를 해야 합니다. 그리고 잊지 말아야 할 것은 깸은 여럿이 함께해야 한다는 사실입니다. 집단적 몽유는 집단적 각성에 의해서만 깨어날 수 있기 때문입니다.

성공과 실패

성공은 그릇이 가득 차는 것이고, 실패는 그릇을 쏟는 것이라고 합니다. 그러나 또 한편으로 생각하면 성공은 가득히 넘치는 물을 즐기는 도취임에 반하여 실패는 빈 그릇 자체에 대한 냉철한 성찰입니다. 저는 비록 그릇을 깨트린 축에 속합니다만, 성공에 의해서는 대개 그 지위가 커지고, 실패에 의해서는 자주 그 사람이 커진다는 역설을 믿고 싶습니다.

원숙함

사람은 나이를 더한다고 하여 원숙해지는 것은 아니며, 젊음이 언제나 신선함을 보장해 주는 것도 아닙니다. 나이 들어감이 원숙해지고 젊음이 신선함이 되고 안 되고는 그 세월에 녹아 있는 사색에 달려 있다고 믿습니다. 어제의 반성과 성찰 위에서 오늘을 만들어 내고, 오늘의 반성과 성찰 위에 내일을 만들어 가는 끊임없는 사색의 갈무리가 우리를 아름답게 키워주는 것입니다.

처음처럼

처음으로 하늘을 만나는 어린 새처럼

처음으로 땅을 밟고 일어서는 새싹처럼

우리는 하루가 저무는 저녁 무렵에도

아침처럼

새봄처럼

처음처럼

언제나 새날을 시작하고 있습니다.

산다는 것은 수많은 처음을 만들어가는 끊임없는 시작입니다.

신영복 선생은 두 번에 걸쳐 국내와 국외 기행기를 신문에 연재한다. '국토와 역사의 뒤안길에서 보내는 엽서'라는 부제를 단 국내 여행기 『나무야 나무야』와 세계기행을 책으로 엮은 『더불어 숲』이다. 이 두 책은 단순한 여행기가 아니라 깊은 역사의식과 창의적 상상력으로 역사 속의 인물과 장소를 고찰한다. 여행지를 현재의 역사성 속에서 새롭게 해석하고 숨은 의미를 포획하는 놀라운 지적 통찰의 기록이다. 두 권의 책 제목처럼 나무가 더불어 함께하여 숲을 이루는 것은 마치 시냇물이 강물이 되고, 강물이 흘러 바다를 만나는 여정을 암시하고 있는 듯하다. 선생은 2년간의 국내 여행과 세계 여행을 이렇게 정리한다.

우리가 경계해야 하는 것은 떠남에 대한 기대와 만남에 대한 환상입니다. 떠나지 못한다면 만날 수도 없습니다. 만남을 위해서 우리가 할 수 있는 일은 다른 사람들의 삶에 대하여 겸손한 자세로 다가가는 것뿐입니다. 그것은 우리의 잣대로 평가하고 함부로 재구성하는 것은 오만이며, 삶과 역사에 대한 무지가 아닐 수 없습니다. 어느 곳, 어느 시대의 사람들이건 그들은 저마다의 최선으로 살아가고 있습니다. 그래서 우리가 해야 할 일은 그것을 존중해야 하는 것입니다. 여행이 만남이라고 하는 것은 바로 이러한 겸손을 뜻하는 것입니다. 여행은 돌아옴입니다. 자기의 정직한 모습으로 돌아오는 것이며 우리의 아픈 상처로 되돌아오는 것입니다. 그런 점에서 여행은 귀중한 공부였습니다.

많은 사람이 선생의 강의를 들으며 삶의 좌표를 가다듬었고, 그의 책을 읽으며 깊은 성찰의 메시지를 전달받았다. 선생은 또한 아름답고 깊은 울림을 가진 글씨와 그림을 통해 수많은 사람에게 생의 가치와 의미를 느끼게 해 준 서화 작가이기도 하다. 선생은 평생에 걸쳐 말씀하시던 '더불어 숲'의 철학에서 나무의 소망은 한 그루 낙락장송이 되는 것이 아니라 숲을 이루는 것이라고 했다. 이 말씀은 인간에 대한 애정과 믿음을 바탕으로 한 선생의 작은 실천 의지 같은 것은 아니었을까 싶기도 하다.

'신영복의 마지막 강의'라는 부제를 단 저서 『담론』이 2015년 출간된다. 선생은 담론에서 대표적인 유교 경전인 『시경』, 『서경』, 『주역』으로부터 시작하여 『논어』, 『맹자』를 가르치고 도가 사상인 『노자』, 『장자』까지 관통한다. 여기에 머물지 않고 친숙하지 않은 『묵자』, 『순자』와 법가 사상까지 다루며, 『대학』, 『중용』까지 도달한다. 동양 사상을 이렇게 넓고 깊게 아우른 사상가는 신영복 선생 외에는 찾아보기 어려울 것이다.

선생은 서양 사상인 존재론에 대비하여 관계론의 시각으로 동양 고전을 설파한다. 선생은 동양 고전에서 배워야 할 가치를 화합이라고 주장했다. 화합은 자기와 다른 생각과 가치를 배격하지 않고 존중하는 것이다. 오늘날 우리 사회는 더 양극화되고 자기의 주장만 일방적으로 강요하고 상대의 의견을 듣는 여유와 관용을 허락하지 않는다. 선생은 사람들 사이의 관계와 연대를 늘 힘주어 강조하고 삶에 대한 깊은 사색이 제거된 채 상품 미학에 매몰된 껍데기의 문화를 통렬히 비판했다. 진정한 지식과 정보는 머리-가슴-발로의 먼 여행을 통해서만 얻을 수 있으며, 사람과의 관계 속에서 성장하는 것이라고 말했다. 선생의 책 속 곳곳에 세계와 인간에 대한 깊이 있는 성찰과 가르침이 그득 담겨 있다

1988년 20년 하고도 20일의 감옥 생활을 마치고 자유의 몸이 되는 선생을 기다리는 지인들의 마음은 복잡한 생각으로 차 있었다고 한다. 지인들은 선생의 변한 모습을 상상하고 있었을 것이다. 원한으로 가득 찬 무서운 눈동자를 보일지도, 잃어버린 세월의 회한으로 절망의 눈동자를 보일지도, 20년 동안 소외되었던 바깥세상에의 적응을 고뇌하는 눈동자를 보일 수도 있다고 여겼을지도 모른다. 하지만 그들의 예상은 완벽히 빗나갔고 그것은 충격이었다. 그들 앞에 20년의 세월을 건너 나타난 신영복은 달랐다. 젊은 시절의 유머러스한 모습과 주변 사람을 편하게 대해 주는 친절함은 사라지지 않았다. 지성과 철학적 사색은 더욱 깊어졌고, 무엇보다 인간에 대한 사랑을 안고 있었다. 그는 감옥 생활의 참담함으로 무장된 절망과 회한의 눈빛으로 나타나지 않았다. 새로운 길을 찾아 먼 길을 돌아온, 그들이 알고 있던 예전의 신영복이었다. 선생의 출옥을 기념하며 한 친구가 쓴 글이다.

20년의 옥고를 치르고 우리들 앞에 나타난 그를 처음 만났을 때 우리는 그의 변함없는 모습에 놀라지 않을 수 없었다. 그리고 그가 가족에게 보낸 편지를 모아서 출판한 『감옥으로부터의 사색』을 읽었을 때 그의 조용하면서도 견고한 정신의 영역에 대하여 다시 한번 놀라지 않을 수 없었다. 그리고 우리는 생각했다. 그 긴 암묵의 세월을 견디게 하고 지탱해

준 것은 과연 무엇이었을까? 그의 20년과 비교한 우리의 20년은 어떠한 것이었던가를 스스로 돌이켜 보지 않을 수 없었다. 그리고 더욱 놀라웠던 것은 그 엽서들의 초고를 보았을 때의 충격이었다. 작은 엽서 속에 한 자 한 자 또박또박 박아 쓴 글씨는 그가 인고해 온 힘든 하루하루인 듯 그 글을 결코 범상한 마음으로 대하지 못하게 했다. 그가 엽서에 담으려고 했던 것은 단지 그의 아픔만이 아니라 우리 시대의 고뇌와 양심이었다는 사실에는 많은 사람이 공감하고 있다. 문득문득 생각나기는 했지만. 친구를 감옥에 보내고, 아니 어두운 망각 속에 묻고 나서 우리는 20년이라는 세월 동안 그가 어떤 잠을 잤는지 무슨 밥을 먹었는지 어떤 고통을 부둥켜안고 씨름했는지 까맣게 잊고 있었다. 20년이 지난 어느 날, 그 어둠 속의 유일한 공간이던 엽서와 그리고 그 작은 엽서를 천 근의 무게로 만드는 깨알 같은 글씨들을 마주했을 때의 감회는 실로 형언키 어려운 것이었다. 그 작은 엽서는 바쁘고 경황없이 살아온 우리들의 정수리를 찌르는 뼈아픈 일침이면서 우리들의 삶을 돌이켜 보게 하는 자기 성찰의 맑은 거울이었다. 그것은 작은 엽서이기에 앞서 한 인간의 반듯한 초상이었으며 동시에 한 시대의 초상이었다. 어쩌면 우리는 이 한 권의 책에서 우리가 추구해야 할 삶의 모습을 읽으려고 하고 있는지도 모른다.

우리는 살아오면서 많은 스승을 만나고 그 스승으로부터 살아가는 데 필요한 지식을 얻고 가치관을 형성하고, 또한 인생의 지혜를 배운다. 스승에게 배우는 형태는 크게 사사와 사숙으로 구분할 수 있다. 사사는 스승을 직접 만나서 가르침을 받는 방식이고, 사숙은 만날 수 없는 스승을 책과 작품 등을 통해 배우며 마음으로 본받는 것이다. 신영복 선생은 오랜 시간 동안 사숙을 통하여 나를 일깨우고 가르침을 주신 스승이다. 은퇴하여 시간의 여유가 생기면, 한국에 가서 선생의 강의를 직접 들으며 사사 받을 기회를 꿈꾸기도 했는데 이제는 선생을 만날 수가 없으니 안타까운 마음이다. 하지만 세상의 본질을 꿰뚫는 냉철한 관점과 관계론에 기반하여 인간과 사물을 바라보는 시각, 선생이 보여 준 그것은 나의 남은 생애 동안 늘 함께할 것이다. 신영복 선생은 지금 안 계시지만 그의 가르침은 늘 우리를 밝혀 줄 것이라 믿는다.

빅터 프랭클의 ──── 길

빅터 프랭클(1905~1997)은 오스트리아 출신의 유대인으로 심리학자이자 정신과 의사이다. 나치 포로수용소에서의 경험을 기록한 『죽음의 수용소에서』라는 책을 발간했다. 그는 이 책이 베스트셀러가 되었다는 사실이 자신이 대단한 성과나 업적을 이루었다는 측면보다, 많은 사람이 이 책을 통하여 삶의 의미를 찾고자 하는 절박함에 직면해 있다는 것을 반증하는 것이 아닌가 묻는다.

프랭클 박사는 제2차 세계대전이 발발하자 단지 유대인이라는 이유로 아우슈비츠로 끌려가 나치 수용소에 수감되었다. 강제 수용소의 참혹한 상황, 매서운 추위와 굶주림, 폭행 그리고 목숨을 잃을 수 있다는 극심한 공포에 시달렸다. 주위의 수감자들이 매일 죽어 나가는 절망적인 상황의 연속이었다. 이 시기에 안타깝게도 부모, 형제, 그리고 아내를 모두 나치 수용소에서 잃어버리는 참담한 시련을 겪었다. 무엇보다 놀라운 것은 죽음의 수용소에서 인간의 적나라한 악의를 목도하고 경

험했으면서도 인간에 대해 따스한 마음과 희망적인 시각을 견지했다
는 것이다.

『죽음의 수용소에서』는 나치의 강제 수용소에서 겪은 생사의 엇갈림
속에서도 삶의 의미를 잃지 않고 인간 존엄성의 승리를 보여 준 프랭클
박사의 자서전적인 체험 수기이다. 수용소의 비인간적인 일상과 죽음에
의 공포를 아우슈비츠에 대한 증오심을 품은 유대인의 입장이 아닌 인
간의 정신 상태를 진지하게 고찰한 심리학자이자 의사의 입장에서 쓴
글이다. 그는 수용소의 경험을 통하여 어떤 절망 속에도 희망이 있고,
어떤 존재에도 살아가는 의미가 있다고 믿게 된다. 그 체험을 바탕으로
프랭클 박사는 자신의 독특한 정신 치료법인 로고테라피(의미치료)를
확립했다.

프랭클 박사는 수용소에서 나온 후 그 경험을 토대로 의미치료를 완
성하기 위해 일생을 바친다. 죽음의 수용소에서 극한 상황에 처했던 사
람들, 이름 없는 이들이 겪어야 했던 희생과 시련, 죽음에 관한 이야기
를 다룬다. 수용소는 매일매일의 구타, 인간적인 모멸감, 그리고 굶주림
이 사라지지 않는다. 수용자들의 죽음과 그로 인한 살아 있는 자들의 죽
음에의 공포가 일상인 생활이다. 프랭클 박사는 이 평범한 사람들의 이
야기를 통해 '우리는 왜 살아야 하는가? 어떻게 살아야 하는가?' 그 해
답을 찾으려고 했다. 삶의 의미를 찾으려는 노력이야말로 인간이 살아
가는 동력임을 수용소는 절실히 보여 준다.

최악의 상황에서 효과적으로 살아남을 수 있는 방법은, 삶에 어떤 의미
가 있다는 것을 깨닫는 것보다 더 좋은 방법은 없다.

죽음을 매일 가까이에서 맞이하는 수용소 생활에서도 아름다움과 감동이 존재한다. 죽도록 피곤한 몸으로 막사 바닥에 앉아서 수프 그릇을 들고서 해가 지는 멋진 풍경을 보면서 감동한다. 진흙 바닥에 패인 웅덩이에 비친 하늘의 빛나는 풍경을 보면서 '세상이 이렇게 아름다울 수 있다니!'라고 감탄한다. 수용소 생활에서 허용되지 않는 큰 목표나 도전을 통해서만 삶의 의미가 있는 것은 아니다. 눈앞에 놓여 있는 수용소 생활의 소소하고 미미한 것들로부터 삶의 의미를 발견할 수도 있다.

수용소의 고통과 시련을 견뎌내게 하는 힘은, 그 시련이 가치 있는 것이고 그 고통의 극복을 통하여 삶의 의미를 찾을 수 있다는 믿음이다. 이러한 믿음은 빼앗을 수 없는 영혼의 자유이다. 프랭클 박사는 척박한 환경에 있는 사람도 자기 자신이 정신적으로나 영적으로 어떤 사람이 될 것인가를 선택할 수 있으며, 이를 통해 인간의 존엄성을 지킬 수 있다는 사실을 깨닫는다. 또한 삶과 죽음의 경계가 희미한 수용소 안에서 그들이 겪었던 참담한 시련 속에서도 마지막 남은 내면의 자유를 결코 빼앗을 수 없다는 사실을 터득한다.

> 인간에게 모든 것을 빼앗아 갈 수 있어도 단 한 가지, 마지막 남은 인간의 자유, 주어진 환경에서 자신의 태도를 결정하고, 자신의 길을 선택할 수 있는 자유만은 빼앗아 갈 수 없다.

프랭클 박사가 그 끔찍한 수용소 생활을 견뎌내고 살아남게 한 힘은 삶에 의미가 있다는 믿음과 그 의미를 찾으려는 의지였다. 나치의 강제수용소 수감자 중 자기가 할 일이 있다는 것을 믿고 있는 사람들이 더 많이 살아남았다는 것이 통계자료로 확인되었다고 한다. 일본과 북한 그리고 베트남의 포로수용소에서 실시한 연구 조사도 비슷한 결론을 내렸다. 프랭클 박사는 수용소에 끌려오기 전까지 연구해 온 의미치료법을 수용소의 절망적인 상황에서도 포기하지 않았다. 프랭클 박사는 오히려 수용소의 실존적인 경험을 통하여 의미치료법을 더욱 심화한다. 수용소를 배움의 현장으로 활용한 것이다. 신영복 선생이 감옥을 그를 가르치고 배움의 기회를 제공한 대학이라고 표현한 것처럼, 프랭클 박사는 나치 수용소에서 죽음에 대면해 있는 수감자들을 보면서 그 고통을 치유하는 정신 치료법인 의미치료를 확립하는 기회로 이용한 것이다.

그가 수용소에서 살아나게 한 힘이었던 '삶의 의미'를 찾도록 도와주는 것이 의미치료의 목적이다. 의미치료는 환자의 지금 상태가 아닌 미래에 초점을 맞춘다. 미래에 환자가 이루어야 할 과제가 가진 의미에 초점을 맞추는 것이다. 의미치료에서는 환자가 삶의 의미와 직접 대면하게 하고, 그것을 향해 나아가도록 도와준다. 이 이론은 인간이 자신의 삶에서 어떤 의미를 찾고자 하는 노력을 삶의 원초적 동력으로 보았다. 로고테라피는 그리스어에서 의미를 뜻하는 '로고스'에 연유한다. 로고테라피를 통하여 환자 스스로 자신의 내면에 숨겨져 있는 '로고스'를 깨닫도록 도와주는 것이 의미치료이다.

나치 수용소에서 프랭클 박사가 걸어간 길은 분명 아무나 갈 수 있는 쉬운 길은 아니었을 것이다. 그 길이 자신을 살리는 길이며, 또 남을 살릴 수도 있는 길이라는 목표를 가졌을 것이다. 프랭클 박사는 수용소에서 남을 위해 희생하는 사람들을 보며 도스토옙스키의 말을 자주 떠올렸다고 한다.

수용소의 처참한 고통 속에서 그 고통 자체가 주는 아픔도 견디기 어려웠지만, 어쩌면 그 고통이 아무 가치 없이 소멸되는 것이 더 두려웠을 것이다. 프랭클 박사가 걸어온 길에서는 고통이 고통으로 끝나지 않고 새로운 가치인 의미치료로 탄생하는 생명의 길이고 창조의 길이었을 것이다. 인간의 삶의 긴 여정에 평탄한 길만 허용되지는 않는다. 누구나 곤경에 처하고 때로는 죽음과도 직면하는 고통을 마주한다. 비극 속에서도 희망을 가지고 시련을 깨우침에 이르는 배움으로 전환하는 힘이야말로 진정한 삶의 의미일 것이다. 죽음의 수용소에서 스스로의 삶의 의미를 놓지 않았고, 죽음에 직면한 환자의 삶의 의미를 찾는 길을 걸은 프랭클 박사의 길 이야말로 진정한 'My Way'였다.

아우슈비츠 제2수용소에는 지금도 철길이 그 수용소 안으로 뻗어 있다고 한다. 유럽 전역에서 왜 끌려왔는지 이유조차 모르는 유대인을 가득 실은 화물 기차가 이 철길로 들어섰을 것이다. 가족과 생이별을 당하고 짐짝처럼 실려와 죽음의 수용소 한쪽에 던져졌을 것이다. 제2차 세계대전이라는 미명하에 그들의 삶은 일고의 가치도 없는 나치주의의 목적을 위한 처리 대상으로 전락하고 말았다. 폭력과 굶주림 그리고 가스실을 거치면서 300만 명이 사라진다. 300만의 곱절의 가족, 친구, 지인들이 그 상처로 아파했을 것이다.

다행스럽게도, 제2차 세계대전에서 나치 독일이 자행한 만행에 대한 독일인의 사죄는 진정이며 엄숙하다. 아직도 많은 독일인이 잊지 않고 아우슈비츠를 찾고 반성하며 선조의 죄를 사죄하고 있다. 빌리 브란트 총리가 이곳에 와서 통곡한 기사는 많이 알려져 있다. 아우슈비츠를 찾는 가장 많은 민족은 피해자인 유대인이다. 다음으로 가장 많이 찾아오는 민족이 가해자인 독일인 것은 그나마 다행한 것이다. 아우슈비츠는 그 부끄러운 역사를 잊지 않기 위해 독일 학생들의 수학여행 코스이기도 하다. 비슷한 아픈 역사가 있는 우리와 그 가해자인 일본이 대하는 자세를 비교하면, 아직도 청산되지 않은 우리의 아픈 역사가 가련하게 서글프게 느껴진다.

헨리 데이비드 소로우의 길

헨리 데이비드 소로우(1817~1862)는 매사추세츠주의 콩코드에서 태어났다. 하버드대학교를 졸업했으나 물욕과 인습의 사회와 인연을 멀리하고, 월든의 호숫가에 통나무집을 짓고 홀로 살았다. 청순하고 간소한 생활을 영위하며 자연과 인생을 직시하며 젊은 시절을 보냈다. 그때의 경험을 바탕으로 쓴 수필집 『월든』은 전 세계 많은 이에게 애독되는 그의 대표 저서이다.

소로우는 멕시코 전쟁에 반대하며 인두세 납부를 거부하여 수감되었던 사건을 통해 개인의 자유에 대한 국가 권력의 개입을 비판한 『시민 불복종』을 발간한다. 민중이 국가의 정책이나 법률이 부당하거나 도덕적 정당성은 갖지 못했다고 판단하여, 자신의 양심에 따라 이를 거부하거나 위반하는 행동을 '시민 불복종'이라고 한다. 그는 '시민 불복종'의 다섯 가지 조건을 제시했다. 그 조건은 목적이 정당성을 가지고, 행위에 대한 처벌을 감수하고, 비폭력적이며, 최후의 수단으로 사용되어야 하며, 마지막으로 개인을 위한 것이 아니라 공공을 위한 것이어야 한다고 했다. 그의 사상은 러시아의 대문호 레프 톨스토이, 인도의 국부 마하트마 간디, 미국의 마틴 루터 킹 목사, 남아공의 넬슨 만델라 대통령을 비롯한 세계의 많은 이들에게 영향을 주었다.

『월든』은 이렇게 시작된다.

> 내가 이 책을 지을 무렵, 나는 매사추세츠주의 콩코드 마을 근처에 있는 월든 호수가의 숲속에 집 한 채를 손수 지어 홀로 살고 있었다. 그곳은 가장 가까운 이웃과도 1마일쯤 떨어진 곳이었으며, 나는 순전히 노동으로 생계를 유지하고 있었다. 나는 거기서 2년 2개월 동안 살았다.

그는 월든 숲을 떠나며 또 이렇게 마무리한다.

> 나는 숲에 들어갈 때와 마찬가지로 어떤 중요한 이유 때문에 숲을 떠난다. 내게는 살아야 할 또 다른 몇 개의 인생이 남아 있는 것처럼 느껴졌으며, 그리하여 숲속 생활에서는 더 이상의 시간을 할애할 수 없었던 것이다.

그는 월든에서의 생활에 기초하여 성숙된 그의 사유를 공유했다. 그의 사유의 핵심은 우리의 삶을 최고조로 단순화할 필요가 있으며 개인적인 본성을 따라 움직여야 한다고 말했다.

첫째, 시간의 주인이 되어라.

자신의 인생을 자신의 것으로 인식하고 주어진 시간을 제대로 계획하고 사는가에 대하여 스스로 질문하라. 소로우는 자신이 소유하고 소비하는 시간을 이렇게 표현했다.

> 그 당시 나는 정말로 부유했다. 금전적인 의미가 아니라 양지바른 시간
> 과 여름의 날들을 풍부하게 가졌다는 의미에서 그러하였던 것이다. 그리
> 고 나는 이것들을 아끼지 않고 썼다. 그 시간들을 공장이나 학교의 교단
> 에서 보내지 않은 것에 대해 나는 결코 후회하지 않는다.

소로우의 생활은 경제적으로 풍요로운 삶이 아닌 스스로 선택한 자발적인 궁핍에 가까웠지만, 자연 속에서 그에게 주어진 시간만큼은 누구도 아닌 자신이 주인으로 살아가는 생활을 추구했다.

둘째, 고독의 친구가 되어라.

진정한 내가 되는 것은, 자신이 좋아하는 일을 할 때와 자신이 만나고 싶은 사람을 만날 때이다. 자신과의 시간을 가지며 고독과 친구가 되는 것이 가장 귀한 것이다. 우리에게 고독이 필요한 이유는 '새로운 가치'를 획득할 시간이 필요하기 때문이라고 소로우는 말했다. 고독은 군중의 소음으로부터 도망치는 수동적인 의미를 초월하는 우리의 마음이 새로운 생각을 품을 수 있게 하는 능동적인 의미에서 더욱 가치가 있다. 소로우는 고독과 함께하는 시간을 이렇게 말한다.

> 진실로 바라건대, 당신 내부에 있는 신대륙과 신세계를 발견하는 콜럼버
> 스가 돼라.

셋째, 자연에서 모든 것을 배워라.

당신은 진정 홀로서기를 해 본 적이 있는가? 나를 둘러싸고 있는 모든 것을 버리고 내 자신일 수 있는지 물어보라. 실천적 초월주의자인 소로우는 미국적 삶의 주류에 정면으로 반기를 든 실험적 삶을 산 사람이었다. 산업화와 근대화에 사로잡힌 근대적인 삶의 양식을 거부하고 비판한 그는 내면의 풍요로움, 검소한 삶, 자급자족의 삶을 강조했다. 이 외에도 그는 자연과 친화적인 삶을 중시하고, 전쟁과 노예제도를 비롯한 물질문명과 인간의 이기와 탐욕을 반대하며, 옳지 못한 정부와 사회에 대해서는 저항하고 맞설 것을 주장하는 시민 불복종 운동을 주장한 생태주의자였다. 소로우는 자신이 걸어온 길에 대한 평가를 이렇게 내린다.

왜 우리는 성공하려고 그렇게 필사적으로 서두르며, 그처럼 무모하게 일을 추진하는 것일까? 어떤 사람이 자신의 또래들과 보조를 맞추지 않는다면, 그것이 아마 그들과는 다른 고수가 내는 북소리를 듣고 있기 때문일 것이다. 그 사람으로 하여금 자신이 듣는 음악에 맞추어 걸어가도록 내버려두어라. 그 북소리의 음률이 어떠하듯, 또 그 소리가 얼마나 먼 곳에서 들리든 말이다. 사과나무나 떡갈나무와 같은 속도로 성숙해야 한다는 법칙은 없다. 내가 남과 보조를 맞추기 위해 자신의 봄을 여름으로 바꾸어야 한단 말인가?

신영복 선생, 빅터 프랭클, 헨리 데이비드 소로우 모두 자신의 길을 걸으며 살았다. 그들이 경험한 감옥과 수용소 그리고 자연의 생활 속에서 그들은 자신의 고유한 길을 개척했다. 또한 그 길을 통하여 사람과 자연과 소통했고, 그들이 지나온 길의 흔적이 우리에게 깊은 울림을 주며 현재의 우리를 돕고 있다. 그들은 진정한 My Way를 걸었다.

역사는 흐르고,
—— 삶은 이어지고

인간의 삶은 누구에게나 소중하다. 자신들이 처한 시대적 환경이 제각기 다르듯, 그 살아온 모습 또한 다양하다. 하지만 그 생명의 가치와 존엄성은 모두 소중하고 고귀한 것이다. 지금도 지구 곳곳에서 상이한 정치, 경제, 문화적인 여건 속에서 많은 사람이 함께 살아가고 있다. 어느 누구도 생명의 존엄성에 차등을 받고 태어나지는 않는다. 각자의 생명은 그 자체로 소중하고 또한 존중받아야 한다.

우리의 지나온 20세기의 100년은 질곡의 역사였다. 이 땅에서 살아온 우리의 선조는 그 아픔을 온전히 몸으로 부딪치며 살았다. 1910년 일제에 나라를 빼앗긴 식민지의 백성으로 전락하고 온갖 압제와 핍박을 받으며 살아야 하는 운명에 처했다. 1919년 3.1운동을 필두로 그 운명을 되돌리기 위한 목숨을 건 항변의 시간이 이어졌다. 우리 선조들은 독립을 위하여 목숨을 건 투쟁을 한반도와 해외 각지에서 치열하게 전개했다.

하지만 1945년 해방의 기쁨이 채 가시기도 전에 한반도는 남과 북으로 갈라지고 서로에게 총 칼을 겨누었다. 1950년 한국전쟁은 온 나라를 참혹한 비극과 극도로 피폐한 상황으로 빠져들게 했다. 1953년 휴전이 성립되고 남과 북으로 갈라진 민족은 서로를 적대시하며 아직까지 접점 없는 평행을 달리고 있다. 분단으로 야기된 좌·우의 대립은 타협을 모른 채 극단으로 치닫는 기관차와 같았다. 전쟁으로 무너진 나라를 복구하고 가정을 일구기 위한 피나는 노력의 시간은 우리 아버지, 어머니, 그리고 할아버지, 할머니의 몫이었다. 그들의 지난한 삶의 이야기가 조정래 작가의 대하소설 3부작에 그려져 있다.

3부작 대하소설 『아리랑』, 『태백산맥』, 『한강』은 20세기 한국 현대사를 배경으로 한다. 일제 식민지 치하를 이겨 내고 분단과 전쟁의 상처를 겪으며 오늘의 경제적·사회적 성장을 이루기까지 우리 민족의 삶과 애환을 심도 있게 그린 작품이다. 조정래 작가는 무려 32권에 이르는 대하소설 3부작을 집필하는 동안 자료 수집, 고증, 현지 답사 등의 준비 과정을 포함해 총 20년의 시간 동안 글 감옥 속에 있었다고 말했다.

한국 출판 역사상 초유의 1,500만 부 판매 기록을 달성한 3부작 대하소설은 작가의 끈기와 노력 그리고 믿음이 없었다면 탄생하지 못했을 것이다. 이 3부작은 원고지 분량으로 무려 5만 1,000매에 달한다. 지금처럼 컴퓨터를 사용하는 시기가 아니라 손으로 직접 원고지에 글을 쓰다 보니 파지도 엄청나게 많이 생겼을 것이다.

작가는 아들이 결혼하고, 신혼여행에서 돌아온 며느리에게 작품 태백산맥을 필사할 수 있느냐고 물었다고 한다. 며느리는 주저 없이 그러겠다고 대답했단다. 매일 12~13장을 필사하면 3년이 걸리는 만만치 않은 작업이었다. 같은 양의 매수로 3부작을 다 필사한다면 10년이 걸렸다. 새로운 소설을 쓰는 것도 아니고 있는 소설을 그대로 베끼는 데도

10년이 걸리는 방대한 작업을 해 내었으니, 세 권의 대하소설은 가히 우공이산의 끈기에 버금가는 노력이 이룩한 것이다.

대하소설 3부작 32권에는 대략 1,200명의 창작 인물이 등장한다. 작가는 등장인물에 중복 이름은 사용하지 않는다는 집필 의도를 지키며, 스치고 지나가는 단역일지라도 이전 작품에 등장하는 인물과 동일한 이름을 피하며 인물 1,200명을 소설 속에 등장시켰다. 소설을 읽으면서 그 이름이 주는 느낌과 캐릭터를 합치시키는 작가의 능력에 경이로움을 느꼈다. 아리랑에서 늘 신출귀몰하고 머무는 바 없이 베풀고 사라지는 공허 스님의 캐릭터는 공허라는 이름과 안성맞춤이고, 수국의 아련하고 청초한 느낌은 소설 속의 수국이 가져야만 하는 이름이었다.

3부작 대하소설 속에 등장하는 민초들은 우리의 어머니와 아버지였고, 할머니와 할아버지였다. 그들은 참혹한 현실 속에서도 살아남았고, 미래에 대한 꿈과 소망을 잃지 않았다. 그들의 꿈과 소망이 바로 오늘의 우리들일 것이다. 작가는 20년 동안 스스로 들어간 글쓰기의 감옥에서 『아리랑』을, 『태백산맥』을, 그리고 『한강』을 통하여 한국 현대사 100년의 삶의 이야기를 전했다. 우선 아리랑에서 펼쳐지는 우리 선조들의 이야기 속으로 들어가 보자.

아리랑은 200자 원고지 2만 매에 쓰여졌으며, 총 4부작 12권으로 구성되어 있다. 일제 강점기인 1903년부터 광복 직전까지의 시대를 배경으로 우리 민족이 겪은 고난과 저항의 수난사를 다루고 있다. 전라도 김제 지역 농민들의 일제 치하의 척박한 삶과, 토지 조사 사업으로 농토를 잃고 만주로 이주하는 농민들, 중앙아시아로 강제 이주된 농민들, 돈에 팔려 가는 하와이 이주민들이 이야기의 중심이다. 이들을 통해 다양한 공간적인 배경에서 벌어지는 민초들의 수난사를 생생하게 그려 낸다.

일제 치하 36년 동안 죽어 간 우리 민족의 수가 약 400만 명에 이른 다고 한다. 조정래 작가가 아리랑 집필 계획서에 빨간색으로 적어 놓은 글은 죽어간 우리 민족들을 기억하는 것이고, 책을 쓰는 작가로서의 자 신에 대한 경고문이었다고 한다.

2백 자 원고지 2만 매를 쓴다 해도 내가 쓸 수 있는 글자의 수는 얼마인가!

200자 원고지 2만 매의 매 칸에 죽은 사람의 이름을 새겨 넣는다면, 400만 명이 다 들어갈 것이다. 작가는 매 칸에 쓰는 한 자, 한 자를 그들 의 영혼을 위로하는 진혼곡처럼 생각하며 소설을 집필했을 것이다. 하 지만 원고지에는 여백의 공간을 두어야 하기에 2만 매의 원고를 다 쓴 다 하더라도 죽은 사람을 다 넣을 수 없었으리라. 그런 안타까운 심정 을 나타낸 글이 아닐까?

작가는 또 방대한 공간을 배경으로 벌어지는 이야기를 고증하고, 현 실감 있게 그리기 위하여 그 현장들을 직접 방문하고 취재했다. 중국 두 번, 미국 세 번, 동남아시아 세 번, 러시아 두 번, 일본 세 번의 취재 기 행은 지구를 세 바퀴 도는 거리였다. 그들의 삶의 이야기의 긴장감과 사 실성을 높이기 위해서였다. 이는 물리적인 거리를 넘어 우리 민족이 살 다 간 시간과 공간을 체험하고 그들과 연결되고자 하는 작가의 몸짓이 었을 것이다.

'제1부 아, 한반도'의 내용은 이렇다. 감골댁은 동학농민혁명에 가담 했다가 병을 얻고 숨어 지낸 남편의 약값으로 18원의 빚을 지게 된다. 그러나 남편은 죽고, 갚을 길 없는 빚 때문에 큰아들 방영근이 20원에 하와이로 팔려 가게 된다. 같은 동학군 출신으로 친가족처럼 지내던 지삼출이 빚 갚고 남는 돈 2원을 받아내려 하지만, 일본 헌병으로부터 심한 구타를 당하고 돈을 받아내지 못한다.

그는 조선 땅의 치안이 일본에 넘어갔다는 소리에 절망하고 새삼 동학농민운동의 실패를 한스러워한다. 징역살이 대신 경부선 철도 공사장에 끌려간 지삼출은 노역자들의 부당한 노동력 착취에 분노하게 된다. 양반들 편에서 기회주의자로 처세하며 살아 나가는 백종두는 신분적 제약에서 벗어나고 일본인과 친해지기 위해 일본어를 배우기 시작한다. 장덕풍은 동학군을 찾아내면 출셋길이 열린다며 아들을 설득하고, 또한 같은 보부상 출신들을 정보원으로 심어 잔존 동학군을 찾으려 혈안이 된다. 우체국장 하야가와는 유순하게 생긴 생김새에 조선말을 하는 장점을 살려 주민들에게 호감을 얻고 조선의 정보들을 캐낸다.

하와이로 노동 이민을 떠난 120명은 갖은 고생 끝에 하와이에 도착한다. 그러나 그들을 기다리는 것은 갖은 욕설과 심한 채찍질, 인간 이하의 대접과 노예 생활이었다. 열대성 잡초가 뒤엉킨 농지를 개간하는 일부터 시작한 사람들은 열대 햇빛에서 제대로 먹지도 쉬지도 못하고 책임량을 채우기 위해 갖은 노동에 시달리는 신세가 된다. 그들은 이민 오면서 자신들도 모르는 빚을 지고 있다는 것을 알게 된다. 이민자들은 이 사실에 분노하나 해결 방안이 없음에 그저 깊은 한숨만 지을 뿐이다.

개항 전에는 일본인을 냉혹하게 대했던 이완용은 친일파로 돌아선다. 일진회 회장으로 선출된 백종두는 조선인이라는 이유로 얻지 못하던 일급지 땅문서를 보상으로 받는다. 품삯으로 버는 돈으로 하루하루를 살아가는 감골댁은 큰아들 방영근이 없는 자리를 더 크게 느끼고 다가올 겨우살이에 가슴이 내려앉는다. 동네 김참봉이 매파를 보내 큰딸 보름이를 첩으로 삼으려고 하지만 감골댁은 절대 불가함을 다짐한다.

늘 그렇듯 솥뚜껑 소리를 내던 보름이는 펑펑 내리는 눈을 부질없이 바라보며 물 한 사발로 저녁을 대신한다. 밥을 짓지 못하면서도 설거지 소리를 내고 연기를 내는 것은 체면치레만이 아니라 같은 처지일 게 뻔한 이웃에 대한 배려였다. 오늘 하루 밥을 먹었고 이제 설거지를 하니, 우리 집 걱정은 하지 않아도 된다는 이웃에 대한 가슴 아픈 배려가 깃든 행동이었을 것이다.

을사늑약이 체결되고 장지연이 '오늘을 목놓아 통곡한다.'라는 의미의 「시일야방성대곡」을 1905년 11월 20일 《황성신문》에 올린다. 그는 이 글에서 을사늑약의 부당함을 말하고, 을사오적 친일파를 규탄했으며, 백성들에게 일본의 부당한 나라 침탈을 알렸다.

지난번 이토 히로부미가 내한했을 때 어리석은 우리 인민들은 말하기를 이토는 동양 삼국(대한제국, 청나라, 일본 제국)의 안녕을 주선하겠노라 자처하던 사람인지라, 오늘 내한은 필경 대한 제국의 독립을 공고히 할 방책을 권고키 위한 것이라 믿으며 인천항에서 서울까지 환영하여 마지않았다. 그러나, 천하의 일 가운데 예측하기 어려운 일도 많도다.

이 조약은 비단 대한제국뿐만 아니라 동양 삼국이 분열을 빚어낼 조짐인 즉, 그렇다면 이토의 본뜻이 어디에 있는가.

아, 슬프도다!

저 개돼지만도 못한 소위 우리의 정부 대신이란 자들은 자기 일신의 영달과 이익이나 바라면서 위협에 겁먹어 머뭇대거나 벌벌 떨며 나라를 팔아먹는 도적이 되기를 감수했던 것이다. 아, 4천 년의 강토와 5백 년의 사직을 일본에게 바치고 2천만의 살아 있는 영혼을 적의 노예가 되게 하였으니, 저 개돼지만도 못한 각 대신들이야 깊이 꾸짖을 것도 없다. 명색이 참정대신이라는 자는 정부의 가장 높은 자리에 있음에도 단지 반대했다는 말로 책임을 면하려 하니 어찌 가당키나 한 말인가.

누구처럼 통곡하며 문서를 찢지도 못했고, 누구처럼 배를 가르지도 못해 그저 살아남고자 했으니 그 무슨 면목으로 강경하신 황제 폐하를 뵈올 것이며 그 무슨 면목으로 2천만 동포와 얼굴을 맞댈 것인가.

아! 원통한지고, 아! 분한지고. 우리 2천만 동포여, 노예가 된 동포여!

살았는가, 죽었는가?

단군과 기자 이래 4천 년 국민정신이 하룻밤 사이에 홀연 망하고 말 것인가.

원통하고 원통하다.

동포여! 동포여!

120년 후, 2024년 12월 자유 대한민국에 불법 비상계엄이 내려진다. 비상계엄에 방관하고 동조한 국무위원들을 질타하는 한 야당 대표의 사자후가 귀에서 사라지지 않는다. 장지연의 분노의 목소리와 겹쳐지는 부끄럽고 슬픈 오늘이다.

국무위원 단 한 명도 자기 직을 걸고 반대한 사람 없었습니다. 입으로만 반대했다고 말했습니다. 귀하들이 자기 직을 걸지 않고 반대하지 않았을 때, 국민들은 추운 바깥에서 목숨을 걸고 장갑차와 맞서고 있었습니다. 한 나라의 국무위원으로서 부끄럽지 않습니까? 무슨 낯짝으로 국무위원 배지를 걸고 있습니까?

을사늑약의 체결로 민심이 흉흉해지고 혼란스러워지자, 송수익은 의병을 도모하게 된다. 을사늑약 체결로 세상이 침묵 속으로 빠져들었다. 그 침묵은 을사늑약의 시인도 아니었고 그 사실의 망각은 더구나 아니었다. 그것은 항쟁을 위한 준비의 침묵일 뿐이었다. 충청도 의병을 시작으로 경상도에서도 의병이 봉기하고 전라도에서도 최익현과 임병찬이 의병 준비를 하고 송수익과 임병서는 앞으로의 의병 활동 방법에 대해 의논한다. 송수익 부대는 일본 토벌군에게 계속 쫓겨 다니고 생포된 의병들은 각기 자기 마을로 끌려가 가족들 앞에서 잔혹하게 죽임을 당하고, 마을 사람들은 의병에 가담하지 않겠다는 서약을 하게 된다. 일본의 의병 토벌작전은 더욱 거칠어지고 면마다 자위대가 생겨 의병활동이 더욱 힘들어진다

이민법의 시행으로 일본 정부의 전폭적인 지원을 받아 조선 땅으로 들어오는 일본 이주민들의 수가 늘어 갔다. 사탕수수 농장에서 고용 기간을 끝낸 방영근과 남용석은 자유의 몸이 되지만, 조선으로 돌아오는 뱃삯을 마련하지 못한다. 뱃삯을 벌기 위해 하와이에 계속 머무를 수밖에 없고, 샌프란시스코로 가는 길마저 막히자 실망에 빠지고 점점 고향으로 돌아가는 길이 어려워지고 있음을 실감한다.

1908년 장인환과 전명운은 한일 합방을 공헌하고 찬양한 스티븐스 외교관을 샌프란시스코에서 저격하여 암살한다. 스티븐스는 동양평화를 위해 일본이 조선을 합병한 것이며 무능한 조선이 독립을 포기하고 일본의 보호를 받는다는 것은 당연하다는 망발을 쏟아 낸다. 이 사건은 1909년 안중근이 이토 히로부미를 암살하는 데도 영향을 미쳤다.

하와이 이민자들이 독립운동을 위한 모금운동을 벌이지만 통역자로서 왔던 이승만은 개인적인 이유로 얼마 후 떠나 버리고, 샌프란시스코를 거점으로 재미 한인들 사이에 이승만에 대한 비판의식이 싹트기 시작한다.

조선 내 의병 세력에 대한 토벌작전은 더욱 강화되고, 의병들은 일본군의 대토벌 작전에 제압당하여 조직이 와해되고, 송수익도 전투 도중 부상을 당해 암자로 숨게 된다. 의병의 기세가 꺾이는 것을 한스러워하

던 사람들은 1909년 안중근 의사가 중국 하얼빈에서 초대 통감 이토 히로부미를 암살했다는 통쾌한 소식을 듣고 기뻐한다. 안중근 의사는 일본의 침략전쟁과 주범인 이토를 규탄하며 말한다.

> 지금 동양의 대세를 말하자면 심히 부끄러운 형상에 참으로 기록하기도 어렵다.
>
> 이토 히로부미는 천하의 대세를 깊이 살피지 못하고 잔혹한 정책을 남용하여, 장차 동양 전체는 참혹한 전쟁을 면하지 못할 것이다. 아아! 천하의 대세를 걱정하는 뜻있는 청년들이 어찌 감히 속수무책으로 앉아서 죽음을 기다리겠는가?
>
> 그리하여 나는 끊임없이 생각하여 하얼빈에서 만인의 공평한 눈앞에서 총포 하나로 늙은 도둑 이토의 죄악을 성토하고 동양의 뜻있는 청년들의 정신을 깨우치고자 하였다.

안중근 의사는 피고인 신문조서에서 이토의 죄 열다섯 가지를 말한다.

죄 1. 지금으로부터 10여 년 전에 이토의 지시로 한국 왕비가 살해되었다.

죄 2. 지금으로부터 5년 전 이토는 병력의 힘으로 5개조의 조약을 체결했고, 그것은 한국 전체에 대단히 불이익한 조약이다.

죄 3. 지금으로부터 3년 전 이토가 체결한 12개조 조약은 한국 군대에 불이익한 것이다.

죄 4. 이토는 억지로 한국 황제의 폐위를 도모했다.

죄 5. 한국의 군대는 이토 때문에 해산되었다.

죄 6. 조약체결에 대해 한국 국민이 분노하여 의병이 일어났지만, 그 이유로 이토는 한국의 양민을 다수 죽였다.

죄 7. 이토는 한국의 정치, 및 그 밖의 권리를 빼앗았다.

죄 8. 한국의 학교에서 사용하던 교과서를 이토의 지휘 아래 소각했다.

죄 9. 한국 인민의 신문 구독을 금했다.

죄 10. 한국 관리에게 돈을 주어 한국 국민에게는 알리지 않고 제일은행 권을 발행했다.

죄 11. 한국 국민의 부담으로 돌아갈 국채 2,300만 원을 모집해 한국 국민 에게는 알리지 않고 그 돈을 관리들에게 제멋대로 분배했다고 들었다. 한국으로서는 대단히 불이익한 일이다.

죄 12. 이토는 동양 평화를 교란했다.

죄 13. 이토는 한국이 바라지도 않는데도 불구하고, 한국 보호를 빙자해 한국의 일부 인사와 협잡하여 한국에 불리한 시정을 하고 있다.

죄 14. 이토는 지금으로부터 42년 전 일본 황제의 부군을 살해했고, 한국 인은 그 일을 모두가 알고 있다.

죄 15. 이토는 한국 국민이 분개하고 있는데도 일본 황제나 그 밖의 세계 각국에 대해 한국은 무사하다고 말하며 속이고 있다.

이상의 원인으로 이토를 쏘았습니다.

안중근은 사형 집행 전 어머님 앞에 올리는 글을 남기고 형장의 이슬 로 사라진다.

불초한 소자는 굳이 한 마디 말씀을 어머니께 올리고자 합니다.

엎드려 바라옵건대 소자의 막심한 불효와 아침저녁으로 부모님의 안부 를 물어서 살피지 못한 죄를 용서하옵소서. 이 이슬과도 같은 덧없는 세 상에 육정으로 이 불초한 소자를 너무나도 생각해 주셨으니 후일 영혼 의 근원이 되는 천당에서 서로 만나 뵙기를 바라며 기도드립니다.

1910년 8월 29일 한일합방조약이 공포되고 조선총독부가 설치되었

다. 한일합방은 멀리 떨어져 있는 하와이의 조선 사람들에게도 여파를
미쳤다. 하와이 이민자들은 대한국민회 하와이 총회에서 일본 성토와
궐기대회를 개최했다. 이즈음 농장주와 국민회 사이에 사진 결혼이 논
의되었다. 결혼하러 오는 조선 여자는 비자 없이 입국할 수 있도록 하
여, 나이 든 총각들은 가슴이 설렜다.

보름의 남편은 의병과 내통했다 하여 총살당하고, 보름은 혼자서 그
아픔을 껴안고 살아가는 운명을 맞이한다. 송수익은 만주행을 위해 의
병을 해산시키고 아리랑 노래를 부르며 아쉬운 작별을 한다. 송수익과
헤어져 후일을 기약한 의병들은 화전을 일구어 살아가고, 지삼출과 손
판석은 하산하여 군산으로 향한다. 송수익을 만주까지 배웅하고 돌아
온 공허 스님은 포교당에서 지삼출과 손판석을 만나 후일을 도모한다.

송수익의 모친은 그간의 고생과 고통이 깊은 병이 되어 결국 운명을
달리한다. 빈소를 찾은 공허는 일본 순사에게 잡히지만 논길에서 순사
와 순사보를 살해하고 농부로 위장하고 피해 다닌다. 통감부에서는 토지
조사령을 공포하여 많은 토지를 국유화시켜 몰수하고, 국유화된 농토의
7할 이상을 동양척식 주식회사에 넘겨준다. 농토를 빼앗긴 사람들은 박
병진과 김춘배를 대표로 동양척식을 찾아가 항의하지만 대표자 둘은 구
속되고 나머지는 심하게 태형을 당하고 일부는 불구자가 되고 만다.

군산 부두에서 중국인들은 싼 노임 값으로 군산 부두의 일을 차지하
기 시작했고 조선 일꾼들에게 커다란 위협이 되기 시작한다. 지삼출을
위시해 손판석, 방영근의 동생 방대근 등은 일자리를 놓고 중국인들과
패싸움을 하게 되고 방대근은 허리를 다친다. 감골댁은 대근의 부상으
로 인한 살림의 어려움을 메꾸고자 쌀알을 정리하는 미선소에서 일하
길 희망하지만, 나이 때문에 허락을 받지 못하고 대신 딸 수국이가 정미

소 일을 나가게 된다. 방대근과 친구로 지내는 서무룡은 우연히 수국을 보게 되고 그 미모에 반한다.

우체국장 하야가와의 추천과 도움으로 일본의 첩보원 학교를 졸업하게 된 양치성은 조선에 돌아와 가족들을 바라보며 지난날을 회상한다. 아버지가 죽고 그의 가족은 가난함에 허덕였고, 맏아들인 그는 가족들을 먹여 살려야 했다. 그러나 나이가 어려 머슴으로도 들어가지 못하자 '한 푼 줍쇼.'라는 일본말을 배워 동냥질을 하게 된다. 그러다 하야가와의 눈에 띄었고 그의 밑에서 우체국 소사로 일하게 된 것이다. 하야가와의 도움으로 첩보원 교육을 마친 양치성은 조선에 돌아왔고, 노동조합의 실태를 파악하는 첫 임무를 맡는다.

방대근이 부두에서 중국인들과 싸우고 허리를 다쳐 일을 못 나가자 수국은 가족의 생계를 위해 미선소에서 일을 한다. 일을 끝내고 나갈 때마다 쌀을 훔쳐 간다는 검사를 핑계로 몸수색을 당하는 것에 몸서리를 치며 어서 동생 대근의 허리가 낫기만을 바란다. 그러다 미선소 주인의 아들 백남일의 눈에 띈 수국은 속임수로 끌려간 후 강간당한다. 화전민촌으로 피신한 수국이는 자살을 기도하나 지삼출에게 일찍 발견되어 살아나고, 공허 스님의 설법을 듣고 마음을 돌려 만주로 떠날 결심을 한다. 지삼출을 의병 잔당으로 의심하고 있던 양치성은 한발 늦었음을 알고 분통해 한다.

'제2부 민족혼'의 내용은 이렇다. 만주로 온 송수익은 최적의 투쟁지를 물색하려 중국 각지를 돌아다닌다. 일본군과 싸우기에 입지 조건이 좋고 독립운동기지를 건설할 계획이 있는 통화를 최적지로 정한다. 지삼출과 의병으로 활동했던 부하들이 건너오자 송수익은 매일 밤 그들을 모아놓고 교양교육을 하고 정신무장을 시킨다. 그들이 독립군으로 새로 태어나기 위한 준비를 하고 부하들의 상투를 직접 잘라 준다.

공허는 군자금 마련을 위해 부자와 거상들을 털 비밀 결사 조직을 결심한다. 총독부는 사찰령을 내려 절의 조직체계를 재정비하고 재산을 불려 주어 승려들이 절에서 안주하게 했고, 그 전처럼 승려들은 의병으로 나서지 않게 된다. 의병의 뿌리가 뽑히고 양반 지주들은 자신들의 재산을 지키느라 나라 일에는 관심이 없고 점점 친일파가 되어 가고 있었다.

일본군에 총살당한 차갑수의 아내는 실성하여 저수지에 빠져 죽고, 그의 아들 득보와 딸 옥녀는 거지 생활로 연명한다. 누이동생을 굶기지 않기 위해 동냥을 하며 살아가는 득보는 부모님의 산소를 다녀오며 왜놈들에 대한 분노를 잊지 않겠다고 다짐한다. 소리에 소질이 있던 동생의 노래를 들은 주막집 주인의 눈에 띄어 그들은 주막에서 머물게 된다. 그러나 옥녀는 주막집 주모에 의해 놀이패에 넘겨지고, 그렇게 오누이가 뿔뿔이 헤어지게 된다.

서울에서 유학 중이던 정도규는 어머니 상을 당해 급하게 고향으로 돌아온다. 그러나 모친의 주검 앞에서 큰형인 재규와 작은형인 상규는 재산 싸움만 하고 상주로서의 예의도 지키지 않는다. 재산분배를 해결하고 홀가분해 진 정재규는 쌀을 처분하지만 현금으로 받은 돈을 그날 밤 공허의 비밀결사대에게 강탈당한다. 공허는 하시모토가 쌀 5,000석을 처분했다는 소문을 듣고 하시모토의 집을 털지만 매복하고 있던 순사들에게 공격당해 도망간다.

보름의 시아버지는 토지조사사업으로 밭을 뺏기게 되자 측량하는 면서기를 괭이로 찌르고 경찰에게 체포되어 동네 사람들이 보는 앞에서 총살당한다. 시아버지만을 믿고 살던 보름이는 어린 아들 삼봉이와 단둘이 남게 된다. 하와이에 이민 간 방영근은 10년 동안 고향을 그리워하

며 산다. 그 사이 사탕수수 농장에서 파인애플 농장으로 옮긴 그는 처음
보다 조금 나아진 환경에서 일하게 된다. 조선 노동자들은 다른 나라 노
동자들보다 부지런하고 일솜씨가 뛰어나 상대적으로 좋은 대접을 받는
다. 오로지 고향으로 돌아가는 것만을 생각하던 조선 노동자들은 계약
이 끝나도 돌아갈 뱃삯이 없어서 계속 일해야 하는 서글픈 신세다. 사
진 결혼으로 온 조선 처녀들에게서 고향의 소식을 듣고 의욕을 상실하
기도 하지만 더욱더 많은 성금을 국민회에 낸다.

차득보는 거지 행각을 하고 어릴 때 헤어진 동생 옥녀를 찾아 각지
를 떠돌아다닌다. 양치성에게 약점을 잡힌 서무룡은 그 후 부두 노동자
들 사이에서 정보 수집 활동을 하고 다닌다. 점점 친일로 기울면서 건달
이 되어 가던 서무룡은 수국이를 닮은 언니 보름이를 보게 되고, 보름이
의 환심을 사려 노력한다. 장칠문까지 보름이 주위를 맴돌자 보름이는
위협을 느끼지만 아들 삼봉의 장래를 위해 참고 견딘다. 손판석이 뒤를
봐주고 떨어진 쌀 줍기를 하면서 쌀을 조금씩 훔쳐내던 보름이는 장칠
문에게 들키게 된다. 장칠문은 이것을 빌미로 보름이를 위협하고 강제
로 첩으로 삼는다.

공허는 만주의 송수익에게 군자금을 전달하러 기차와 마차를 갈아타
면서 만주로 향한다. 하와이의 매춘가에도 조선 여자들이 서넛 있었다.
사진 결혼으로 하와이에 왔다가 남편과 뜻이 맞지 않아 도망을 친 여자
들이었다. 방영근은 그런 그녀들이 못마땅했지만 속사정을 듣고는 마음
이 무거워짐을 느낀다. 방대근이 신흥무관학교를 졸업하는 날 감골댁
은 물론이고 수국이도 기쁜 마음에 잠을 이루지 못한다. 막내아들이 군
관학교를 졸업하는 것이 더없이 자랑스럽지만, 왜놈들과 목숨 걸고 싸
워야 한다는 현실에는 마음이 무거워진다.

양치성은 총독부에서 정신 재무장을 위한 교육을 받고 첩보원으로 배치받는다. 정신 재무장 교육을 받은 양치성은 압록강변의 일본군 수비대에 배속되고 등짐장사로 가장하고 만주에 침투하여 독립운동가들의 색출에 나선다. 한편 송수익은 통화현 대종교 교당에서 학생들을 가르치고 이주해 오는 동포들에게 민족의식과 독립투쟁의식을 고취시키는 역할을 맡는다. 국내에서의 서당 교육의 양적 확대와 질적 향상은 국외에서의 독립군 양성과 함께 나라를 되찾기 위한 두 가지 중대 사업 중 하나였다. 그러나 총독부는 서당 규칙을 공표하여 서당 활동을 제한한다. 토지조사 사업으로 하시모토는 죽산면의 땅 반을 넘게 차지하는 대지주가 되어 있었다.

등짐장수로 가장한 밀정 양치성은 통화현에 들어서면서 전라도 사람들이 마을을 이룬 곳에 도착한다. 전라도 김제 사람들이라는 말에 조금 망설이지만 마을에 대종교 교당이 있다는 말을 듣고 들어갈 결심을 한다. 처음 보는 얼굴인 탓에 양치성은 지삼출 등에게 수색을 당하지만 세심한 수색에도 불구하고 정체가 탄로 나지 않는다. 신분 확인 절차를 마친 뒤 양치성은 주기적으로 마을에 찾아오고, 정보를 캐는 것과 더불어 필녀를 앞세워 수국이의 마음을 얻고자 노력한다.

만주와 연해주 및 중국, 미국 등 해외에서 활동 중인 독립지사 39인의 이름으로 범민족의 대표성을 확보한 최초의 「대한독립선언서」가 1919년 만주 길림에서 발표된다.

장면 1: 상해에서 독립운동가들이 선언서를 읽으며 파리 강화회의와 미국 대통령에게 한국 독립건의서를 전달하기로 결정한다.
장면 2: 동경 조선인 유학생 500여 명이 모여 윌슨 대통령의 민족자결주의에 대한 토론회를 개최하다 경찰들에 줄줄이 잡혀간다.

장면 3: 방영근을 비롯하여 하와이에 이주해 온 조선 남자들은 목총을 가지고 열심히 군사교육을 받는다. 그러나 윌슨 대통령의 민족자결주의에 대한 이해가 되지 않음에 방황하며 토론하나 속뜻을 몰라 답답하긴 교관이나 훈련생들이나 마찬가지다.

장면 4: 동경 조선기독교 청년회관에 600여 명의 학생이 모여 2.8독립선언서를 낭독한다.

장면 5: 주위의 반대에도 불구하고 이승만은 조선의 위임통치를 부탁하는 청원서를 미국에 제출한다.

장면 6: 기독교, 불교, 천도교 할 것 없이 모든 종교 세력이 연합하여 독립운동선언에 참가하기로 한다.

탑골 공원에서는 학생들의 선창을 따라 긴 대열을 이룬 군중들이 계속해서 대한독립만세를 외쳤다. 미국정부가 1917년 동양인 절대 배척법을 제정, 사진 결혼을 중단시키자 장가를 못 든 조선남자들의 수가 장가를 든 수보다 훨씬 많아졌다. 3.1만세 소식이 바다를 건너오자 하와이의 조선인도 들뜨며 만세 시위가 벌어졌다. 방영근은 교회를 찾아 목사의 손을 빌려 고향에 편지를 띄우나 답장을 받지 못하고 점점 말이 없어지며 우울해 간다.

3.1운동에 앞장섰던 젊은이들이 상해로 몸을 피신하고 그들은 상해 임시 정부에서 소개하는 여러 독립군 단체에 배속된다. 북간도의 대한 북로군은 봉오동 전투에서 일본 수비대에 승리하고, 홍범도의 대한 독립군과 연합하여 청산리 골짜기에서 전투를 벌인다. 김좌진 장군이 이끄는 북로군정서의 소대장으로 청산리 백운평 전투에 참가한 방대근 부대는 완전한 승리를 한다.

'제3부 어둠의 산하'의 내용은 이렇다. 보름이는 3.1운동 때 도망가던 학생을 도와주다 쫓아 들어온 순사에게 맞고 이마에 큰 흉터가 생기자 세끼야에게 버림을 받는다. 보름이의 딱한 사정을 알게 된 서무룡은 20원을 건네고 보름이를 도와준다. 보름이는 그 돈을 밑천으로 선창에서 떡장사를 하게 된다. 차득보는 3.1운동 당시 김제 장터에서 만세를 부른 것을 계기로 공허를 만나게 되고 그 인연으로 신세호의 집에서 기거한다. 낮에는 농사일을 돕고 밤에는 신세호에게 공부를 배우게 된다. 송수익의 큰아들 송중원은 3.1운동 주동자로 2년 동안 감옥살이하게 된다.

수국이는 용정에서 양치성의 첩으로 살아간다. 그녀는 양치성이 밀정이라는 사실은 모르는 채 단순한 장사꾼으로 안다. 일본군의 독립군 토벌이 더 심해졌다는 소문을 들은 수국이는 동생 방대근을 걱정하며 양치성에게 동생의 소식을 알아 달라고 부탁한다. 수국이는 결국 양치성이 밀정임을 알게 된다. 그녀는 자신이 잡혀갔던 것이며 어머니 감골댁의 죽음 등 모든 일이 양치성이 꾸민 흉계임을 알고 치를 떤다.

수국은 몇 개월간 양치성을 속이고 도주할 준비를 한 후 그를 칼로 찌르고 서간도 통화현 지삼출네 마을을 찾아간다. 한편 방대근은 송수익의 동의를 얻어 북경 의열단에 입단한다. 의열단은 신흥무관학교 출신인 열혈 청년들이 스스로 몸을 폭탄삼아 적진으로 뛰어 드는 독립투쟁단체로서 1919년 11월에 결성되어 이후 3년 동안 조선에서 일본군을 상대로 여러 차례 폭탄 공격을 감행한다.

만세시위의 주모자로 수배당하던 공허 스님은 경성역에서 밤기차를 타게 된다. 지명 수배령 때문에 기차마저도 밤기차만을 타야 안심이 되는 탓이었다. 경성을 자주 오르내리던 장칠문이 자고 있는 공허를 발견하고 체포하지만, 거물을 잡은 기쁨에 들떠 방심한 장칠문을 들이받고 달리는 열차에서 뛰어내린다.

신세호의 집에서 낮에는 농사일을 하고 밤에는 공부를 배우는 차득보는 신세호의 딸 월엽이를 좋아하지만 신세호의 반대로 뜻을 이루진 못한다. 놀이패에 끌려 다니던 옥녀는 보성 근처에 오자 놀이패에서 도망쳐 보성의 명창을 찾아간다. 옥녀의 타고난 목소리가 마음에 든 명창 내외는 옥녀를 예쁘게 보고 수양딸로 삼고 소리를 전수한다. 옥녀는 오빠 득보와 헤어졌던 주막을 찾아가고 주모의 안내로 득보가 살고 있는 신세호의 집으로 향한다.

수국의 칼에 찔린 양치성은 가까스로 생명을 건지며, 독립군으로부터 습격을 받았다고 거짓말을 한다. 서간도로 간 수국이는 양치성의 아이를 임신하여 유산시키려 약을 먹는 등 갖은 노력을 하나 아들을 출산한다. 그녀는 젖도 주지 않으면서 냉담하게 정을 떼어내려 하고 필녀가 대신 젖동냥을 하며 키워 중국인 집에 입양시킨다.

누이 수국이와 어머니에게 어떤 일이 일어났는지를 알게 된 방대근은 양치성을 살해하려고 마음을 먹는다. 그 일을 치르기 위해 만주에 들르지만 양치성은 정식 경찰이 되어 원산으로 간 후였다. 그 뒤로는 의열단 활동으로 매번 목숨을 건 투쟁을 하느라 누나와는 편지만 주고받았고, 누나의 기구하고 가엾은 팔자에 가슴이 아프지만 어쩔 도리가 없었다. 중국 상인의 졸개로 변장하고 조선에 들어온 방대근은 호남선을 타고 군산에 도착한다. 군산에 도착한 방대근은 어느덧 중년의 나이를 바라보는 큰누나 보름이와 만나게 되고 고생에 찌든 큰 누님의 모습에 가슴이 눈물로 젖는다.

3.1만세 시위로 목포로 이사한 박건식의 어머니 대목댁은 장손 동화의 학비를 보태기 위해 아들의 만류에도 불구하고 부두에서 고구마 장

사를 한다. 손자는 남편과 아들을 닮아 공부를 잘했으며 대목댁은 그것이 살아가는 유일한 보람이고 위안이었다. 그러나 대목댁은 부두 행상을 단속하는 경찰에 치여 축대 아래로 떨어지면서 허리를 다치고 꼼짝 못하는 불구의 신세가 된다. 자신이 다쳐 며느리마저 시어머니 수발을 위해 돈벌이를 포기해야 하고, 그러면 손자가 공부를 못하게 된다는 걸 생각한 대목댁은 댓돌에 머리를 박고 자결한다.

차득보는 월엽이가 시집가자 상사병으로 멍하니 시간을 보내는 일이 많아졌다. 보다 못한 옥녀는 공허에게 중매를 부탁하고 득보는 연희와 결혼하게 된다. 오빠에게 농토를 사 주고 싶었던 옥녀는 남원 명창대회에서 당당히 1등을 차지하고 전주 권번에서 소리꾼으로 일하는 조건으로 농토를 살 수 있는 돈을 받는다. 득보는 동생이 기생이 되는 것을 반대하지만 옥녀는 고집을 꺾지 않는다.

1925년 상해 임시정부 의정원에서 이승만에 대한 탄핵안이 의결되자 하와이 이민들의 분노와 동요가 심해진다. 그들은 독립운동자금을 상해로 보내지 않고 자의로 처분했다는 의정원의 발표에 분개하여 세금과 후원금을 더는 내지 않겠다며 술타령을 하며 울분을 토해 낸다. 한편, 모금을 외면하고 구두쇠로 돈을 모아 태평양을 건넌 사람들의 이야기가 전해진다. 방영근은 이들이 부러워지며 독립자금을 꼬박꼬박 냈다는 떳떳한 자부심도 사라지게 되었다. 또한 그는 20년이란 세월을 허망하게 느끼며 과부와 결혼한다. 오랫동안 마음을 터놓고 지내던 친구 남용석은 이혼한 처가 위자료를 주지 않는다고 고발하자 그녀를 살해하고 조선을 바라보는 바닷가 벼랑 아래에서 투신한다.

송수익은 결혼한 지 30년, 고향을 떠나온 지 15년 만에 아내에게 안부 편지를 쓴다. 막상 편지를 쓰자 그동안 억누르고 억눌러 왔던 아내에 대한 그리움과 미안함이 봇물 터지듯 밀려온다. 약해지는 마음을 스스로 채찍질하며 호박반지 하나를 끼워 편지를 보낸다.

한성 단성사에서 영화 〈아리랑〉이 10일이나 연장하며 초만원을 이룬다. 영화 〈아리랑〉은 나운규의 작품으로 일본인을 감독으로 내세워 총독부의 검열을 피해 상영되고, 조선 사람들 전부의 가슴을 뒤흔들고 눈물을 흘리게 했던 영화였다.

못 먹고 헐벗으며 갖은 고생을 하며 아들 삼봉이를 남부럽지 않게 가르칠 일념으로 살아온 보름이는 자그마한 가게를 차리고 아들을 고보에 입학시키며 감회에 젖는다. 어머니와 함께 무주에 있는 아버지와 할아버지 산소를 찾은 삼봉이는 어머니로부터 그들이 왜놈들에게 피살당한 것을 듣고 부모의 원한을 갚겠다고 다짐한다. 결혼한 방영근은 세 번째 아들을 낳는다. 아들을 낳을 때마다 방영근은 고향 생각에 더욱 애달프고 어머니를 생각할 때마다 눈물로 젖는다.

이승만 탄핵과 박용만이 밀정으로 의심받아 살해되자 더 이상 하와이의 조선인들은 독립운동자금 모금에 호응하지 않는다. 1931년 9월 일본의 관동군들이 만주를 침략한다. 자기네 관할구역에서 스스로 폭발 사건을 일으킨 뒤 중국 측의 소행이라고 뒤집어씌우는 동시에 철도를 보호한다는 구실로 군사행동을 개시했던 것이다. 만주사변이 일어나면서 만주의 상황이 돌변하고 있었다. 독립군에게는 후방이 전방으로 변해 버린 것이었다. 송수익은 방대근과 함께 관동군 사령부를 폭파하려다 중국인 식당 주인의 밀고로 체포된다. 송수익은 15년형 언도를 받고 봉천감옥에 수감된다. 송수익의 작은 아들 송가원은 아버지의 옥바라지를 위해 만주로 거처를 옮기기로 작정한다. 형인 송중원은 장남인 자기가 가야 한다고 주장하지만 송가원은 의사인 자신이 가서 병수발을 하는 게 더 좋은 선택이라며 형을 만류한다. 송가원의 아내 박미애는 만주로 이사하는 것을 극렬히 반대하고, 이에 송가원은 미련 없이 혼자서 만주로 떠난다.

상해사변 승리 축하 장소인 홍구공원에서 한인 애국단원 윤봉길 의사가 일본 고급 군관 10여 명을 폭살 시킨 통쾌한 사건이 일어나지만, 앞날을 걱정하는 사람도 많았다. 식자층 사이에서는 앞으로 200년 정도는 독립이 불가능하다는 말이 나돌며 문필가들이 한숨을 쉬며 의기소침해지고 걸인들은 갈수록 늘어나고 있었다.

'제4부 동트는 광야'의 내용은 이렇다. 부친의 옥바라지를 하는 송가원은 감옥에 출입하는 일본인 의사 하야시를 통해 부친의 병 보석이 가능하도록 조치하나 송수익은 거절한다. 병 보석의 조건으로 쓰게 되는 전향서는 독립운동의 포기와 일본 천황에 대한 충성 맹세였기에 송수익으로서는 사형선고와 같은 것이었다. 송가원은 옥중에 있는 부친보다 따뜻하게 옷을 입어서도 안 된다며 허름하게 지내는 등 지극한 효심으로 아버지를 보살핀다.

차옥녀는 박미애가 송가원은 이제 더 이상 자기 남편이 아니라는 이야기를 듣고 만주로 송가원을 찾아갈 마음을 굳히게 된다. 옥녀는 봉천에 도착하고 송가원이 일하는 일광병원을 찾는다. 송가원은 그녀를 반가워하며 뜨겁게 끌어안는다. 학생운동으로 1년 감옥살이하고 풀려난 오삼봉은 학교에서 퇴학당하고 혈청단을 조직하여 친일파들 제거하는 일에 동참한다. 그동안 가족만 면회가 허용되어 송수익을 면회하지 못했던 필녀는 쓰지 않고 모았던 돈을 내밀며 송가원에게 송수익의 면회를 주선해 달라고 간곡히 부탁한다. 필녀에게 송수익은 독립군 대장이자, 하늘 같은 스승이자, 부모 같은 존재였다. 수익은 자신이 죽으면 화장하여 만주 벌판에 뼛가루를 뿌리라 유언하고 운명하게 된다. 송가원과 옥녀, 필녀, 그리고 수국이는 남은 생을 독립운동에 투신하기로 결심한다.

선만척식 주식회사가 1936년 창립되어 만주 이민을 장려하고, 부두에서 막노동으로 하루살이 생활을 하고 있는 부두 노동자들에게 이민 바람이 일어난다. 보름이는 아들을 혼인시키려 하나 삼봉이는 돈을 더 벌어 가겠다며 얼렁뚱땅 넘긴다. 보름이는 아들이 무언가 남모르는 일을 하는 것이라 짐작하지만 묻지 않는다. 묻는다고 사실대로 대답할 것 같지가 않았고 또 아는 것이 두렵기도 했던 것이다.

얼마 후 오삼봉의 혈청단이 발각되고 보름이네 가족은 공허의 안내를 받아 피신한다. 오삼봉은 만주로 가서 독립운동하기를 희망하고 공허는 그와 혈청단원을 만주로 안내한다. 그러나 압록강변에서 그들 일행이 노출되자 공허는 둘을 피신시키고 자신은 방패막이가 되어 총을 맞고 생을 마감한다.

일본군의 만주독립군에 대한 토벌 작전은 1934년부터 3년간이나 계속되었다. 항일연군 간부들에게 큰 현상금이 붙고 막대한 병력이 투입된다. 굶주림과 피로에 지칠 대로 지친 오삼봉, 필녀, 그리고 수국은 전사하고 방대근은 부대원들과 후일을 기약하고 총을 땅에 묻고 해산한다.

하와이 이민자들의 좌장 구상배는 이민 온 지 33년 만에 폐암으로 죽음을 눈앞에 두게 되었다. 몇십 년이 지나도 고향에 대한 그리움은 늘 한결같았던 그들은 서로 믿고 의지해 왔다. 하지만 이렇게 타국에서 생을 마감해야 하는 현실에 방영근은 마음이 아프다. 결국 구상배는 생을 마치고 방영근이 농장 조장으로 선출된다. 만년설을 머리에 이고 있는 천산산맥 부근의 타슈켄트 황무지에 강제 이주 당한 조선 아이들과 노인네들이 물이 달라지면서 생긴 풍토병에 의해 줄줄이 죽어 갔다. 그들은 배급 받은 잡곡으로 근근이 배를 채우고 날마다 개간이라는 중노동에 시달리며 감시당하고 있었다. 그러나 조선인들은 어려운 여건 속에서도 학교를 짓고 아이들을 가르치려 힘쓴다.

일본군의 대규모 병력을 투입한 포위 작전은 만주 항일 연군에게 치명적인 타격을 가한다. 옥비는 하산하는 대원들에게 아리랑을 불러 준다. 적에게 에워싸인 유격투쟁에서 노래 소리가 퍼져 나가지 않게 가까이 모여 앉은 사람들에게만 들릴 수 있도록 부르는 낮고 가는 아리랑 노래는 더욱 애절하고 서러웠다.

잡지사를 사직한 송중원은 엉터리 재판기록을 책으로 만드는 자료집 발간 제의를 받는다. 이것은 잘못된 판검사들의 행위를 인정하고 동조하는 것이라 생각하여 거절하고 고향으로 돌아와 구입한 농토와 장인 신세호가 넘겨준 농지를 경작한다. 환갑을 넘은 신세호는 술을 먹고 술에 취한 면사무소나 일인들의 집에 오줌을 싸고 다녀 사람들로부터 오줌 대감이라는 칭호를 받는다. 그러나 꼭 일본에 관련된 건물의 벽에만 오줌을 싸고 다닌다. 그런 그를 흉하게 생각하지 않고 별명 뒤에 대감이라는 말을 붙여 무언의 존경을 나타내었다. 송중원은 장인의 그러한 모습을 보면서 서글픈 저항정신을 배운다.

중일전쟁이 장기화됨에 따라 일본은 부족한 병력 준비를 보충하기 위해 징용제를 강행하게 되고, 급기야 1941년 2월에는 내선일체 정신대라 하여 소학교 6학년 졸업생 조선 어린이 600명을 일본의 군수공장에 보내는 결정을 한다. 1941년 12월 7일 일본이 하와이 진주만을 공격했다. 일본인들은 신생 강대국인 미국을 이겼다는 승리감에 들뜨고 있었다.

복실이와 순임이는 종군위안부 모집인의 꾀임에 속아 위안부로 팔려 나간다. 남자들이 다 군대에 나갔기 때문에 공장에서 일하며 매달 30

원씩 노임을 준다며 꾀였던 것이다. 그들은 중간에 머무른 부산 수용소에서 아무도 모르게 잡혀 온 처녀들이 예닐곱이나 된다는 사실에 놀란다. 그들은 오사카와 시모노세키로 끌려가 하루에 5~10차례 군인들을 맞이해야 했고, 복실이는 사이공을 지나 랑군으로 끌려갔다. 일본이 군용 위안소를 운영하기 시작한 것은 만주를 침략한 직후인 1931년이었다. 그때는 유곽에서 몸을 팔던 여자들을 모아 데려갔으나 중일전쟁이 터진 1938년 일반 처녀들 100여 명으로 일본군이 육군위안소를 개설한다. 일본군은 낭인패들과 조선의 친일파 매춘업자들을 동원해 돈벌이 좋은 공장에 취직시켜 준다는 거짓말로 조선인 처녀들을 군용위안부로 끌어갔다. 그러다가 1941년 7월 조선총독부와 일본군이 직접 나서 종군위안부로 끌어가려고 여자 사냥을 시작하고 정신대 문제로 민심의 동요가 심각해진다. 일본은 가급적 도회지와 중류층은 피하면서 변두리 지역의 하층민을 중심으로 정신대의 대상이 되는 딸들을 끌어갔다.

비행장 건설에 끌려간 조선 징용자들 1,000여 명은 하루에 12시간의 심한 노동에 시달리며 고향에 갈 날을 고대하며 고통을 참고 견딘다. 그들 중 일부는 도망가다 붙잡혀 맞아 죽고 과로로 병들어 죽기도 하며 호열자병에 걸려 생매장되기도 한다. 오로지 고향에 갈 생각으로 버틴 이들은 결국 공사가 거의 완료되자 기뻐하지만 방공호에 감금당한 채 수류탄과 기관총을 맞고 죽는다. 그러고도 일본은 입구를 시멘트로 봉해 버리는 만행을 자행한다. 여러 섬에서는 그런 식의 무자비함으로 4,000여 명이 죽어 갔다.

차득보가 징용으로 투입된 곳은 북해도의 도로 공사장이었다. 도주하다 붙잡힌 사람들의 처참한 모습을 보면서 도망갈 엄두를 내지 못하고 오로지 공사가 끝나기만을 바란다. 하지만 도로 공사가 마무리되면서 노무자들은 다음에 옮겨 갈 곳이 탄광이라는 것을 알고 좌절한다. 차득보는 절대로 탄광까지 끌려가지 않을 작정을 하고 비가 억수같이 쏟아지는 날 저녁 공사장을 탈출한다.

한편 만주의 조선족 집단 부락에서는 뜻밖의 외침에 놀라 사람들이 잠에서 깨어났다. "왜놈들이 다 없어졌다아! 왜놈들이 다 도망갔다아!" 집집마다 사람들이 뛰쳐나오고 있었다. 그들은 사무실로 우르르 몰려갔다. 일본군들의 모습은 보이지 않았다. 만주 경찰들도 없었다. "우리도 얼렁 고향 찾아가자아!" 누군가가 힘차게 외쳐댔다.

100가구 600여 명의 행렬이 고향을 찾아가기 위해 한 20리쯤 걸었을 즈음이었다. 저쪽에서 사람들이 무슨 소리를 외치며 손에는 연장 같은 것들을 들고 있었다. 그건 중국말 이었다. "일본 놈 주구들을 쳐 죽여라!" 처절한 비명 속에 남자들은 피가 튀는 난투극을 벌이고 여자와 아이들을 데리고 광막한 벌판 쪽으로 기를 쓰며 도망가고 있었다.

조선 사람들이 피를 흘리면서도 중국 사람들에게 덤벼들고 또 덤벼들었고, 남자들이 거의 다 쓰러져 갈 즈음 여자들과 아이들의 모습은 점점 멀리 사라져 가고 있었다. 그들은 그날 이후 오늘날까지 그때를 해방이라고 부르지 않고 사변이라고 부르며 살았다.

조정래 작가는 『아리랑』을 발행하면서 이렇게 작가의 말을 전한다.

역사는 과거와의 대화만이 아니라, 또한 미래의 설계이다. 우리는 식민지 시대를 전설적으로 멀리 느끼거나 피상적으로 방치하는 잘못을 저지르기 쉽다. 민족 분단의 비극이 바로 식민지 시대의 결과라는 사실을 명백히 깨닫는다면 그 시대의 역사를 왜 바로 알아야 하는지도 알게 될 것이다. 우리 한반도를 중심으로 해서 중국, 일본, 미국, 러시아, 동남아 일대가 전부 아리랑의 무대가 되었다. 그러나 정작 북쪽 땅은 가 보지 못한 채 제1부 3권을 책으로 묶게 되는 아쉬움을 안고 있다.

제2차 세계대전 동안 히틀러 정권에 의하여 학살된 유대인들의 수가 600만 명 정도라고 한다. 우리가 일본의 식민치하 36년 동안 일제의 총칼에 학살당하고 죽어 간 동포의 수는 400만 명 정도라고 한다. 한 학급 학생 60명이 손바닥 다섯 대씩을 맞아야 하는 단체 기합을 받는다면, 그 60명 중에서 가장 아픈 사람은 누구일까? 이 질문에 1번이라는 대답은 잘못되었고 60번이 정답에 가깝다는 것이다. 1번 학생은 제일 먼저 다섯 대를 맞고 나면 매의 공포로부터 해방되어 그 뒤의 학생들이 매를 맞는 동안 자유를 누릴 수 있다. 그러나 60번 학생은 자기 앞의 학생들이 맞을 때마다 59번의 간접적인 매의 공포에 시달려야 한다.

유대인 600만 명은 단 3년 동안에 죽어간 것이고, 우리 동포 400만 명은 그 10배가 넘는 시간인 36년에 걸쳐 죽어 갔다. 어느 민족이 더 괴롭고 더 고통스러웠을까? 유대인 처녀들이 발가벗겨져 독가스실에서 죽어 갈 때 우리 민족의 처녀들도 동남아 일대의 정글에서 정신대로 윤간당하며 죽어 가고 있었다. 유대인들은 그들의 수난을 극대화하며 자기 민족의 자존을 확보하는 동시에 미래를 개척하는 동력으로 삼았다.

그런데 우리는 그들과 반대로 살아온 부끄러움을 저질렀다. 역사를 바르게 아는 데는 시기의 빠르고 늦음이 없다. 민족은 영원하기 때문이다. 한반도 인구가 2,000여 만 명이었던 일제 말기에 친일파와 민족 반역자들은 대략 170만 명이었다. 전체 민족의 10%가 되지 않는 자들이 일본 총독부 세력과 야합함으로써 나머지 90%의 동족을 처참하게 만들었던 것이다. "우리가 다시 일본의 식민지가 되면 어찌 하겠는가?"라는 질문에 "과거사를 놓고 일본에 대해 반감을 가질 필요가 없다."라는 답이 21%인 여론 조사 결과가 있다고 한다. 우리는 다시 이 질문에 어떤 답을 할 것인가에 대하여 고민해야 한다.

한일합방이 되자 여러 유생들의 잇따른 할복 속에 매천 황현 선생도 끼어 있었다. 그분의 할복에 대하여 아리랑의 등장인물인 손판석은 작품 속에서 말한다. "왜 아까운 생목숨을 끊느냐. 그럴 강단이 있으면 그 아까운 학식을 가지고 만주 땅으로라도 가서 싸움에 앞장서야 할 게 아니냐."라고 비판한다. 농민 출신으로 의병투쟁을 하다가 사로잡혀 신작로 공사판에서 강제노동을 하는 상황에서 황현 선생의 할복 소식을 들은 것이다. 작가로서 그는 그 당시 지식인들의 잘못된 선택을 지적했던 것이고, 나아가 오늘 지식인들의 바른 삶을 예시하고자 했던 것이다.

소설 아리랑이 일제 식민치하 36년을 다룬다는 것을 아는 외국 기자와의 인터뷰에서 이런 질문을 받는다. "이제 잊어버릴 때도 되지 않았느냐. 이제 용서할 만하지 않느냐. 유대인들은 용서했는데 한국은 언제까지 과거사에 매달려 있을 것인가." 독일은 수상 빌리 브란트가 전 세계를 향하여 사죄를 했고, 유대인들 앞에서 무릎을 꿇고 용서를 빌었다. 그래서 유대인들은 그 사죄를 받아들여 '용서하지만 잊지는 않는다.'라는 민족적 동의에 도달했다.

그런데 일본은 어떠한가? 독일과는 정반대로 교과서를 왜곡하고, 정치인들과 고위 정부 관료들이 계속 망언을 일삼고 있다. 용서를 빌어야 할 자들이 빌지 않는데 용서를 받아야 할 사람들이 어떻게 용서를 하라는 것인가? 일본이 독일식의 용서를 빌지 않는 한 우리 민족은 '용서하지도 않고 잊지도 않는다.'라는 민족적 동의를 고수할 수밖에 없다. 그 동의에 충실하고자 작가는 아리랑을 쓰는 것이라 했고, 그의 대답에 외신 기자들은 고개를 끄덕였다.

아리랑 속의 아들과 딸은 또 다른 시대적 아픔이 낳은 소설 『태백산맥』을 맞이한다. 『태백산맥』의 시대적 배경은 여수·순천사건이 일어난 1948년부터 6.25전쟁이 끝난 1953년까지의 5년간의 이야기이다. 한국 근현대사의 시대적 갈등과 좌우의 대립과 충돌을 조명하고 그 속에서 살아가는 서민들의 이야기를 다루고 있다.

이 소설의 핵심 인물은 염상진이며 동생인 상구와 좌우의 이념적 갈등과 형제간의 대립 구도를 유지하며 소설의 긴장감을 높인다. 형인 염상진은 소작농 출신이며 사범대를 졸업하고 고생 끝에 두 아들을 키워낸 아버지의 소망대로 교사가 되었으나 일제에 충성하는 교사는 되지 않겠다고 교사직을 그만둔다. 일제 강점기 때부터 농민운동을 주도했을 정도로 사회주의 사상을 갖고 있으며, 남로당이 불법화된 이후 입산하여 빨치산 대장이 된다. 1950년 한국전쟁 후 인민군이 호남 일대를 장악하면 산에서 내려오고, 국군이 장악하면 다시 산으로 입산하는 처지를 반복한다.

그 이후 국군의 토벌 작전에 근근이 버텨 나가던 중 1953년 휴전 협정 후 일어난 대규모 빨치산 토벌 때 국군에게 포위되어 몰리게 되자 대원들과 함께 수류탄으로 자결한다. 염상진에게는 아들과 딸이 있고, 아들이 누나에게 묻는다. "아부지는 얼굴도 몸도 뻘건 디는 하나도 없는데 워째 사람들은 아부지보고 빨갱이라고 헐까?" 염상구는 상진의 동생이자 벌교 일대를 장악한 깡패 조직의 두목으로, 반공의 대표자이고 벌교 청년 단장이 된다. 아버지의 편애를 독차지한 형에 비해 차별을 받고 자라나 형에 대한 반감이 매우 크다. 조직 폭력배의 각인된 힘으로 빨치산 토벌대의 선봉에 선다. 상구는 거친 행동과 여러 악행을 저지르고 사람들로부터 욕을 듣지만, 형을 빨갱이로 치부하며 반공의 이미지를 각인시키고 자신의 입지를 키워 간다.

소설의 결말부에서 토벌군이 자결한 상진의 머리를 죽창에 걸어 매달아 놓는다. 상구는 늘 빨갱이라고 대놓고 욕만 해대던 형의 머리를 토벌대의 반대를 물리치고 직접 거둔다. 그의 이중적이지만 그러나 최소한의 인간적인 모습은 한국 현대사의 굴절된 시대적 아픔과 겹치면서 독자에게 찐한 안타까움과 더불어 슬픔을 불러온다.

이 소설은 분단된 아픈 역사 속에서 살아가는 우리 선조들을 마주하는 무겁고도, 슬프고 안타까운 이야기이다. 하지만 그 속에서도 사랑이 있고 희망이 있고 인간에 대한 믿음을 발견할 수도 있다. 작가는 후에 태백산맥은 민족의 등뼈이기에, 끊긴 등뼈를 다시 잇는다는 심정으로 소설의 제목을 태백산맥으로 지었다고 밝혔다.

아리랑 속의 손자 손녀는 자라나 이제『한강』의 시대를 맞이한다.『한강』은 4.19 전야인 1959년부터 1980년 광주 민주화항쟁까지 20년을 배경으로 현대사의 중요하고 굵직굵직한 사건들을 생생히 그려 낸다. 평범한 시민인 유일민, 일표 형제는 한국 전쟁으로 인한 분단과 그로 인한 이념의 대립이 초래한 반인간적 폭력의 시대 한가운데에 서 있다.

소설은 월북한 부친을 둔 유일민, 일표 형제가 서울의 일류 대학과 고등학교에 입학하기 위해 야간열차를 타고 한강철교를 건너 서울로 입성하는 장면으로 시작한다. 기차 안에는 두 형제처럼 부푼 꿈을 안고 서울로 향하는 여러 부류의 사람들이 섞여 있다. 꿈을 안고 한강을 건너온 이들의 파란만장한 인생항로가 사나운 격랑에 휩싸이고 파도에 부딪히며 살아가는 이야기이다.

어린 시절 두려움을 무릅쓰고 형과 함께 희망을 가지고 건넜던 한강이었지만, 서울 생활은 상상하기조차 힘든 삶이었다. 유일민, 일표 형제뿐만 아니라 각자의 희망을 품고 한강을 건넜던 많은 사람은 가족과 목숨까지 잃는 혹독한 시련을 겪었다. 그러나 그들은 다시 쉽게 한강을 건너 고향으로 돌아가지 못했다. 그것은 삶의 고통 속에서도 그들의 가슴 속에 지닌 한 줄기 희망의 끈을 놓지 못했기 때문일 것이다. 지치지 않고 유유히 흐르는 한강의 물결처럼 우리의 현대사의 민중들도 멈추지 않는다. 고통과 좌절의 파도를 넘고 꿈과 희망으로 헤엄치며 멈추지 않고 흐르고 있다.

유일표는 기자가 된 친구들과 함께 한강을 가로지르는 기차를 타고 광주의 진실을 향해 다가간다. 꿈을 찾아 한강을 넘어온 기차가 이제는 역사의 진실을 찾기 위해 다시 한강을 건너는 장면으로 이 소설은 막을 내린다. 우리 선조들의 근현대사 100년의 삶은 척박한 땅에서도 꺼지지 않는 불꽃같은 생명이었다. 그 생명의 불씨는 아리랑의 곡조와 함께 꺼지지 않고 살아남았고, 태백산을 넘어 한강에 다다랐다.

할아버지 할머니가 이루지 못한 해방은 아버지 어머니 세대가 이루었고, 또 그들이 이루지 못한 자유와 사람 사는 세상은 아들, 딸, 손자 손녀가 이루어 내었다. 그들 앞에 어떤 고난과 역경이 닥쳐도 그들은 멈추지 않았다. 그들의 삶은 태백산을 넘고 한강을 흘러 오늘의 우리에게 다다른 것이었다. 한강 작가의 말처럼 과거가 현재를 도왔고 우리의 선조들이 우리를 살린 것이다. 오늘을 사는 우리는 그들의 삶을 통하여 또 다가올 미래를 도울 수 있는 희망을 발견할 것이다.

배 움 의 길 , 산 티 아 고

"삶은 풀어야 할 숙제가 아니라 경험해야 할 신비이다."

— 라즈니쉬

무적함대
—— 스페인

스페인은 북쪽의 피레네 산맥을 경계로 프랑스와 국경을 접하고, 서쪽으로는 포르투갈과 국경을 접한다. 본토의 동쪽과 남쪽은 지중해에 접하고, 서쪽 바다는 대서양이다. 유럽 전체 국가에서 네 번째로 영토가 넓으며, 인구는 아홉 번째로 많은 나라이다. 스페인의 영토는 이베리아반도에 걸쳐 있으며, 8세기 초 서고트 왕국의 멸망 후 이베리아반도의 대부분은 이슬람의 영향권에 놓였다.

이후 약 7세기에 걸친 국토회복운동인 레콩키스타가 일어나 레온 왕국, 나바르 왕국 등의 여러 크리스트교 국가가 등장하고, 1492년 대부분의 국가는 가톨릭 군주하의 스페인으로 통합되었다. 왕국의 통합으로 이룩된 스페인 제국은 16~17세기에 걸쳐 무적함대의 위용을 떨치며 해양 대국의 지위를 차지한다. 식민지 무역으로 큰 부를 쌓고, 합스부르크 왕조 때 이르러 최고의 영화를 누린다.

스페인은 1808년 나폴레옹 군대의 침입을 받고 카를로스 4세가 권좌에서 물러나고 나라 전체가 극도의 위기 상황을 맞이했다. 스페인 저항 세력은 영국군의 도움을 받아 프랑스군을 몰아냈다. 1810년 첫 공화국을 세우려는 시도는 오래가지 못하고 카를로스 전쟁과 일련의 쿠데타로 점철된 불운의 한 세기를 보냈다.

1936년 프랑코 장군이 역사상 가장 처참한 내전을 일으키고 권세를 장악한다. 독일 나치와 이탈리아 파시스트의 지원을 받은 프랑코 군은 압도적인 병력과 힘으로 저항군을 제압하고 도처에서 대학살을 일으켰다. 피카소는 자신의 고국 스페인에서 벌어진 대학살의 끔찍한 소식을 들었다. 피카소는 파리 만국 박람회 스페인관에 전시할 그림의 의뢰를 받고 작품 〈게르니카〉에 그 참상을 생생히 나타냈다. 게르니카는 군사 전략상 중요한 도시가 아니었음에도, 나치 독일은 무차별적으로 폭격한다. 어이없게도 폭격의 목적은 새로운 무기의 성능 테스트를 위한 것이었다고 밝혀져, 인간의 생명보다 우선시되는 전쟁 무기의 개발에 심한 분노를 일으켰다.

프랑코의 후계자 블랑코 제독은 1970년 바스크 분리주의자들에게 암살당했다. 그 후 카를로스 왕이 권력을 이어받아 정치 개혁을 이끌고 대중들에게 큰 인기를 얻으며, 새로운 헌법을 제정하고 1978년 스페인은 명실상부한 민주국가가 되었다. 이 체제하에서 스페인은 마드리드의 중앙정부를 중심으로 각자의 대표자를 선출하는 17개의 자치주로 나뉘었다. 우리나라에도 아픈 역사로 남아 있는 군사 쿠데타가 스페인의 민주화 과정에서도 일어나지만, 스페인 내각은 이를 신속히 제압하고 민주제를 재확립했다. 스페인의 어느 철학자는 스페인을 영토적인 관점에서 이렇게 표현한다.

우리는 두 개의 문을 가진 하나의 집이다. 한쪽 문은 유럽을 향해 열려 있
는 피레네 산맥이고, 다른 문은 아프리카를 향해 열려 있는 지브롤터 해
협이다.

스페인은 유럽의 영향과 아프리카의 영향을 골고루 받을 수 있는 지
정학적 위치에 자리해 있다. 이 두 문화가 적절히 교류하고 상호 보충
의 순환 과정을 거치며 지금의 스페인 문화가 정착되었을 것이다. 한 나
라의 역사적인 사건은 후세들을 위해 문서화되어 기록으로도 남겨지
고, 위대한 화가들은 그 현장의 생생한 모습을 그림으로도 남긴다. 스페
인 여행의 종착지를 마드리드로 정했고 그곳의 프라도 미술관에서 스
페인 역사의 현장을 그림으로 체험하는 기회를 가질 것이다.

개인적으로 재미있게 간직하고 있는 스페인과의 추억은 1992년 바
르셀로나 올림픽 마라톤 경기이다. 8월 한여름의 폭염 속에서 진행된
올림픽 피날레 경기인 마라톤에서 한국의 황영조는 일본 선수와 치열
한 접전을 벌였다. 이날의 마라톤 경기로 우리에게 널리 알려진 몬주익
의 언덕을 치고 오르며 일본 선수를 제치고 선두에 질주하고 그 기세를
몰아 마침내 우승을 차지한다. 황영주의 우승 이후 일본 친구들을 만나
면 한국의 김치가 일본의 스시를 눌렀다고 시기인지 부러움인지 '기무
치, 기무치'를 연발했다.

나라 잃은 설움을 달리기로 승화하며 1936년 베를린 올림픽에서 우
승한 손기정 옹의 마라톤 금메달 이후 56년 만의 쾌거였다. 이 경기는
당시 한국 시간으로 늦은 밤에 시작하여 새벽까지 진행되었다. 초저녁
잠이 많은 아내는 이미 잠자리에 들었고 나는 혼자 42.195킬로미터의
마라톤 경주를 손에 땀을 쥐며 지켜보았다. 황영조가 내딛는 한 발 한

발에 박자를 같이하고 힘을 보탰다. 마침내, 결승점을 제일 먼저 통과하고 그는 운동장에 쓰러졌다. 나는 황영조의 우승에 들떠 있었고, 다음 날 아침 아내에게 흥분된 마음으로 이 벅찬 소식을 전했다.

"와! 우리의 황영조가 올림픽 마라톤에서 우승했어!"

하지만 아내의 반응은 예상외로 시큰둥했다.

"하나둘, 하나둘 발자국만 보이는 마라톤 중계가 무슨 재미일까?"

그 재미없는 마라톤 경기를 왜 밤새워 봤는지 다소 의아한 눈치였다. 그렇다. 마라톤은 스포츠 게임으로는 재미가 없을 수도 있다. 오직 자신의 두 다리에만 의지하여 누구의 도움도 없이 목적지에 빨리 도달하는 것을 겨루는 경기이다. 드라마틱한 승부의 요인도 별로 없고, 농구처럼 승부를 뒤집는 3점 슛도, 골프의 버디나 이글 샷도 없고 게임이 그냥 미지근하다. 한 발, 한 발 내디디며 내가 투입한 시간과 노력을 믿고 그 속도를 조절하며 주어진 길을 달릴 뿐이다. 내 지금의 상태를 냉정히 판단하고 그에 맞는 페이스 조절과 게임 전략을 실행해 나간다. 분명히 경기의 상대가 있지만 어쩌면 마라톤은 상대와의 싸움보다 나와의 싸움이고 도전이다. 지금 내딛는 하나둘, 하나둘의 걸음은 100미터 전의 하나둘과 다를 것이며 다시 내디딜 하나둘의 걸음은 또 다른 새로운 시작일 것이다. 같은 듯하지만 매번 새로운 걸음을 걷는 것이다. 나는 이 반복적이면서도 또 새로운 마라톤의 하나둘 하나둘이 좋다. 아내는 요즈음도 가끔 말한다. 아직도 하나 둘 게임이 재미있느냐고 묻는다. 나의 대답은 명쾌하다. "물론 마라톤의 매력은 인생과 같은 거지…."

'마라톤'은 그리스의 수도 아테네의 북동쪽에 있는 평원이며, 페르시아 전쟁의 격전지였다. 세계 최강이라는 페르시아 대군을 맞아 고립무원의 아테네 병사들은 병력의 열세와 무기의 부족에도 불구하고 처절한 전투를 치르고, 결국 페르시아군을 물리친다. 그리스의 어린 병사는 페르시아 전투의 승전보를 아테네 시민들에게 한시라도 빨리 전하기 위하여 그들이 모여 있는 곳으로 달려간다. "우리가 이겼다!" 이 한마디를 외치고 어린 병사 페이디피데스는 숨을 거둔다. 아테네의 시민들에게 승전보를 알리기 위해 마라톤 평원을 달린 어린 병사의 절박함을 계승하고자, 마라톤은 그 후 인기 있는 스포츠의 한 종목으로 자리 잡았다.

당시 그 병사가 출발한 곳에 전사자의 위령탑과 오륜 마크와 성화대가 아직도 그 자리를 지키고 있다. 마라톤 경기는 더 이상 견디지 못할 것 같은 고통의 순간, 포기하고 싶은 절망의 순간에도 이를 악물고 참고 달려야만 한다. 우리 인생의 마라톤에도 오르막과 내리막은 곳곳에 숨어 있고, 그 인내의 결과도 마라톤에서 배우는 경험과 유사한 것이기에, 마라톤을 인생의 압축판이라고 한다. 그래서 나는 마라톤 경기를 좋아했고, 아직도 마라톤 경기 시청을 즐겨한다. 산티아고를 걸어 보고 싶은 욕망은 어쩌면 이때부터 나의 잠재의식에 자리한 것일지도 모른다.

카이로스 시간은 고대 그리스어로 '기회'나 '결정적인 순간'을 의미하는 특정 시점의 시간 개념이다. 이는 단순히 흘러가는 물리적인 시간을 뜻하는 크로노스 시간과 대비되는 의미 있는 특별한 순간이나 기회를 뜻한다. 1492년은 스페인의 역사에서 큰 전환점이 되는 카이로스의 시간이다. 스페인 말로 '재정복'을 의미하는 레콩키스타는 이베리아반도에서 기독교 왕국들이 이슬람 세력을 축출하고 영토를 회복하는 7세기 반에 걸친 기나긴 국토 회복의 여정을 말한다. 700년을 넘는 긴 시간의 레콩키스타가 마무리되는 해가 1492년이다. 이 기간 동안 기독교와 이슬람 세력은 많은 전투를 치르고, 그 승패 여부에 따라 두 세력 간의 국경 역시 달라진다. 산티아고 순례길의 곳곳에 그 당시의 전투의 흔적과 이를 기념하는 표시가 있다.

1492년은 이슬람 세력으로부터 스페인의 영토를 완전히 회복한 해이며, 또한 세계사에서 스페인이 해양 대국으로 진출하는 시작점이라는 측면에서 역사적 의미를 가지는 해이기도 하다. 콜럼버스는 1492년 산타마리아호를 포함한 4척의 배를 몰고 지중해와 대서양이 만나는 이베리아반도의 끝에 있는 스페인의 작은 항구 우엘바를 출발하여 신대륙을 찾는 항해를 시작한다. 이 당시 스페인은 지중해 무역이 오스만 제국과 이탈리아 반도 도시국가들의 득세로 입지가 약해지고 있었다. 이웃 나라 포르투갈이 서아프리카 지역의 탐사와 개발을 통하여 막대한 이익을 남기는 것을 바라보고만 있는 처지였다.

이에 이사벨 여왕은 신대륙 개척의 필요성을 느끼고 신 해양 항로의 개척이 나라의 미래에 도움을 된다는 판단하에 콜럼버스의 신대륙 항해를 적극적으로 지원했다. 콜럼버스는 항해를 시작한 지 2달 10일 만에 지금의 바하마 제도에 상륙했다. 당시 콜럼버스는 이곳이 인도라고 믿었고 검증 방법이 없던 시기라 모두 인도에 도착했다고 생각했다. 콜럼버스의 신대륙 항해는 이후 3차례 더 진행되며, 이를 통하여 스페인 제국이 전 세계적 식민지를 지배하는 발판이 마련되었다.

콜럼버스의 항해는 유럽과 아메리카의 교류에 물꼬를 트는 이정표였으며, 이후 유럽 주도의 세계사를 알리는 시발점이 되었다. 또한 본격적인 식민지 통치의 역사가 시작되고 식민지에서 약탈한 부가 유럽 전역에 쌓이게 되었다. 스페인은 16세기 펠리페 2세부터 19세기 후반까지 세계 규모의 식민 제국을 형성하고, 이웃한 포르투갈과 함께 유럽과 세계사의 방향을 주도하는 식민 제국주의 시대를 알리는 주역이 되었다. 전성기 시절에는 오대양 육대주에 걸쳐 식민지 지배를 했으며, 면적으로만 보면 대영제국에 이어 세계 제2위의 해양 제국으로 성장한다.

현재 미국 영토의 70% 정도가 예전에 스페인의 지배를 받았다. 미국 남부나 서부의 문화는 스페인의 영향을 많이 받았다. 로스앤젤레스, 샌프란시스코, 라스베이거스 등의 도시들의 이름은 스페인어에서 유래한 명칭이다.

> 콜럼버스의 가장 위대한 업적은 목적지에 이르렀다는 것이 아니라, 목적지를 향해 닻을 올렸다는 것이다.
>
> – 빅토르 위고

역사에는 늘 빛과 그림자의 양면이 있기 마련이다. 콜럼버스의 신대륙 발견을 위한 항해도 그 예외에서 벗어나지 못한다. 콜럼버스가 도전적인 항해를 통하여 아메리카 대륙을 발견하여 교역의 시발점이 되고, 스페인의 제국화에 기인한 점은 부인할 수 없다. 하지만, 콜럼버스가 도착한 땅에 살고 있던 원주민들에게는 반갑지 않은 손님이자 침략자였다. 콜럼버스는 원주민을 야만인으로 얕잡아 보며 그들과의 약속을 지키지 않았고, 원주민을 탄압하고 심지어 잔인하게 학살하는 만행을 저질렀다. 그가 신대륙에 도착한 후 1,600만 명의 원주민을 살육했다고 기록되어 있다.

스페인에 콜럼버스는 탐험가의 대명사일지 몰라도, 원주민에게는 욕망에 가득 찬 학살자의 상징으로 남아 있다. 약자의 분노를 키우는 토양은 강자의 탐욕일 뿐이다. 콜럼버스 항해의 동기는 개척자의 도전 정신으로 미화될 수 있으나 그 본질에는 인간의 정복욕과 탐욕이 자리하고 있음을 부인할 수는 없다. 인디언의 분노는 자신을 보호하기 위한 분노였지만 정복자들의 탐욕은 자신들의 욕심을 채우기 위한 것일 뿐이다.

콜럼버스가 서쪽으로 나아간 항해가 유럽이 세계의 중심을 알리는 서양 역사의 시발점이었다면, 동양의 문화사적인 관점에서는 달마의 동쪽 진출은 향후 동양의 사상적 체계에 큰 영향을 미친 사건으로 평가받는다. "달마는 왜 동쪽으로 갔는가?" 이 물음에 대한 답을 한마디로 정리하기는 어려울 것이다. 달마대사는 불자들에게는 부처님 다음으로 숭배되는 인물이다. 달마는 1,500년 전 인도에서 중국으로 건너와 중국 불교의 기반이 되었다. 300년 후인 신라 헌덕왕 때 달마의 제자로부터 불교가 한국으로 전파되었다.

달마가 중국으로 떠나기 전 그의 스승에게 묻는다. "중국에 뛰어난 법력을 가진 대사가 앞으로 많이 나오겠습니까?" 그러자 스승은 이렇게 대답한다. "그대가 교리를 전파할 동쪽 지방에는 깨달음을 얻는 이가 셀 수 없이 많을 것이다." 그의 예언대로 동방에는 대단한 선승들이 수도 없이 배출된다.

콜럼버스의 서쪽 항해는 서양사에 어떤 영향을 주었는가? 달마대사의 동방 진출은 동양사에 어떤 영향을 주었는가? 해양 탐험과 신대륙의 발견으로 아메리카 대륙이 유럽인들의 활동 무대가 되었다. 또한 콜럼버스의 항해는 현재의 미합중국이 탄생할 수 있었던 토대가 되었다는 점에서 그 역사적인 의미가 상당하다. 지중해 중심의 서양 역사가 대서양 중심으로 전환되는 계기가 된다. 콜럼버스의 사후에도 신대륙 개척 열기는 계속된다. 거대한 신대륙의 발견과 대서양보다 훨씬 더 넓은 태평양의 존재에 대한 인식은 세계의 활동 범위를 확장시키는 발전적인 기여를 한다.

19세기까지만 해도 콜럼버스는 진취적인 개척 정신의 상징으로 영응시되는 위인이었다. 그러나 20세기에 들어서면서 그에 대한 심도 있는 연구가 진행되면서 그에 대한 부정적인 측면도 많이 부각되었다. 아메리카 식민지를 통치하면서 원주민에 대한 고문 착취 등의 가혹한 행위가 역사적인 고증으로 밝혀지면서 그 평가가 달라지고 있다. 콜럼버스 날에 반대하는 시위가 미국 전역에서 벌어지기도 하고, 일부 주와 도시에서는 그날을 원주민의 날로 바꾸기까지 했다.

콜럼버스는 말년에 그가 집필한 책에서 자신의 업적은 인류 구원의 조력자로서 숭고한 행위라고 자찬하며 또한 종교적 의미를 부여했다. 그러나 그는 세습 귀족이 되려 했고 큰돈을 벌고자 했다. 자신의 아들을 추기경으로 만들고자 국왕에게 청탁 편지를 보낸 것 등으로 보아 지극히 세속적 열망이 강렬했던 것은 부인할 수 없다. 그의 주장과는 달리 세계 구원이라는 숭고한 목적과 세속적 욕망은 공존할 수 없는 법이다.

이번 여행의 종착지를 스페인의 수도 마드리드에 있는 프라도 미술관으로 정했다. 프라도 미술관은 회화, 조각 등 8,000점이 넘는 방대한 미술품을 소장한 대형 미술관이다. 1785년 카를로스 3세에 의해 건설되기 시작했는데 원래는 자연과학 박물관이 될 예정이었다. 그러나 나폴레옹과의 전쟁으로 인해 공사가 중단되었고, 전후에 스페인 왕가의 미술품을 소장하는 미술관으로 계획이 변경되었다. 스페인 왕가의 방대한 컬렉션을 기반으로 한 왕실 전용 갤러리가 현재는 국립 미술관이 되어 귀중한 미술품들을 전시하고 있다.

프란시스코 고야의 〈마드리드 1808년 5월 2일〉과 〈5월 3일〉은 나폴레옹과의 전쟁 시기에 마드리드에서 일어난 사건을 알리는 그림이다. 〈5월 2일〉은 프랑스군에 대항한 시민들의 봉기를, 〈5월 3일〉은 그에 대한 프랑스군의 보복인 학살을 묘사한다. 1808년 나폴레옹은 에스파냐

<마드리드 1808년 5월 2일>

<마드리드 1808년 5월 3일>

를 침공했다. 나폴레옹이 내세운 명분은 에스파냐 민중들의 해방이었으나 실질적인 목적은 대륙봉쇄령을 지키지 않는 포르투갈을 공격하려는 것이었다. 이에 더불어 에스파냐까지 정복해서 이베리아반도 전체를 통합하자는 나폴레옹의 계산이 숨어 있는 침략 전쟁이었다.

당시 스페인의 민심은 극도로 흉흉한 상태였다. 에스파냐 민중들은 국왕 카를로스 4세와 재상 고도이의 학정에 치를 떨고 있었고, 이에 대한 반발로 나폴레옹의 프랑스군을 해방군으로 반기고 환영했다. 하지만 카를로스 4세를 몰아내고 자신이 에스파냐의 왕이 되려고 하는 나폴레옹의 계략을 알게 되자 에스파냐 민중들이 프랑스군에 갖은 호의는 순식간에 적의로 돌변하게 된다.

작품은 실제 사건을 배경으로 묘사되었다. 1808년 5월 2일, 마드리드에서 프랑스군의 스페인 점령에 대항해 스페인 반란군이 대규모 봉기를 일으켰다. 프랑스군은 이를 강경하게 진압하면서 마드리드 곳곳에서 무차별적인 양민 학살이 벌어졌다. 고야의 이 그림은 프린시페 피오 언덕에서 벌어진 프랑스군의 민간인 학살을 그린 것이다. 고야는 프랑스가 스페인에서 물러난 1년 후에 이 작품을 그린다.

프랑스군의 지속적인 탄압에 시민들은 항거하고, 마드리드를 중심으로 많은 지역에서 혁명이 일어난다. 이때 나폴레옹의 형 무라트는 에스파냐 민중의 저항을 강하게 진압하고, 이집트군으로 구성된 기마부대 맘루크 군사들을 합류시킨다. 맘루크군의 잔인함은 극에 달하고, 고야는 이 그림을 통해 당시 전쟁의 참상을 생생하게 재현하여 후세에 전달하고 있다.

중앙에 붉은 바지를 입고 죽은 맘루크인 위에 또 다른 맘루크 인이 무기를 들고 있는데, 고야는 이들보다 그 뒤에 서 있는 몇 명의 사람들을 통해 우리에게 전쟁의 비극을 말한다. 그들의 시선은 왼편의 마드리드 사람과 오른편의 맘루크 인의 싸움 속에 아무런 감정도 참여 의지도 드러내지 않는 방관자의 눈빛이기 때문이다. 자신의 가족이 죽어 나가고 있는데, 나만 죽지 않으면 된다는 저 눈빛은 당시 고야가 보았던 참혹한 현실의 모습이 그대로 그림 속에 투영되어 있다.

오른편 하단의 노란색 바지를 입은 마드리드인이 말을 날카로운 무기로 찌르는 장면이 보인다. 사실 이 당시 마드리드 사람에게는 무기라고는 전혀 없었다. 무기는 오직 프랑스군이 가지고 있었다. 기껏해야 나무로 된 무기나 부엌칼이 전부인 마드리드 사람이 중무장한 프랑스 군대를 이길 수 없었다. 당시 유럽을 일순간 정복한 아랍의 힘은 바로 '기마부대'의 힘이었다. 당시 보병이 주축을 이루던 시기에 기마부대는 뛰어난 활동성으로 삽시간에 유럽과 아시아 그리고 중동 지역에서 승리를 거둔다. 이후 아랍의 손에 지배당하는 700년의 시간이 다가온다.

그림 중앙에 이미 죽어 말에 거꾸로 매달린 맘루크 인을 찌르고 있는 한 남자의 모습이 보인다. 그의 눈은 이미 이성을 잃었다. 이미 죽은 자를 향해 다시 칼을 들고 찌르려고 하는 이성을 잃은 모습이 바로 전쟁이 잉태하는 잔혹한 트라우마이다.

스페인의 여러 중요 장소를 가면 탑과 기념비에 1808년 5월 2일이 등장한다. 프랑스군의 침공에 군인은 아무도 저항하지 못하도록 재상 고도이의 명령이 내려졌고, 유일한 저항은 시민의 자발적인 하나 된 마음이었다. 시민의 조직된 힘이 자유를 지키는 최후의 보루인 것을 기억하고 기념하려는 의도일 것이다.

마드리드 1808년 5월 3일은 스페인과 프랑스의 전쟁으로 상처받은 모습을 상징적으로 나타낸 그림이다. 그날 마드리드에서 일어난 프랑스군의 학살 사건이 묘사되어 있다. 그림은 전체적으로 어두운 색조를 보이는데, 가운데 하얀 옷을 입은 남자만이 환한 가운데서 양팔을 벌리고 서 있다. 대체로 많은 이들은 이 남자를 예수 그리스도와 연관시켜서 해석한다. 이 남자는 반대편에 등을 보이고 총을 겨누고 있는 무채색의 프랑스 군인들과 확연한 대비를 보여 준다. 처형당하는 시민들의 얼굴은 좌절과 체념의 감정이 사실적으로 표현되었으나, 처형하는 프랑스군은 얼굴 묘사가 없어 기계적이고 무자비한 모습으로 표현됐다. 뒤편에 보이는 밤하늘은 별 하나 없이 새카만 모습으로 절망적인 상황이고 그 가운데 보이는 성당은 구원의 장소가 아닌 묘지를 뜻한다고 한다.

총을 겨누는 병사와 죽음을 앞둔 양민의 두 무리가 가까운 거리에서 마주 보고 있다. 오른쪽의 프랑스 군인들은 차갑고 깔끔한 군복을 입은 채, 모두 몸을 앞으로 숙이고 총을 겨누는 자세다. 관객은 이 군인들의 얼굴을 볼 수 없다. 이 같은 군인들의 딱딱한 자세는 자신들이 하는 일에 아무런 감정 없이 기계적으로 행동하는 존재임을 내비친다.

왼편에는 희생자들이 행렬을 이뤄 붙잡혀 있다. 몇몇 사람은 이미 쓰러져 죽어 있고, 또 어떤 사람은 총을 마주하고 있으며 그 뒤편으로는 자신이 죽을 차례를 기다리며 앞으로 나오고 있다. 작품의 중앙이 되는 흰 의복을 입은 사람은 애걸하는 눈빛으로 손을 뻗고 있는데, 그 남자의 오른손을 잘 보면 조그만 상흔이 있다. 마치 십자가에 처형되는 예수 그리스도를 떠올리게 한다. 그가 입고 있는 노란색 바지는 땅바닥에 쓰러진 사람들이 흘린 피와 함께 그림의 나머지 부분을 차지하는 밋밋한 색감과 극심한 대조를 이룬다.

고야는 환하면서도 공포스러운 장면을 강조하기 위해 어두운 배경으로 대비를 이끌어 내고 극적인 효과를 도출해 냈다. 인간 내면의 어둠을 가

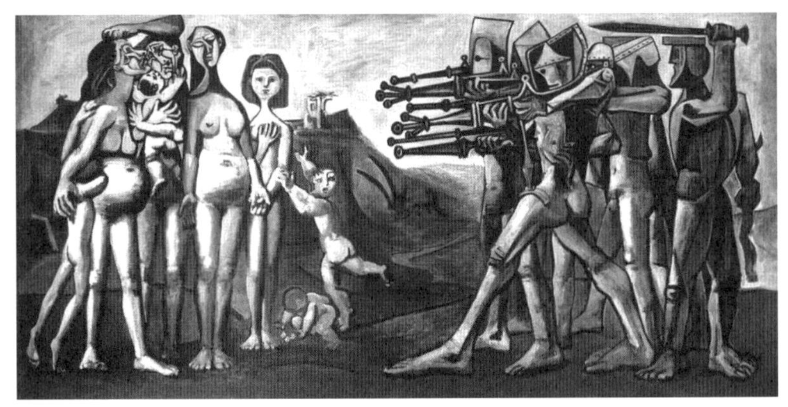

<한국전쟁>

장 잘 묘사한 화가로 평가받는 고야의 그림 중에서도 걸작으로 손꼽힌다. 에스파냐의 정치와 역사에 대한 환멸을 그린 것으로도 읽히기도 하고, 혹은 인간의 비인간적 잔인함을 묘사한 것으로 해석되기도 한다. 그림 속 총살당한 사람들의 피를 자신의 피를 묻혀 표현했다는 이야기도 있다.

역사의 수레바퀴는 돌고 돈다. 인간의 역사에서 전쟁만큼 끊이지 않고 반복되는 비극도 없을 것이다. 국가 간의 영토 전쟁, 이념에 기반한 종교 전쟁, 가문의 이권을 위한 탐욕이 전쟁으로 비화되는 등 이루 말할 수 없는 이유로 세계 곳곳에서 어제도 오늘도 전쟁이 일어나고 있다. 내일은 전쟁이 없는 평화로운 시기라는 보장은 우리의 역사를 돌이켜 보면 허황되고 무책임한 주장에 불과할 것이다. 전쟁은 어느 나라도 비껴갈 수 없는 인류 역사의 비극이다. 스페인은 한때는 침략자였고 한때는 전쟁의 피해자였다.

1951년 파블로 피카소가 6.25전쟁의 학살을 묘사한 그림을 그렸다. 이 그림은 고야의 〈1808년 5월 3일〉 그림과 유사한 구도를 차용한 것으로 알려져 있다.

야고보에서 ──── 산티아고까지

산티아고는 남아메리카의 길쭉한 나라 칠레의 수도이자, 나라 전체 인구의 삼분의 일이 살고 있는 큰 도시이다. 또 다른 산티아고는 스페인의 서쪽 끝에 있는 순례길로 알려진 곳이다. 나는 칠레의 산티아고가 아닌 스페인의 산티아고로 여행을 떠난다. 산티아고 순례길의 정식 명칭은 '카미노 디 산티아고'이며 스페인 각 지역과 포르투갈, 프랑스에서 출발하여 산티아고 데 콤포스텔라 대성당까지 가는 유서 깊은 도보 길이다. 순례길은 예수님의 열두 제자의 한 명이자 스페인 수호성인 성 야고보의 유해가 묻혀 있는 산티아고 데 콤포스텔라 대성당으로 향하는 길을 말한다.

산티아고는 성인을 뜻하는 'San'과 야고보의 존칭인 'Diego'의 스페인어 합성어이다. 지역명으로 알려진 산티아고는 성 야고보의 분신이다. 산티아고는 성 야고보의 스페인식 이름이며 콤포스텔라는 별들의 들판이라는 뜻의 스페인어이다. 산티아고 데 콤포스텔라는 '별빛이 빛

나는 들판에 묻혀 있는 성 야고
보'를 칭하는 표현인 것이다.

세베대의 아들 야고보는 사
마리아 지역에서 복음을 전하
고 있었다. 야고보는 "더 넓은
지역으로 복음을 전파하라."라
는 예수님의 부름을 받고 당시
땅끝으로 여겨졌던 이베리아반
도인 스페인 북부 갈리시아 지
방으로 전도 여행을 떠났다. 약
7년의 전도 여행을 마치고 예루

산티아고 대성당

살렘으로 돌아온 성 야고보는 헤롯 왕에게 참수를 당하며 예수의 12사
도 중 첫 번째 순교자 되었다. 제자들은 그의 유골을 생전에 그가 전도하
던 스페인 북부 지방으로 모셔 와 묻게 된다. 이후 수백 년이 지나 9세기
에 한 은둔 수도사가 밝게 빛나는 별빛의 인도를 받아 성 야고보의 유골
이 묻힌 곳을 발견하게 된다. 야고보의 유해가 묻힌 자리에 성 야고보를
추모하기 위해 성당을 지었고 그 성당이 지금의 산티아고 대성당이다.

예수님의 부름을 받고 당시 땅끝 마을로 알려진 스페인 갈리시아 지
방까지 가서 복음을 전한 성 야고보의 믿음과 사랑의 정신은 2,000년이
지난 오늘까지도 산티아고 길을 걷는 순례자들을 깨우며 살아 있는 것
이다. 순례자들은 산티아고 길을 자신의 인생 순례길로 걸으며 복음의
메시지를 들을 것이다. 산티아고 길에는 미움과 증오보다는 사랑과 용
서가 넘쳐날 것이다. 미움이라는 감정에 제압당하면 그 미움의 감옥에
스스로 갇히게 되고 결국은 미움이 나를 힘들고 지치게 한다. 반면에,

사랑으로 채워진 마음은 나와 상대의 다름을 받아들이고 또한 용서를 허용하는 마음의 공간이 생길 것이다. 산티아고 길 위의 순례자들은 사랑을 배우고 또 사랑의 마음을 키워 갈 것이다. 내 생각의 울타리에 갇히지 않고 다름과 차이를 존중하는 마음의 여유를 획득할 것이다.

삶은 관조의 대상이 아니라 실천의 대상이라고 했다. 산티아고 길 위에서는 나와 세상에 대한 많은 사색의 기회가 제공된다. 일상의 걱정과 고민에서 벗어나고 익숙함에서 벗어난 환경에서 혼자 걷는 길의 장점은 나에게 집중하고 생각하는 여유를 제공한다. 수많은 생각과 사색의 마무리는 결국 무엇을 어떻게 할 것인가의 실천적인 행동으로 귀결된다. 그것이 오늘 안고 있는 문제의 해결이든 내일을 위한 계획과 방향이든, 행동하는 나로 돌아오지 않으면 공허한 사색이고 망상일 뿐이다. 오직 나의 두 발로 길을 걷는 것이 산티아고의 진리인 것처럼, 내 인생의 길도 몸과 마음으로 행하는 것이 진리일 것이다.

산티아고 길은 단순하다. 자연의 길 위에서 나의 짐을 짊어지고 주어진 거리를 걸어가는 것이다. 노란 화살표가 가리키는 방향이 산티아고로 가는 길이다. 나의 방식으로 묵묵히 걸을 것이며, 떠오르는 태양을 등지고 서쪽을 향하여 매일매일 걷는다. 한 발, 한 걸음의 축적이 목적지에 도달하게 하는 힘이고, 요행과 건너뜀도 없고, 오늘 못 채운 거리는 내일 채우면 된다. 그곳에는 누구의 지시나 감독도 없고 스스로가 선수이면서 감독이고 또한 심판이다. 그것은 내 마음대로 해도 된다는 무책임이 아니다. 스스로 지는 무한 책임이다.

미움과 증오를 내려놓지 못한 순례자들도 순례길을 몸으로 체험하면서 미움의 마음도 서서히 사라지는 경험을 할 것이다. 욕심과 탐욕이 나를 힘들게 한다는 것을 알게 될 것이고, 꼭 필요하지 않은 짐들을 내려놓는 비움의 과정을 통하여 단순함의 매력을 느낄 것이다. 순례길을 오직 내 두 발로 걸었다는 성취감과 그 용기를 보상받는 뿌듯함도 느낄 것이다. 어떤 이는 겸손의 가치를 체험하고 그것이 행복에 이르는 길이라는 소중한 배움도 얻을 것이다.

순례길에는 친절의 미덕이 전통으로 자리하고 있다. 친절해지는 것이 우리 생활을 얼마나 활기차게 만드는지 알게 될 것이다. "많은 남성이 웅변을 통하여 굴복시키지 못한 일을 한 여성의 친절이 정복했다."라는 셰익스피어의 말은 이곳 산티아고에는 적절하지 않을 것이다. 여기서는 남자도 친절하다. 성 야고보의 유해가 발견된 후 산티아고로 야고보를 보고자 찾아오는 유럽인들의 발걸음이 시작되었다. 산티아고 순례의 배경에는 당시 이슬람 군대의 위협에 이베리아반도의 마지막 보루를 지키고자 한 정치적 목적도 강했다.

9세기 이베리아반도에 세력을 뻗친 이슬람 세력과 이에 맞선 가톨릭 세력은 끊임없는 전쟁을 치르고 있었다. 십자군 전쟁으로 인해 예루살렘으로 향하는 성지 순례가 막히게 되면서 야고보를 찾는 산티아고 순례길이 더욱 번성하게 되었다. 중세에는 신앙과 정신적인 수양을 목적으로 이 길을 걷는 사람도 있었고, 정치적인 목적으로 걷는 사람도 있었다. 일부 죄수들은 감옥에 가는 대신 이 길을 걷는 형벌을 받기도 했다. 1189년 교황 알렉산더 3세가 산티아고 디 콤포스텔라를 성지로 선포한 이후, 산티아고 길을 걷는 이들의 죄를 사한다는 칙령이 내려진다. 그 후 수많은 사람이 산티아고를 향하여 걷기 시작했으며 이후 천년을 이어 오는 순례길의 전통이 되었다.

12~13세기에는 가톨릭을 국교로 삼는 유럽 대부분의 나라에서 한 해에 50만 명이 넘는 순례객들이 이 길을 걸어 산티아고에 도착했다.

교황청에서도 가톨릭의 성스러운 해에 이 길을 걸어 산티아고에 도착한 사람들에게 평생 지은 죄를 전부 사면해 주고, 다른 해에 도착한 순례객도 지은 죄의 삼분의 일을 사면해 주는 등 순례길을 걷는 것을 장려했다.

종교계와 기사들 사이에서도 순례자를 보호하고자 하는 움직임이 생겨난다. 12세기 초에 순례자를 보호할 목적으로 그리스도교와 결탁한 템플 기사단이 결성되고 카미노 길이 유지·보호되는 토대가 되었다. 카미노 길을 걷다 보면 아직도 남아 있는 템플 기사단 성지를 볼 수 있다. 템플 기사단의 영향력이 점점 커지자 교황과 가톨릭 군주들은 권력이 붕괴될 위험성을 느끼고 힘을 합쳐 1307년 10월 13일 금요일 템플 기사단을 체포하고 처형했다. 이 대학살의 역사는 '13일의 금요일은 불길하다.'라는 미신으로 서구인들의 머리에 아직까지 남아 있다.

11~15세기에 번창하며 순례길의 전형으로 발전하던 산티아고 길은 16세기 들어서면서 쇠퇴의 길을 걸었다. 비대해지고 부패한 종교 권력에 반발한 종교개혁운동이 일어나면서 사람들의 기억에서 점차 멀어져 갔다. 이후 1982년 교황 바오르 2세가 산티아고를 방문하면서 다시 많은 사람이 이 길을 찾기 시작했다. 1987년 포르투갈 작가 파울로 코엘료는 산티아고 길의 부흥에 기여한 사람으로 기억된다. 산티아고 순례길을 걸은 경험을 바탕으로 쓴 책『순례자』가 출간되고, 독자들의 입소문이 퍼져 나간다. 산티아고는 진정한 나를 찾고 자신의 삶을 변화하고 싶은 사람에게 꿈과 도전을 심어 주는 장소로 여겨지기 시작한다.

같은 해 유럽평의회가 첫 번째 유럽 문화길로 산티아고 순례길을 선정했다. 1993년 '산티아고 디 콤포스텔라 순례길'이라는 명칭으로 유네

폰페라다의 템플 기사단 성지

스코 세계문화유산에 등재되면서 세계 각지의 순례자들이 산티아고를 찾는 본격적인 계기가 되었다. 코로나19 바이러스가 세상을 점령한 기간 동안 순례길이 봉쇄되는 어려움도 겪는다. 코로나19가 종식되면서 산티아고는 다시 활기를 찾고 전 세계에서 모여든 순례객들로 길 위에는 "부엔 카미노!"의 인사가 넘쳐난다.

성 야고보 순교 기념일인 7월 25일과 일요일이 일치하는 해를 교황의 칙령에 따라 성스러운 해라는 뜻의 성년 또는 희년이 선포된다. 희년은 윤년 여부에 따라 11, 6, 5, 6년의 주기로 돌아온다. 모든 죄를 면제해주는 전대사를 받을 수 있다고 하여 종교적 의미로 방문하는 순례객들이 희년이 해당되는 연도에는 더욱 늘어난다.

다가오는 다음 희년은 2027, 2032년이다. 희년은 직전 해 12월 31일 대주교가 동쪽 퀸타나 광장에 있는 대성당의 '성년의 문'을 열면서 시작된다. 이 문을 열면서 죄로 인해 단절된 하느님과 인간의 관계가 부활하고, 하느님과 인간이 새롭게 화해하는 기쁨과 해방을 선언하는 의미라고 한다. 대주교가 성년의 문을 제일 먼저 통과하여 성당으로 들어가고,

그 후 순례자들이 이 문을 통과할 수 있도록 1년 동안 열어 둔다. 이는 '어찌 인간이 지은 죄가 자신의 철저하고도 엄숙한 사죄의 과정을 거치지 않고 외적인 어떤 형식에 의하여 지워질 수 있을까?' 하는 의문을 가진 채 지속되고 있다. 돈으로 죄 사함을 받고자 하는 면죄부처럼 결국은 인간의 탐욕과 무지가 만들어 낸 욕심과 집착의 결과가 아닐지 모른다.

산티아고 순례길은 로마, 예루살렘과 함께 중세 시대에 기독교 순례자들이 찾는 3대 성지 순례길 중의 하나였다. 중세 유럽의 수도사나 기독교 신자들은 성지순례를 위해 예루살렘을 방문하는 것이 커다란 소원이었다. 이스라엘을 포함한 중동 지역을 이슬람 세력이 장악하고 끊이지 않는 전쟁과 폭력의 공포로 성지 순례가 어려워지고 그 대안으로 야고보의 유해가 묻힌 산티아고 길을 찾는 순례자가 증가했다. 200년간 스페인을 지배한 유물론 사상은 오랜 시간 동안 영적인 믿음을 유지해 온 나라로 알려진 스페인에도 많은 영향을 미친다. 현재는 기독교 신도의 수가 줄어들고 성직자가 되려는 사람의 수는 현저히 줄어들지만, 아이러니하게도 산티아고를 찾는 사람의 수는 기하급수적으로 늘어나고 있다고 한다.

지난 10년 동안 산티아고 순례자의 수는 10배 가까이 증가했다고 보고된다. 산티아고를 찾는 모든 사람이 종교적, 영적인 목적으로 오지는 않을 것이지만, 진정한 영적 경험과 신을 향한 믿음으로 찾는 사람이 아직도 많다. 2,000년을 거슬러 퇴색되지 않는 이 믿음은 성 야고보의 전도의 힘이 아직도 살아 있음을 방증하는 것일지 모른다. 산티아고 대성당은 여러 번의 전쟁과 이슬람 세력의 유린에 의하여 파괴되는 운명을 맞는다. 1168년 대성당은 마침내 완공되어 성대한 모습을 갖추게 되며, 17세기와 18세기에 증축 공사를 통하여 지금의 바로크 양식 걸작품으로 태어났다.

　대성당 광장에서 긴 여정의 시간을 되돌아보고 산티아고 여행을 정리한다. 여행은 떠남이자 동시에 돌아옴이라 했다. 떠나기 전의 나에게서 새로워진 나에게 다시 돌아오는 것이다. 그 돌아옴은 새로워진 나로 태어나는 또 다른 희망일 것이다. 순례자 사무소로 가서 순례자 여권을 제시하면 순례자 증서를 발급해 준다. 순례자 증서가 목적은 아니지만 순례의 기록으로 남기며 여행을 마무리했다. 세상 끝까지 복음을 전파하려고 한 야고보의 소명은 2세기를 뛰어넘어 오늘의 현대인들이 산티아고를 찾는 이유의 하나가 되었다. 그것은 분명 과거가 현재에 영향을 미치고 있는 것이다. 우리는 과거로부터 오늘을 비추어 보고 내일의 지혜를 배운다. 때로는 과거의 기억이 오늘의 아픔이 되는 슬픔도 있지만, 우리는 과거에서 오늘을 발전시키는 선순환을 끊임없이 이어 가야 한다.

　2,500년 전의 공자와 부처가 설파한 가르침은 아직도 우리에게 변하지 않는 깨달음을 준다. 2,000년 전 예수의 부활과 사랑은 지구의 3분의 1 인구가 그리스도인이 되도록 인도했다. 150년 전의 마하트마 간디와 100년 전의 테레사 수녀 그리고 가까운 과거가 되어 버린 많은 성인의 삶을 거울삼아 우리는 절망과 좌절의 늪에서 희망을 본다. 살아가는 것이 힘들다고 느낄 때, 끝없는 터널 속에서 한 줄기 빛도 보이지 않고, 삶의 의미가 흐려질 때 우리는 그들의 손을 잡는다. 삶의 용기가 사라질 때, 희망이 가물거릴 때, 그들은 우리를 살리는 힘의 원천이자 구원의 손길이다.

　시간은 예외 없이 오늘을 흘려보내고 또 오늘은 내일의 어제가 된다. 우리의 오늘도 언젠가는 누구의 과거가 될 것이다. 오늘이 소중하고 감사함은 이 시간이 다시 올 수 없기 때문이다. 산티아고에 오는 동기와 목적이 무엇이든, 그 의미는 오늘에 대한 감사이고 새로운 출발을 여는 것이어야 한다.

순례길의 ——— 여정

산티아고로 가는 길은 여러 경로 있지만 순례의 종착점은 성 야고보의 유해가 묻혀 있는 산티아고 디 콤포스텔라이다. 프랑스 생장 피에드 포르에서 출발하여 피레네 산맥을 넘어 스페인 내륙을 가로지르는 800킬로미터의 프랑스 길도 있고, 스페인 북부 해안을 걸으며 대서양의 풍경과 함께하는 아름답지만 험난한 830킬로미터의 북쪽 길도 있다. 포르투갈 리스본에서 출발하여 해변의 절경을 보면서 걸을 수 있는 포르투갈 길도 있고, 스페인 남부 세비야에서 출발하는 1,000킬로미터의 가장 긴 여정인 은의 길 등 많은 경로가 개발되어 있다.

프랑스 생장에서 출발하는 프랑스 길을 전체 순례자의 70% 정도가 걸으며, 순례자의 체력과 여러 조건에 따라 다르지만, 800킬로미터의 전체 코스를 완주하려면 대략 30~35일의 기간이 필요하다. 프랑스 길은 나바르, 라리오하, 레온, 그리고 갈리시아의 4개 주를 통과하며 산티아고까지는 100여 개가 넘는 마을을 지나게 된다.

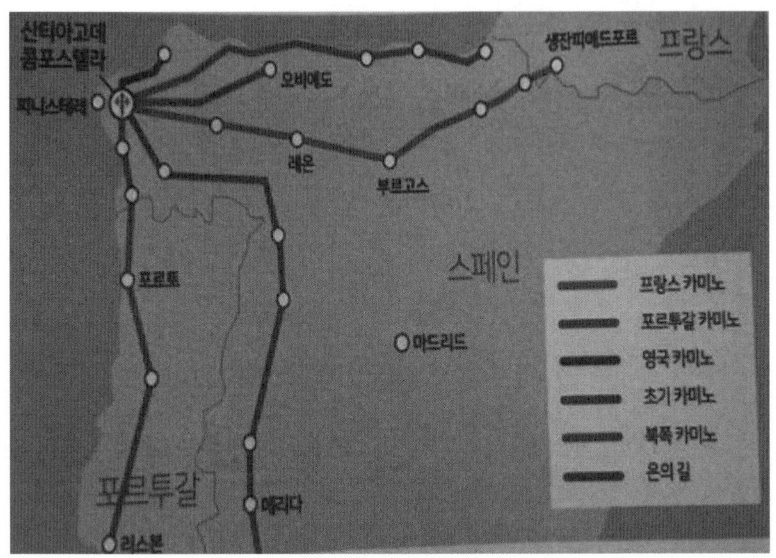

산티아고로 향하는 길들

각각의 경로에서는 순례길의 전통과 상징인 성당과 건물, 그리고 많은 유적지가 아직도 고색창연한 모습으로 순례객들을 맞고 있다. 7세기에 건립된 베네딕토회의 수도원은 사모스의 숲속에 묻힌 듯 자리하고 있으며, 아직도 그 경건함과 위용으로 순례객들을 맞이한다. 스페인의 위대한 건축물 중 하나로 꼽히는 13세기에 건립된 고딕 양식의 레온 대성당도 만날 수 있다. 레온 대성당은 부르고스 대성당 그리고 산티아고 대성당과 함께 산티아고 길의 3대 대성당 중 하나이다.

산티아고 길에서는 지금 내 앞에 놓인 길이 유일하다. 그게 마음에 들지 않는다고 포기할 수 없다. 게다가 내 마음에 꼭 맞는 길만 있는 것도 아니다. 그저 이 유일한 길을, 내가 걸어야 할 길임을 인정하고 받아들여야 한다. 우리 앞에 존재하는 자연과 그 순리를 받아들이고 허용할 뿐이다. 순례자들은 받아들이고 허용하는 과정을 통해 스스로 낮아지

사모스의 베네딕토 수도원 　　　　　　　　　레온 대성당

는 겸허함에 다가설 것이고, 비로소 그 길 위에서 편안해지는 자유를 느
낄 것이다.

순례자가 걸어 온 거리가 감동의 크기도 아니고, 걸어온 시간의 많
고 적음도 내적인 충만감의 부피를 결정하지 않는다. 각자의 몫이고 각
자의 고유한 결과다. 순례길의 감동에 그 목마름이 채워지지 않거나, 힘
이 더 남아 있으면 스페인 본토의 서쪽 끝에 있는 피스테라까지 가는 경
우도 있다. 피스테라는 산티아고 디 콤포스텔라에서 90킬로미터 떨어
져 있는 대서양 연안의 도시이며, 고대로부터 이베리아반도의 끝이자
유럽 대륙의 땅끝으로 인식되었다. 피스테라는 죽음과 부활을 의미하
는 장소였다. 땅끝 마을에 도착하여 대서양 바닷물에 몸을 담그고, 가지
고 온 신발과 옷을 내려놓고 새로운 사람으로 부활하여 돌아간다는 것
이 내려오는 순례길의 전통이었다. 순례길을 통하여 과거의 나로부터
새로운 내가 태어난다는 의미의 부활이다.

비 맞으며 걷는 순례자　　　　　함께 걷는 순례자

　프랑스 길의 출발지는 생장이지만, 어쩌면 산티아고 여행을 위하여 자기의 집을 나서면서부터 그 여정이 시작될 것이다. 자신이 길을 떠나기로 결정한 그 시점과 그 지점에서 순례의 여정은 이미 시작된 것이다.

　순례의 시작이 집을 떠나는 순간부터라면, 순례의 마무리는 어디일까? 야고보의 유해가 묻혀 있는 산티아고 디 콤포스텔라가 물리적으로 순례길이 끝나는 종착역이다. 하지만 순례의 목적이 나를 만나고, 새로운 나로 태어나는 개인적인 부활이라면 순례의 마무리는 어쩌면 순례를 마치고 다시 돌아온 나의 집일 것이다. 한 달 전 떠난 나의 집에 또 다른 내가 되어 돌아오는 것이 진정한 순례의 마무리일 것이다.

　여행은 떠남이자 다시 돌아오는 것이라 했다. 그것은 단순한 돌아옴이 아닌 새로운 희망과 변화를 가지고 돌아오는 것이다. 누구도 아닌 나 자신에게 다시 돌아오는 것이다. 어찌 보면 매일의 일상이 인생의 순례길을 걷고 있는지도 모른다. 누구나 자기에게 주어진 길을 걷는다.

역경을 극복하고

순례길의 종착지

순례길을 떠나는 나와 아내의 배낭

그 길 위에는 희망도 좌절도 있고 기쁨도 슬픔도 함께한다. 희망과 기쁨이 꼭꼭 숨어만 있는 것도 아니고, 좌절과 슬픔이 길 위 어디에나 있는 것도 아니다. 나의 마음과 의지가 개입하여 좌절을 희망으로도 바꾸고, 슬픔 속에서도 기쁨이 잉태되는 신비로운 경험이 삶의 진실일 것이다.

산티아고 순례길은 역사적인 의미와 상징성으로 많이 알려지고, 1,500년의 시간 동안 전 세계에서 많은 사람이 각자 나름의 이유를 가지고 찾아왔다. 산티아고의 길은 자연의 길이고, 그 자연을 느끼고 그 섭리를 경험하게 하는 길이다. 떠오르는 태양 앞에서 순례객은 우주의 신비에 감탄하며, 한 걸음 한 걸음이 모여 800킬로미터를 0킬로미터로 만드는 기적을 경험한다. 대자연에 무방비로 노출되는 순례길에 겸손해지는 나의 존재를 마주하게 된다. 오르막 내리막의 반복되는 순환은 음양이 조화되는 자연의 이치를 말해 줄 것이다.

나의 산티아고 길은 행운 같은 선물이다. 작년에는 혼자 왔지만 올해는 아내와 같이 왔다. 두 번이나 올 수 있게 해 준 많은 것에 감사할 뿐이다. 산티아고 길을 걸을 수 있는 건강에 감사하고, 시간적인 여유가 허용되는 것도 감사한 일이고, 도전할 수 있는 용기를 낼 수 있었던 것도 감사한 일이다. 동시에 오고 싶지만 오지 못하는 사람들에 대한 미안함도 함께 겹쳐진다. 감사함과 미안함, 두 마음이 합쳐져 나의 길을 더욱 풍성하게 할 것이라는 믿음을 가진다. 다양한 모습의 순례자가 있지만 어떤 모습이건 모두가 그냥 순례자일 뿐이다. 그들에게는 구별도 없고 구분하여 상대하지도 않는다. 순례자들은 각자의 사연으로 그들의 길을 걷고 있고 그 각자의 사연들이 존중되고 보호받는다.

산티아고 길 마을마다 순례자들의 숙소인 알베르게가 있다. 알베르게는 순례자를 위한 전용 숙소이며, 정부 운영, 공립, 사립, 교구 운영,

알베르게 내부

수녀회 운영 등의 다양한 형태가 있다. 보통 10~15유로면 하루 숙박이
가능하다.

산티아고의 알베르게는 순례자들을 편하게 모시는 것이 예로부터 전
해 내려오는 전통이고, 아직도 그 전통과 사명이 잘 보존되어 있다. 알
베르게의 관리인들은 대부분 영어를 잘 하지 못하고, 스페인어만 사용
하기 때문에 의사소통에 불편한 점은 있지만 번역기를 사용하여 여러
정보를 알려 주는 등의 친절함으로 지친 순례자에게 최대한의 편의를
제공한다. 한적한 시골 마을에 할머니와 할아버지가 운영하는 알베르게
가 있었다. 할머니는 음식 솜씨가 아주 좋아 주방 담당이었고, 할아버지
는 음식 서빙을 하며 손님을 맞이하는 역할 분담이었다. 할아버지는 커
피를 아주 맛있게 만든다. 그리고 순례자를 재미있게 대하는 재주가 있
었다. 무엇보다 두 분 모두 아주 친절했다. 커피 두 잔을 시키고 기다리
니 할아버지는 자꾸 나와 아내를 힐끔힐끔 쳐다보셨다. 할아버지가 만
들어 온 라떼에 우리의 얼굴을 담기 위해서라는 걸 알고 흐뭇한 미소가

할아버지가 만들어 준 라떼 두 잔

번져 나왔다.

매일 20~30킬로미터를 걷는 순례자들의 에너지는 대개 3코스로 되어 있는 순례자 메뉴를 통해서 충전된다. 이 메뉴에 포함되어 있는 음료로 와인을 선택하면 질 좋은 스페인 와인이 병째로 나온다. 컨디션이 허락하면 한 병을 다 마셔도 추가 비용은 없다. 알베르게는 잠을 자고 식사를 해결하는 중요한 역할과 더불어 순례자들이 함께 교류하는 장소의 기회도 제공한다.

세계 각지에서 모여든 사람들과 함께 이야기하고, 식사하고, 그들의 이야기를 듣고 나의 이야기도 전하면서 서로의 경험을 공유한다. 비슷한 일정으로 같은 길을 걷기 때문에 한 번 만난 순례객은 산티아고의 길 위에서 만나고 헤어지고 또 만나는 인연을 이어 간다. 산티아고를 찾는 한국 순례객들이 부쩍 늘어나다 보니 한국 음식을 제공하는 식당들도 간혹 보인다. 타지에서 먹는 김밥, 라면 등의 정겨운 맛을 통해 한국의 정을 느끼는 기회도 갖는다.

크레덴셜

순례자는 출발 지점의 순례자 사무소 또는 근처 성당에서 순례자 여권인 크레덴셜을 발급받는 것이 첫걸음이다. 순례객들은 하루하루 걸어가는 길의 여정에서 카페, 성당, 알베르게 등에서 고유의 디자인으로 제작된 스탬프를 찍으며 자신이 걸어온 길의 표시를 크레덴셜에 남긴다. 인간은 누구나 자신의 흔적을 남기려는 강한 욕망이 있다. 종족 보전이 가장 기본적인 욕망의 표현일 것이고, 자기의 이름, 명예, 살다 간 흔적을 남기려고 나름의 방식으로 애쓴다. 유명한 관광지를 가면 돌에 나무에 자신의 또 누구의 이름을 새겨 놓은 흔적을 발견한다. 과연 산티아고는 그 예외를 벗어난 곳일까?

잠들 시간이 되면 여기저기 코 고는 소리가 각자의 특유한 멜로디로 울리기 시작했다. 누가 더 피곤한 하루였고, 누가 더 많은 거리를 걸었나 경쟁이라도 하듯이 코 고는 소리는 점입가경으로 치달았다. 아내의 말을 빌리면 나도 그 대열에 한국 대표로 합류했다고 했다. 오늘과 내일의 경계인 밤의 간극은 오늘의 피로를 떨쳐 버리고 고통과 슬픔을 단절시키고 다시 원점에서 출발하는 힘을 제공한다. 내일의 순례길을 위해 오늘 밤의 잠을 잘 자야 한다. 잠이 보약이라고 했다.

20여 명이 함께 자는 큰 방에서 아내는 1층 나는 2층 침대를 사용했

다. 대학교 1학년 때 기숙사 생활을 제외하면, 평생 2층 침대를 사용해
본 적이 없어 처음에는 오르고 내리는 게 좀 불편했다. 하지만 2층 침대
의 장점도 있었다. 위에서 내려다보니 누가 잠들었고, 누구는 음악 듣
고 있고, 누구는 채팅하고 있는지 다 보여서, 마치 이 방의 상황을 다 파
악하고 있는 감독 같은 기분이었다.

한 가지 걱정되었던 것은 밤에 화장실 가는 문제였다. 나이가 들다
보니 보통 집에서는 밤중에 한두 번은 꼭 화장실을 간다. 집은 익숙한
공간이고 눈 감고도 찾아가는 동선이니 문제 될 게 없었지만, 여기는 상
황이 많이 달랐다. 불을 켤 수도 없고 익숙하지 않은 2층 침대 계단을 오
르내리는 게 나의 안전뿐만 아니라 다른 순례자들의 잠을 깨울 수도 있
으니 많이 조심스러웠다. 다행스럽게도 밤중에 깨어 화장실을 간 적이
한 번도 없었다. 매일 배낭 메고 걷는 피곤함 때문에 깨지 않은 것인지,
밤에 화장실 가는 불편함을 의식한 무의식이 의식을 지배한 것인지 밤
에 화장실을 가지 않고 숙면을 누렸다. 5성급 호텔도 주지 못하는 특혜
를 단지 10유로의 산티아고의 알베르게에서 누리는 행운이었다. 행복
과 편안함은 때로는 세상이 정하는 일반적인 기준을 벗어나는 의외의
것에서 찾아오기도 하는 것이다.

사찰에서는 화장실을 근심을 푸는 곳이라는 의미로 '해우소'라 부른
다. 화장실을 잘 가지 못하면 괴롭다. 화장실을 잘 갔다 오면 몸이 상쾌
하고 기분이 좋다. 우리 몸에 무엇을 더한 것이 아니라 비웠는데 기분
이 좋아지고 편안해지는 아이러니이다. 채움이 아닌 비움으로써 행복해
지는 것이 우리 몸이고 그것이 실현되는 장소가 화장실이니 해우소라
부르는 의미가 충분할 것이다. 우리 몸에 쌓여 있는 찌꺼기가 버려지면
기분이 상쾌해지듯이, 마음에 쌓여 있는 온갖 잡념들이 사라지면 머리

는 맑고 밝아질 것이다. 잘 버리고 깨끗이 비우는 연습이 삶에 필요한 이유이다.

산티아고 길에서의 생리적인 해결을 많이 걱정한다. 길을 걷다 보면 나타나는 식당이나 카페를 이용하면 되지만, 산길이나 들길을 걷는 날은 중간에 화장실이 잘 없다. 한적한 길가에 사람은 없고 배낭만 보이면 자연의 화장실을 이용하는 것이니 그냥 무심히 지나치면 된다. 남자나 여자나 다를 바가 없다. 이곳의 관행이고 여기서는 누구도 신경 쓰지 않으니 걱정할 필요도 없고 또 신경 쓸 일도 아니다.

순례객들은 보통 새벽에 5~6시면 길을 떠난다. 대낮의 뜨거운 태양 아래 걷는 일정을 피하기 위해 일찍 출발하고 2시 이전에 다음 숙소에 도착하는 계획으로 하루를 시작한다. 알베르게가 아직 문을 열지 않은 시간에 숙소에 도착하면 가방으로 줄을 세워 놓고 식사를 하거나 차를 마시며 동네 구경을 하면서 시간을 보내면 된다.

숙소에 도착하면 침대를 배정받고 대강의 짐 정리를 하고 그날의 빨래를 한다. 세탁기가 구비되어 있는 알베르게도 있지만 세탁기를 사용할 정도의 양은 아니니 보통 손빨래를 한다. 더구나 여기서는 세탁기 돌아가는 모터 소리보다 손으로 비벼대는 둔탁한 소리가 어울린다. 또한 빨랫줄에 걸려 옷이 말라 가는 모습은 하루의 일과를 마친 여유로움을 안겨준다. 햇볕 좋은 곳의 빨랫줄에 옷을 늘어놓고 한가로이 의자에 앉아 와인 한 잔 들고 빨래에서 떨어지는 물방울을 바라본다. 빨랫줄에 걸린 옷들이 바람에 흔들리듯이 나도 따라서 산티아고 길의 어딘가를 떠도는 자유로운 영혼이 된다.

우리 부모님들은 자식 입에 들어가는 음식을 보거나, 메마른 논에 물이 들어가는 것을 보면 흐뭇한 마음이었다고 했다. 일제의 식량 수탈로 먹고사는 것이 걱정인 시대였고, 6.25전쟁의 여파로 생활의 터전이 파괴된 처절한 상황 속에서도 자식을 잘 먹이고 키우고자 하는 열망은 식지 않았다. 부모는 먹지 못하더라도 자식들은 잘 먹기를 원했으니, 자식의 입에 들어가는 음식의 감사함은 말로 표현할 수 없었을 것이다. 가족의 양식인 쌀을 자라게 하는 물이 논에 들어가는 것을 보는 마음은 흐뭇함 그 이상이었을 것이다.

오늘 하루 내 몸을 감싸고 보호해 준 옷들이 가느다란 빨랫줄에 걸려 있고 나는 그 광경을 보고 있다. 물집 방지를 위하여 두 겹으로 신는 양말 2짝, 내의 1, 바지 1, 셔츠 1, 가벼운 점퍼1이 걷는 복장의 전부이다. 나의 몸을 보호하는 간소하지만 전부인 옷들이 내일의 순례를 준비하며 그들의 성스러운 의식이라도 진행하는 것 같다. 그 의식을 지켜보고 있는 나는 지금 사뭇 경건하면서 또한 흐뭇하다.

진정한 자유는 벗어나는 것이 아니라 받아들이는 것이라 했다. 산티아고를 찾는 사람은 그 길에 숨겨져 있는 감동과 자유에 저항하지 않고 받아들일 여유가 있는 사람들인 것이다. 산티아고 길은 자연을 느끼고 길 위에서 다른 순례자를 만나고 또 자기를 만나는 단순한 반복이다. 이 단순한 일상에서 체험하는 낭만, 감동, 그리고 감사함을 느끼고 받아들이는 길이다. 곳곳에는 노란 화살표와 순례자의 상징인 가리비 조개껍질의 빗살무늬 표시가 산티아고로 향하는 길을 안내해 준다. 순례자들이 길을 혼동할 것 같은 장소에는 언제나 노란색 화살표가 길을 안내한다.

1984년 엘리아스 발리냐 신부는 프랑스 길을 따라 산티아고 대성당까지 노란 화살표를 새기는 일을 했다. 순례객들이 카미노 길을 걸으며 마주하는 이 노란 화살표에는 엘리아스 신부의 노력과 헌신이 숨겨져 있고, 무엇보다 그 미미했을 출발이 800킬로미터의 길을 노란색 화살표로 다 채운 장대한 완성이 되었다. 모든 크고 위대한 일도 작은 출발에서 시작된다. 산티아고 길의 또 다른 상징이 된 노란 화살표는 신부님이 이룩한 우공이산일 것이다. 엘리아스 신부의 흉상이 산티아고 대성당 도착 164킬로미터 전인 오세이브로 성당 앞에 세워져 있다.

엘리아스 발리냐 신부 흉상

산티아고 대성당이 내려다보이는 기쁨의 산에 가면 순례자 상 뒤쪽으로 제주도의 상징물인 돌하르방이 앉아 있다. 제주 방언인 돌하르방은 표준어로 '돌 할아버지'라는 뜻이다. 작년 방문 때는 가까이에서 사진도 찍고 했는데, 올해에는 철조망에 갇힌 신세가 되어 있다. 사람들의 접근을 막고 보호하려는 의미인지, 다른 이유가 있는지는 알 수 없었지만 좀 씁쓸한 기분이었다. 언제 다시 오게 되면 자유롭게 앉아 순례객을 맞이하는 돌하르방을 기대한다.

제주 올레길은 제주 출신 언론인 서명숙 씨가 산티아고 순례길을 경험하고 제주에 유사한 걷기 좋은 길을 만들고자 하는 시도로 2007년부터 조성되기 시작했다. '올레'는 큰길에서 집으로 들어가는 좁은 골목길을 뜻하는 제주 방언인데, 그 의미를 담아 제주 곳곳의 길을 연결하는 도보 여행길을 만들었다. 서명숙 씨는 2006년 산티아고 순례길을 걸었는데, 함께 걸은 영국 기자와 본국에 돌아가면 같은 길을 만들자고 약속

자유로운 돌하르방, 2024년

철조망에 갇힌 돌하르방, 2025년

했다. 그 후 영국 기자가 본국에 같은 길을 만들었다는 소식에 자극받아 2007 올레 1코스를 만들었다. 총 21개의 코스가 만들어져 제주도 외곽을 한 바퀴 걸을 수 있도록 이어져 있으며, 추가적인 코스 5개가 더 존재한다. 각 코스는 15킬로미터 정도이며 총길이는 약 425킬로미터이다. 산티아고 순례길의 2010년 방문자가 27만 명인 데 비해, 제주 올레길의 2012년 방문자는 110만 명으로 한국인이 가 보고 싶어 하는 버킷리스트로 등록되어 있다.

올레길은 제주도의 해안 길, 숲길, 마을 길 등을 연결하여 다양한 풍경을 감상하며 걸을 수 있도록 조성되었다. 계획적인 코스 개발과 홍보를 통해서 제주 올레길은 제주도의 관광사업에 크게 기여했을 뿐만 아니라, 전국적으로 도보여행 열풍을 가져왔다.

산티아고 순례자들은 서로 만나면 "부엔 카미노!"라고 인사한다. '좋은 길' 또는 '좋은 순례길'이 되라는 뜻이다. 옛 순례자들의 인사는 지금

기쁨의 산의 순례자 상   대장정을 마치며

과는 달랐다고 한다. 한 순례자가 "울트레야!"라고 하면 다른 순례자가
"엣 수세야!"라고 응답했다고 한다. 울트레야는 '더 빨리 앞으로'라는 뜻
이고 엣 수세야는 '더 위로, 더 높이'라는 뜻이라고 한다. 기쁨의 산에 도
착하면 산티아고를 가리키며 울트레야라 말하는 듯한 순례자 상을 만
날 수 있다. 울트레야의 답례인 엣 수세야는 단순히 몸이 산티아고에 도
착하는 것을 넘어 순례자들이 영적인 성장을 통하여 위로 더 높이 올라
가 영적인 축복을 받기를 기원하는 말처럼 느껴진다.

배낭의 무게,
─ 인생의 무게

산티아고 길의 출발인 프랑스 생장은 스페인의 국경 동쪽에 있고 산티아고는 스페인의 서쪽 끝자락에 있으니 길은 끝없이 동에서 서로 이어져 있다. 해가 뜨기 전 어둠과 함께 출발하면 곧 떠오르는 태양은 슬며시 어둠을 걷어내고 세상을 밝음으로 드러낸다. 태양이 어느 정도 지평선 위로 떠오르면 우리의 모습을 그림자로 치환하여 보여 준다.

아침에 낮게 떠 있는 해는 긴 그림자를 만들고 태양이 하늘로 솟아오르면 그림자의 길이는 점점 짧아진다. 태양은 우리의 모습을 길게도 하고 짧게도 만든다. 살아 있는 3차원의 육체는 길 위에 2차원의 그림자를 만든다. 그 속에 4차원의 생각을 투영하면서 걷는 재미 또한 산티아고 길에서 느낄 수 있는 즐거움이다. 나의 길에 언제나 함께하는 분신 같은 그림자를 친구 삼는다. 태양이 동쪽에서 떠서 서쪽으로 지는 운동과 지구의 자전 운동을 결합하여 그림자의 위치로 시간을 측정한 조선시대 해시계의 원리가 여기에도 있다.

긴 그림자　　　　　　　　　　　　짧은 그림자

　순례자의 배낭에는 크기와 모양과 색깔은 다르지만 모두 가리비 껍데기가 달려 있다. 가리비 껍데기는 카미노를 걷는 순례자의 상징이 되어 배낭 한 귀퉁이에 매달려 있다. 가리비의 두껍고 단단한 껍데기가 속살을 보호하듯 맨몸으로 카미노를 걷는 순례자를 보호한다는 의미가 있다고 한다. 또한 가리비는 고대로부터 새로운 탄생의 의미도 있다. 순례길을 걷는 사람들은 자신의 새로운 탄생을 위해 길을 걷고, 가리비는 순례자를 보호하고 새로운 탄생을 지켜 주는 동반자로서 늘 함께한다는 믿음일 것이다.

　산티아고 길을 걸으며 진정한 사랑의 의미를 깨치고 새로운 나를 발견하는 순례자도 있을 것이고, 늘 미루고 잊어버린 반성과 앞으로의 각오를 다지는 순례자도 있을 것이다. 마음에 응어리져 있는 누군가를 용서하고 승인하는 순례자도 있을 것이며, 인생의 새로운 희망과 용기를 얻는 순례자도 있을 것이다. 어떠한 형태의 변화이고 경험이든 그것은 새로운 나를 발견하는 것이다. 다시 태어나는 자신은 다가올 날들에 대한 선물이고 축복이며 개인적인 부활일 것이다.

순례자 배낭의 무게는 정해진 규율도 없고 천차만별이지만, 보통 자기 몸무게의 10% 정도의 무게를 권장한다. 이 배낭에는 한 달여의 생활을 책임질 모든 짐이 담겨 있다. 처음에는 가뿐하던 배낭도 시간이 지날수록 그 무게는 점점 무겁게 느껴지기 시작한다. 배낭의 무게가 서서히 발, 무릎, 허리, 어깨를 힘들게 하고 걷는 것이 주된 하루의 일인 카미노 길의 짐이 되기 시작한다. 배낭 무게의 딜레마는 순례객에게 찾아오는 어쩔 수 없는 현실이다. 편하고 필요할 것 같아 짐을 많이 챙겨 넣으면 카미노에서의 생활이 불편해진다. 짐을 적게 가지고 가야 오히려 순례 길이 진정 즐거워진다는 걸 깨닫는 시점이 온다.

무엇을 가져가지 않으면 불안한 마음 때문에 이것저것 다 집어넣다 보면, 그 무게만큼 나의 발, 무릎, 어깨는 더 힘들어진다. 소유에 대한 집착과 염려는 카미노 길을 나를 돌아보고 자연을 느끼는 시간 대신 배낭의 무게와의 싸움으로 전락시킨다. 결국은 중간에 버리거나 도착할 때까지 한 번도 사용하지 않는 물건들이 내 가방의 부피를 차지하는 우를 범하기도 한다. 배낭 속 물건 리스트의 결정은 전적으로 자신의 선택이다. 인생의 길을 나의 의지로 선택하듯이 나의 판단으로 짐을 꾸리면 될 것이다.

오래전 신문에서 읽은 기사인데 가슴에 찐한 여운을 남기는 환경미화원의 이야기가 있다. 매일 아침 서울의 어느 골목길을 청소하는 환경미화원에게 누군가가 물었다.

"무슨 일을 하세요?"

"지구의 한 모퉁이를 쓸고 닦는 일을 하고 있습니다."

매일 아침 전날 사람들이 남기고 간 쓰레기와 고약한 흔적을 치우고 청소하는 일이 분명 즐거움으로 가득한 일은 아닐 것이다. 더구나 먹고 살기 위한 방편으로 어쩔 수 없이 그 일을 한다고 생각하면, 매일 그가 끌고 가는 짐수레는 감당하기 어려운 인생의 짐으로만 느껴질 것이다. 자신에 대한 신세 한탄과 세상에 대한 불만으로 가득 차고, 쓰레기를 버린 사람들이 한없이 밉고 원망스러울 것이다.

하지만 이분은 자신이 하는 일의 가치를 스스로 격상시켰다. 더 큰 눈으로 세상을 바라보고 더 넓은 마음으로 자신에게 주어진 일을 대하는 것이다. 매일 아침 버려진 쓰레기를 치우고 악취를 없애는 길거리 청소를 지구의 한 모퉁이를 쓸고 닦고 지구를 깨끗하게 하는 일로 격상시킨 것이다. 자신의 일에 대한 격상은 그 일이 자기를 짓누르는 짐이 아니라 자신의 일을 통하여 스스로의 자긍심이 높아지는 것이다.

우리의 삶에도 여기저기 덕지덕지 짐처럼 붙어 있는 물건들이 많다. 그것들이 나의 소중한 추억과 귀중한 인연이 더 이상 아니라면, 미련 없이 내려놓을 수 있어야 한다. 내려놓음으로 물건의 집착에서 자유로워질 것이고, 새롭고 꼭 필요한 물건이 들어올 수 있는 여유가 생기는 것이다. 적어도 몇 년 동안 사용하지 않고 창고에 갇혀 있는 짐들은 풀어주어야 한다. 그 짐들은 사용되지 않는 비효용성에서 벗어나 필요로 하는 사람에게 가서 그 효용가치를 얻을 것이다. 우리는 삶에 꼭 필요한 것과 원하는 것을 구분할 수 있는 지혜를 가져야 한다.

사람은 누구나 원하는 것이 필요한 것보다 많다. 원하는 것이 필요한 것보다 적은 사람은 흔치 않다. 극도로 청정한 생활을 하는 수도사들에겐 필요한 것도 적고 원하는 것도 적을 것이고, 필요 이상의 것을 원하지도 않을 것이다. 필요한 수준보다 더 많은 물건을 소유한다고 해서 더 행복해지는 것도 아니다. 과도한 소유는 오히려 짐이 되어 행복의 길보다 불행의 문을 열 수도 있을 것이다. 필요한 것과 원하는 것의 차이가 커지면 불안해하고 걱정에 시달린다. 그 차이가 클수록 불안과 고통의 크기도 비례하여 커질 것이다.

우리 집 벽 한 귀퉁이에 35년째 붙어 있는 명심보감 안분편에 나오는 문구가 걸려있다. 안분편은 만족을 알고, 지나치지 말고, 과욕을 경계하라는 글들의 모음이다. '만초손 겸수익' 가득 차면 손해를 부르고 겸손하면 이익을 얻는다는 뜻으로 교만과 욕심을 경계하고, 항상 겸손한 자세를 유지할 것을 강조하는 말이다. 어떤 분이 나와 아내의 결혼 선물로 주신 귀중한 액자이다. 젊을 때는 그 의미를 제대로 읽지 못한 채 그냥 벽에 붙어 있는 장식용이었다. 나이가 들어가면서 이 문구의 뜻이 더욱 가슴에 와닿았고 늘 쳐다보면서 그 뜻을 되새겨보는 우리 집의 중요한 물건이 되었다. 나의 키만 한 액자를 한국에서 미국까지 가져왔고 벽 한쪽을 장식하고 있다.

사람이 의식주의 생활을 영위하는 데 꼭 필요한 수준은 대략 큰 차이는 없다. 추우면 두꺼운 옷을 입고, 활동하기 위한 에너지를 섭취하고, 몸을 누일 수 있는 공간이 필요한 것은 누구에게나 예외가 없다. 이러한 삶을 영위하는 기본 조건에서 나아가 누구는 더 비싸고 좋은 옷이 필요하고, 누구는 매일 고칼로리 양질의 식사가 필요하고, 누구는 수영장과 헬스장이 딸린 큰 집이 필요한 것은 아니다. 이것은 그들이 원하는 것일 뿐 살아가는 데 꼭 필요한 조건은 아니다. 필요한 것과 원하는 것이 일치하는 상태는 욕심이 사라지고 만족으로 채워질 것이다. 필요 이상을 원하는 마음을 우리는 욕심이라고 한다. 필요한 것과 원하는 것을 일치시키려는 노력이 삶의 지혜이고, 궁극의 행복에 도달한다는 믿음일 것이다. 그 흔들림 없는 믿음을 유지할 수 있는 것이 진정한 삶의 용기일 것이다.

나는 35년의 직장 생활을 통해 업계의 뛰어난 사람들로부터 영감을 얻었고 귀중한 배움의 기회도 많이 얻었다. 그들은 나를 성장시키는 원료였고, 나의 앞으로의 삶에도 늘 기억되고 소환될 것이다. 소중하고 감사한 분들이다. 내가 한국 지사에서 일하던 시기에 한국 반도체는 활황의 시기였고, 회사의 주요 포커스는 항상 주 수입원인 한국의 고객들이었다. 그 당시 회사의 미션과 비전중의 하나는 고객의 신뢰를 유지하고 강화하는 것이었다. 성공적인 비즈니스는 그 회사의 기술적, 영업적, 전략적인 역량이 종합적으로 발휘되는 것이 기본적인 조건이지만, 고객과의 신뢰가 없이는 장기적인 성장의 발판을 마련할 수 없다. 그런 측면에서 고객의 신뢰를 바탕으로 하는 회사의 정책은 아주 인상적이었다.

한국 지사의 임원들은 본사 고위층을 대상으로 사업 성과를 보고하는 회의를 자주 가졌다. 발표 내용 중 회사의 근본 정책 중의 하나인 고객의 신뢰에 관한 내용은 항상 빠지지 않고 발표하는 주제였다. 나를 포함한 지사의 임원들은 이 시간을 고객의 요구와 그들의 입장을 본사에 전달하는 기회로 최대한 활용했다. 고객의 요구는 늘 우리의 기대치 이상으로 크고 높았고, 우리는 그 요구들을 만족시켜 주지 못하는 경우가 많았다. 고객은 불만의 소리를 여기저기에 쏟아 내고 있었다. 본사의 고위층은 항상 지사에서 이러한 상황을 잘 관리하라며 다그치고, 우리는 본사와 고객 사이에 긴 샌드위치 신세가 되어 있었다.

우리는 고객의 요구를 만족시키지 못하면 비즈니스의 미래는 없으니, 고객의 요구를 적극적으로 들어주어야 한다는 입장을 견지했다. 본사는 고객 우선의 경영 방침은 이해하지만 그 많은 요구들을 다 수용하기에는 회사의 인적·물적 자원이 제한적이라는 입장이었다. 그러나 회

사의 주요 정책인 고객의 신뢰를 위반한다는 지사의 입장에는 본사의
누구도 명쾌한 반론을 제기하지 못하는 팽팽한 긴장 상황이었다. 이때,
우리 CEO는 상황을 깔끔히 정리하는 리더십을 보여 주었다.

> 회사는 고객이 필요로 하는 것은 적극적으로 돕고 지원해야 하지만, 고
> 객이 원한다고 해서 다 들어줄 수는 없다. 한국 지사의 여러분의 역할은
> 고객이 필요한 것과 원하는 것을 구분하고, 그것을 본사에 정확하게 전
> 달하는 것이다. 그것은 고객에 대한 회사의 실행력을 높이는 것이고, 이
> 것이 진정으로 고객이 필요로 하는 것을 제공함으로써 그들의 성공 보장
> 을 높여 주는 것이다.

이때부터 우리는 고객의 다양한 요구 내용들을 필요한 것과 원하는
것으로 구분하는 업무 방식을 견지했다. 이러한 사고 체계는 회사일 뿐
만 아니라 개인적인 나의 생활에도 많은 영향을 끼쳤다. 물건을 살 때
도 그 소비를 '필요한 것'과 '원하는 것'의 비교표에 대입해 보기도 했다.
이러한 사고 체계는 내 삶의 중요한 결정의 순간에 그것이 최선의 판단
인지를 비춰 보는 역할을 톡톡히 했다.

은퇴 시기를 결정할 때도 이 관점이 많은 도움이 되었다. 누구나 은
퇴 후의 경제적인 여건을 생각하지 않을 수 없다. 먹고 사는 문제만큼
중요하지 않은 것은 없고, 더구나 나 혼자가 아닌 가족이 함께 살아가야
하는 것이니까. 60이 되기도 전에 은퇴하면 앞으로 남은 시간이 30년이
될지 40년이 될지 알 수 없고, 그 기간 동안 살아갈 경제적 준비가 되어
있어야 한다.

나는 향후 30년 40년의 시간을 펼쳐놓고 그동안 못 했던 것, 그래서
지금 하고 싶은 것, 가고 싶은 여행지, 가지고 싶은 것, 배우고 싶은 것,

원하는 것들을 가감 없이 적어 보았다. 세상에 공짜는 없다. 그 많은 원하는 것들을 충당할 경제적 여유가 나에게 있는가를 생각하니 무언가 답답하고 은퇴의 결정을 내리기가 쉽지 않았다.

차분하게 '필요한 것'과 '원하는 것'을 구분하고 나의 리스트를 각각의 영역에 대입해 보았다. 내가 원하는 이 많은 것들이 과연 나와 가족을 행복하게 하고, 나를 성장시키고, 내가 살아가는 데 필요한 것인가를 냉정하게 따져 보았다. 원하는 것이 적힌 방대한 리스트에서 꼭 필요치 않은 것들을 삭제하고, 원하는 지점과 필요한 지점의 거리를 줄여 나가는 작업을 시작했다. 두 지점의 거리가 닿을 수 없을 만큼의 먼 거리에서 점점 가까워지니 마음의 여유가 생기기 시작했다. 이렇게 하여 나의 은퇴 계획은 어쩌면 단순하게 결정되었지만, 한편으로 그 계획은 내가 배운 'Want'와 'Need' 비교의 엄격한 검열을 거친 것이다.

산티아고 길을 함께한 내 배낭 속 물건들이다. 매일 빨래는 하지만 여분의 옷은 가지고 간다. 10년 이상 먹고 있는 당뇨, 심혈관 약 그리고 진통제, 알레르기, 지사제 등 현지에서 생길 수 있는 만약의 경우를 대비하는 복용약도 빼놓을 수 없다. 슬리핑백은 가지고 다니는 사람도 있고 숙소에서 제공하는 담요를 이용하는 경우도 있다. 개인적으로 나는 슬리핑백을 아주 잘 사용했다. 그 속에 들어가면 나만의 편안한 호텔이 되었다. 혹시 모를 베드 버그의 걱정에서도 자유로웠다. 판초 우의는 작년 방문 때는 마지막 날 하루, 이번 방문 때는 몇 번 사용했다. 비 오는 날에는 필수품이기 때문에 배낭의 부피를 차지하는 것이 좀 부담이긴 하지만 가지고 다닌다.

비누, 치약, 칫솔, 수건, 선크림 등도 필수 용품이고 기간에 맞게 양을 조절하면 무게도 줄일 수 있고, 모자라면 현지에서 구입하는 방법도 있

사용 빈도는 낮지만 중요한 것	사용 빈도가 높고 중요한 것
1. 바늘과 실 2. 무릎과 발목 보호대 3. 판초 우의	1. 여권, 신분증 2. 현금 3. 스마트 폰 4. 약(당뇨, 혈관, 알레르기, 진통제, 지사제) 5. 옷(바지 1, 셔츠 1, 속옷 1, 양말 2) 6. 비누 1/2, 수건 1, 치약 1/2, 칫솔, 치실 7. 1리터 물병 8. 침낭 9. 선크림, 바셀린, 네오스프린 10. 이어폰
사용 빈도도 낮고 덜 중요한 것	사용 빈도가 높고 덜 중요한 것
1. 작은 가방 2. 계획표 복사물 3. 볼펜 1, 메모지	1. 사탕, 스낵, 비상식량 2. 안경 케이스 3. 전화기 충전 케이블 4. 슬리퍼, 장갑, 스틱

다. 간단한 스낵, 사탕, 음료를 포함한 비상식량도 나와 같은 당뇨 환자에게는 꼭 챙겨야 하는 준비물이다. 실제의 필요보다 걱정과 염려가 언제나 배낭의 무게를 무겁게 한다. 완벽할 수는 없지만 사용되지 않고 다시 집으로 실려 오는 짐의 수를 줄이면 좋다, 그 짐들은 한 달 동안 내 배낭에서 무위도식하며 자리만 차지하고 나의 어깨와 무릎과 다리를 힘들게 할 뿐이다.

"필요한 것만 챙겨서 떠나라." 산티아고에 가고자 하는 사람이 꼭 새겨야 할 말이다. 이것도 필요하고 저것이 없으면 안 될 것 같고, 짐을 챙기다 보면 끝이 없다. 꼭 필요한 것과 필요 이상의 과한 것을 구분하는 짐 싸기는 늘 쉽지 않고, 그때그때의 마음에 따라 짐의 부피는 커졌다

줄었다 한다. 배낭의 무게가 나를 짓누르고 길을 걷는 것이 사색과 기쁨의 시간이 아니라 고통의 시간이라면 배낭 속의 과도한 짐은 내려놓아야 한다.

성 야고보가 땅끝까지 복음을 전하기 위해 산티아고를 왔을 때, 그의 곁에는 짐을 등에 가득 싣고 묵묵히 걸어가는 당나귀가 있었다. 야고보의 짐을 싣고 간 당나귀의 전통이 이어진 '동키 서비스'가 순례객의 짐을 대신 이동해 주는 현대식 배달 서비스로 전통을 이어오며 순례객들의 짐 부담을 덜어 주고 있다. 4~6유로의 비용으로 배낭을 다음 목적지의 숙소까지 배달해 주는 서비스이다.

도착지 알베르게의 주소와 나의 이름과 연락처, 그리고 운반비용을 넣은 종이 표를 배낭에 붙여 놓으면 전문 운송 업체에서 그곳까지 안전하게 운반해 준다. 때때로 도착지 알베르게가 당일 문을 닫는 경우가 있고, 그곳으로 부친 배낭을 찾을 수가 없는 당황스러운 상황도 간혹 생긴다. 그러나 걱정하지 마시라. 수많은 사건 사고로부터 축적된 노하우가 나름의 카미노 시스템으로 정착되어 있다.

산티아고 길은 순례자가 주인이고 그들의 안전과 편리를 제공하는 전통이 유지되어 온 곳이다. 숙박지로 정한 알베르게가 문을 닫으면 그곳 가까이에 있는 다른 알베르게로 배낭이 배달될 것이다. 혹시라도 근처에 알베르게가 없다면 주변의 식당이나 카페로 배달된다. 나의 배낭을 대신 받아 준 것에 대한 답례는 그 식당이나 카페에서 식사를 하거나 커피를 한 잔 마시는 것으로 충분하다.

배낭을 인생의 짐이라고 여기며 전 일정을 배낭을 메고 걸어야 진정한 순례길을 걷는다고 굳건히 믿는 분들도 많다. 그 의지와 결기는 대단하고 마땅히 존중해야 한다. 그러나 배낭의 무게에 눌려 허리도 곧게 펴지 못하고 땅만 보고 걷는 순례자들도 많다. 배낭의 무게가 자신의 순례 길에 방해가 되는 짐이 되어서는 안 된다. 이것도 스스로가 행하는 구속이고 집착일 것이다. 오늘 하루는 짐을 벗어 버리고 자유롭게 걸어보는 경험도 때로는 필요할 것이다. 땅으로만 향하던 시선을 하늘로 향하고, 몸의 자유가 부르는 마음의 자유를 가져 보는 것도 필요하다.

모니카
── 수녀님

우리는 자기 삶의 짐을 기꺼이 던져 버리고 타인을 위한 짐을 지고 살아가는 사람도 많이 본다. 그들에게는 타인과 자신을 구분하는 경계가 없을 것이며 타인의 짐과 나의 짐에 대한 구분도 없을 것이다. 프랑스 어느 봉쇄 수도원에 관련된 다큐멘터리를 보았다. 성스러운 기도로 하루의 시작과 마무리를 하고, 엄격한 규율과 묵상 속에서 아름다운 침묵을 유지하고, 자발적 가난의 생활을 하는 수도자들의 이야기였다. 나를 내려놓고 성모 마리아를 찾는 수사님들의 거룩하고 성스러운 일상을 다룬 다큐멘터리였다. 그 생활에는 청빈함, 정결함, 그리고 순종하는 모습으로 가득 차 있었다.

나의 관점에서 수사님들의 생활은 어려움, 궁핍함, 그리고 엄격함의 모습으로 비추어졌다. 하지만, 수사님들에게는 그곳이 어쩌면 충만함으로 가득한 행복의 공간이요 천국일지도 모를 것이다. 그들은 침묵 속에서도 듣고 어쩌면 더욱 또렷이 들리고, 궁핍함 속에서도 더욱 풍성해지고, 단순함을 통해 청빈해지는 행복을 느낄 것이다. 방송에서 어느 수사님이 말한다. "세상을 돕고 싶다."라고. 방송을 보는 내가 그들을 돕고 싶다고 느끼는 건 어쩌면 허영이고 과시인지도 모른다. 이것은 우리에겐 오만일 수 있지만, 그들에게는 진실일 것이다.

예수 성심의 모니카 수녀님은 프랑스가 아닌 한국의 어느 봉쇄 수녀원에서 계신다. 나보다 4살 아래의 사촌 누이이다. 20대 후반 수녀의 길로 들어섰고 줄곧 외부 출입이 허용되지 않는 봉쇄 수녀원에 계신다. 몇 년 전 아버지가 돌아가시고 처음으로 세상 구경을 나왔을 뿐 자발적으로 봉쇄된 삶을 살고 있다. 외부와 연락이 가능한 개인 전화기도 이메일도 없고, 오직 손 편지로만 소식이 오고 간다. 3년 전 모니카 수녀님이 계신 봉쇄 수녀원을 방문했다. 모니카 수녀님은 종신서원을 받고 하나님께 헌신하는 삶을 선택했고, 그 후 봉쇄 수녀원으로 들어가 묵상과 기도, 그리고 자발적인 노동으로 자신의 삶을 온전히 하나님께 바치며 살아왔다.

수녀님의 삶은 하나님 말씀에 항복하고 믿음으로 순응하며 살아가는 삶이었다면, 나의 삶은 밀려오는 거친 파도에 항복하지 않고 도전하며 부딪히는 삶이었다. 수녀님은 절대자와 연결되어 있다는 믿음으로 내면이 충만해지는 행복이었다면, 나의 행복 추구는 눈에 보이는 부, 명예, 지위를 바라보는 외적인 것이었다. 수녀님은 낮은 곳으로 임하는 자세에서 스스로 높아지는 뿌듯함을 느꼈을 것이고, 나는 집의 평수, 은행 계좌, 직함이 높아지는 것에서 보람을 느끼는 생활이었다. 수녀님은 필요를 초과하는 욕심이 비워진 정갈한 삶이었을 것이고, 나의 삶은 원하는 만큼 채우기를 추구하는 생활이었다. 수녀님의 시간은 묵상과 기도와 자발적인 노동으로 채워지는 시간이었을 것이고, 나의 시간은 문제 해결과 목표 달성을 위한 치열함과 분주함으로 늘 채워져 있었다. 수녀님의 얼굴에는 어릴 적 소녀 같은 순수함이 여전히 묻어 있고, 나의 얼굴에는 세월의 흔적이 진한 주름을 남기고 있었다.

모니카 수녀님이 수도자의 길로 들어선 후, 가족 모임을 통해 어렴풋이 소식을 전해 들었지만, 직접 만날 기회는 없었다. 수녀님의 옛 모습을 회상하며, 25년의 시간이 만든 변화에 대한 기대와 상상으로 만나는 날을 기다리고 있었다. 사전에 연락하여 방문 시간 약속을 했고, 그 약속 시간보다 조금 일찍 충정도 어느 산골에 있는 수녀원에 아내와 나는 도착했다. 수녀원에는 사람은 보이지 않았고, 입구에 있는 인터폰을 드니 대신 안내를 해 주었다.

수녀님과 만날 방의 위치와 움직이는 동선을 알려 주고, 그곳으로 가서 기다리라고 한다. 알려 준 방을 찾아가고 있는데 수녀님들이 합창하는 소리가 들린다. 와우! 이 소리는 도대체 어디서 울려오는 소리인가? 지금까지 살면서 들었던 소리 가운데 가장 아름다운 소리였다고 단언한다. 그것은 천상의 소리였다. 알려 준 번호가 적힌 방에 들어가 딱딱한 나무 의자에 가만히 앉는다. 얼마를 기다렸을까. 맞은편의 문이 살짝 열리고 수녀님이 얼굴을 내보인다. '아! 드디어 수녀님을 만나는구나.'

아니었다. 다른 수녀님이 얼굴만 살짝 내어 보이고 다시 몇 번 방 면회실로 가라고 조용히 알려 준다. '25년 만인데 이렇게 쉬운 만남은 아닐 거야. 뭔가 극적인 만남이어야 해.' 알려 준 방을 찾아가 문을 열고, 나는 순간적으로 싸늘해지고 몸이 경직되었다. '여기가 정녕 수녀원인가?' 3평 정도 되는 면회실은 양쪽의 두 공간으로 나뉘어 있고, 그 중간에 철장에는 쇠창살이 차갑고 단단하게 박혀 있었다. 가로 세로의 창살이 만나 만들어진 공간 하나는 주먹 하나도 들어가지 않을 정도의 작은

크기였다. 이곳이 봉쇄 수녀원이라는 것을 증명이라도 하는 듯한 위압
감이다. 이쪽 반의 공간에 나와 아내가 앉았고, 저쪽 반의 공간이 수녀
님의 자리일 것이다.

　생소한 공간이 주는 위압감, 사뭇 긴장된 분위기, 그리고 어색함의 시
간이 지나갔다. 드디어 저쪽의 문이 열리고, 이제 모니카 수녀님을 만날
것이다. 여기에 오면서 계속 한 가지 개운치가 않은 생각이 머리에 남아
있었다. 호칭의 문제였다. 나는 수녀님이라고 부르면 될 터인데 수녀님
은 나를 어떤 호칭으로 부를까? 문이 열리면서 살며시 웃는 모습으로 나
타난 수녀님의 첫 한마디는 나의 걱정을 한 순간에 날려 버렸다.

　"오빠아~!" 경상도 억양이 남아 있는 발음으로 나를 부르는 그 한마
디는 이곳 봉쇄 수도원에 오면서 무언가 억누르는 듯한 긴장과 꽉 쪼이
는 압박을 한순간에 무장해제 시켜 버렸다. 수녀님은 온몸을 검은 수녀
복으로 감싸고 있어 눈과 코와 입만 보였고, 양손도 옆 주머니에 넣고 있
었다. 간단한 인사말이 오고 가고 어색한 분위기에도 적응이 되어 갔다.

　수녀님이 일어서더니 다시 문밖으로 나가고 조금 후 과일과 스낵, 그
리고 차가 담긴 작은 쟁반을 가지고 들어왔다. 그리고 주머니에서 열쇠
를 꺼내어 쇠 철창에 붙어 있는 조그만 문을 열었다. 그 열린 공간 안으
로 가지고 온 쟁반을 우리 쪽으로 밀어 넣었다. 그러고는 다시 그 작은 문
을 열쇠로 잠가 버렸다. 짧은 순간 철장의 작은 문이 열렸다 닫혔고, 과일
과 차가 담긴 쟁반이 우리 쪽으로 순간 이동이라도 한 듯했다.

　우리 앞에 놓인 쟁반에는 이곳 수녀님들이 직접 경작하여 만든 주스
와 과일 그리고 간단한 스낵이 정갈하게 놓여 있다. 그동안 서로에게 일
어난 일들 가운데 들어서 알고 있는 내용은 다시 확인하고, 새로운 내용
은 직접 들으며 서로 묻고 대답하며 시간이 흘러갔다. 거꾸로 강물을 거

슬러 오르는 연어들처럼 수녀님과 나는 지나간 25년을 거슬러 올라갔다. 서로 걸어 온 길을 묻고 답하며 그 다른 길의 모습을 보여 주는 시간을 보냈다. 꼬부라진 길도 있었을 것이고, 한숨짓는 날도 있었을 것이고, 지친 어깨를 떨군 날도 있었을 것이고, 막막한 어둠으로 별빛조차 없는 길도 있었을 것이다. 이야기하는 내내 수녀님의 얼굴은 참 맑았다. 여기 생활이 어떠냐고 물어보았다.

"하루에 여덟 번 기도하고, 묵상하고, 책 읽고, 간단히 먹고, 노동하는 것이 전부예요."

수녀님의 기도는 누구를 위한 기도일까? 수녀님이 지고 있는 짐은 자신의 짐인가, 타인의 짐인가?

"단조롭고 따분할 수 있는 일상이지만 매일 행복해요."

모니카 수녀님은 스스로를 세상으로부터 봉쇄하고, 자발적인 가난과 청빈함 속에서 오로지 세상의 평화와 사랑을 위해 기도하며 살아왔다. 수녀님은 앞으로도 그렇게 살아갈 것이다. 모니카 수녀님의 길은 더 이상 짐을 지고 걸어가는 고행의 길이 아니라 충만함으로 가득한 행복의 길처럼 느껴졌다. 시간이 지나면서 분위기가 많이 부드러워지고, 수녀님이 나의 인생 항로가 바뀌었을 뻔한 에피소드를 들려주어 모두 웃었다.

"수녀원에 들어가기 전 오빠를 꼬시려고 했는데."

"…."

수녀님은 젊을 때의 내가 성직자의 길을 가면 어울릴 것 같다고 생각했다고 한다. 수녀님은 독실한 가톨릭 집안에서 자라며 모태 신앙의 길로 들어서셨지만, 나는 믿음을 가진 신앙인이 아니었다. 수녀가 되기로 결심을 하고 수녀원으로 들어가기 전 내게 신앙의 길로 인도하려고 생각했었고, 그것을 경상도식 표현으로 꼬시려 했다고 표현한 것이다.

나는 그때 아마도 무척 바쁘게 사는 시기였을 것이고, 수녀님은 그런 제안을 할 기회도 갖지 못한 채 수도자의 길로 들어섰다. 역사만이 아니라 개인의 서사에서도 만약의 가정은 무의미하지만, 그때로 돌아가 수녀님이 나에게 그런 제안을 하는 기회가 주어졌다면 과연 나의 삶은 지금과 다른 모습일까? 가끔씩 '다음 생애에는 어떻게 태어나고 싶은가?' 하는 질문을 받는다. 나는 반 농담으로 가볍게 대답한다.

"첫째는 여자의 인생, 둘째는 예술가의 삶, 셋째는 성직자의 길."

첫 번째 선택은 남자로 태어났기에 이 지구의 나머지 절반을 살고 있는 또 다른 반쪽인 여자의 인생을 경험해 보고 싶은 어릴 적 호기심 같은 대답이다. 두 번째 선택은 인생 대부분의 시간을 과학 이론과 원리가 주도하는 기술적 환경에서 살았기에 예술적인 영감으로 감동받고 행복해지는 삶도 색다를 것 같다는 기대 섞인 대답이었다. 세 번째 선택은 절대자의 영역 안에서 충만한 삶을 살고 있는 분들을 보면서 느끼는 신비로움 또는 경외감에 대한 선망 같은 것이었다. 경험하지 못한 인생의 새로운 영역이 줄 기대감으로 이런 상상을 하고는 했었다.

모니카 수녀님은 세속의 의미에서는 자신만을 위한 삶을 사는 것이 아니다. 누군가를 위하여 기도하고 세상의 평화를 소망하며 산다. 또 그 누구의 인정도 기대하지 않고 스스로의 내세움도 없는 사랑을 전하고 계신다. 수녀님의 기도 속 타인이 수녀님과 함께한다는 굳은 믿음이 있기에 가능한 삶일 것이다. 그러기에 수녀님은 어쩌면 진정으로 자신의 삶을 사는 것이고, 우리보다 크고 넓은 세계를 경험하고 있는지도 모른다.

수녀님을 만나고 돌아오면서 마음이 복잡했다. 수녀님의 생활이 만

나기 전 걱정했던 것보다 편안하고 오히려 충만한 삶일 것 같다는 생각
에 안심하는 마음이고, 또 한편으로는 마음에 무거운 짐 같은 게 느껴졌
다. 그것은 아마도 '나의 삶은 편하고 쉬운 길이 아닌가?' 하는 감정이었
다. 수녀님의 삶의 끝에 도달하는 지점과 내 삶의 끝 지점은 무엇이고,
또 그것은 어떤 다른 모습일까 하는 생각이 꼬리에 꼬리를 물었다. 수녀
원을 떠나기 전 모니카 수녀님이 남긴 마지막 말이 어쩌면 그 해답일지
도 모른다고 생각하며 다시 힘차게 운전대를 잡고 나의 길로 돌아왔다.

"저의 삶이나 오빠의 삶이나 궁극에는 다르지 않을 거예요."

LOVE
——— 아가씨

사랑에 대한 정의는 매우 다양하며 대상과 그 행위도 천차만별이다. 우리의 삶에 사랑이라는 말만큼 많이 쓰이는 단어도 없고, 인생에 큰 영향을 끼치며 감동을 주는 행위도 없을 것이다. 사랑은 사람 간의 관계의 근본이며, 서로를 묶어 주고 같은 곳을 바라보게 하고 궁극에는 행복에 이르게 하는 감정이다. 사랑을 찾아 방황하고, 사랑을 찾으면 또 그 사랑을 지키기 위해 애쓰고, 사랑 때문에 울고 웃는 것이 우리네 살아가는 모습일 것이다.

작년 처음 방문한 산티아고 여행에서 사랑이라는 말의 의미에 대해 오랜 시간 그리고 깊이 생각해 볼 기회를 마주했다. 그것은 아주 우연한 기회에 찾아왔고, 결과적으로 감사한 만남이었다. 레온에서 30킬로미터 정도 더 가면 13세기에 만들어진 스페인에서 가장 길고 오래된 돌다리 오르비고 다리를 만나게 된다. 이 다리는 세르반테스의 작품『돈키호테』에 영감을 주었다고 한다. 역사적 랜드마크인 이 돌 다리를 지나면 작지만 아름다운 마을 오르비고에 도착한다. 여기서 황량한 평지 길을 16킬로미터 더 걸으면 가파른 계곡 위에 세워진 매력적인 도시 아스트로가에 도착한다.

이 도시에는 유서 깊은 여러 건물들이 그 위용을 자랑하고 있으며, 가우디의 건축물도 볼 수 있다. 그날은 아스트로가로 향하는 일정이었다. 이 길은 딱히 쉬어 갈 만한 그늘진 장소도 별로 없는 황량한 벌판을 풍경 삼아 걷는 코스이다. 식당이나, 커피를 마시며 쉴 수 있는 장소도 많이 없고, 배낭 속에 있는 간식과 물에 의존해야 하는 다소 건조한 길이다. 무더운 6월의 더위와 퍽퍽한 맨땅에서 올라오는 열기를 느끼며 힘겨운 발걸음을 옮기고 있었다. 종아리도 점점 딱딱해지고 쉬고 싶은 마음이 간절해질 때, 길 한쪽에 음료와 과일 그리고 간단한 먹을거리를 준비해 놓고 그늘막으로 쉴 수 있는 공간을 마련해 놓은 곳이 눈에 들어왔다.

몇 명의 순례자들이 앉아서 휴식을 취하고 있었고, 나도 배낭을 내리고 그들과 합류했다. 휴식 시간이면 대개의 순례자가 그러하듯 나도 신발과 양말을 벗고, 그곳에 차려진 약간의 과일, 과자 그리고 물을 마셨다. 정해진 가격도 없고 필요한 만큼 기부 형식으로 돈을 놓고 감사를 표시하면 되었다.

한참을 쉬다 보니 휴식을 취하던 일행은 다 떠나고 나 혼자만 남게 되었다. 나도 충분히 쉬었고 에너지를 얻었기에 다시 옷과 신발을 정리하고 떠날 채비를 하는데, 이곳을 관리하는 스페인 아가씨가 나에게 다가와 말을 건넨다. 그녀는 여기서 조금 떨어진 마을에 살고 있으며, 지나가는 순례객들에게 조금 도움이 될까 해서 이 봉사를 시작했다고 했다. 어느 나라에서 왔고, 어느 도시에서 출발했고, 언제 산티아고에 도착할 계획인가 등의 다분히 순례객과 주고받는 일반적인 대화 내용이 오고 갔다. 그러고는 스페인 아가씨가 조심스럽게 물었다.

"영상 촬영을 부탁해도 될까요?"

"무슨 영상을…?"

아가씨는 자기가 이 봉사일을 하면서 지나가는 순례자를 대상으로 영상을 찍게 된 배경을 이야기했다. 여동생이 작년에 결혼을 했고, 다음 달이 여동생의 결혼 1주년 기념일이라고 한다. 사랑하는 동생 부부를 위하여 결혼기념일 깜짝 선물로 영상을 준비하고 있다고 했다.

"무슨 영상을 찍는 거죠?"

주제는 사랑에 관한 영상이고, 순례자들이 생각하는 사랑에 대한 생각을 영상에 담고 있다고 했다. 그리고 덧붙였다. 지나가는 순례객 중 여자분들은 몇 분 영상을 찍었지만 아직 남자분은 찍은 사람이 없었다고 했다. '남자들 파이팅!' 갑작스런 제안이고 사랑이라는 주제에 관하여 딱히 정리된 생각도, 나만의 특별한 사랑에 대한 무엇도 없어 별로 내키지 않았다. 아가씨는 내 부담을 줄이기 위해 이야기를 계속하고, 동생을 향한 자기 사랑의 선물이라는 의미를 끊임없이 설명하면서 촬영을 부탁했다. 하긴, 영상을 찍는 게 크게 어려운 일도 아닌 것 같고, 순례길의 추억의 한 부분일 수도 있을 것 같다는 생각이 들어 OK 사인을 보냈다.

몇 분의 시간을 줄 테니 생각을 정리하라고 하고, 그녀는 영상 장비를 챙기러 갔다.

"Ready! Action!"

카메라는 돌아가고, 그녀가 질문하고, 나는 사랑에 대한 내 생각을 늘어놓았다. 고린도전서는 사랑을 이렇게 말한다.

내가 사람의 방언과 천사의 말을 할지라도 사랑이 없으면 ,
소리 나는 구리와 울리는 꽹과리가 되고
내가 예언하는 능력이 있어 모든 비밀과 모든 지식을 알고
또 산을 옮길 만한 모든 믿음이 있을지라도,
사랑이 없으면 내가 아무것도 아니요.
내게 있는 모든 것으로 구제하고 또 내 몸을 불사르게 내줄지라도,
사랑이 없으면 내게 아무 유익이 없느니라.
사랑은 오래 참고 사랑은 온유하며 시기하지 아니하며
사랑은 자랑하지 아니하며 교만하지 아니하며
무례히 행하지 아니하며 자기의 유익을 구하지 아니하며
성내지 아니하며 악한 것을 생각하지 아니하며
불의를 기뻐하지 아니하며 진리와 함께 기뻐하고
모든 것을 참으며 모든 것을 믿으며
모든 것을 바라며 모든 것을 견디느니라
사랑은 언제까지나 떨어지지 아니하되
예언도 폐하고 방언도 그치고 지식도 폐하리라.

사랑을 하는 마음과 사랑의 행위를 이렇게 깊고 풍부하게 묘사한 것
은 없으리라. 또한 그 표현은 시적이다. 사랑의 힘은 모든 것을 가능하
게 하고 또한 사랑이 없으면 아무것도 아니라고 했다. 사랑이 무엇을 위
한 조건이고 수단이 아니라 사랑 그 자체가 어쩌면 목적이 되어야 하는
삶은 아름다운 것이다.

불교에서는 사랑이라는 표현보다 자비의 마음을 말한다. 자비는 사
랑하는 마음과 불쌍히 여기는 마음이 합하여 남을 깊이 사랑하고 가엾
게 여기는 것을 의미한다. 자는 사랑하는 마음을 가지고 중생에게 즐거
움을 주는 것이고, 비는 불쌍히 여기는 마음을 가지고 중생의 고통을 덜

어 주는 것이다. 자비는 단순히 동정하는 마음 이상으로 상대방의 행복을 진심으로 바라고 고통을 함께 나누고 돕고자 하는 마음이다. 자비는 적극적인 사랑의 마음을 의미하며, 또한 용서하는 마음도 포함한다.

중생이 재물을 구하거나 진리를 구할 때 힘닿는 데까지 베풀어 줄 수 있는 사랑하는 마음을 보시라 한다. 그러나 보시를 할 때 그 상대방에 대하여 어떤 조건을 붙이게 된다면 그것은 참다운 자비가 될 수 없다고 한다. 내가 베푸는 행위의 어떤 보상을 바라거나, 베풀었다는 사실에 집착하고 거기에서 떠나지 못하는 것은 나를 또 다른 고통에 빠뜨린다. 내가 베푸는 행위에 머물지 말고 순수하게 그 마음을 내어주는 것을 무주상 보시라 하고, 이를 진정한 보시라고 강조한다.

나와 상대에 대한 차별이나 조건 없이 나와 남이 둘이 아니라는 자비 정신에 입각한 보시가 진정한 사랑의 마음이라는 것이다. 사랑은 알고 이해하는 것에 그치지 않고 실천하고 행동함으로써 그 가치가 완성되는 것이라고 말한다. 사랑을 행하는 방식에도 예수님과 부처님은 같은 말씀을 전하고 있다.

> 왼손이 한 일을 오른손이 모르게 하라.
> 그 행위에 머물지 않고 마음을 내어라.

사랑을 하면 나타나는 행위와 모습에 대한 다양한 묘사와 표현이 있다. 젊은 청춘이 한눈에 사랑에 빠지는 운명적인 사랑과, 자식에 대한 부모의 무조건적인 사랑, 사회적으로 소외된 약한 자들을 위한 헌신적인 사랑의 모습도 있다. 이러한 다양한 형태의 사랑의 출발은 어디에서 시작되고 그 원동력은 무엇일까. 사랑의 가장 기본적인 출발점은 상대에 대한 관심과 공감일 것이다. 나와 남을 구분하는 울타리를 낮추고, 나의 판단에만 의지하는 분별을 내려놓으면 나와 남의 경계가 낮아진다. 나와 남의 경계가 없어지는 것이 성인의 경지일 것이다.

선종하신 프란치스코 교황은 "지극히 작은 자에게 한 것이 곧 나에게 한 것이다."라는 말씀을 늘 신조로 삼고 생활했다고 한다. 나와 남의 분별이 없으면 남에게 한 선한 행위가 나에게 한 것이고, 남에게 상처를 입히는 것은 결국 나에게 상처를 입히는 것이 된다. 성인의 경지에 이르지는 못할지라도, 나와 남의 다름을 배격하지 않고 그것을 인정하고 존중하는 자세를 취하는 것이 사랑의 원천일 것이다.

사랑에 대한 나의 생각, 엄밀히 말하자면 빌려와 내 버전으로 재정리된 사랑의 의미를 두서없이 늘어놓았다. 촬영을 다 마치고 다시 길을 떠나기 전 그녀에게 물어보았다.

"당신에게 사랑의 의미는 무엇인가요?"

"저는, 아직 잘 모르겠어요."

그녀는 몇 해 전에 결혼했지만 결혼 생활이 원만하지 못하여 이혼했다고 한다. 나는 그녀와 헤어지고 아스토르가로 향하는 길을 걸으며 사랑이라는 단어를 되새기고 또 되새겼다. 내가 촬영을 하면서 뱉어 낸 사랑의 말을 되새김질하며, 마음에 들지 않는 부분은 불러내어 다시 수정하고, 내 버전으로 사랑의 의미를 다시 쓰고 지우기를 반복했다.

이후 산티아고 길을 걸으며 스페인 아가씨가 던진 사랑이라는 화두는 나를 자주 찾아왔다. 살면서 사랑이라는 말에 대하여 이토록 깊이 생각하고 집중해 보는 시간을 가져 본 적은 없었다. 길을 걸으며 사랑이라는 가슴 떨리는 단어를 떠올리는 시간이 정말 좋았고, 그 계기를 만들어 준 그 스페인 아가씨가 정말 고마웠다. 올해 다시 산티아고에 오게 되었고, 그녀를 만날 수 있기를 기대했다. 그러나 그녀를 산티아고 길에서 볼 수 없었다. 이제는 사랑의 의미를 찾았는지, 산티아고 길 위에 없었다.

사랑은 우리의 삶 속에서 늘 함께하고, 아름다운 추억으로 때로는 슬픈 기억으로 남아 있기도 한다. 사랑은 우리 삶에 의미와 활력을 불어넣는 연료와 같은 것이다. 남녀 간의 애틋한 에로스적인 사랑이건, 무조건적이고 헌신적으로 타인을 위하는 아가페적인 사랑이건, 사랑의 출발이 상대에 대한 관심과 공감일 것이다. 누군가에게 관심을 쓰기 위해서는 우리 자신의 의식적인 변화를 일으켜야 한다. 그건 꽤 노력이 필요한 일이다. 관심을 나타내는 의식적인 행동은, 상대의 말을 듣고 거기에 집중하는 것이다. 연인들이 장시간의 통화를 가능하게 하는 것이나, 부모가 아이의 재잘거리는 말에 귀 기울이는 것도 관심이다. 이것이 사랑의 출발이 되는 것이다. 누군가 자기의 말을 귀담아듣는 것을 느끼면, 그 사람이 자기를 사랑하고 있음을 직감적으로 알아차린다.

사랑은 또한 책임감을 기반으로 한다. 건강하고 지속적인 사랑을 위해서는 책임감을 가지는 마음이 필요하다. 사랑한다는 것은 상대에 대한 책임감이 전제되어야 하며, 책임을 지는 것은 내가 믿는 사랑에 대한 존중이며 약속이다. 진실한 사랑은 서로를 일깨워 주고 상대의 성장을 도와주는 선한 의도를 가진다. 상대의 다름을 무비판적으로 인정하고 수용하는 것이 진정한 사랑의 형식은 아닐 것이고, 그러한 무비판적인 수용은 사랑의 지속성이라는 측면에서는 취약할 수밖에 없다.

서로의 다름은 존중되지만 그 다름이 서로의 인식의 틀 속에서 적절히 소화되고 섭취되는 과정을 거쳐야 한다. 다름이 부정적인 의미가 아니라 긍정적인 의미로 서로를 더욱 굳건히 하기 위해서는 분명 이러한 과정을 거쳐야 한다. 서로의 인식의 틀 속에서 긍정적으로 소화된 다름은 단순한 차이가 아니라 서로를 성장하게 하는 창의성으로 변모할 것이다.

'내가 옳고 네가 잘못이다.'라는 식의 인식은 다름에 대한 단순하고 이기적인 표현이고 또한 일방적인 것이다. 진실한 사랑의 관계에서는 '내가 옳으니, 네가 고쳐야 한다.'라는 무례한 방식으로 상대를 일깨우려고 하지 않는다. 내가 상대를 잘 이해하고 있는지, 나의 인식에는 문제는 없는지를 신중하고 겸허하게 먼저 들여다보아야 한다. 남의 눈에 있는 티끌은 잘 보지만 내 눈의 대들보는 보지 못하는 잘못에 빠지지 말아야 한다.

무례한 방식의 지적이나 비판적인 태도는 상대의 자기 방어 본능을 자극한다. 상대는 곧 울타리를 쌓고 벽을 쌓게 된다. 지적이 설령 옳더라도 쉽게 받아들이려고 하지 않을 것이다. 인내를 가지고 상대가 문제에 스스로 직면할 수 있도록 참고 기다리며, 그 문제에 다가갈 수 있는 길을 제시하면 된다. 강압적이고 고압적인 태도도 피해야 한다. 오직 지켜야 할 것은 친절함을 유지하는 것이다.

고린도 전서의 말처럼 사랑은 오래 참는 덕이다. 우리가 주의해야 할 것은 상대를 일깨우고 성장시켜 나와 같은 사람이 되기를 바라는 일방적인 기대를 하지 않아야 한다. 사람은 누구나 고유한 본성과 성격이 있고 그건 변하기 어렵다. 누구나 그의 본성을 유지하면서 발전한다. 사랑하는 사람이 독립적이고 고유한 존재라는 것을 인정해 주어야 한다. 내가 아무리 사랑하는 사람일지라도 결코 나의 소유는 아니다. 그 사람은 오로지 그의 소유로 존재하는 것이다.

우리는 사랑의 마음으로부터 행복, 만족, 평화, 그리고 기쁨의 감정을 느낀다. 산티아고 순례길에서 만난 스페인 그녀는 사랑의 의미에 대하여 깊이 사색해 보는 기회를 주었고, 그것은 쉽게 얻을 수 없는 소중한 선물이었다. 그녀와의 만남이 우연인지 필연인지는 내 삶의 여정 속에서 밝혀질 것이다. 사랑의 의미가 무엇인지를 자문자답하며 산티아고 길의 하루가 지나고 또 하루가 지난다.

누군가 말했다. "질문이 멈춰지면 답이 떠오른다." 답은 이미 우리 안에 있을 것이다. 우리는 그것이 답인지 아닌지를 과도하게 의심하기에 그것을 우리의 일상에 선뜻 꺼내어 놓지 못하는 것이다. 인생의 답은 획일적이지도 않고 절대적이지도 않다. 사랑이란 더욱 그런 것이다.

사랑은 정교하고 논리적인 정의로 완성되는 것이 아니라, 그 마음이 세상에 보이고 그것이 행동으로 실천될 때 더욱 원숙해지고 아름다움을 더하는 것이다. 진정한 사랑이란 받는 것보다 베푸는 것일 수도 있고, 받을 때의 행복보다 베풀 때 더 큰 행복을 느낄 수도 있을 것이다. 그 신비한 사랑의 체험을 남은 생에서 더 많이 느낄 수 있기를 기대해 본다. 나만의 행복이 아니라 타인의 행복을 위해서도 나의 사랑이 열릴 수 있기를 기대한다.

나와 남의 경계를 조금은 낮추고, 나의 판단에만 절대적으로 지배당하지 않기를 또한 기대한다. 내가 꼭 옳지 않을 수 있고, 남이 항상 틀린 것도 아니라는 사실을 겸허히 인정하고 용기 있게 수용할 수 있어야 한다. 용서할 힘이 없는 사람은 사랑할 힘도 없다.

사람은 누구나 자기에게 잘못을 저지른 사람에 대해 분노와 적개심을 가진다. 그로 인한 분노와 미워하는 감정은 쉽게 사라지지 않고 뱀이 머리를 들고 공격적인 자세를 취하듯 그 상대를 생각하면 불쑥 머리를 치켜든다. 분노의 감정은 상대를 용서함으로써 그 독기를 가라앉힐 수 있다. 그것은 상대를 용서하는 것이지만 궁극적으로 나의 분노를 조

절하는 것이다. 상대에 대한 용서는 나를 안정에 이르도록 하는 이기적
목적의 이타적 용서다. 용서하는 사람은 그 분노와 적개심의 마음보다
분노를 거두어들일 수 있는 힘이 충분히 강한 사람이다.

진정한 발견을 하는 여행은
새로운 지방을 아는 것이 아니라,
다른 눈으로 무언가를 보는 것이다.
– 마르셀 프루스트

산티아고 길에는 자신들의 다양한 이유를 가지고 길을 걷는 순례자들로 넘쳐난다. 그들의 사연은 나와는 다른 이유일 것이고, 그 사연들은 때로는 나를 깨우기도 하고 나를 돌아보는 기회를 주기도 한다. 순례자들과의 교류를 통하여 그들의 사연에 감동받기도 하고, 지친 몸과 마음에 활력을 얻는다. 그들은 미래의 나를 그려 보는 거울이 되어 주기도 한다. 산티아고 길에서 만난 기억에 남는 몇 분의 이야기를 소개한다.

독일에서 오셨고 본인의 애칭을 '선샤인'이라고 하신 여자분을 만났다. 언제 무슨 사연으로 독일로 이민을 갔는지, 무슨 일을 했고 지금도 일을 하는지 알지 못하며, 나이도 잘 모르지만 나보다 조금은 연상인 것 같았다. 몇 번 길에서 마주치고, 같은 숙소에서도 묵고, 식사도 같이 하며 이런저런 이야기도 나누었다. 이분은 늘 혼자 걸으면서 온갖 것에 관심을 보였다. 길가에 핀 야생화를 보면 스마트폰 카메라를 들이대고, 멀리 보이는 멋진 풍경에는 한참이나 시선을 고정시키고, 도착지의 특이한 건물이나 성당, 박물관은 빠지지 않고 찾아다니며 구경한다.

세상만사에 관심이 많은 듯 보이지만, 어느 것에도 깊이 빠지지 않으며 적당한 거리를 유지하는 태도를 늘 견지했다. 덤비지도 않고, 그렇다고 소극적이지도 않았다. 알베르게에 같이 묶는 사람들끼리 함께하는 식사나 티 타임에는 언제나 참석하지만 자기를 드러내려는 의식적인 행동도 별로 없었다. 늘 차분하고 약간은 쌀쌀한 분위기가 맴돌기도 하지만 이야기를 함께하면 맑고 밝았다. 아내와 나는 그분이 무슨 일을 하는지 궁금했다. 이런 류의 추리에는 언제나 나보다 한 수 위인 아내의 짐작은 종교적인 일을 전문적으로 수행한 후 은퇴하고 산티아고의 길을 걷기 위해 왔다는 것이다.

그렇게 생각한 첫 번째 이유는 오랜 시간 세상만사와 거리가 있는 생활을 했기에, 이제 그 일을 은퇴하고 세상에 나와 보니 보이는 모든 것들이 신기하여 관심을 갖게 된다는 것이다. 그 관심의 마음이 행동으로 나타난 것이라는 추리였다. 두 번째 이유는 말과 행동에 알 수 없는 성스러움과 차분함이 배어 있었기 때문이다.

베네딕토 수도회에서 운영하는 라바날의 가우셀모 알베르게에 묶기 위해 일찍 도착하여 배낭으로 줄 세우고 문 열 시간을 기다리고 있는데, 이분도 그곳을 숙박 장소로 정했는지 곧 도착했고 배낭 줄에 합류했다. 알베르게가 문을 여는 데까지 시간 여유가 있어 근처의 식당에서 음식을 함께하며 시간을 보냈고, 산티아고가 매개체가 되어 이런저런 이야기를 나누었다. 그분은 우리의 추리를 실망시키며 본인은 종교계 쪽 일을 하지는 않았다고 했고, 무슨 일을 하는지 말하지도 않았고 묻지도 않았다.

라바날은 베네딕토 수도원에 선교사로 파견된 인영균 신부로 인하

선샤인 님의 주황색 배낭

여 한국 순례자들에게 많이 알려졌다. 신부님은 본인이 직접 산티아고 순례길을 걷고 그 경험을 바탕으로 『나는 산티아고 신부다』라는 책을 썼다. 알베르게가 문을 열고 우리는 가우셀모에 침대를 배정받았고, 선샤인 님은 그 옆에 있는 수도원에서 지내기 위해 숙소를 옮겼다. 수도원에는 기본적으로 2일을 숙박해야 하고, 그곳에 있는 수도사들과 함께 생활하며, 기도하고, 식사하고, 공부하고 일하는 체험을 제공한다고 한다. 이후 선샤인 님과는 하루의 일정 차이가 나서 다시는 만나지 못했다. 산티아고 대성당 광장에 도착해서 혹시라도 선샤인 님을 볼 수 있을까 하는 기대로 둘러보았지만 볼 수 없었다.

선샤인 님을 보면 느껴지는 고요함과 차분함이 오래 기억에 남고, 또 만나고 싶은 분이다. 선샤인 님은 본인이 생각하는 사랑의 출발은 관심이라고 했다. 그분이 길가의 꽃과 들판의 야생화를 보고 스마트폰 카메라를 들이대는 관심도, 도착지의 이런저런 모습들을 찾고 살피는 것도 관심이고, 그것은 사랑의 마음이었을 것이다. 그분을 다시 만나면 사랑에 대한 대화도 나누어 보고 싶었지만 만나지 못했다.

아내와 내가 부산 갈매기라는 애칭을 붙인 사람도 기억에 남는다. 이분은 나와 동갑인 1차 베이비 붐 세대의 막내이다. 이곳의 관행인지 모르지만 서로의 과거에 대한 이야기를 별로 하지 않았다. 새로운 나를 찾으러 왔는데 과거의 내가 산티아고 길에서 무슨 소용이 있겠는가? 무슨 일을 했는지 역시 모르고 그냥 풍기는 모습으로 슬며시 짐작할 뿐이다. 작년에 은퇴했고, 산티아고 여행이 은퇴 후 첫 여행이고 더구나 유럽 여행 자체가 태어나서 처음이라고 했다. 쉽지 않은 여행인데 왜 여기에 오게 되었는지 물으니, 그의 대답이 가관이다.

"은퇴했더니, 아내가 삼식이라고 하도 구박하길래 왔습니다."

그는 아침도 꼭 밥을 먹어야 하고 외식도 잘 안 하고, 식사는 거의 집에서 하고 그 식사의 준비는 당연히 아내가 도맡아 하는 삼식이의 전형이었다. 그의 은퇴 후 아내의 일상은 점점 뒤틀리고, 삼식이를 챙기기 위해 외출도 자제해야 하고 친구를 만나는 것도 자제했다고 한다. 아내는 은퇴한 삼식이 남편의 세 끼를 챙기느라 자신의 생활 패턴이 지장을 받게 되니, 심심찮게 그 불만을 표출했을 것이다. 부산 갈매기는 은퇴후 백수의 답답함을 탈출하고 싶었을 것이고, 은퇴 생활의 활력소도 얻고 싶었을 것이다. 이런 그의 상황을 만족시켜 줄 적절한 여행지를 알아보다 산티아고를 발견했다고 했다. 그는 아내에게 어느 날 여행 계획을 통보했다. 경상도 사나이가 이런 스타일인가?

"나 두 달 유럽 여행 갈 거야."

아내의 대답은 더 가관이었다.

"아니, 당신 지금 나한테 반항하는 거야?"

부산갈매기는 그렇게 배낭 챙겨 메고 우리보다 1주 전 산티아고로 왔다.

2024년 기준 대한민국은 65세 이상의 고령 인구가 전체 인구의 25%를 넘어선 고령화 사회로 진입했다. 2050년이 되면 고령 인구 비중은

40%를 넘어서고 전 세계에서 홍콩 다음으로, 두 번째 초고령화 국가가 된다고 전망한다. 베이비 부머 1차(1955~1963), 2차(1964~1973) 세대의 은퇴가 본격화되면서 은퇴자의 인구가 크게 증가하고 있다. 1차 베이비 부머 700만 명 그리고 2차 베이비 부머 950만 명이 은퇴 연령인 60세에 진입하고, 그 여파로 은퇴 쓰나미가 몰려올 것이라고 경고한다. 은퇴자의 노후 생활 환경뿐만 아니라 고령화 시대를 대비한 사회적 시스템의 변화와 개선이 절실히 필요한 시점이다. 1, 2차 베이비 부머 세대는 현재 대한민국 인구 비중의 30%를 상회한다. 바람직한 은퇴 생활은 경제적인 안정뿐만 아니라 건강한 육체를 유지하며 취미 생활과 사회적 관계를 통하여 독립적이고 행복한 노후의 시간을 보내는 것이다.

한국 중산층의 은퇴 후 미래는 결코 녹녹하지가 않다. 부산 갈매기를 통해 본 초고령화 시대로 진입하는 우리 사회의 현실은 씁쓸하고 안타까웠지만, 부산 갈매기는 산티아고 순례를 통해 그의 은퇴 생활에 밝은 희망을 찾을 것이라는 믿음이 들었다.

"여보, 내가 매일 무거운 배낭 메고 힘든 이 길을 문제없이 걸을 수 있다는 건, 당신이 매일 해 준 세 끼 식사 덕분인 것 같아."

그는 아내와 통화하면서 이렇게 말했다고 한다. 아내에 대한 고마움을 진정으로 느끼고 있는 것이다. 누군가에 대해 진정으로 감사함을 느낀다는 것은 나를 낮추는 것이고, 상대를 존중하는 것이고, 그리고 그것은 서로에 대한 믿음을 키우는 것이다. 부산 갈매기는 길 위에서 몇 번 만나고, 식사 같이하면서 산티아고 여행기를 주고받았다. 그 후 헤어지고 산티아고에 도착할 때까지 다시 만나지 못했다. 부산 갈매기 파이팅!

어느 지자체 알베르게에서 투숙하는 날 순례자들이 함께하는 저녁 식사 자리에 참석했다. 보스턴에서 오신 나이 드신 백인 부부와 같은 테이블에 앉았다. 80대 중반 정도 되어 보였고, 첫인상은 약간 완고하고 도도한 느낌이 들었다. 특별히 무슨 대화를 할 것도 없어서, 각자의 식사 메뉴를 주문하고, 어디에서 왔고 통성명 정도의 인사만 주고받고 각자 식사를 했다. 식사가 다 끝나고 디저트를 기다리는 동안 그분이 나의 직업을 물었다. 나는 반도체 업종에 근무했고, 지금은 은퇴하여 시간을 보내고 있다고 말했다. 질문이 또 이어졌다.

요즘 인공지능 이야기가 많이 나오는데 우리의 생활에 어떤 영향을 끼치겠느냐고 묻는다. 내가 반도체 업종에 근무했다고 하니 인공지능과 관련이 있는 첨단 산업과 연관하여 이런 질문을 한 것 같았다. 이런저런 주워들은 이야기로 답을 하고, 그분은 듣기만 했다. 다 듣고 나면, 한참을 생각한 후 뜸을 들이고 또 다른 질문을 한다.

이 분위기가 약간은 어색하다. 내가 무슨 테스트를 받고 있는 것인가. 이분이 나의 채용 면접관이라도 되는 것인가. 질문은 계속 이어지고 나는 또 답을 하면서, 질문의 태도가 점점 부드러워지는 것을 느꼈다. 마침내 그분이 내 방향으로 몸을 돌리고 우리는 서로 눈을 마주치기 시작했다. 나의 대답이 원하는 대답이었는지, 나에게 선입관을 안겨준 처음의 뻣뻣한 자세는 이제 보이지 않았다. 손자가 둘 있다고 한다. 첫째는 대학의 영어 교수이고 둘째는 변호사인데, 인공지능의 발전으로 이런 직업이 없어질 수도 있다고 들었는데, 어떻게 될 것이냐고 또 묻는다.

"걱정하지 마세요. 우리가 살아 있는 동안은 아무 일 없어요."

"오호~!"

여러 대화가 오고 가고 나는 이번이 산티아고에는 두 번째로 방문한 것이라고 하니, 또 묻는다.

"자네가 산티아고에 두 번씩이나 오게 된 동기는 무엇인가?"

나도 이제 여유가 생겨서 즉답을 하지는 않았다. 작년에 산티아고를 다녀온 후 주위의 여러 사람이 같은 질문을 했다. "그 이유를 찾지 못해 내년에 다시 갈 계획이고, 그때 찾게 되면 말해 주겠다."라는 작년에 지인들에게 한 대답을 이제 그분에게 되풀이한다. 그분은 이제 두 번 왔으니 그 이유를 찾았느냐고 묻는다. 80세를 넘긴 그의 눈동자에 이제 아이 같은 맑음이 보인다.

"아직 산티아고에 도착하지 않았잖아요. 산티아고에서 다시 만나면 저의 답을 알려 드리겠습니다."

우리는 같이 활짝 웃고 서로 악수하고 헤어졌다. 그분도 그 후 길 위에서도 식당에서도 알베르게에서도 산티아고 광장에서도 뵐 수 없었다.

무엇이 산티아고를 다시 방문하게 한 동기였을까? 서양 철학사에 코페르니쿠스적 혁명을 일으켰다고 평가받는 독일의 철학자 임마누엘 칸트의 3대 저작인 『순수이성비판』, 『실천이성비판』, 『판단력비판』을 통해 세 가지 질문을 던졌다. "나는 무엇을 알 수 있는가?"의 인식론적 관점의 질문, "나는 무엇을 해야 하는가?"라는 윤리학적 관점의 질문, "나는 무엇을 희망해도 좋은가?"라는 철학적 관점의 질문이다.

산티아고 순례길에서 이 질문들을 되새겨 보았고, 내가 다시 산티아고를 찾은 이유도 이 질문의 테두리 안에 있을 것 같았다. 이 물음 속에서 내 인생의 의미를 비추어 보고, 깨우쳐야 하는 것과 지켜야 하는 것들을 다짐해 보았다. 무척이나 감사한 시간이었고, 그것은 분명 산티아고 순례길의 선물이었다.

또 다른 인상적인 모습을 보여 준 순례자는 브라질에 사는 80대 중반 아버지와 함께 여행하는 오스트레일리아에 사는 딸의 여행 모습이었다. 그들은 늘 손을 잡고 다니며 먼 거리를 걷는 것은 아니지만 하루하루 그들만의 길을 걷고 있었다. 아버지에게는 그 길이 황혼의 인생을 정리하는 순례길일 수도 있을 것이고, 딸에게는 그 아버지와 함께하는 마지막 여행일 수도 있을 것이다. 산티아고 순례길을 걷고 싶은 아버지의 평생의 소원을 들어주기 위한 딸의 배려일 수도, 아버지와 함께 산티아고 길을 걷고 싶은 딸의 희망을 수용한 아버지의 용기일 수도 있을 것이다. 무엇이 계기가 되어 그들이 여기에 왔건, 지금 함께하는 그 시간이야말로 부녀에게는 축복이요 진정으로 의미 있는 시간일 것이다.

세상 어느 부모가 그렇듯 아버지는 딸이 50이 되고 60을 넘어도 걱정하는 마음이 가시지 않고, 딸은 또 나이 드신 아버지를 안쓰러워하며 길을 걸을 것이다. 서로를 위로하고 생각하며 걷는 이 길은 서로에 대한 배려이자 또한 나를 돌아보게 하는 시간일 것이다. 산티아고 순례길에는 함께 온 가족, 커플이 가끔 보이고, 이들을 보면 마음 한구석이 찡하면서도 흐뭇한 느낌을 받는다.

부모와 자식은 하늘의 인연으로 맺어지는 끊을 수 없는 불가분의 관계이기에 천륜이라고 한다. 부모는 자식을 양육하고 자식은 부모를 의지하며 서로 도움을 주고받으며 세상을 함께 살아간다. 부모는 자식의 거울이라는 말처럼, 부모의 행동과 가치관은 자녀의 성장에 큰 영향을 미친다. 무조건적인 부모의 사랑은 인생 항로에서 자식이 만나게 되는 거친 파도와 풍랑을 이겨내는 힘의 원천이기도 하다.

산티아고에는 극한 상황에 처한 사람들이 어려움을 극복하며 전하는 진한 감동의 사례도 많이 있다. 시각장애인과 불확신한 미래의 고민을 안고 있는 두 여자의 산티아고 순례길을 다룬 다큐멘터리 영화 〈산티아고의 흰 지팡이〉가 2020년에 개봉되었다. 50대이자 1급 시각 장애

순례자 그룹

인인 재한과 비인가 대안학교 졸업반인 10대의 다희는 산티아고 순례
길에 나선다. 재한은 산티아고 여행의 동기를 이렇게 말한다.

"산티아고 대성당 광장에서 플라멩고 춤을 추고 말 거야."

다희는 또 그의 삶에 대한 갈증을 이렇게 말한다.

"불확실한 미래로 암울한 지금의 일상을 벗어나고 싶어."

시각 장애인임에도 열정적인 플라멩고 춤에 빠져 있는 재한과 불확
실한 미래의 걱정을 떨쳐 버릴 현실의 돌파구가 필요한 두 사람은 각자
의 꿈을 안고 산티아고 디 콤포스텔라를 향한 순례의 길을 떠난다. 재한
은 다희의 도움을 받아 산티아고에 무사히 도착하는 꿈을 꿀 것이다. 다
희는 재한을 도우며 걷는 순례길이 자신의 미래에 대한 꿈을 찾을 수 있
지 않을까 하는 기대를 하고 있을 것이다.

두 사람은 서로의 꿈을 간직하고 산티아고 프랑스길 800킬로미터의

여정에 몸을 맡긴다. 그들은 힘든 여정 속에서 서로를 격려하고 위로하며 길을 걷는다. 하지만 그 길 위에서 육체의 고통과 정신적인 절망을 느끼고 이 길의 완주를 의심한다. 그들은 서로를 위로하고 용기를 주고받으며 다시 자신들을 일으켜 세운다. 그들의 꿈을 찾고자 하는 믿음, 이를 통해 회복되는 몸과 마음의 힘으로 육체와 정신의 고통을 이겨 내고 마침내 산티아고에 도착한다. 재한은 자신이 꿈꾼 대성당 광장에서의 플라멩고 춤을 추게 된다. 두 사람은 여행의 끝에 서로가 꿈꾸었던 목표에 대한 희망을 보았는지, 영적인 그 어떤 깨달음에 가까워졌는지는 알 수 없다.

재한에게 다희는 보이지 않는 길을 대신 보여 주고 안내하는 지팡이의 역할이었을 것이다. 다희에게 재한은 어떤 역할이었을까? 불투명한 미래로 일상이 불안이었던 다희에게 재한의 도전은 미래를 붙잡을 수 있는 희망을 주었을 것이다. 그런 면에서 재한도 다희에게 어떤 의미의 지팡이였을 것이다. 적어도 두 사람은 세상은 혼자가 아니라 더불어 함께한다는 진리를 깨달았을 것이고 서로의 지팡이 역할을 했다. 혼자라면 도달할 수 없는 꿈과, 깨달을 수 없는 진리에 누군가의 지팡이가 되어 줌으로써 그들은 도달했다.

진정한 동반자는 이런 모습이라고 했다. "비가 오면 우산을 씌워 주기도 하지만, 그 비를 함께 맞는 것이다." 재한과 다희는 서로에게 우산을 씌워 주고, 또 고통을 함께한 진정한 동반자였기에 목적지에 도달하는 기쁨을 누렸을 것이다.

엄마와 딸,
—— 그리고 아버지

산티아고를 함께 여행하는 부모 자식의 커플 중 엄마와 딸이 제일 많은 것 같다. 어머니와 딸의 관계는 특별하면서도 미묘한 것 같다. 모녀 관계는 다른 어떤 관계보다 강한 유대감을 형성한다. 어머니는 딸에게 첫 번째 롤모델이자 보호자이며, 딸은 어머니의 사랑과 보호를 받으며 성장한다. 모녀의 관계는 늘 깊은 사랑과 유대감을 형성하지만, 때로는 갈등과 상처를 주는 사이가 되기도 한다. 모든 인간관계에서 발생하는 문제의 발화점은 그들 간의 경계선이 모호해지기 때문일 것이다. 엄마가 딸의 삶에 과도하게 개입하거나, 딸이 엄마의 생활을 과하게 참견하는 경우가 그 예일 것이다.

결혼하고 살아오면서 늘 신기하게 여기는 것은 아내와 딸 사이에 보이지 않는 어떤 네트워크 망이 있지 않나 하는 것이다. 그들은 두 사람 사이에만 연결된 전용 네트워크 망을 통하여 신호를 주고받는 것 같다. 그리고 그 신호는 엄마 쪽으로 수신의 강도가 강한 것 같다. 아내는 딸

"

에게 어떤 상황의 변화가 일어나면 기가 막히게 그 신호를 감지한다. 엄마의 네트워크 망에 감지된 신호를 해석하기 위해 가능한 시나리오를 연출하며 딸의 상황을 짐작하려고 한다. 그 신호의 해석이 끝나고 확인하는 절차로 딸에게 문자를 보낸다.

– 잘 지내고 있지? 그냥 네 생각이 나서….

딸은 엄마가 신기하다며 말한다.

"엄마는 나에게 무슨 일이 생길 때마다 어떻게 즉각 알아차리지?"

아내는 "그냥 뭐 느낌이지?" 하고 무심히 말하지만, 그녀에게는 어떤 믿음이 있는 것 같다. 아이가 뱃속에서 열 달을 엄마와 한 몸으로 지내고, 태어나서도 몇 년을 엄마와 붙어서 사는 운명 공동체라는 것이다. 아이가 손 한 번 들고 발 한 번 옮기는 일거수일투족을 지켜보며 산 엄마인데 어찌 그걸 모르겠느냐고 한다. 엄마와 아이 사이에 연결된 탯줄은 생명의 원천이자 서로가 한 몸이라는 일체감이었다.

탯줄의 물리적인 연결은 아이가 태어나면서 잘리지만 눈에 보이지 않는 그 무언가의 연결은 남아 있는 것 같다. 말 못 하고 표현도 못 하는 아이의 상태를 엄마는 그 연결고리를 통하여 느끼고 감지하면서 키운다. 아이가 자라면서 그 연결고리는 무디어질 것이나, 엄마에게는 결코 사라지지 않는 연결로 남아 있을 것이다.

아내는 주변에서 결혼을 하게 된 이유를 질문받으면 대충 얼버무리지만, 꼭 대답해야 하는 상황이면 이렇게 대답한다고 한다.

"저보다 어른 같아 보여서 결혼했어요."

그녀는 평생을 함께하는 사람이 어른이었으면 좋겠고 어른이 될 잠재적인 가능성을 가진 사람이 남편의 가장 중요한 조건이었다고 한다. 결혼 후 나는 아내의 이 말이 늘 머릿속에 잠재의식처럼 자리하고 있었다. 아내는 내가 어른이 되어야 하는 이유와 근거를 확실히 제공한 것이다. 어른과 살고 싶다는 기대로 선택한 인생이 어른 아닌 사람과 살고 있다고 느낀다면, 아내는 얼마나 실망할 것인가. 나는 아내를 실망시키지 않기 위해 삶에서 어른이라는 존재를 많이 생각하면 살아온 것 같다.

단순히 나이가 들어 되는 어른이 아니라, 삶에 대한 성숙한 자세와 인간적인 품격을 겸비한 진정한 어른이 되고 싶었다. 60년이 넘는 세월의 경험들은 어른에 다가가는 과정이었을 것이다. 나이가 든다고 자동으로 어른의 대열에 합류하는 것은 아니지만, 나이만큼의 경험과 배움을 통하여 어른이 되어 갈 것이다. '나는 어른인가?'라는 자문을 하면 대답은 늘 궁색하다. 앞으로 살아가는 날들이 어른이 되기 위한 여정이어야 함은 분명하다. 아내가 나를 선택한 이유이기 때문이다.

핸드폰에 저장되어 있는 아내의 호칭은 부모님이 주신 고유의 이름으로 시작하여, 아이 엄마, 아내, 그리고 가끔 달달한 호칭이 사용되다가 지금은 '나를 깨우는 여인'으로 수년 동안 저장되어 있다. 아내는 젊을 때는 피곤에 빠진 나를 실제로 잠에서 깨웠고, 수술 후 중환자실에 누워 있는 나에게 아이의 이름을 물으며 잠든 뇌를 깨웠다. 지금은 가끔씩 정도가 아닌 옆길로 빠지려고 하는 나를 깨운다. 아내는 크게 뭐라고 하지는 않지만 툭 던지는 한마디에 나는 스스로 헛된 꿈에서 깨어난다. 그녀가 '나를 깨우는 여인'으로 등록되어 있는 이유이다.

나는 아내보다 1,375일을 더 살았다. 그렇다고 내가 살아온 일수 차이만큼의 더 어른은 절대 아니다. 더 많이 산 나이지만 아내에게 자주 깸을 받는다. 그리고 아내는 나보다 더 많이 용서했다. 용서할 줄 아는 힘을 가지고 있는 사람은 사랑할 줄 아는 힘도 가지고 있다.

아버지와 딸 사이에도 돈독한 애정과 끈끈한 유대감이 연결되어 있다. 요즈음은 딸 바보인 아빠도 많다. 나와 딸은 오래전 귀중한 경험을 함께했고, 그때의 기억과 추억은 아직도 우리의 관계를 끈끈이 묶어 주는 접착제 같은 역할을 하고 있다. 나는 한국에서 직장 생활을 하고 있었고, 딸은 중학교 2학년의 중간을 넘어서는 어느 날이었다. 나는 늘 바빴고 귀가하는 시간도 주로 늦은 밤이었다. 어느 날 늦은 퇴근 후 쉬고 있는 나에게 딸이 다가와 말을 건넨다.

"아빠, 나 미국에 가서 공부하고 싶은데."

"…."

딸아이는 어릴 적 미국 여행을 가 보기는 했지만, 미국에 가서 공부해 보고 싶다고 느낄 만한 결정적인 계기나 사건이 없었다. 딸아이는 무슨 이유로 이런 생각을 하게 된 것일까. 딸은 나름 학교생활에서 주목을 받는 위치였고 지금대로만 잘해 나가면 소위 말하는 엘리트 코스를 걷는, 크게 불만이 없는 청소년기를 지내고 있었다. 나는 딸의 이런 제안을 전혀 상상을 하지 못했다.

딸의 생각을 들어 보고, 생각의 배경을 알고자 이것저것 물었다. 딸이 판단을 제대로 할 수 있을지 의구심을 품으며, 갑작스런 제안에 당황한 마음이었다. 한편 생각해 보면, 딸의 제안은 어쩌면 그의 인생을 좌우할 중요한 결정이고, 그 결정을 선택할 권리는 분명 딸에게도 있는 것이었다. 나와 아내는 며칠을 의논하고 걱정하고 고민했다. 그런 과정을 거쳐 우리는 드디어 결정했다.

"좋아, 미국에 가서 네가 직접 보고 듣고 경험을 한 다음에 최종 결정을 내리자."

나는 딸과의 미국 투어 일정을 짰다. 미국 서부와 동부에 있는 고등학교를 방문하고 견학하는 것이 주된 하루의 일과였다. 아내는 집을 지키고, 딸과 나는 서부에서 시작하여 동부에 있는 미국 고등학교들을 탐방하기 위해 첫 방문지인 샌프란시스코행 비행기에 올랐다. 우리의 일과는 오전과 오후에 각각 한 학교를 방문하여 그 학교에 대한 소개를 받고, 교육과정에 참관도 하는 것이었다. 다음 날 또 다른 도시로 이동하여 두 학교를 방문하고, 그다음 날 또 같은 일정으로 도시로 옮겨 다닌다.

그 당시에는 지금과 같은 GPS 시스템이 지원되지 않았고 주로 지도를 보면서 길을 찾았다. 나는 운전대에서 길의 표지판을 살피고 딸은 조수석에서 지도를 보며 길을 안내했다. 우리는 정말 멋진 팀워크로 한 번도 길을 잃지 않고 예약된 학교에 정해진 시간에 잘 도착했다. 매일 이동하는 자동차 안에서 한국에서 선별해 온 CD 속 노래를 같이 들었고 그때 함께 들은 노래는 지금도 우리를 연결해 주는 추억의 노래가 되었다. 아내는 몸은 함께 오지 못했지만 마음을 함께한다는 그녀만의 동참 의지를 표명하며, 미국 시간에 맞추어 밤과 낮이 바뀐 상태로 한국 생활을 했다.

그렇게 2주의 시간 동안 우리는 같은 숙소, 식당, 차 안에서 한 팀이 되어 움직였다. 딸은 학교를 방문할 때마다 감색 코트 위에 빨간 목도리를 했다. 가끔 그 복장을 하고 찍은 사진을 보면 그때의 기억이 떠올라 지금도 가슴 한쪽이 울컥한다. 자신의 진로를 결정하기 위한 그 행렬 속 아이들은 사뭇 진지하면서도 또래 특유의 천진난만함도 보여 주었다. 우리는 그렇게 미국 고등학교 투어를 무사히 마치고 한국으로 돌아왔다. 이제는 결정을 해야 할 시간이고, 나는 딸에게 물었다.

"이제 너의 생각을 들어 보자?"

"아빠, 난 미국에서 공부하고 싶어요."

그전보다 더 또렷하고 힘이 있는 대답이었다.

"OK!"

아내와 나는 딸아이를 미국에 유학 보내기로 결정했다. 외동딸로 귀하게 자란 아이는 이제 낯선 미국 땅에서 홀로 생활하며 자신의 인생을 스스로 개척하게 될 것이다. 그리고 그 길을 스스로 선택했다. 아내와 나는 딸을 혼자 유학 보내기로 결정하고 나서도 마음이 편치 않다.

이제 갓 중학생인 어린 외동딸을 혼자 미국에 보내는 게 아내는 아주 불안했지만 딱히 방법은 없었다. 나는 그 당시 한국에서 소위 말하는 잘나가는 직장 생활을 하고 있는데 굳이 변화를 시도할 동기도 그럴 만한 충분한 이유도 없었다. 나는 사업상 출장을 자주 다니니 필요하면 출장 간 시간에 딸을 잠깐 보면 될 것이다. 딸은 이제 스스로 독립적인 생활을 하며 성인이 되어 가는 것이고, 그 길을 선택한 것이다. 하지만 아내와 나는 그렇게 생각하면서도 마음이 찜찜했다. 뭔가 찜찜함이 남아 있으면 그 일을 하지 말라고 하지 않나. 얼마 후 아내와 나는 또 다른 결정의 기로에 섰다.

2:1 분리: 우리 부부 둘이 한국에 남고, 아이 혼자 미국으로 간다.
1:2 분리: 나 혼자 기러기로 한국에 남고, 아내와 아이 둘이 미국으로 간다.
0:3 합체: 가족 모두 함께 미국으로 이주한다.

아내와 딸과의 여러 번의 의논 끝에 가족이 함께 미국으로 가기로 뜻을 모았다. 한국이든 미국이든 가족이 헤어지지 않고 함께 있는 합체의 선택을 했다. 나의 사랑하는 딸은 우리 가족을 미국으로 이주하게 한 결정적인 공헌을 한 셈이다. 딸은 고등학교 신입생으로 미국 교육에 입문하고 대학교 진학을 위해 동부로 이주하고, 졸업 후 다시 서부로 와서 직장 생활을 하며 지금은 우리와 가까운 곳에서 살고 있다.

나는 미국으로 이주할 당시 딸아이가 고등학교를 졸업하는 기간 동안 함께 지낼 계획이었다. 그 계획은 대학교를 졸업하는 기간까지 연장되었고, 그 와중에 내가 두 번 수술을 받으며 계획이 백지로 돌아갔다.

"세상일이 다 계획대로 되는 게 아니야."

산티아고에서 만난 한강

언어는 의사소통의 가장 대표적인 수단이고 같은 언어를 사용하는 사람을 동질의 개체로 엮어 주는 중요한 기능을 한다. 전 세계에는 작은 부족이 사용하는 그들만의 제한적인 언어를 포함하여 약 7,000개의 언어가 있다고 한다. 영어는 전 세계 공용어이고 국제 비즈니스, 관광, 기술 분야 등에서 가장 많이 사용되는 언어이다. 모국어가 아닌 나라에서도 영어를 제2외국어로 사용한다. 전 세계에서 15억 명이 영어를 사용하고 있다고 한다.

중국어는 세계에서 두 번째로 널리 사용되는 언어이다. 재미있는 사실은 중국 인구가 14억이 넘지만 중국어를 사용하는 인구는 단지 11억 명이라는 것이다. 힌디어는 영어와 함께 인도의 22개 공용어 중 하나이며, 인도에는 약 1,600개 이상의 언어가 공존하고 있다고 한다.

스페인은 대항해 시대 가장 적극적으로 식민지 개척에 나선 국가였고, 유럽과 아메리카까지 영토를 넓히며 대제국의 번영을 누렸다. 무적함대 스페인의 식민지에 스페인어가 전파되어 세계에서 네 번째로 많은 5억 명이 스페인어를 사용하고 있다. 한국어는 세계에서 열다섯 번째로 많이 쓰이는 언어이다. 산티아고의 언어는 말할 것도 없이 스페인어다.

스페인 어느 지역의 한 서점에서 한강 작가의 책을 발견했다. 한강 작가는 2024년 한국인 최초의 노벨 문학상을 수상하며 우리에게 큰 기쁨을 안겨 주었다. 스페인 한림원은 그의 노벨 문학상 선정 이유를 "역사적 트라우마에 맞서며 인간 삶의 연약함을 드러내는 강력한 시적 산문"이라고 발표했다. 작가는 광주에서 학살이 일어나기 전까지 그곳에서 어린 시절을 보냈다. 그리고 학살이 일어난 몇 년 후 아버지의 서재에 꽂혀 있는 학살의 처참한 모습이 실린 사진첩을 보게 되었다.

작가는 광주에 관한 소설을 쓰기 위해 자료를 수집하고 학살에 관련된 책을 읽으며 두 가지 질문을 떠올렸다고 했다. '현재가 과거를 도울 수 있는가?' '산 자가 죽은 자를 구할 수 있는가?' 작가는 학살의 현장에서 벌어진 일들을 적은 기록과 사진을 보면서 양립할 수 없는 두 현실이 함께 존재하는 것에 강한 의문을 가진다. '인간은 어떻게 이토록 폭력적일 수 있는가?' '동시에 인간은 어떻게 그토록 압도적인 폭력의 반대편에 설 수 있는가?'

같은 동족인 호모사피엔스의 한쪽은 선량한 민간인을 총칼로 쏘고 찌르지만, 또 한쪽은 죽

스페인 어느 서점의 한강

어 가는 시민들에게 피를 나누어 주기 위해 끝없이 줄을 서 있다. 이렇게 선과 악의 양면성을 가진 인간의 모습을 목도하면서 작가는 본인이 떠올렸던 질문을 뒤집게 되고 그것으로 소설의 방향을 잡았다고 한다. '과거가 현재를 도울 수 있는가?' '죽은 자가 산 자를 구할 수 있는가?'

예수나 부처, 공자의 예를 들지 않더라도 우리는 과거로부터 도움을 받는 현재에 살고 있다. 죽은 자가 산 자를 살리는 오늘을 살고 있다. 산티아고 길에는 과거의 죽은 성 야고보가 현재의 살아 있는 순례자를 돕고 살리고 있을 것이다. 오늘날 기후변화로 인한 환경의 문제로 지구 생태계의 지속성 문제가 심각하게 대두되고 있다. 지구 지속성에 대한 위협은 생태계의 문제보다 더욱 심각한 것은 끊임없는 전쟁과 증오일 것이다. 인류의 멸종은 인간의 증오와 이로 인한 핵전쟁으로 비화되는 극단적인 사건에 의해 일어날지도 모른다. 예수의 사랑, 부처의 자비, 그리고 공자의 인의의 가르침이 없었다면 인류의 멸종이 더 심각하게 제기되는 시기인지도 모른다. 우리는 분명 과거로부터 도움을 받으며 살고 있는 것이다.

작가는 2014년 5.18민주화운동을 주제로 한 장편소설『소년이 온다』를 발표한다. 이 책은 23개 언어로 번역되어 해외에서도 출판되었다. 친구 정대를 돕다가 계엄군의 총에 맞아 사망하는 당시 고등학생인 주인공 동호는 자신을 쏜 군인들을 향해 항변한다.

썩어가는 내 옆구리를 생각해.
거길 관통한 총알을 생각해.
처음엔 차디찬 몽둥이 같았던 그것,
순식간에 뱃속을 휘젓는 불덩이가 된 그것,

그게 반대편 옆구리에 만들어 놓은,

내 모든 따뜻한 피를 흘러 나가게 한 구멍을 생각해.

그걸 쏘아 보낸 총구를 생각해.

차디찬 방아쇠를 생각해.

그걸 당긴 따뜻한 손가락을 생각해.

나를 조준한 눈을 생각해.

쏘라고 명령한 사람의 눈을 생각해.

그들의 얼굴을 보고 싶다, 잠든 그들의 눈꺼풀 위로 어른거리고 싶다,

꿈속으로 불쑥 들어가고 싶다.

그 이마, 그 눈꺼풀들을 밤새 건너다니며 어른거리고 싶다.

그들이 악몽 속에서 피 흐르는 내 눈을 볼 때까지,

내 목소리를 들을 때까지,

왜 나를 쐈지, 왜 나를 죽였지.

동호의 죽음에 절규하며 어머니는 한 맺힌 울부짖음을 토해 낸다.

네가 죽은 뒤 장례식을 치르지 못해, 내 삶이 장례식이 되었다.

네가 방수 모포에 싸여 청소차에 실려간 뒤에.

용서할 수 없는 물줄기가 번쩍이며 분수대에서 뿜어져 나온 뒤에.

어디서나 사원의 불빛이 타고 있었다.

봄에 피는 꽃들 속에, 눈송이들 속에, 날마다 찾아오는 저녁들 속에,

다 쓴 음료수 병에 네가 꽂은 양초 불꽃들이.

한강 작가는 2017년 제주에 월세방을 얻고 서울을 오가는 생활을 했다. 『소년이 온다』를 쓸 때와 비슷한 방식으로 학살 생존자의 증언과 자료를 공부하면서 소설을 준비했다. 그리고 2021년 제주4.3사건의 피해

자를 다룬 소설 『작별하지 않는다』를 발표한다. 주인공 강정심은 4.3사건으로 실종된 오빠를 찾다 생을 마친다. 정심의 마음이 바로 소설의 제목이고 작가는 이를 "작별을 고하지 않고, 작별하지 않은 상태"라고 한다.

자못 궁금하다. 이 책의 스페인어 번역가는 이 문장들을 어떻게 번역했고, 얼마나 한강 작가의 표현을 사실적으로 독자들에게 전달했을까? 스페인의 독자들은 어떤 느낌을 받으며 이 책을 읽었을까? 우리는 노벨 문학상 수상 작가의 책을 원문으로 읽는 영광을 선물 받았다. 한강 작가의 언어는 단순한 의사소통의 기능을 뛰어넘어 우리가 대하는 사실에서 진실을 들여다보는 문을 여는 힘을 가졌다. 한강의 시적인 글은 인간의 잠든 영혼을 깨우는 울림이다. 언어의 위대함을 한강 작가를 통하여 다시 깨닫는 것 또한 작가가 우리에게 남긴 선물이다.

이번 산티아고 여행의 화두는 '내려놓기'였다. 내려놓아야 하는 대상은 사람에 따라 다르고 그 선택도 각자의 몫이다. 나의 내려놓기 대상의 하나는 기대였다. 기대를 내려놓으면 고마움이 생긴다는 말을 믿고 싶었다. 기대를 내려놓는다는 것은 기대를 포기하는 것과 철저히 구분되어야 한다. 나는 아직도 삶에 많은 기대를 하고 있고, 때로는 그 기대감으로 가슴이 벅차기도 하다.

우리는 늘 무엇의 결과를 기대하고, 그것이 빨리 나타나지 않으면 조급해하고 원하는 대로의 모습이 아니면 실망한다. 결과는 천천히 더디게 나올 수도 있고 늘 내가 원하는 대로 일어나지도 않는다는 것을 인정해야 한다. 헬스클럽 몇 번 다닌다고 울퉁불퉁한 근육이 금방 생기지 않고 내가 원하는 신체 부위에 근육이 생기지 않을 수도 있다. 하물며 마음의 근육을 키우기까지는 부단한 노력과 끈질긴 기다림의 시간이 있어야 한다. 몸의 근육과 다르게 마음의 근육은 잘 드러나지도 않고 또한 잘 보이지 않는다. 그것은 서서히 우리가 인식하지 못하는 속도로 자라날 것이고 있어도 표시가 잘 나지 않을 것이다.

사람은 행위와 그 결과의 반응 시간이 짧을수록 그 행위에 쉽게 빠져들게 되고, 심하면 스스로 통제할 수 없는 중독 상태에 이르게 된다. 카지노의 게임은 즉각적으로 그 결과를 알 수 있고, 순식간에 돈을 따기도 하고 잃기도 한다. 지금 베팅한 게임의 결과를 내일이 되어야 알 수 있다면, 카지노를 찾는 사람은 많지 않을 것이고 도박 중독에 빠지는 사람도 줄어들 것이다.

지금 마시는 술의 효과가 일주일 후에 나타난다면, 우리는 술을 즐기지 않을 것이다. 또한 알코올 중독에 빠져 생활이 파탄 나는 불행도 피할 수 있을 것이다. 오늘 투약한 마약의 효과가 한 달 뒤에 나온다면, 마약을 찾는 사람이 많지 않을 것이고 마약과의 전쟁이라는 무시무시한 말이 생겨나지도 않았을 것이다.

우리 인생에서 행하는 일들의 결과가 최단 코스로 달려오는 경우도 있지만 구불구불한 곡선을 따라 천천히 다가오는 경우도 많다. 행위의 지연된 결과를 받아들일 수 있다면, 우리는 그것으로부터 기대를 내려놓을 수 있을 것이다. 다시 한 번 기대를 내려놓는 것이지, 기대를 포기하는 것은 아니다. 즉각적인 결과에 대한 기대를 내려놓으면, 언젠가는 결과로 전환될 지금 현재의 행위에 더욱 집중할 수 있을 것이다.

지금 현재에 집중하면, 순간순간의 소중함을 알 것이고 내가 존재함에 대한 감사함을 느낄 것이다. 지연된 결과일지라도 언젠가는 나타난다는 인과에 대한 믿음은 자연과 우주의 이치를 겸허히 받아들이는 것이고, 또한 스스로 겸손해지는 것이다. 지연된 결과가 꼭 실망스러운 것은 아닐 것이며, 지연된 행복도 때로는 나름의 가치와 의미가 있을 것이다.

지금 이 순간 쬐고 있는 봄날의 따사로운 햇볕은 태양에서 출발한 지 8분 만에 우리에게 도착한 빛이다. 지금 이 순간 태양을 떠난 빛은 아직 우리에게 오지 않았다. 이 우주의 먼 길을 여행하는 중이고 8분 후에는 반드시 우리의 머리를 비출 것이다. 긴 인생의 여정을 멀리 그리고 길게 바라보면, 우리 삶에서 펼쳐지는 인과의 반응은 결코 우리를 실망시키지는 않을 것이다.

'과거가 현재를 도울 수 있는가?' '죽은 자가 산 자를 구할 수 있는가?' 이번 산티아고 여행의 화두로 생각한 내려놓음에 더해져 한강 작가의 이 말은 산티아고 길을 걷는 나의 시간을 풍성하게 만들 화두로 추가된다.

아름다운 풍경,
— 그리고 대통령

나의 순례길 첫 방문지는 스페인이 아닌 캘리포니아 샌프란시스코 총영사관이었다. 날벼락 같은 불법 비상계엄으로 총을 든 군인이 헬기를 타고 국회의사당에 내리는 장면을 TV로 지켜보면서 대한민국은 혼란에 빠졌다. 다행히 깨어 있는 시민들의 힘을 받은 입법기관인 국회의 신속한 대응으로 불법 계엄이 무효화되고, 그 여파로 현직 대통령이 탄핵되었다. 스페인행 비행기를 예약할 때 이런 엄청난 국가적인 사건이 일어날 줄은 꿈에도 몰랐다. 다행히 출발하는 날이 재외국민 부재자 투표의 첫날이라 투표할 수가 있었다.

이번에 선출되는 대통령은 한국의 21번째 대통령이다. 대한민국의 초대 대통령은 이승만이다. 이승만은 1945년 해방이 되자 미국에서 귀국하여 독립촉성중앙위원회를 조직하고 38선 이남에 남한 단독정부를 세워야 한다고 주장했다. 1948년 이승만은 제헌국회의장에 이어 제1대 대통령 선거에서 김구를 누르고 초대 대통령에 당선되었다. 같은 시기

북한은 조선민주주의 인민 공화국 수립을 선포하고, 한반도는 남과 북으로 갈리게 되었다.

1950년 6.25전쟁이 발발하고 이승만은 자신은 지방에 피신 와 있으면서 국민들에게 동요 없이 직장을 사수하라는 방송을 하고, 그 직후 한강 인도교가 폭파되고 서울이 점령되었다. 이러한 대통령의 모습을 보면서 국민들은 정부에 대한 배신감과 분노를 표출했다.

1952년 한국 전쟁이 장기화되고 고착화되는 가운데 이승만은 제2대 대통령에 당선되었다. 이승만과 자유당은 사사오입 개헌을 토대로 1956년 대통령 선거에 당선되어 3선 대통령의 뜻을 이루었고, 자유당은 집권 연장의 뜻을 이루었다. 그러나 이 사건 이후 자유당 내 양심적 의원들이 탈당하고 국민들의 신임을 잃고 점차 당의 정당성과 위력이 붕괴되어 갔다.

이승만은 1960년 제 4대 대통령에 당선된다. 하지만 3.15부정선거에 대한 시민들의 시위가 확산되고 마산 앞바다에서 시위에 참가한 마산상고 1학년 김주열의 시신이 발견되었다. 이승만은 마산에 계엄령을 선포했다. 4월 19일 서울 지역 대학생들이 총궐기하고 경찰은 시위대를 유혈 진압했고 계엄령은 서울과 전국적으로 확대되었다. 이승만에 대한 반대 여론이 절정을 이루자 이승만은 대통령직을 하야하고 하와이로 망명을 떠났다. 이승만 하야의 도화선이 된 서울대 문리대의 4.19 선언문은 이렇게 절규하며 외친다.

> 상아의 진리탑을 박차고 거리에 나선 우리는 질풍과 같은 역사의 조류에 우리를 참여시킴으로써 이성과 진리, 그리고 자유의 대학정신을 현실의 참담한 박토에 뿌리려 하는 바이다.

…

무릇 모든 민주주의의 정치사는 자유의 투쟁사이나 그것은 또한 여하한 형태의 전제정치도 민중 앞에 군림하는 종이로 만든 호랑이같이 어설픈 것임을 알려 준다.

…

이제 막 자유의 전장엔 불이 붙기 시작하였다. 정당히 가져야 할 권리를 탈환하기 위한 자유의 전역은 바야흐로 풍성해 가고 있는 것이다.

…

보라! 우리는 기쁨에 넘쳐 자유의 횃불을 들어 올린다.

보라! 우리는 캄캄한 밤의 침묵에 자유의 종을 난타하는 타수의 일익임을 자랑한다.

일제의 철퇴 하에 미칠 듯 자유를 환호한 나의 아버지 형제들과 같이 양심은 부끄럽지 않다. 외롭지도 않다. 영원한 민주주의의 사수파는 영광스럽기만 하다.

보라! 현실의 뒷골목에서 용기 없는 자학을 되씹는 자까지 우리의 대열을 따른다.

나가자!

자유의 비밀은 용기일 뿐이다.

우리의 대열은 이성과 양심과 평화, 그리고 자유에의 열렬한 사랑의 대열이다.

모든 법은 우리를 보장한다.

이승만의 뒤를 윤보선이 1962년까지 짧은 기간 동안 4대 대통령의 임무를 수행한다. 한국 민주주의의 역사에 쓰라린 아픔과 좌절을 안기고 군부독재 정치의 서막을 연 박정희가 등장한다. 박정희는 5.16군사반란을 통하여 국가재건최고회의 의장이 된다. "군으로 돌아가겠다."라는 약속을 어기고 제5대 대통령 선거에서 윤보선을 누르고 대통령에 당선된다. 이후 박정희는 제5~9대 대통령을 역임하며 1979년까지 무려 17년 동안 절대 권력을 유지한다. 박정희는 3선 개헌 및 유신헌법을 통한 장기 집권을 반대하는 여야 및 학생운동의 직격탄을 맞는다. 1979년 10월 16일 부마 민주화 항쟁이 일어나고, 그해 10월 26일 궁정동에서 중앙정보부장 김재규에 의하여 피격당하고 서거하는 비참한 생을 맞는다.

10.26으로 박정희가 서거하고 국무총리인 최규하가 대통령 직무대행의 자리를 맡고 1980년까지 10대 대통령의 자리를 지킨다. 대한민국 민주주의 여정에 또다시 크나큰 상처와 오점을 남긴 전두환이 등장한다. 전두환은 10.26으로 박정희가 서거하자 자신이 이끄는 하나회를 위시한 신군부 세력을 결집하여 12.12군사반란을 일으킨다. 이후 최규하 대통령이 사임함에 따라 국민의 직접선거가 아닌 통일주체 국민회의에서 치르진 제11대 대통령 선거에서 대통령에 올랐다. 전두환은 7년 단임제를 골자로 하는 헌법을 통과시킨 후 제12대 대통령 선거에 출마하여 대통령으로 당선되었다. 대한민국에 서슬 높은 군사정권 시대를 연 전두환의 군사정권 파트너인 노태우가 그를 이어받아 13대 대통령이 되었다.

퇴임 후 전두환은 노태우와 같이 구속 기소되고, 반란 수괴죄, 살인, 및 뇌물 수수죄로 1심에서 사형, 2심에서 무기징역을 선고받았다. 전두환과 노태우는 1997년 김영삼 대통령 재직 시 사면되고, 노태우는 2021년 10월에 생을 마감하고 전두환은 같은 해 11월에 생을 마감했다.

1987년 민주화 항쟁으로 쟁취한 대통령 직접 선거를 통하여, 1993년 김영삼이 14대 대통령으로 당선되었다. 김영삼은 26세의 나이에 국회의원이 되며 정치에 발을 내디뎠다. "닭의 모가지를 비틀지라도 새벽이 온다는 것을 잊어서는 안 된다."라는 어록은 그의 험난했던 정치 여정을 말해 준다.

대한민국의 민주화 투쟁의 대명사 김대중은 수많은 탄압과 굴곡의 과정을 이겨 내고 1998년 15대 대통령으로 취임했다. 김대중은 세 번의 대통령 선거에서 낙선하고 네 번째 선거에서 당선된다. 그는 한반도 통일을 위한 2,000년 북한 방문과 남북 화해를 위한 노력을 인정받아 2,000년 한국 최초로 노벨 평화상을 수상한다.

김영삼과 김대중은 서로를 지지하는 양 김 세력으로 민주화의 쌍두마차를 이끌며, 두 사람은 때로는 경쟁자로, 때로는 협력자로 각자의 정치 인생을 살며 한국 민주주의를 위해 공헌했다. 두 사람의 상대에 대한 평가는 서로의 관점의 차이를 극명하게 다름을 보여 준다.

"김대중 씨는 아주 쉬운 문제를 대단히 어렵게 생각한다."

"김영삼 씨는 아주 어려운 문제를 너무나 쉽게 생각한다."

한국 정치사에서 개혁의 아이콘으로 등장한 노무현이 16대 대통령으로 당선되었다. 노무현은 고졸 출신으로 사법시험에 합격했다. 판사직을 사퇴하고 인권 변호사의 길을 거쳐 제13대 국회의원 선거에서 국회의원에 당선되었다. 제5공화국 청문회에서 초선 의원임에도 불구하고 전직 대통령, 재벌 총수 앞에 주눅 들지 않고 당당하게 질의하는 모습으로 국민들의 뇌리에 강하게 남아 이른바 청문회 스타로 등극했다.

노무현은 영호남의 지역주의를 타파하기 위해 안정된 지역구를 버리고, 당선 가능성이 없는 지역에 출마하여 낙선의 고배를 마시고 '바보 노무현'이라는 별명을 얻었다. 그는 신선한 개혁의 기치를 내걸고 대통령직을 수행하나 기득권 정치 세력의 거센 반발을 맞고 결국은 대통령직위에서 탄핵 소추가 되는 아픔을 겪었다. 헌법재판소에서 탄핵 소추가 기각되고 대통령직에 복귀하여 잔여 임기를 마쳤다.

퇴임 후 고향인 진영 봉하 마을로 귀향하고, 지역 공동체를 중심으로 하는 새로운 삶을 설계했다. 그러나 끊임없는 정치적 공격을 견디지 못하고, 고향 마을 뒷산 부엉이 바위에서 그의 생을 스스로 마감했다. 그는 질곡의 한국 역사에서 개혁을 시도한 바른 정치인이자, 우리를 울리고 웃긴 진정한 어른이었다. 아직까지 많은 이들이 노무현을 보기 위해 김해 봉하 마을로 간다. 그의 묘비에 고 신영복 선생이 새긴 노무현의 정신이 방문객을 맞이하고 있다.

민주주의의 최후의 보루는 깨어 있는 시민의 조직된 힘입니다.

노무현은 뒷산 부엉이 바위로 올라가기 전 짧은 유서를 남긴다.

너무 많은 사람들에게 신세를 졌다.
나로 말미암아 여러 사람이 받은 고통이 너무 크다.
앞으로 받을 고통도 헤아릴 수가 없다.
여생도 남에게 짐이 될 일밖에 없다.
건강이 좋지 않아 아무것도 할 수가 없다.
책을 읽을 수도 글을 쓸 수도 없다.

너무 슬퍼하지 마라.
삶과 죽음이 모두 자연의 한 조각 아니겠는가?
미안해하지 마라.
누구도 원망하지 마라.
운명이다.

화장해라.
그리고 집 가까운 곳에 아주 작은 비석 하나만 남겨라.

오래된 생각이다.

이명박은 CEO 경력과 서울시장을 거쳐 제17대 대통령에 당선되었다. 그도 퇴임 이후 뇌물 수수, 횡령 등의 혐의로 구속되는 불명예를 안았다. 대법원의 최종 판결 결과 징역 17년과 벌금 130억 원을 선고받았다.

이명박의 뒤를 이어 박정희의 딸 박근혜가 헌정사상 최초의 여성 대통령으로 제18대 대통령에 당선되었다. 박근혜는 재임 중 세월호 참사, 메르스 사태 등 국가적인 재난을 제대로 대응하지 못하여 국민들의 비난을 받게 되었다. 민간인 최순실의 국정 개입이 폭로되면서 한국 대통령 최초로 파면되는 운명을 맞았다. 파면 후 2개의 재판에서 22년형과 벌금 180억 원을 구형받았다. 아버지가 대통령직을 제대로 마치지 못한 운명을 그의 딸도 대통령이 되어 되풀이하는 역사의 아이러니를 남긴다. 박근혜의 탄핵을 국민들은 각자의 이유로 누구는 슬퍼하고 누구는 깊은 탄식을 했다.

노무현의 정치적 동지인 인권 변호사 출신의 문재인은 박근혜의 대통령 파면으로 치러진 2017년 조기 대선에서 대한민국 제19대 대통령으로 당선되었다. 윤석열은 박근혜, 최순실 게이트의 특검 팀에 합류하여 이름을 알리고, 박근혜가 파면되고 문재인 정부가 출범하면서 승승장구하며 검찰 총장의 자리에 올랐다. 헌정사상 최초로 검찰총장 자격의 정직 사건을 겪고, 이후 정치권에 발을 들여놓고 제20대 대통령 선거에 출마하여 이재명 후보를 0.73%의 간발의 차이로 누르고 2022년 대통령으로 당선되었다.

그는 여러 분야에서 보인 정치적·외교적 미숙함과 사려 깊지 못한 행동 그리고 가족 비리 혐의로 국민들의 신뢰를 잃고 지지율이 끝없이 추락하게 되었다. 그는 돌파구를 찾기 위하여 무리수를 감행하고 2024년 12월 3일 위헌적이고 위법한 비상계엄을 선포하여 온 나라를 충격과 혼란에 빠뜨린다. 이 여파로 대통령직에서 탄핵 소추된다. 윤석열은 2025년 4월 4일 헌법재판소 재판관 8명의 만장일치로 불법 비상계엄을 선포한 지 4달 만에 대통령직에서 파면당한다.

"주문, 피청구인 대통령 윤석열을 파면한다." 이 주문을 듣고 모든 것이 제자리로 돌아가는 풍경을 기대하며 사람들은 환호했다. 그러나 그 책임자와 주요 가담자에 대한 완전한 처벌은 아직 집행되지 않았고, 불법 비상계엄을 옹호하는 세력들이 우리 사회 곳곳에 여전히 살아 있는 현재 진행형이다.

철학자 임마누엘 칸트는 인간이 살면서 따라야 하는 두 가지 명령이 있다고 했다. 하나는 조건적 명령이고, 또 하나는 무조건적인 명령이다. 전자는 각 개인의 주어진 조건 속에서 그 조건에 부합되기 위해 지켜야 하는 명령이고, 후자는 이성적인 인간으로서 무조건적으로 받아들이고 지켜야 하는 도덕적이고 윤리적인 명령이다.

대통령은 국가의 원수이자 행정부의 수반으로 국민의 안전을 보장하고 헌법을 수호하는 조건적 명령이 있다. 또한 양심에 따라 지켜야 할 무조건적인 명령인 도덕적 준칙도 있다. 헌법을 위반했고, 이성적인 판단으로 옳고 그름을 따지지 못했고, 그의 행위가 선량한 타인에게 어떤 영향을 끼치는 지도 제대로 살피지 않았다. 삶에서 요구되는 두 가지 명령을 지키지 않음으로써 자신을 파멸의 길로 빠뜨린 잘못은 자신의 책임이지만, 선량한 시민들의 삶과 국가에 피해를 끼친 중대한 죄는 상응하는 벌로 단죄되어야 한다.

플라톤의 국가론에 나오는 '기게스의 반지' 이야기는 정의와 불의에 대한 고찰이 담겨 있다. 기게스라는 목동이 지진으로 갈라진 땅속에서 우연히 반지를 발견하고, 이 반지를 끼면 투명 인간이 된다는 것을 알게 된다. 반지를 통해 보이지 않는 존재가 된 기게스는 왕궁에 잠입하여 왕의 아내와 불륜을 저지르고 왕을 살해하고 왕위를 찬탈한다. 기게스는 왕의 자리를 차지하고 권력을 행사하지만, 아무도 그의 악행을 알아차리지 못하기 때문에 그는 추호의 죄책감도 느끼지 않는다.

이 이야기는 인간의 본성에 대한 질문을 던진다. 만약 아무도 자신이 한 행동을 알지 못한다면 사람들은 어떻게 행동할까? 정의롭게 행동할까? 자신의 이익을 위해 불의를 행할까? 플라톤은 이 이야기를 통해 우리에게 묻는다. "인간은 본질적으로 정의로운 존재인가, 아니면 자신의 이익을 위해 불의를 행할 가능성이 있는가?" 우리 사회를 혼란과 좌절에 빠뜨린 사람들은 정의롭지도 않았고, 자신들의 이익을 위해 불의를 저지른 기게스의 반지를 꼈고, 또한 그들의 행동은 내면의 도덕적 가치도 따르지 않았다.

아이히만은 제2차 세계대전 당시 히틀러의 명령으로 600만 명의 유대인 학살의 홀로코스트에 관여한 인물로 알려져 있다. 그는 독일의 패전 후 신분을 감추기 위해 성형 수술을 하고 남미 아르헨티나로 도주하여 15년간의 도피 생활을 하다 이스라엘 정보기관 요원들에게 체포되어 예루살렘 법정에 세워진다. 아이히만은 9개월간 예루살렘의 감옥에 수감된 채 심문을 받지만, 자신의 죄를 인정하지 않고 후회와 반성의 마음도 없었다고 한다.

"나는 권한이 거의 없는 배달부에 불과했다." "나는 상급자의 지시에 아무것도 덧붙이지 않고 성실히 임무를 수행했을 뿐이다." 자신은 국가의 명령을 성실히 수행한 공무원이고, 자신의 행위는 상부의 명령을 따른 것이기에 죄가 없다고 강변했다. 하지만 그는 인간의 이성과 양심으로 판단하고 지켜야 하는 칸트가 말하는 도덕 준칙의 명령을 따르지 않은 죄를 지은 것이다.

결국 아이히만은 텔아비브의 공개재판에서 사형을 선고받은 후 세 번의 항소를 하지만 모두 기각되고, 결국 1962년 교수형이 집행되어 생을 마감했다. 미국의 철학자 한나 아렌트는 『예루살렘의 아이히만』이라는 책에서 '악의 평범성' 개념을 묘사했다. 이 개념은 악한 행위가 특별히 악마적인 성향을 가진 사람만이 저지를 수 있는 것이 아니라, 평범한 사람들도 저지를 수 있다는 것이다. 한나 아렌트는 악은 특별한 환경이나 특정 인물에게만 국한되는 것이 아니라, 일상적인 삶 속에서 평범한 사람들이 저지를 수 있다는 점을 강조했다. 아렌트는 아이히만이 자신의 행동이 초래할 결과에 대해 깊이 생각하지 않고, 조직의 명령에만 충실히 따랐다는 잘못된 시각을 비판하며 '악의 평범성'을 보여 주는 대표적인 예로 제시했다.

얼마 전 반가운 소식을 뉴스로 들었다. 작년 12.3 불법 계엄 상황에서 군과 상급자의 명령을 수행하지 않았거나 수동적인 명령 이행으로 비상계엄이 실패로 돌아가게 한 간접적인 공로를 인정한다는 것이었다. 그 명령을 따르지 않은 주요 군 지휘관들을 포상한다는 것이다. 무수한 유대인을 학살한 아이히만은 자신의 행동이 국가의 명령을 수행한 것이라며 항변하지만, 우리의 일부 군인은 양심이 요구하는 정언명령을 따른 것이다. 아이히만이 교수형에 처해진 것과 우리 군인이 포상을 받는 사건은 비슷한 상황에서의 정반대의 행동이고 그로 인한 상반된 결과이다. 어떠한 행동을 할 것인지는 양심이 지배하는 무조건적인 명령의 준수 여부에 의하여 결정되어야 한다.

2024년 한국에서 벌어진 광기의 사건은 악의 평범성에서 결코 벗어나지는 않을 것이고, 이성적인 인간으로서 따라야 할 무조건적인 명령인 도덕적 준칙도 따르지 않았다. 무조건적인 명령의 위반은 도덕 준칙을 위반하는 것임과 동시에 인간 존재의 가치에 대한 심각한 도전이기에 엄격히 다루어져야 한다. 우리 역사에 반복되는 불행의 연쇄를 반드시 끊어야 한다. 오늘의 삶이 더 이상 흔들리지 않기 위하여, 그리고 내일의 후손에게 견고한 삶의 터전을 물려주기 위해서이기도 하다.

잘못을 어물쩍 덮어두고 그것을 화해와 타협으로 미화하는 것은 용서의 미천한 형식이고 무책임한 해결책이다. 같은 이불속에서 맞이하는 오늘 밤과 내일 새벽은 본질적으로 다를 수 없다. 오늘의 잘못과 단호히 단절하는 깸을 통하지 않고는 새로운 내일을 맞이하는 꿈을 꿀 수 없다. 우리가 꿈꾸는 아름다운 풍경이 신기루가 되지 않으려면 우리는 깨어 있어야 한다.

산티아고까지의 남은 거리 100킬로미터 지점을 통과하면, 목표가 가까워졌다는 안도감보다 오히려 아쉬운 마음이 들기 시작한다. 걷는 자유와 즐거움을 주는 길이 점점 줄어든다는 아쉬움일 것이다. 90킬로미터를 남겨둔 갈리시아주의 곤사르 마을에 숙소를 정한 날 한국의 21대 대통령이 당선되었다는 소식을 들었다.

불법적 비상계엄 이후 너무나 큰 충격을 받고 놀랐던 사람들이기에 새 대통령에 대한 많은 기대와 응원의 메시지를 보내고 있다. 우리 역사의 되풀이되는 대통령이 탄핵되는 비극의 연쇄 고리를 끊어야 한다. 문제의 완전한 해결은 그 문제 발생의 철저한 원인 분석을 통하여, 잘못에 대한 일벌백계를 내림으로써, 재발 방지에 대한 사회적 확신을 높임으로써 문제 해결의 방점을 찍는 것이라 믿는다. 이제 제발 잘못에 대한 추상같은 벌을 내리고 불행한 역사의 방점을 찍어야 할 것이다.

탄핵 심판의 변론을 맡은 한 변호사의 최후 변론이다.

피청구인은 자유민주주의를 무너뜨리는 언동을 하면서도 자유민주주의의 수호를 말했습니다. 헌법을 파괴하는 순간에도 헌법 수호를 말했습니다. 이것은 아름다운 헌법의 말, 헌법의 풍경을 오염시킨 것입니다. 세상 풍경 중에서 제일 아름다운 풍경, 모든 것들이 제자리로 돌아가는 풍경이라는 노랫말처럼 모든 것들이 제자리로 돌아가고 우리도 하루빨리 평온한 일상으로 돌아갈 수 있기를 소망합니다.

산티아고 길을 걷다 보면 늘 자연의 풍경을 만난다. 나이가 들어 가면서 이제는 인공적인 뛰어난 건축물이나 예술 작품을 보는 것도 좋지만 자연 그대로의 풍경에서 더욱 깊은 감동을 받는다. 자연의 풍경은 정형적이지 않고 주변의 경관과 어울려 더욱 빛이 나고 시시각각 다른 모습을 보여 준다. 그래서 더 운치가 있고 그 느낌이 오래 간직되는 것 같다. 마음의 문을 열고 자연을 들여다보면 자연이 간직한 아름다움은 언제나 우리 안으로 슬며시 들어온다. 마치 세상과 분리되어 천상에 있는 것 같은 숲속 길을 한참 걷다 보면, 여기가 내가 사는 세상인지 어딘지 착각에 빠지기도 한다. 그런 길을 걷다 보면 집착과 번민에 사로잡히는 생각들이 사라지고 맑고 밝은 생각으로 채워진다.

아무도 가꾸지도 않는 땅에서 홀로 피어나는 야생화를 보면 화려함을 넘어서 순수한 자연의 아름다움이 전해진다. '너는 부모가 키워 주지도 않았는데 이렇게 잘 자랐구나.' 야생화나 들풀에게는 자연이 부모이고 비와 바람이 형제이고 친구일 것이다. 들판에 마음껏 피어 있는 야생화나 들꽃은 누가 가지치기를 하지도 않았고 비료나 약도 주지 않았지만 그들의 방식대로 싹을 뿌리고 꽃을 피우고 열매를 맺는다. 누구에게 자신을 보여 주려고 과시하지도 않고, 꽃이 피고 지는 순환에 욕심도 부리지 않고, 주변과 자연스럽게 어우러져 아름다움을 더욱 빛낸다.

산티아고 길 곳곳에는 소가 참 많다. 소는 우직하다, 공격적이지도 않고 떼를 지어 다니면서도 각자 먹을 것을 나누어 먹으며 싸우지 않는다. 소는 인류의 역사와 함께하면서 인간에게 많은 도움과 이익을 주는 동물이다. 내가 사는 곳에 작은 산이 있고, 일주일에 한 번씩 등산을 한다. 캘리포니아는 날씨가 건조해지면 산불로 인한 인명피해와 재산 손실이 큰 문제다. 산의 잡풀들이 자라 불이 붙으면 빠르게 번져 나가고 물을 뿌리고 소방대원들이 진화 작업을 해도 불길이 쉽게 잡히지 않는다. 산의 잡풀을 베어 내는 것이 해결책이지만, 산의 그 많은 잡풀을 어떻게 벨 것이며 베어낸 풀을 옮기는 것 또한 쉽지 않다.

얼마 전 이 산에 소 떼가 방목되었다. 산의 잡풀들을 뜯어 먹어 산불을 미연에 방지할 목적으로 새끼를 가진 암소 50마리가 이 산으로 옮겨졌다. 산불 발생의 주범인 잡풀들을 먹어 치워 산불을 미연에 예방하고, 잡풀은 새끼들을 키우는 양식이 될 것이고, 그 배설물은 다시 자연을 생성하는 원료로 기여할 것이다. 소는 벌써 일석삼조의 역할을 하고 있는 것이다. 소는 그들의 생

우리 동네 산에 방목된 소가 낳은 새끼

명이 다하면 고급의 단백질을 바치며 인간의 식탁을 풍성하게도 할 것이다.

배가 탱탱한 소들을 여기저기서 볼 때마다 언제 식구가 늘어나나 생각했는데, 얼마 전 새끼를 데리고 나온 소를 보았다. 그사이 새끼를 낳은 것이다. 유전의 힘은 참 신비하고 위대한 것이다. 어찌 하얀, 얼굴이 닮은 새끼를 낳았을까? 인간에게 아무런 도움도 받지 않고 스스로 새끼를 낳았고, 그 새끼들도 산불의 주범인 잡풀을 먹으며 인간을 도울 것이다. 겨울이 다가오면 소들은 그들의 역할을 마치고 이 산을 떠나 그들의 목장으로 옮겨질 것이다. 늘 인간에게 이로운 동물인 소들에게 감사한 마음이다.

어떤 알베르게는 일몰을 감상하며 하루를 마무리하는 깜짝 선물을 제공하기도 한다. 떠오르는 태양을 보며 시작한 하루를 지는 태양을 바라보면서 마무리한다. 아침을 바라볼 때는 만물이 거기서 태어나듯 바라보고, 저녁을 바라볼 때는 하루가 거기서 죽어 가듯 바라보라고 했

일몰을 감상하는 순례자들

다. 눈에 비치는 순간순간이 새롭게 다가오고 그것으로 감동받는다. 일몰과 함께 내일을 계획하는 지금 이 시간은 카미노에서 마주하는 진실된 순간일 것이다.

오늘 지내는 이 알베르게의 하루 숙박 비용은 12유로이고, 이곳에서 제공되는 3코스 메뉴의 저녁은 15유로였다. 보스턴 백인 부부와 식사를 함께 한 곳도 여기였다. 빨래는 손빨래였기에 무료이고, 휴게실의 인터넷도 공짜였고, 멋진 일몰 감상은 덤이었다. 참 소박하지만 감사한 하루다.

세상 풍경 중에서 제일 아름다운 풍경은 모든 것들이 제자리로 돌아가는 풍경이라고 했다. 갑작스런 병으로 고통받는 분들, 예기치 못한 사고로 일상이 무너진 분들, 그리고 일탈을 겪고 있는 분들의 일상이 하루빨리 회복되기를 희망한다. 그 모든 것들이 제자리로 돌아오는 풍경을 기도하며 남은 길을 걷는다.

나이스
—— 미스 샷

작년에 산티아고를 방문했을 때 있었던 에피소드는 좀 씁쓸하지만 내 인생의 소중한 경험이었다. 그것은 나의 실수로 비롯된 일이었고 그 후로 나의 생각과 행동을 되짚어 보는 교훈이 되었다. 그날은 아스트로가에서 라바날까지 21킬로미터를 걷는 일정이었다. 내가 산티아고를 간다는 소식을 듣고 한국 직장에서 오랜 시간 함께 일할 때 많은 도움을 준 지인이 라바날에서 사역하신 인영균 신부님이 쓴 책 『나는 산티아고 신부다』를 선물해 주었다. 그 책을 읽고 라바날에서 하루 지낼 계획을 일정에 넣었다.

아스트로가에서 출발한 후 10킬로미터 정도를 걷고 엘 간소라는 마을에 도착한 것으로 기억한다. 점심시간이 되었고 길가의 조금 허름한 식당에 자리를 잡았다. 여느 때와 같이 순례자 코스 메뉴를 시켰다. 처음 산티아고 방문이고 이곳의 레스토랑 시스템에도 그다지 익숙한 상황은 아니었다. 산티아고에서는 식사하고 나면 계산서를 손님 테이블에 가져다주는 곳도 있고, 손님이 카운터로 가서 직접 계산하는 곳도 있었다. 그날따라 약간의 피곤함도 있었고 라바날에 빨리 도착하고 싶은 욕심에 서둘러 식사를 마쳤다. 다시 배낭을 챙겨 매고 스틱을 짚고 길을 나섰다. 혼자의 시간을 즐기며 한참을 걸었다.

인간의 생활은 의식과 무의식의 작용에 의해서 영위되고 있다. 일상적으로 우리는 의식적인 사고와 판단을 통하여 그 행위를 실행한다. 물론, 의식하지 않았음에도 기억 속에 내재되어 있는 어떤 정신적인 작용이 행위를 유발하기도 한다. 나의 의식이 잠깐 잠자고 있었던 것인가? 아차! 갑자기 무언가 허전함이 급습했다. 음식값을 지불하지 않고 그냥 온 것이었다. 걸어 온 거리를 짐작해 보니 2킬로미터 정도 온 듯했다. 돌아가서 음식값을 내고 와야지 생각하고 무거운 발걸음을 다시 식당 쪽으로 돌렸다.

하지만 100m도 안 가서 이건 그다지 좋은 선택이 아니란 생각이 머리를 스쳤다. 악마의 유혹은 언제나 달콤하다. 식당까지 가서 돌아오려면 왕복 4킬로미터를 걸어야 하고 얼추 1시간이 소비된다. 팍팍해지는 허벅지와 당겨 오는 종아리의 탱탱함은 악마의 산뜻한 제안을 받아들이라고 은근히 요구했다. 오늘 도착지인 라바날에는 베네딕토 수도원과 산타마리아 성당이 있는 아주 성스러운 분위기의 마을이다. '지불하지 못한 음식값 14유로보다 훨씬 많은 돈을 그곳에 기부하라! 그것은 너의 실수를 충분히 보상할 것이다!' 악마는 달콤한 유혹의 손길을 보냈다.

무거운 배낭을 메고 1시간을 걸어가 음식값을 지불하고 오는 것보다 이 선택이 더 현명하고 합리적인 것이라는 유혹이 내 몸에 독처럼 차오른다. 식당을 향해 걷는 걸음의 속도는 점점 느려지고, 라바날로 그냥 가자는 생각은 이제 유혹이 아닌 믿음으로 변질되기 시작했다. 독사에 물린 독이 온몸에 퍼지듯 악마의 유혹은 나의 의식을 더욱 희미하게 만들었다. '그래, 식당으로 돌아가지 말고, 그냥 라바날로 가자!' 지불하지 못한 음식값에 대한 마음으로 걷는 길이 그다지 편하지는 않았다. 물론 나름의 이유로 방향을 돌린 것을 합리화하지만 마음의 찜찜함은 벗을 수 없었다.

예감은 늘 틀리지 않았다. 순례자가 걷는 길의 왼쪽에 자동차가 다닐 수 있는 찻길이 평행으로 달렸다. 그 길에서 자동차가 다가오는 소리가 들려온다. 여기 한적한 길에는 자동차가 거의 달리지 않는데 지금 달려오는 자동차는 나를 보러 오는 것이라는 예감이 틀리길 바랄 뿐이었다.

아니나 다를까, 자동차가 내 옆에 서고 누군가 다가왔다. 서로 멋쩍은 만남이다. 스페인어로 뭐라고 말하는데 알아들을 수 없고 음식값을 달라는 말이라 짐작했다. 채무자는 음식값을 지불하고 미안하다고 말하고, 채권자는 "부엔 카미노!"라고 쿨하게 말하고 자기의 길로 돌아간다. 길을 걸으며 이 상황이 몰고 온 혼돈과 당황함이 머리에서 떠나지 않는다. 음식값을 지불하지 못한 잘못에 화가 나고, 그 잘못을 바로잡지 못한 나의 행동에 실망이 몰려온다. 그러나 음식값보다 더 큰 금액의 돈을 좋은 곳에 쓰려고 했던 나의 믿음이 잘못된 것은 아니지 않나? 내 행동이 그렇게 잘못된 것은 아니었다는 생각 또한 떨쳐내지 못했다. 한참을 걸은 후 길 중앙에 세워져 있는 작은 비석에 쓰여져 있는 문구를 발견했다.

Believe doesn't make you free, Have faith does you let it space to act.

망치로 머리를 얻어맞은 느낌이었다. 내 상황의 시시비비를 가리는 너

나를 일깨운 말

무나 적절한 말이었다. 이것은 우연인지 필연인지 신기할 따름이다. 내가 처한 상황을 관통하는 이 문구를 하필 지금, 이곳에서 보게 된 것인가? 비석에 적혀 있는 문구 읽고 또 읽으며 한동안 자리를 떠나지 못했다.

우리는 어떤 것이 진실이라고 단순히 수용하는 것과, 진실을 확신하고 믿는 것과의 차이를 구별하여야 한다. 믿는다는 것은 의식적인 작용이고, 그것은 어떤 것에 대한 수용이자 동시에 확신이다. 어떠한 것을 진실이라고 믿고 수용은 하지만, 그것에 대한 확신이 없는 것은 그 믿음의 완전함에 결코 이르지 못하는 것이다. 무엇을 믿는다고 말하는 것은 쉬운 일이지만, 그것을 진정으로 따르고 실행하는 것은 쉬운 일이 아니다. 신념은 진실한 믿음과 자기 확신에 기초한 행동이다. 동시에 그것은 진실에 대한 자신과의 신성한 약속이다. 신념은 진실에 대한 약속임과 동시에 진실이 아닌 것을 과감히 단념할 수도 있는 약속이다. 단순한 믿음을 넘어선 신념은 우리를 행동하게 하고 그 행동은 우리를 자유롭게 하는 열쇠인 것이다.

나는 이 문구의 진정한 의미를 해석하고 이해하기 위해 읽고 또 읽었다. 스마트폰에 사진으로 남기면서 한참을 그 문구가 적힌 돌 비석 앞에 서 있었다. 걷는 내내 이 문구를 떠올리면서 하필 이 상황에 저런 문구가 눈에 띄었는지가 궁금하고 신기했다. 지금 나의 상황과 이 말의 연결고리를 찾고 싶었다. 산티아고에 오기 전 지인 M이 준 책을 읽지 않았다면 라바날에서 하루를 지낼 계획은 없었을 것이다. 음식값을 지불하지 못한 잘못을 저지르지 않았다면 지금의 상황은 없었을 것이다. 힘들지만 돌아가서 음식값을 지불하고 왔다면 이런 난처함은 없었을 것이다.

그 비석은 나의 행위와 관계없이 그 자리에 오래전부터 서 있었을 것이다. 음식값을 지불하고 돌아오는 길에 이 비석을 보았다면 그냥 좋은 문구라고 치부하며 스쳐 지났을 수도 있다. 마치 훈계라도 받는 것처럼 이 문구를 만났고, 그것은 나의 잘못이 맺어 준 선물이었다. 그 선물의 효과는 아직도 지속되고 있고, 나의 남은 생애 동안 내 의식의 작용을 돕고 깨우칠 것이다. 한국에서의 직장 생활 동안 나를 많이 도와준 M은 그 도움의 손길을 퇴직한 지금까지 보내고 있는 듯하다. 감사함을 다시 전한다. 나의 산티아고 일정은 어쩌면 나를 일깨우기 위한 시나리오 전개의 한 부분인 것처럼 느껴졌다. 삶의 감사함과 신비로움에 머리를 숙일 뿐이다.

지불하지 못한 음식값은 그보다 큰돈으로 내가 가는 곳에 기부하면 그 잘못이 용인될 것이라는 믿음으로 나의 행동을 선택했다. 그 선택은 산티아고 순례길에서 허용되는 작은 실수이고, 또한 나의 행동은 선한 의지에 바탕하기에 크게 문제가 되지 않을 것이라고 믿었다. 식당으로 돌아가지 않고 라바날로 가기로 한 결정이 나름 합리적인 선택이라고 생각했음에도 불구하고, 걷는 길은 자유롭지 않았다. 돈을 받으러 온 식당 주인에게 음식값을 지불하고 나서야 마음이 조금은 자유로워졌다.

나의 선택이 합리적이고 문제가 되지 않는다는 판단은 순전히 나의 관점에서 바라보는 것이었다. 식당 주인에게는 그것이 크든 작든 손해를 보는 것이다. 나는 식당 주인의 관점에서 나의 선택을 들여다보지 못했다. 오직 내 관점에서 행동을 선택하고 결정했다. 그것은 나의 믿음에 대한 확신을 주지 못했고, 힘들지만 식당으로 발길을 돌리는 내 마음의 공간을 만들지 못했던 것이다.

누구나 자신의 믿음에 근거하여 생각하고 말하고 행동하며 산다. 그 믿음은 자신이 습득한 지식과 체험한 경험에 기초했을 것이다. 내가 알고 믿고 있는 것이 때로는 잘못된 지식이고 그릇된 믿음일 수도 있다. 많은 사람이 잘못된 지식으로 세상을 호도하고 그릇된 믿음에 맹신하여 어처구니없는 일을 저지른다. 지금 여기 산티아고에서 몇 시간 동안 나에게 일어난 일은 무엇이 잘못되었는가? 나는 적어도 두 가지 잘못을 한 것 같다.

첫째, 누구나 실수와 잘못을 하며 그 원인을 통하여 잘못된 결과를 봉합해 가는 과정을 거친다. 우리는 상처를 치료하고 봉합하는 데 집중해야 한다. 상처를 제대로 치료하지 않거나, 상처 부위가 아닌 다른 곳을 치료하는 건 그저 미봉책이다. 언제고 상처가 덧날 소지를 내포하고 있다. 나는 식당 주인의 피해를 해결하는 방법 대신 다른 방법을 실행했다. 그 차선의 방법은 식당 주인에게는 최선일 수도 있고 그렇지 않을 수도 있다, 판단은 그의 몫이지 나의 몫은 아니다. 문제 해결은 피해 당사자인 식당 주인에게서 마무리되는 것이지, 나의 어떤 믿음으로 해결되는 것은 아니다. 그 믿음이 아무리 선한 것일지라도, 나는 피해 당사자의 입장을 살피지 못하는 잘못을 저질렀다. 나는 힘들지만 다시 돌아가야 했고, 내가 먹은 음식값을 지불해야 했고, 미안하다고 말했어야 한다. 그것이 식당 주인 입장에서 본 해결이었을 것이다. 나는 대신에 선한 의지를 가장한 나의 믿음을 내세웠지만, 그것은 걷는 내내 나의 마음에 자유를 주지 않았다. 또한 그 선택은 문제의 해결에 대한 확신을 주지 못했고 행동으로 옮길 수 있는 내 마음의 공간을 만들지 못했다.

두 번째는 잘못을 예방하는 비용과 그 결과의 비용에 대한 잘못된 인식이었다. 우리는 같은 실수를 반복하는 어리석음에 늘 빠진다. 공자는 곤경에 빠지고도 알아차리지 못하는 사람을 하수 중의 하수라고 했다. 문제를 초래한 원인을 예방하기 위해서는 정신적 물질적인 노력과 비용이 들게 마련이고, 잘못된 결과로 인한 피해를 복구하는 데도 큰 비용과 수고가 든다. 피해 복구를 위한 비용이 그 원인을 예방하는 비용보다 크다면, 우리는 원인 제거에 더욱 철저하고 충실해질 것이다. 하지만 원인을 예방하는 비용과 결과를 복구하는 비용이 비슷하다면, 원인을 제거하는 데 큰 노력과 비용을 투입하지는 않을 것이다. 인간은 쉬운 길을 택하려는 습성이 있다.

지금은 그렇지 않지만, 오래전 한국에서 일할 때의 경험이다. 급한 외부 일정으로 고속도를 타고 가다 보면 차들이 많이 막히고 답답하고 짜증 나는 상황이 생긴다. 이때 갑자기 한 차가 갓길로 달리기 시작한다. 그리고 곧이어 몇 대의 차들이 갓길을 달리고 나도 유혹에 빠진다. 이것은 분명 불법이다. 원인의 예방 비용과 결과의 복구 비용의 불균형이 만들어 낸 사례이다. 그 잘못된 행위의 복구 비용인 범칙금이 그 당시 3만 원 정도였으니 잘못을 쉽게 예방할 수가 없다. 만약 범칙금이 3만 원의 10배 이상이었다면 잘못을 저지르는 운전자는 현저히 줄어들었을 것이다.

나는 잘못의 결과를 과소평가했고, 내가 믿었던 방식으로 문제의 원인을 봉합하려고 시도했다. 내 잘못의 복구 비용을 어딘가에 보낼 기부금 정도로 생각했다. 하지만 식당 주인에게는 단지 음식값을 받지 못한 금전적인 손실 이상의 피해일 수도 있었을 것이다. 식당 주인은 사람에게 실망을 느꼈을 수도 있고, 자신의 생업에 대한 피로감을 느끼고 그날이 우울한 하루가 되었을 수도 있다. 식당 주인의 입장에서 내가 일으킨 문제의 복구 비용은 음식값을 훨씬 상회하는 금전적, 정신적인 문제일 수도 있다. 그 복구 비용을 제대로 인식했다면 나는 당연히 돌아와 음식값을 지불하고 힘들지만 그 길을 다시 걸었을 것이다. 몸은 분명 더 힘들겠지만, 나의 신념이 주도한 행동은 분명 나의 마음에 자유를 주었을 것이다.

우리는 자신의 믿음을 지키며 삶을 살아간다. 믿음의 크기가 행복의 척도는 아니지만 살아가면서 견지하는 믿음은 삶을 지탱하는 토대이면서 또한 삶이 흔들릴 때 방향을 제시하는 등대와 같다. 믿음의 크기 못지않게 반듯하고 옳은 믿음을 가져야 한다. 나만의 기준으로 형성되는 믿음이 아니라 타인과의 관계 속에서 사회 관계망 속에서 정립된 믿음이어야 한다. 작년 산티아고 길에서의 이 경험은 나의 생각과 행동을 되돌아보는 소중한 기회였고, 지금까지도 나의 생활 준칙에 영향을 미치는 좋은 실수였다고 위로한다. 우리는 살아가면서 저지르는 많은 실수와 잘못 속에서 배우고 성장한다. 성공이 반드시 성장을 보장하지는 않는다. 실수를 통하여 깨진 그릇 속의 텅 빈 공간을 직시하면서 깨치는 배움이야말로 우리를 더욱 단단하게 해 준다.

골프에서 잘못 친 미스 샷이 오히려 좋은 결과로 돌아오는 행운을 '나이스 미스 샷'이라고 에둘러 말한다. 인생에서도 '나이스 미스 샷'의 기회는 실수와 잘못과 함께 공존한다. 살아가면서 하게 되는 실수와 잘못이 좋은 결과로 전환되기 위해서는 그 실수와 잘못이 철저하게 인정되어야 한다. 잘못의 인정과 수용을 통하여 그 잘못이 새로운 배움과 깨달음이 되어 우리의 삶에 다시 심어져야 한다. 삶을 끊임없는 배움의 과정이라고 했다. 평생의 삶이 실수와 잘못 없는 성공으로만 채워질 수는 없다. 때로는 깨지고 넘어지고 벙커에 빠지기도 한다. 실패를 거울삼아 이루어 내는 성공은 더욱 가치 있고 오래 지속될 것이다. 인생의 실수와 잘못이 좋지 않은 결과로 끝나지 않고, '나이스 미스 샷'으로 전환되는 것은 긴 인생 여정 속에서 실수와 잘못을 대하는 각자의 태도에 달려 있을 것이다.

산티아고에서의 이 경험이 내 인생의 '나이스 미스 샷'이기를 바란다. 이 경험의 소중함을 간직하며, 기억의 한쪽에 새겨 놓을 것이다. 삶은 정말이지, 참 감사하고 신비롭지 않은가.

걸어갈 길

출처어묵

오르비고 다리는 스페인에서 가장 오래되고 긴 돌다리이다. 로마 시대부터 있던 다리를 13세기에 증축했다고 한다. 다리를 지탱하는 아름다운 아치와 다리 위에 박힌 자갈들, 그리고 다리 아래로 흐르는 잔잔한 강물이 조화를 이루는 고전적인 모습의 예쁜 다리이다. 이 다리를 통해 순례객들이 오르비고강을 건너 건너편의 아름다운 마을 오스피탈 데 오르비고 마을로 가는 통로이며, 산티아고 길의 랜드마크가 되었다.

돈 수에로 데 키뇨네스라는 레온 출신의 기사는 귀부인에게 모욕을 당한 후 오르비고 다리를 지나는 기사가 있다면 누구든지 결투를 벌이고 다리를 지키기로 한다. 돈 수에로는 한 달 동안 300여 개의 창이 부러질 때까지 치열하게 싸우고 이 다리를 지켜 냈다. 그리고 그를 옥죄는 사랑과 집착을 떨쳐내고 자신의 명예를 지키는 표시로 산티아고 순례길에 오른다.

누구나 살면서 소중히 여기는 가치가 있고, 그것을 지키기 위해 때로는 목숨을 바치기도 한다. 돈과 재물을 중시하는 사람도 있을 것이고, 건강을 잃어 본 사람에게는 건강만큼 소중한 것이 없을 것이다. 가족의 따뜻한 사랑과 행복이 최고인 사람도 있을 것이고, 자신의 자존감을 목숨처럼 여기는 사람도 있을 것이다.

옛날이나 지금이나 부와 명예를 추구하는 인간의 욕망은 끝이 없었고, 그곳에 도달한 후에는 그것을 지키기 위한 더 큰 욕망에 사로잡히게 된다. 결국 자신이 이룩한 부와 명예가 행복이 아닌 파멸의 길로 이르게 하는 사례도 많다. 자신의 행복을 위해 지켜야 할 것 때문에 오히려 자신이 파괴되는 우를 범하는 것이다.

우리가 살면서 지켜야 하는 것 중에 삶의 방향과 지침을 밝혀 주는 인생의 지표와 같은 가르침이 많이 있다. 그러한 가르침은 건강한 인격을 형성하게 하고, 가치관의 형성과 행동에 영향을 미친다. 삶에서 배우는 가르침들은 먼 인생 항해의 방향을 알려 주는 등대와 같은 것이다.

공자는 인생에서 지키고 명심해야 하는 네 가지 핵심을 출 · 처 · 어 · 묵이라고 했다. 살면서 사람과의 관계는 말과 행동 속에서 이루어진다. 말과 행동이 적절하게 표현되고 행해지는 것은 건강한 사회적 관계를 위한 밑거름이다. 적절한 말과 이치에 맞는 행동은 관계를 더욱 돈독하게 하지만, 부적절한 말과 행동은 관계를 해치는 독이 된다. 출 · 처 · 어 · 묵은 인간관계에서 말과 행동의 중요성을 강조한 삶의 처세술이다.

출이란 나서야 할 때를 지혜롭게 판단하고, 나서야 하는 상황에서는 민첩하게 그리고 용기 있게 행동하는 것을 말한다. 처는 물러서야 할 때를 알고 지금의 순간이 나서야 할 때가 아니라면, 욕망을 자제하고 인내하며 물러설 수 있는 자세를 말한다. 어는 1,000만 명이 적대시하더라도 말해야 할 때는 자신의 의견을 소신 있게 말하는 것이다. 묵은 말하지 않아야 할 때는 한마디의 하찮은 말이라도 하지 않는 것을 말한다.

출처는 세상에 나아갈 때와 물러설 때를 분명히 알고 행동하는 지침이다. 그것은 사회적인 관계 속에서 나의 행동의 의미와 결과에 대한 사려 깊은 고찰을 요구하는 것이다. 어묵은 말할 때와 침묵할 때를 판단하고 이를 지키는 것이다. 대화의 자세와 그 속에서의 언행에 대한 지침이다. 출처는 행동의 중요성을 그리고 어묵은 언행의 중요성을 말한다.

우리가 살아가면서 처하게 되는 많은 갈등과 위기의 상황은 적절하지 못한 행동과 성급하고 사려 깊지 못 한 말 때문에 발생한다. 작은 행동 하나로 그 사람의 좋고 나쁨이 평가받기도 하고, 사람 간에 다툼과 분란을 일으키고 큰 싸움으로 번지기도 한다. 행동은 그 행위 자체가 적절한지 아닌지의 판단 못지않게 행동으로 옮기는 시점의 판단 또한 중요하다. 적극적으로 개입해야 하는 상황도 있지만, 뒤로 물러나야 하는 상황도 있다. 상황과 조화를 이루지 않는 행동은 상대를 이롭게 하지도 않고 내 행위의 가치도 의미 없게 만든다. 나설 것인지 물러날 것인지를 아는 것은, 관계에 대한 깊은 통찰을 통해서 가능하다. 또한 그 판단은 나의 행동이 선한 의지를 가지고 있는지가 중요한 기준이 될 것이다.

나아갈지 물러설지의 판단은 사회의 공익과 결부되어야 한다. 나의 행위가 나의 이익은 증가시키지만 사회 다수의 이익에 해가 된다면 신중히 판단해야 한다. 반면에, 나의 행위가 사회 다수의 이익을 증가시키는 것이라면, 우리는 망설임 없이 나서야 한다. 나서는 것이 과시하려는 의도가 개입되는 것은 아름답지 않은 행위이다. 우리 역사에서 나서지 말아야 할 사람이 무모하게 나서고 행동함으로써 많은 폐해를 끼친 사례는 너무도 많다. 이러한 무모하게 나서는 행동에는 늘 정당하지 못한 이유가 있고, 잘못된 욕망이 부추기는 경우가 많다. 나서야 할 때는 결단력을 가지고 용기 있게 나서야 한다. 나서야 할 때 움츠리고 대열의 뒤에 서 있기만 하는 것은 겸손의 미덕이 아니고 용기의 부족이다.

소크라테스는 용기에 대해 장군들과 대화한다. 아테네의 두 장군 라케스와 니시아스는 병사들에게 군사 훈련을 시킬 때 갑옷을 입혀야 하는지에 대한 의견 차이가 있었다. 라케스는 갑옷을 입혀야 한다는 것이고, 니시아스는 그렇지 않아도 된다는 것이다. 소크라테스는 대화법으로 문제에 접근해 갔다.

"군사 훈련의 목적은 무엇인가?"

두 장군은 모두 용기를 갖기 위함이라고 답한다. 소크라테스는 다시 묻는다.

"용기란 무엇인가?"

라케스는 "영혼이 뭔가를 견뎌 내는 힘"이라고 대답한다. 소크라테스는 선뜻 호응하지 않고 다시 대화를 이어 간다. 견뎌 내는 것을 위한 용기도 있지만, 어떤 경우에는 후퇴를 하는 것이 더 용감한 행동일 수도 있다고 지적한다. 라케스는 이 말에 수긍하고 다시 말한다.

"용기는 지혜롭게 견뎌내는 힘이다."

소크라테스는 용기와 지혜가 꼭 밀접하게 연결되어야 하는가를 지적하며 다시 묻는다.

"지혜롭지 않아 보이는 일을 추진할 때도 용기를 부추기지 않는가?"

라케스가 더 대화를 진행하지 못하자 니시아스가 끼어든다.

"용기란 전쟁이나 어떤 어려운 상황에서도 무엇을 두려워하고 무엇을 희망할 수 있는지를 아는 것이다."라고 주장한다. 소크라테스는 이 말에도 반박을 한다.

"미래에 대한 완벽한 지식 없이도 용기를 가지는 것이 가능하고, 또 그래야 한다."

두 장군은 용기에 대한 최종 결론을 내리지 못하고 이야기는 끝이 난다. 용기를 한마디로 정의하기는 쉽지 않겠지만, 소크라테스와 장군의 대화에서 추론되는 용기는 대략 이런 것일 것이다.

"용기란 무엇을 두려워하고 무엇을 희망할 수 있는지를 분별하고, 그것을 실천하는 힘이다."

우리가 삶에서 가져야 하는 용기의 표현은 시대와 문화에 따라 다를 것이다. 분명한 것은, 용기는 곤경을 헤쳐 나오는 힘이고 삶을 진전시키는 실천적인 행동임에는 틀림없다. 1960년 핍박된 자유를 찾아 거리로 나선 우리의 아버지, 어머니는 "자유의 비밀은 용기일 뿐이다."라고 외치며 그들의 행동에 힘을 실었다. 용기는 또한 자유의 길을 열어 주는 통로일 것이다. 말은 필요한 말이어야 하고, 진실해야 하고, 또한 친절해야 한다. 말은 우리를 곤경에 빠뜨리기도 하고 천금 같은 기회를 열어 주기도 한다.

입을 열어야 하는지 굳게 다물어야 하는지에 대한 판단이야말로 삶의 소중한 지혜이고 처세술이다. 말을 언제 해야 하고, 그리고 언제 멈추어야 하는지를 늘 생각해야 한다. 나아가 말하지 않아야 하는 때를 아는 것은 건전한 인간관계를 위해 매우 중요한 역할을 한다. 말 한마디가 천 냥 빚을 갚을 수도 있고, 비수가 되어 상대를 헤어나지 못할 곤경에 빠뜨리기도 한다.

말을 할 것인지, 멈출 것인지, 또는 하지 않을 것인지의 판단 못지않게 말을 하는 방법 또한 중요하다. 언어는 때때로 말하고자 하는 사람의 뜻을 온전히 담아내지 못하는 불완전한 소통 수단이기도 하다. 대화의 종결은 언제나 말하는 사람이 아니라 듣는 쪽이어야 한다. "큰 나무가 넘어져도 듣는 사람이 없으면, 소리가 나지 않는다."라고 했다. 대화는 말하는 사람과 듣는 사람 간의 연계이다. 좋은 대화는 필요한 정보의 교환과 더불어 인식과 감정의 교환이 필요한 것이다.

"내가 전에 말했잖아요." 흔히 자주 사용하는 이 말이 문제에 대한 화자의 책임을 면제하는 것은 아니다. 듣는 사람이 그 말을 제대로 이해하지 못했고, 수용하지 않았다면, 그 대화는 일방적인 것이며 쌍방의 소통으로서는 완결된 것이 아니다. 때로는 말하는 이의 선한 의도가 제대로 전달되지 못해 듣는 이에게 섭섭함이나 오해를 불러일으키기도 한다.

청산유수의 달변가가 부러울 수도 있지만, 서로의 대화에서는 꼭 바람직한 대화의 방법이 아닐 수도 있다. 최고의 웅변은 더듬는 듯하다. 막힘없이 빠르게 전달되는 이야기는 듣는 사람이 그 내용의 줄거리를 제대로 따라가지 못하고 공감할 시간을 주지 못하는 맹점이 있다. 대화는 지식이나 정보의 일방적인 흐름이 아니라 쌍방향의 흐름이고, 이 흐름은 서로의 공감을 주고받으면서 이루어지는 것이다. 한쪽의 일방적인 강요는 다른 쪽의 공감을 절대로 이끌어내지 못한다. 말이 빠르고 청산유수의 달변이 대화에서 꼭 좋은 것만은 아닌 이유이다.

느리고 천천히 진행되는 이야기는 듣는 사람이 화자의 의도를 충분히 파악하고, 공감할 기회를 제공한다. 그것은 또한 말하는 사람과 듣는 사람 간의 불일치가 발생할 여지를 줄여 준다. 두 사람 간의 공감이 이루어지면 대화는 탁구대 위의 볼처럼 쉬지 않고 핑퐁을 할 수 있는 것이다. 아내와 친구의 전화 통화를 슬쩍 들으면, 끊이지 않는 핑퐁 같은 대화의 랠리는 가히 부러움을 넘어 신기할 정도이다. "맞아, 맞아." "그렇지, 그렇지." "나도 그래." "그 사람 왜 그래?" "하하하!" 그들은 끊임없이 공감의 언어를 교환한다. 상대의 공감을 받은 말은 힘을 얻어 다시 나에게 돌아온다. 그것이 대화의 랠리가 끊어지지 않고 지속되게 하는 힘일 것이다. 이것은 남자들에게는 절대 불가능한 능력이다.

언어의 사용은 과한 것보다는 조금 모자라는 쪽에, 말을 많이 하는 것보다는 듣는 쪽에 시간을 더 할애하는 것이 좋다고 생각한다. 흔히 말하듯이 입은 하나이고 귀는 둘이니까. 말을 많이 하는 것보다 적게 하는 것이 힘들고, 적게 함으로써 오히려 배우고 느끼는 것이 더 클지도 모른다. 말을 하는 것은 밖으로 나가는 것이지만, 말을 듣는 것은 나의 내부를 들어오는 것이다. 말을 적게 하는 것의 가치를 깨우치기 위해 묵언수행은 있지만, 말을 많이 하는 것을 가르치는 수행은 결단코 없다.

말을 하는 것은 의사 표현을 하는 것이고 그것은 또한 묻는 것이다. 묻는 행위는 새로운 지식을 깨치기 위한 학구적이고 탐구적인 물음도 있고, 알고 있는 사실을 확인하기 위한 물음도 있다. 그리고 그 물음의 대상은 타인이 되기도 하지만 자기 자신에게 묻는 경우도 많다. 깊은 명상과 사색은 자기 자신에 집중하는 것이고, 그것은 자신에게 묻고 자신에게서 답을 찾는 것이다. 묻고 답하는 과정을 통하여 우리는 정보와 지식의 영역을 확장한다. 묻고 답하는 것은 소통의 기본이다. 하지만 좋은 답은 항상 좋은 질문에 의해 잉태된다는 것을 잊지 않아야 한다. 좋은 질문은 그냥 툭 던지는 물음이 아니라 좋은 답을 유도하기 위한 물음이다. 또한 자신의 생각과 물음의 방향이 정제되어 있어야 한다.

공적인 자리에서 누구를 망신 주거나, 잘못을 들추어내거나, 혹은 답의 방향을 한쪽으로 유도하는 질문은 좋은 질문이라고 할 수 없다. 좋은 질문을 칭찬하는 것은 중요하다. 특히 자라는 아이들에게는 답을 제시하는 것 못지않게 좋은 질문에 집중하게 하는 것도 그들의 긴 인생을 생각한다면 꼭 필요하다.

말에는 '아는 말'과 '느끼는 말'이 있다고 한다. 아는 말은 굳이 하지 않아도 상대도 이미 알고 있는 말이고 느끼는 말은 상대에게 느낌을 전달해 주는 말이다. 우리의 대화에 '아는 말'과 '느끼는 말'이 적절히 조화된다면 대화의 품위가 높아질 것이고 그 대화의 가치는 더욱 빛날 것이다.

"지금 내가 하려는 말이 세 가지 관문을 통과했는가?"라는 이슬람 경전의 내용은 우리의 대화법에 많은 깨우침을 준다. 우리의 말은 유언비어나 시중의 떠도는 소문이 아니라 진실에 근거한 이야기여야 한다. 또한 말은 나의 과시나 주도권을 위한 이기적인 목적이 아니라 상대에게 필요한 이타적인 목적의 말이어야 한다. 첫 번째와 두 번째 관문을 통과한 말은 무엇보다 중요한 세 번째 관문을 통과해야 한다. 세 번째 관문을 통과하지 못한 말은 첫 번째와 두 번째 관문의 통과를 무색하게 만든다. 말은 무엇보다 친절하게 해야 한다. 친절하지 않은 말은 그 말이 아무리 진실하고 필요할지라도 듣는 이에게 거부감을 일으키고 그 말의 수용을 어렵게 한다. 대화의 완성은 말하는 사람이 아니라 듣는 사람이라고 했다. 듣는 사람이 쉽게 받아들이는 대화법의 기본이자 핵심은 친절한 말이어야 한다.

첫째, 그 말이 진실한가? 둘째, 그 말이 필요한가? 셋째, 그 말이 친절한가? 출·처·어·묵은 우리가 살아가면서 지켜야 할 처세의 근본인 행동과 말에 대한 규범 같은 것이다. 우리의 인생은 나아가고 물러서고, 그리고 말하고 침묵하는 출·처·어·묵을 재료로 하여 그려지는 그림 같은 것이다. 그 재료들이 진하게 뿌려지지도 않고 흐리게 칠해지지도 않으며, 적절한 조화로 그려지는 그림이 아름답고 감동을 주는 그림일 것이다. 정제되고 성숙한 출·처·어·묵의 자세가 우리 삶의 풍미를 더욱 높일 것이다.

춘풍추상

인간은 사회적 동물이고 사람과의 관계를 기초로 하여 살아가게 마련이다. 혈연으로 맺어진 평생 동안 이어지는 가족관계를 비롯하여, 학교와 직장 또는 사회적인 모임을 통하여 이루어지는 사회적 관계도 있고, 그리고 은퇴 후의 여정을 함께하며 새롭게 형성되는 노후의 관계도 있을 것이다. 이러한 관계 속에서 나의 존재의 의미가 더해진다. 관계는 오늘을 살아가는 힘의 원천이고 또 내일의 시간을 더욱 풍성하게 하는 기폭제가 될 것이다. 모든 관계의 출발은 사람이며, 그 관계의 건강함과 지속성은 서로를 대하는 방식에 영향을 받는다. 건강하고 지속적인 관계를 유지하기 위해서는 서로에 대한 진실한 배려와 엄격한 자기관리가 필요하다.

고대 명나라 고서인『채근담』에는 가르치는 사람 관계에 대한 처세술은 시대를 거슬러 현대인도 되새겨야 할 교훈적인 내용이 담겨 있다.

대인춘풍(待人春風), 다른 사람을 대할 때는 봄바람이 불 듯 온화하게 하고,
지기추상(持己秋霜), 자기 자신을 대할 때는 가을 서리처럼 엄격히 하라.

한마디로 요약하면 다른 사람에게는 관대하고 자기 자신에게는 엄격하라고 이야기한다. 우리는 사람 관계에서 보편적으로 자신에게는 관대하고 타인에게는 엄격한 잣대를 들이댄다. 남의 잘못은 냉혹하게 평가하지만 자기의 잘못에 대해서는 지나치게 관대하다. 자기의 경우는 그럴 수밖에 없었던 불가피한 전후 사정을 핑계 대지만, 상대의 불가피한 사정은 무지하거나 인정하지 않기 때문이다. 나의 실수나 잘못은 나름의 사정이나 핑계로 적당히 넘기려 하고, 상대의 잘못을 보면 그 잘못을 들추어내고 싶은 유혹에 빠진다. 이러한 관계 속에서 상대는 진심으로 나를 대하지 않는다. 그러면 그 관계는 오래 지속되지 못한다.

건강한 관계를 위해서는 상대를 좀 더 넓은 마음으로 보듬고, 상대의 단점이나 취약한 부분보다 좋은 부분을 많이 보려는 노력이 필요하다. 또한 나에 대해서는 조금 더 엄격한 기준을 가지고 살펴볼 필요가 있다. 최소한의 형평성을 잃지 않기 위해서라도 우리는 타인에게는 춘풍처럼 부드러워야 하고 자신에게는 추상처럼 엄격해야 할 것이다.

그것이 건강한 관계의 기본이고 오래 지속되는 관계의 비결일 것이다. '춘풍추상'과 반대의 처신은 '내가 하면 로맨스이고 남이 하면 불륜이다.'라는 '내로남불'일 것이다. 나의 행동을 평가하는 기준이 상대의 기준보다 엄격하지는 못하더라도 최소한 균형 잡힌 시각은 유지해야 한다. 내로남불은 나의 기준을 상대의 기준보다 낮게 설정하고 나의 허용되는 행동의 범위는 넓지만 반대로 상대의 행동의 허용 범위를 좁게 하는 것이다. 내로남불은 관계를 파괴하는 최악의 처신이고, 우리가 절

대 피해야 할 관계의 형태이다.

고 신영복 선생이 감옥에서 경험한 춘풍추상을 떠올린 일화이다. 같은 방에 있는 재소자 중에 한밤중에 꼭 화장실을 다녀오며 문을 쾅 닫는 친구가 있었다고 한다. 문을 쾅 닫는 시끄러운 소리 때문에 같은 방 재소자들의 잠을 깨우고 늘 핀잔을 받았다고 한다. 신영복 선생이 하루는 물었다.

"다른 사람이 싫어하는데 매번 왜 그래?"

그 친구는 이렇게 답했다.

"제가 야간에 주거 침입을 하고 달아나다 축대 위에 떨어졌고, 그때 다리를 다쳤어요."

쪼그렸다 일어나면 다리가 완전히 마비되고, 마비가 풀릴 때까지 추운 변소에서 있을 수가 없어 급하게 나오다가 문을 조용히 닫는 걸 잊어버린다고 했다. 그러면 다른 재소자들에게 사정 이야기를 하고 양해를 구하라고 했더니 이렇게 말했다.

"어떻게 그런 세세한 것까지 이해를 받고 살아요. 그냥 욕먹고 살아야죠."

누구에게나 말하기 난처한 사정과 어려움이 있고, 그것으로 인하여 나타나는 말과 행동이 때로는 남을 불편하게 할 수가 있다. 사정을 속속들이 잘 아는 친한 사람과의 관계가 아니라면, 우리는 타인의 경험과 배경을 다 이해하지 못하고 관계를 맺고 살아간다. 타인의 행동에 대하여 무조건적인 허용이나 용납이 아닌, '그렇게 행동하고 저렇게 말하는 무슨 사정이 있겠지.'라고 생각하는 마음의 공간을 남겨 보자. 시간이 지나면서 타인의 상황을 좀 더 알고 이해하게 되면, 나의 마음의 공간에 오해로 인해 생겼던 미움의 감정도 사라지고 상대를 껴안을 수 있는 용서의 공간도 생길 것이다.

현대인은 늘 경쟁이라는 삶의 치열한 현장에서 살아가고, 남에 대한 관용의 자세를 유지하라는 주문이 분명 쉬운 요구는 아닐 것이다. 하지만 사회는 인간이 모여서 이루어지는 조직이고 사람 사이의 관계에 의해서 굴러간다. 아무리 인공지능이 발달하고 로봇이 인간을 돕는 시대가 오더라도 세상은 혼자서 살아갈 수 없다. 인간은 근본적으로 사회적인 동물이기 때문이다. 나만의 이익은 상대의 손해와 상충될 수밖에 없고, 나를 위한 도덕적 기준으로 상대를 평가해서도 안 된다. 한 사회의 울타리에 속한 구성원은 공존하고 공생하여야 하고 그것이 아름다운 사회일 것이다. 사회 구성원 각자는 그들의 사회를 아름답게 해야 할 책임과 권리가 동시에 있다.

남에게는 봄날의 따뜻한 햇살처럼 부드럽게 대하고, 나에게는 가을 서리처럼 엄격하게 대한다면 사람 관계에서의 갈등은 줄어들 것이다. 관계에서 춘풍추상의 자세는 사회 전체의 피로도를 줄이고 건강하고 활기찬 사회를 만드는 기폭제가 될 것이다.

자신에 대한 엄격함을 잃지 않고 타인에 대한 배려하는 자세를 잃지 말아야 할 것이다. 춘풍추상이 우리가 살아가면서 지켜야 하는 중요한 덕목이 되어 우리 삶의 풍경이 더욱 훈훈하고 아름답기를 기대해 본다.

행복을 ——— 위하여

인생의 의미를 어떻게 정리하고 설명하든, 누구나 행복하게 사는 것이 인생 최고의 바람일 것이다. 모두가 행복한 삶을 꿈꾸지만, 불행히도 모두가 행복하지는 않다는 사실을 인정해야 한다. 우리의 삶에 행복이 함께한다는 것은 무한한 기쁨이자 축복이다. 살아가면서 지켜야 할 대상이 행복인 것은 누구에게나 기본적인 요구이며, 그것은 살아가는 최고의 목표일 것이다.

누구나 자신의 삶이 행복으로 가득하길 기대하지만, 현실은 냉정하게도 그렇지가 않다. 무엇이 인생 최고의 목표인 행복에 이르지 못하게 하는 것일까? 인디언 부족의 전설에 '이크투미의 여덟 가지의 거짓말' 이야기가 있다.

부자라면 행복했을 것이다.
유명하다면 행복했을 것이다.

"

좋은 배우자를 만날 수 있었다면 행복했을 것이다.

더 많은 친구가 있었다면 행복했을 것이다.

더 매력적이라면 행복했을 것이다.

내게 신체적인 장애가 없었다면 행복했을 것이다.

가까운 사람이 죽지 않았다면 행복했을 것이다.

세상이 더 살기 좋은 곳이었다면 행복했을 것이다.

이크투미는 이 여덟 가지의 조건이 만족되면 행복하게 될 것이라고 유혹하지만, 우리는 이미 알고 있다. 이러한 조건들이 만족되면 그보다 더 크고 높은 욕심에 행복이 멀어질 수 있다는 것을 안다. 우리의 생활 속 곳곳에 존재하는 이크투미의 가짜 행복에서 우리는 결코 자유롭지 않다. '이번 건강 진단에서 아무 병이 발견되지 않는다면 나는 지금 이 순간에 감사하며 살 거야. 이번 진급에서 승진한다면 또는 이번 투자에서 큰 이익을 본다면 더 이상 욕심내지 않을 거야. 이것이 저것이 나에게 온다면 난 행복할 거야.'라고 말하지만 그것은 절대 끝이 아니다. 끝을 지난 지점에는 언제나 탐욕이 몸을 감추고 숨어 있다. 우리는 끝만 보고 달려가기 때문에 끝의 너머에 있는 탐욕을 쉽게 보지 못한다. 끝에 도달하면 탐욕이 슬그머니 머리를 들고 행복을 밀어내고 그 자리를 차지한다.

행복은 내가 소유하고 있는 객관적인 조건의 문제가 아니라, 내가 느끼는 주관적인 마음에 더욱 좌우되는 것이다. 오감의 감각기관을 통해 보고, 듣고, 냄새 맡고, 맛을 느끼고, 피부로 느끼는 기능은 행복에 이르는 길은 안내한다. 오감을 통하여 느끼는 행복은 다분히 유물론적 행복이다. 인간은 오감의 감각적인 기능을 초월하는 의식적인 마음에 의하여도 행복을 느낀다. 마음이 관장하는 행복은 객관적인 조건에 의한 것이 아니라 내 마음이 결정하는 유심론적인 행복이다.

선진 불교를 배우기 위해 당나라 유학길에 오른 원효대사는 깜깜한 밤이 되어 추위를 피하기 움막에서 하루를 자게 된다. 한밤중 극심한 갈증으로 깨어나고, 옆에 놓인 바가지에 있는 물을 달콤하게 마시고 갈증을 해결한다. 다음 날 아침 깨어나니, 그 움막은 오래된 무덤이었고, 바가지는 해골이었으며, 그 속에 담긴 물은 썩은 물이란 걸 알게 된다. 원효대사는 자신의 어젯밤 행동에 구역질을 느끼며 전날 마신 물을 다 토해 낸다. 오감으로부터 전달되는 감각적인 느낌에 마음이 개입하면 그 결과는 사뭇 다르게 변한다. 시각, 청각, 후각, 미각, 그리고 촉각으로 느끼는 생활 속 모습들에 의식적인 마음이 추가되면 그 만족과 감동은 훨씬 더 깊어지고 원숙해질 것이다.

동트는 새벽 풍경도 단순한 자연의 풍경 이상으로 우리의 영혼을 깨우는 울림으로 다가올 수 있다. 자연의 작은 소리에서도 우주의 섭리를 추론하는 비약적인 상상도 가능하게 한다. 마음이 개입하면 무궁무진한 가능성이 존재하고, 긍정과 부정의 경계도 뛰어넘는다.

공자는 세 사람이 함께 길을 가면 반드시 스승이 있다고 했다. 함께하는 사람의 좋은 점은 본받을 수 있기에 스승이 되고, 좋지 않은 사람의 나쁜 점은 자신을 반성하고 고쳐 나가는 기회가 된다는 점에서도 스승이 된다는 것이다. 마음먹기에 따라 세 사람 모두가 스승이 될 수 있고, 나의 길을 악인이 아닌 스승과 걷는다는 마음은 그 길의 행복을 높여 줄 것이다. 같은 거리를 걷고도 "아직 반밖에 안 왔어."라는 부정적인 마음은 남은 길이 멀고도 험한 여정일 것이라는 암울한 앞날을 예고한다. 하지만 "벌써 반이나 왔어."라는 긍정적인 마음은 남은 길을 기대와 희망으로 걷는 길로 만들 것이다.

일체유심조, 일체의 모든 것이 우리의 마음에 달려있다고 했다. 누구나 행복을 원하지만, 그 행복은 결국은 나의 마음에 달려 있다. 같은 하늘의 별을 보면서 무덤덤한 사람이 있고, 우주의 신비로움에 경이감을 느끼는 사람도 있을 것이다. 동일한 객관적인 조건을 대하는 다른 마음은 다른 결과를 낳는다. 아내의 소리에 귀 기울이고 그 마음을 알아차리려고 한다면, 행복의 범위는 확대될 것이다. 내가 지금 가진 것을 소중히 여기는 마음이, 매일의 일상에 감사하는 마음이, 우리 행복의 범위를 확대할 것이다.

행복은 어떤 조건을 만족하는 것에서 오는 소유가 아니라, 일상에 존재하는 것이고 발견하는 것이다. 행복은 지금 발 딛고 있는 나의 공간이 진리라는 것을 깨닫는 것이다. 행복과 불행은 주어진 환경이나 상황의 절대적인 조건보다 그것을 해석하고 받아들이는 마음이 더 크게 작용한다.

버트런드 러셀은 『행복의 정복』이라는 저서에서 행복하지 않은 다섯 가지 이유를 말한다.

첫째, 자기 안에 갇힌 사람은 행복하지 않다.

자신에 대한 집착, 부족함, 결점, 그리고 어리석음에 너무 깊이 빠지지 말라고 한다. 자기도취는 자신을 찬미하며 또한 남들에게 찬미를 받고 싶어 하는 태도다. 허영심은 자신감이 부족한 데서 비롯되는 경우가 많기 때문에 자존감을 키워야 허영심을 치료할 수 있다. 허영심이 지나친 사람은 결국 무기력과 권태에 빠지고 어느 한계를 넘어서면 모든 활동에서 얻을 수 있는 즐거움을 말살해 버린다. 행복하지 않은 사람에게 필요한 것은 행복이 바람직한 것이라는 확신을 가지는 것이다. 잠을 설친 사람들이 그렇듯 불행한 사람들은 늘 자신이 불행하다는 사실을 떠들고 다닌다. 불행을 치유할 수 있게 하려면 불행의 원인을 잘라낼 방법을 알아야 한다.

둘째, 이유 없이 불행한 사람이 있다.

막대한 재산 덕분에 아무런 노력을 기울이지 않고도 원하는 것들을 얻는다면, 노력의 가치가 상실된다. 노력 없이 산다는 것은 행복의 본질적인 요소를 앗아가 버린다. 욕망의 충족이 곧 행복을 의미하는 것이 아니란 걸 알게 되고, 일상적인 욕망을 쉽게 충족시킬 수 있는 것이 곧 행복의 조건이 아니라는 것을 깨닫게 된다. 큰 노력 없이 획득한 행복은 투자한 시간과 노력이 없기에 그 유효기간이 상대적으로 짧다. 미래만 주시하면서 앞으로 다가올 결과에 의해 현재의 의미가 결정된다는 생각은 위험하다. 매 시점의 가치와 행복은 그 시점에 있는 것이다. 인생은 엄청난 고통과 불행을 겪은 두 남녀가 그동안의 모든 보상을 한꺼번에 받고 해피엔딩으로 마무리되는 멜로 드라마가 아니다. 나이 90을 훌쩍 넘기고 이제 생을 마무리하는 어느 할머니의 말이 가슴을 때린다.

마지막에 웃는 사람이 인생의 최후의 승자인 줄 알았는데, 90년을 넘게 살고 보니 매일 웃는 사람이 인생의 승자였다.

셋째, 경쟁의 철학에 오염된 사람은 행복하지 않다.

현대를 살아가는 사람들에게 즐겁게 사는 것에 가장 방해가 되는 것이 무엇이냐고 묻는다면, 많은 사람이 치열한 '생존 경쟁'이라고 말할 것이다. 학교의 교실에서, 직장의 사무실에서, 그리고 각자의 삶의 현장에서 나름의 치열한 경쟁을 치르고 있다. 모두가 경쟁에서 승자가 될 수는 없다. 특정한 재능이 승자를 보장하는 경쟁에서 그 경쟁이 요구하는 재능을 모두가 가질 수는 없다. 경쟁의 패자가 될 것임을 알아차리고도, 경쟁의 쳇바퀴를 빠져나오지 못한다. 경쟁에 이기기 위하여 내 모든 것을 투입하고 얻을 수 있는 가치와, 일과 내 생활의 균형을 유지하면서 얻을 수 있는 가치를 자세히 따져 보아야 한다. 그 둘의 가치의 대차대조표를 이해하고 적절한 조화를 이루어야 한다.

우리의 사회는 '대박'을 꿈꾸는 환경에 오염되어 있고, 또한 그 위험에 많이 노출되어 있다. 안전한 투자를 통하여 연간 3%의 이익을 얻기보다 전투적인 투자를 통해 30%의 이익을 얻는 유혹이 우리 사회 곳곳에 존재한다. 위험의 대가로 쪽박을 차는 것과 성공의 결과로 대박이 나는 것은, 그 행위의 선택을 하기 전 냉철하게 저울질되어야 한다. 우리는 생활 전반에 타인을 개입시키고 경쟁 구도를 만든다.

나의 집에 남의 집 크기를, 내가 타는 차에 남의 차 모델을, 나의 여가 생활에 남의 취미를, 나의 은행 잔고에 남의 잔고를 대입시킨다. 나는 나일 때 그 가치가 있는 것이다. 소모적이고 비생산적인 경쟁으로부터 자유로워지는 것이 행복의 비법이다.

넷째, 걱정의 심리학은 행복의 장애물이다.

선진국에서 주로 문제가 되는 정신적인 피로는 부유한 계층에서 더욱 많이 나타난다. 이러한 정신적인 피로는 대개 걱정에서 비롯된다. 걱정에 사로잡히면 내일 해결해야 할 일들을 오늘의 잠자리에 가지고 간다. 내일을 위한 에너지를 얻어야 하는 잠자리에서 당장 아무것도 할 수 없는 오늘 일과 씨름한다. 일상적인 문제에 대한 고민은 그 문제에 맞닥뜨릴 때 해도 늦지 않다. 걱정하고 있는 문제가 그리 대단치 않은 경우에는, 이 문제가 나의 삶에 큰 문제가 아니라는 것을 깨닫는 것만으로 걱정을 상당히 줄일 수 있다. 일상에서의 걱정이 많은 부분 줄어들면 마음의 평화를 얻게 될 것이다.

우리의 의식과 무의식은 상호 작용을 하며 영향을 미친다. 의식적인 사고를 통하여 잠재의식을 원하는 방향으로 조정하는 경우도 있다. 나쁜 일이 생기더라도 그렇게 심각하지 않을 것이라고 자신을 위로할 필요가 있다. 의식적으로 긍정적인 생각에 집중하면 어느 순간 밝고 맑은 기분 좋은 생각들이 무의식 속에 자리 잡을 수 있을 것이다.

걱정의 원천은 두려움이며, 걱정이 많은 것은 두려움이 많은 것이다. 마음이 늘 두려움에 지배당하면 기쁨과 행복의 감정을 누릴 수 없다. 두려움은 시선을 회피하고 딴 곳으로 눈을 돌린다고 해소되지는 않는다. 오히려, 두려움은 그것을 직시하고 마주함으로써 그 공포에서 벗어날 수 있다. 이러한 의식적인 행위를 통하여 두려움이 막연한 공포를 유발하는 것이 아닌 함께하는 감정의 한 형태라는 것을 인정해야 한다. 두려움이 감정의 한 상태라는 인식을 통하여 그 두려움의 칼날이 무디어질 것이고, 드디어 두려움을 치유할 수 있는 길을 찾을 것이다. 두려움에서 유발되는 걱정을 덜어내는 의식적인 노력을 통하여 우리의 삶이 더욱 행복해지는 경험을 하게 될 것이다.

다섯째, 질투의 함정에 빠지지 마라.

질투는 인간이 가지고 있는 보편적인 본성이며, 우리를 불행에 가까워지게 하는 특성이 있다. 질투는 근본적으로 나와 상대의 비교에서 비롯되는 욕심에 기인한다. 자신이 가진 것에서 만족하는 즐거움을 구하지 않고, 남이 가진 것을 부러워하면서 자신의 처지를 괴로워한다. 질투에 빠지면 남이 가진 것 중에서 자신이 가지고 싶었던 것들을 빼앗고 싶어 한다. 질투는 그 대상이 되는 상대를 미워하게 되는 잘못에 빠지도록 하고, 자신에게도 불행의 씨앗을 퍼뜨린다.

어느 작가의 책에서 발췌된 문구가 좋아서 이번 산티아고 여행의 화두로 잡았다.

'완벽'을 내려놓으면 '여유'가 생기고,
'기대'를 내려놓으면 '고마움'이 생기고,
'질투'를 내려놓으면 '나다움'이 생기고,
'집착'을 내려놓으면 '선택지'가 생긴다.

우리가 살아가면서 행하는 교환은 대개 조건적이다. A와 B를 교환하면 A가 없어지고 B가 생겨난다. 하지만 'A와 B의 교환이 서로 동일한 수준의 등가 가치인가?'라는 의심은 그냥 넘어가는 법이 없다. 무엇이 사라진다는 사실은 즉각적인 현실이 되지만, 무엇이 새롭게 생긴다는 믿음에는 늘 확신이 부족하다. 가진 것을 쉽게 내려놓지 못하는 심리적인 이유다. 내가 행복해지기 위해서는 나에게 과하고 필요 이상인 것은 내려놓고, 새로운 것들을 받아들여야 한다.

이것이 행복에 이르는 길이라고 하지만, 그처럼 단순하고 쉬운 것이라면 행복하지 않을 사람이 어디 있겠는가. 무엇을 내려놓기 위해서 우리는 체념이라는 심리적 과정을 거쳐야 한다. 예수나 부처나 공자처럼 성자가 아닌 불완전한 인간으로서 아무런 마음의 걸림 없이 내려놓기는 쉽지 않다. 체념에는 용기와 확신이 전제되어야 한다. 무엇을 체념하는 것이 단순한 상실이 아닌 새로운 희망에 다가가는 것이라는 확신을 가질 때 용기 있게 체념할 수 있을 것이다.

체념에는 절망에 근원을 둔 것과 희망에 근원을 둔 것이 있다. 전자는 모든 것이 사라진 절망의 상태에서 어쩔 수 없이 취하는 선택인 반면, 후자는 지금 당장은 힘들고 고통스럽지만 새로운 것에 다가가기 위한 도약을 위한 또 다른 선택인 것이다. 희망적인 체념은 지혜로운 선택이다. 우리의 힘으로 해결할 수 없는 일에 몰두하며 자원을 쏟아붓고 감정을 소진하며 몰락에 빠지는 우를 범하지 말아야 한다.

행복은 특별한 사람만이 누리는 특권일 수 없고, 그 행복의 가치도 객관적으로 평가할 수 없는 다분히 개인적이고 상대적이다. 행복한 사람은 자신을 스스로의 감옥에 가두는 잘못을 범하지 않는다. 이 감옥은 두려움과 걱정, 질투와 집착, 자기도취와 자기연민으로 가득 차 있다. 행복해지기 위해 감옥의 문을 열고 나와야 한다. 감옥의 문을 여는 열쇠는 지혜이며 용기이며 그 열쇠는 내가 가지고 있다. 행복은 우리 삶에서 분명 함께해야 할 소중한 것이고, 누구나 꿈꾸고 희망하는 삶의 목표일 것이다. 행복은 운명적으로 정해져 있는 것이 아닌, 우리 삶 속에서 스스로 만들어 가는 것이고 매일 마주하는 일상에서 발견하는 것이다. 우리 몸의 작용과 마음의 작용을 통하여 행복을 발견하는 재능과 지혜를 길러야 한다.

산티아고의 ── 겸손

살면서 지켜야 하는 많은 생활의 자세로 겸손을 이야기한다. 겸손은 자신을 낮추고 타인을 존중하며, 자신의 부족함을 알고 겸허히 받아들이는 자세를 말한다. 산티아고 순례길에는 겸손함을 마주하게 되는 많은 환경이 있다. 또 그 길을 맨몸으로, 낮은 자세로 걷는 순례자의 모습이 조화롭게 어우러져 있다.

산티아고 길 순례자들은 외형적인 모습에서 모두 겸손하다. 화려한 복장이나 장신구도 없고 걷기에 편한 간편한 복장으로 배낭 하나에 자신의 모든 짐을 넣고 걷는다. 누구도 외적으로 보이는 모습에 큰 가치를 부여하지 않는 이곳의 환경은 겸손의 미덕이 자연스럽게 펼쳐질 수 있는 곳이다. 누구도 자신이 걸치고 있는 옷이나, 신발이나, 배낭의 크기를 자랑하거나 뽐내지 않는다. 물건 경쟁이 사라지고 내가 가진 것에 만족하고 소중함을 느낀다.

산티아고의 먹고 자는 환경은 매우 간소하고 필요 이상의 허영이나 욕심이 없다. 아침과 점심은 지나는 길의 카페나 식당에서 커피와 빵으로 간단히 해결하고, 저녁은 알베르게나 근처의 식당에서 순례자 메뉴로 해결한다. 무엇을 먹을지 고민할 필요도 없고 메뉴가 정해져 있는 순례자 메뉴를 선택하면 된다. 하루 20킬로미터 이상을 걷는 힘든 여정이지만 이 정도의 식사면 걷기에 필요한 에너지로 부족함이 없다. 우리가 살아가는 이 지구상에는 아직도 굶주림으로 고통받는 사람이 많다. 한편, 현대의 성인병은 영양의 결핍보다 영양 과다로 인해 발생하는 아이러니한 시대에 살고 있다.

숙소인 알베르게는 잠자는 목적에 충실한 만큼의 시설을 제공한다. 알베르게에 따라 조금씩 다르지만, 샤워 시설, 화장실, 빨래터 또는 세탁실, 침구, 주방, WiFi 그리고 침대가 구비되어 있다. TV는 없고 옷장, 수납 공간, 책상 등 개인 물건을 보관할 공간도 없다. 처음 방문 때는 개인 물건이 분실될까 걱정되기도 했으나, 함께 자는 순례자가 서로를 지켜 주기에 매우 안전하다. 하루 10~15유로의 숙박 시설이니 욕심을 부리거나 불평을 할 거리도 없다. 피곤한 몸이 곧 수면제가 되어 잠으로 빠져든다. 먹고 자는 것에서 최소한의 것으로 채워 나가고 큰 욕심을 부리지 않으니, 매일의 일상에 겸손함이 자연히 묻어난다.

함께 걷는 순례자들이 과거에 어떤 사회적 지위와 경력을 가졌는지도 알지 못하고, 이곳에서는 그것이 중요하지 않다. 그들은 아주 평등하고 서로를 존중하고 자기를 높이기보다 낮추어 가는 데 더 익숙해진다. 겸손한 자세로 임하는 것이 이곳에서는 가장 편하고 자연스럽다. 인간의 삶에 가장 기본적인 부분은 의식주 활동일 것이다. 산티아고 순례자의 의식주는 정갈하고 간소하며 평등하다. 더 좋은 조건의 환경이 순례자에게 더 큰 기쁨과 의미를 제공한다는 보장도 없고, 그렇기에 욕심을 낼 필요도 느끼지 못한다. 간소한 의식주 환경에서 생활하면, 정신의 영역도 더불어 맑아지고 밝아진다.

곳곳에 붙어 있는 필요 이상의 것들이 떨어져 나가면, 더불어 마음에 붙어 있는 번잡한 생각들이 사라지고 머리는 더욱 맑고 선명해질 것이다. 욕심이 사라지고 남는 정갈한 마음은 자기를 과시하지 않고 낮은 곳으로 향하게 할 것이다. 매일 걸어야 하는 길을 인정하고, 자연이 펼쳐놓는 그 길의 변화무상함에 겸허해진다. 목적지를 향하여 한 걸음 한 걸음 나아가는 그 평범한 길의 여정에 기쁨이 찾아올 것이다.

사람들은 쓰라린 실패를 경험하거나 큰 승부에서 패하면 겸손을 자주 말한다. "겸허히 결과를 받아들인다."라고. 결과를 승복하고 인정하는 것은 매우 중요하다. 하지만 실패의 원인에 대한 철저한 반성이 우선일 것이다. 결과를 받아들이는 인정과 더불어 그 결과의 원인에 대한 반성이 함께하는 것이 진정한 겸손의 자세이지 않을까.

고전 속의 ——— 겸손

우리의 선조들은 겸손을 어떻게 이해했으며 어떻게 삶의 지침으로 삼았을까? 중국 사서삼경의 하나이자 '역경'으로도 불리는 『주역』은 동양 문화에서 가장 오래된 경전으로 일컬어진다. 『주역』에서 가르치는 겸손의 내용으로 들어가 보자. 『주역』은 기원전 1,000년경 주나라의 문왕과 아들 주공이 정리한 것이다. 그 후 500년이 지나고 공자는 나이 50세가 되어 『주역』에 대한 재미를 느끼고 책을 엮은 가죽끈이 낡아 세 번이나 끊어질 만큼 읽었다고 한다. 공자는 "내가 몇 년만 더 살 수 있다면 주역을 철저히 공부하고 습득하여 일생에 큰 실수를 범하지 않을 것이다."라고 말했다고 한다. 공자는 후세의 사람들이 『주역』을 읽고 삶의 지침이 되도록 쉽게 이해할 수 있는 여러 권의 책을 남긴다.

『주역』은 우주의 만물을 탐구하는 철학서이자, 우주의 원리에 근거하여 인간세계의 도를 규명하는 책이다. 『주역』의 가장 중요한 핵심은 우주 만물은 일정한 법칙에 따라 변화한다는 것이고, 우주와 만물이 변화하는 법칙은 인간 세상의 일에도 예외 없이 적용된다는 것이다. 우주 변화의 섭리를 인간의 삶의 모습에 적용한 경전이 『주역』이라 할 수 있다.

『주역』에서는 자연과 우주의 모든 현상을 여덟 가지의 범주인 하늘, 땅, 불, 물, 산, 바람, 연못, 우레로 분류하고 이를 팔괘라 했다. 동양 철학은 자연 현상을 음양의 관점에서 해석했다. 『주역』의 괘는 음양을 나타내는 선으로 구성되며, 양은 하나의 큰 선으로 표시하고 음은 작은 두 선으로 나타내었다. 음과 양의 조합으로 만들어지는 8괘는 음양의 작용과 조화에 의하여 고유한 성질과 특징을 갖는다.

건(☰) 괘는 하늘이며, 아래, 중간, 위 모두 양의 기운을 가지고 있다. 강한 양이 중첩하여 건장하고 굳세고 역동적인 속성을 가지며, 이러한 모습을 하늘에 비유했다.

진(☳) 괘는 우레이며, 아래는 양의 기운이고 중간과 위는 음의 기운을 가진다. 동적인 성질의 양이 위에 있는 고요한 두 음의 견제에 반발하여 더욱 강력하고 동적인 속성을 가지게 된다. 이러한 모습을 번개 치는 우뢰에 비유했다.

감(☵) 괘는 물이며, 아래와 위는 음의 기운이고 중간은 양의 기운을 가진다. 동적 성질을 지닌 양이 두 음 사이에 위치하여, 방향성을 잃고 험난해지는 속성을 물에 비유했다.

간(☶) 괘는 산이며, 위는 양의 기운이고 중간과 아래는 음의 기운이다. 동적 성질을 지닌 양이 고요하고 수축하려는 성질을 지닌 두 음 위에 있으니, 동적 성질이 그치고 평정해진 속성을 띠는 산에 비유했다.

곤(☷) 괘는 땅이며, 아래, 중간, 위 모두 음의 기운을 가진다. 고요하고 수축하려는 성질을 지닌 음이 중첩하여, 순하고 만물을 소생시키는 속성을 가지게 되고 이를 땅에 비유했다.

손(☴) 괘는 바람이며, 아래는 음의 기운이고 중간과 위는 양의 기운이다. 고요하고 수축하려는 음이 동적 성질의 두 양의 아래에 있으니, 겸손하면서도 기운을 빨아들이고 바람을 일으키는 속성에 비유했다.

이(☲) 괘는 불이며, 음의 기운이 두 양의 기운 가운데에 있는 조합이다. 위와 아래의 동적 성질을 지닌 움직이려는 양 기운이 가운데에 있는 음에 의해 그치면서 빛을 발사하는 속성을 불에 비유했다.

태(☱) 괘는 연못이며, 아래의 두 양의 기운과 위에 있는 음의 기운의 조합이다. 위에 있는 음이 아래에 있는 두 양의 동적인 작용을 수축시키면서도 양의 기운에 의해 마치 연못의 물이 출렁이듯이 잔잔한 음의 기운을 방출하는 속성을 연못에 비유했다.

이 팔괘가 쌍을 이루어 64괘(8x8)를 만들고, 자연과 우주의 섭리를 64가지의 범주로 나누었다. 세상사에서 일어나는 일들을 음양의 작용과 조화로 보았으며, 그 작용이 만들어 내는 64괘를 통하여 인간사의 일들이 어떻게 전개되고 펼쳐 나갈지를 미리 짚어보았다. 64괘의 각 괘는 6개의 음양인 효로 이루어지고, 384(64X6)개의 효는 상호 작용하는 변화를 통해 괘의 특질을 더욱 구체적으로 묘사한다.

『주역』에서 겸손을 의미하는 괘는 열다섯 번째 순서인 지산겸 괘이다. 괘의 형상은 땅과 산이 만난 모습이다. 상괘는 땅을 나타내는 곤(☷) 괘이며, 하괘는 산을 나타내는 간(☶) 괘이다. 땅 위에 있어야 할 거대한 산이 오히려 땅 아래에 있는 뒤집힌 형상이다. 괘의 형상으로 바라보는 해석은 높은 산이 오히려 땅 아래로 들어가 있으니, 산이 기꺼이 높음을 버리고 몸을

지산겸 地山謙(15)

낮추고 자기 몸으로 부족한 대지를 메우는 형상이라고 해석한다.

옛사람들은 이 괘의 형상을 보고 자신을 굽히고 낮추라는 겸손의 이미지를 도출해 내었다. 괘의 모습 속에서 만물의 평등함을 생각했고, 경륜과 학식과 가진 것이 많을수록 더 겸손한 자세를 가져야 함을 일깨웠고, 그것이 군자의 진정한 삶의 자세라 여겼다. 높이 올라간다는 것은 정상에 더욱 가까워지는 것이고, 정상에 오르게 되면 더 이상 오를 곳이 없고 내려가야만 하는 것이 자연의 이치이다. 겸손이란 만사에 한 걸음 물러나는 것이요, 오만하지 않은 것이요, 한 걸음 양보하는 것이요, "감사합니다. 미안합니다."라고 자주 말하는 것이다. 높은 산이 자신을 비워 내고 땅 아래로 내려가듯이 늘 겸허한 자세를 견지하라는 것이 지산겸 괘에서의 배움이다.

괘를 형성하는 음양의 6개의 효의 배치를 보고 그 괘의 성질을 유추하고 분석한다. 지산겸 괘는 강하고 동적인 성질을 가진 하나의 양이 유순한 다섯 개의 음 가운데 있다. 하나의 양은 높고 강함을 내세우지 않고 유순한 다섯 음의 기운 속에서 자신을 낮추어야 하는 모습이다. 이러한 음양의 배치에서 겸손한 처신을 생각했고 이 괘에 겸손의 의미를 부여했다. 비와 바람의 자연현상도 지나치면 재앙을 가져오게 되지만, 적절하면 만물의 생화 작용을 순조롭게 돕는다. 마찬가지로 세상사도 자기 자신을 지나치게 내세우면 시기와 질투를 받고 때로는 해로움도 당하지만, 자신을 낮추어 겸손한 자세를 잃지 않으면 만인이 좋아하고 따르게 된다.

한때, 한국을 떠들썩하게 만들었고 아직도 많은 사람이 법적 다툼에 휘말려 있는 대장동 아파트 개발 관련 사건을 주역의 관점에서 살펴보자. 화천 대유는 대장동 아파트 개발 사업 업체로 주역의 열네 번째 괘에서 그 이름을 얻었고, 천화동인은 화천 대유의 자회사이며 주역의 열세 번째 괘에서 그 이름을 얻었다.

천화동인(天火同人)에는 하늘 아래 뜻을 같이하는 사람들이 함께 모인다(동인)는 뜻이 담겨 있고, 화천대유(火天大有)는 불길이 하늘을 뚫고 솟아오르는 기세이니 큰 성과(대유)를 이룬다는 괘의 해석이다. 아이러니하게도 화천대유 다음에 위치하는 열다섯 번째 괘는 겸손의 지산겸 괘이다. 열세 번째 괘인 천화동인으로 뜻을 같이하는 사람이 모였고, 열네 번째 괘인 화천대유로 큰 사업의 성공으로 엄청난 부를 모았으니, 열다섯 번째 괘인 지산겸의 겸손한 자세를 가져야 그 부가 오래 지속된다는 의미로 겸손을 대유의 뒤에 배치했을 것이다.

하지만 그들은 사업의 성공으로 막대한 부를 취한 후 겸손한 자세를 유지하지 않았다. 결국 그들은 해피 엔딩이 아닌 파멸의 길을 맞이한다. 이들이 겸손함으로 그 성공이 오래 지속된다는 주역의 괘의 배치를 살피고, 겸손의 자세를 지켰다면 과연 다른 운명을 맞이했을까?

공자는 말한다. "존재의 위대함은 자만 속에서는 성취될 수 없다." 그래서 큰 업적을 이룬 대유에서 자신을 더욱 낮추고 남을 배려하는 겸손으로 이어진다. 우리의 역사에서 『주역』은 다산 정약용, 이순신 장군 등 문무를 가리지 않고 우리 선조들에게 인생의 살아 있는 스승이자 나침반 같은 역할을 했다. 이순신 장군은 전투에 나가기 전 반드시 『주역』의 괘를 통하여 그날 전투 전략을 수립하는 데 참고했다고 한다. 『주역』을 현재와 미래를 내다보는 처세술이자 삶의 지침으로 활용했다. 『주역』은 대자연의 이치를 사회 현상의 흐름에 대입하여 묘사한 동양 철학의 한 범주라고 할 수 있을 것이다.

『주역』의 괘를 통한 변화와 그 연결을 조금만 더 확장해 보자. 열세 번째 괘인 천화동인은 열네 번째 괘인 화천대유로 이어지고, 열다섯 번째 괘인 지산겸 그리고 열여섯 번째 괘인 뇌지예로 연결된다. 이 네 괘의 진행에서 벌어지는 일들을 요약하면 이렇다. 하늘 아래 큰 뜻을 품은 사람들이 함께 모이고(同人), 서로의 지략과 힘을 합심하여 노력하니 불꽃이 하늘을 뚫는 기세로 큰 성공(大有)을 이루게 된다. 큰 재물을 얻고 높은 자리를 차지하고도 자만하거나 교만하지 않고 겸손한(謙) 자세를 취하니, 우레가 땅을 헤치고 올라오듯이 모든 생명이 싹트고 자라는 기쁨(豫)이 있다는 것이다. 하늘의 이치를 천도라 하고 인간의 도리를 인도라 한다. 주역은 천도와 인도를 결부해 같은 섭리 속에서 운영되는 것으로 보았고, 그 속에서 삶의 모습들을 해석하려고 했다.

『주역』의 괘는 변화를 계속하며 마지막 예순네 번째 괘에 이른다. 『주역』 책을 읽으면서 예순네 번째 괘의 마무리가 어떻게 되는지가 몹시 궁금했다. 마지막 괘는 화수미제(火水未濟)이고 그것은 미완성을 의미하고, 주역에서는 이렇게 묘사한다. "어린 여우가 강을 거의 다 건넜을 즈음 그만 그 꼬리를 물에 적신다."

강을 거의 다 건넜으니 성공에 이르렀다, 하지만 꼬리를 물에 적시는 실수를 한다. 꼬리가 물에 젖는 것이 큰 실수는 아니지만 조금의 아쉬움을 남기는 것이고, 강을 건넜으니 본래의 목표는 달성한 것이다. 실패가 있는 미완성을 함축한다. 실패가 있는 미완성을 통하여 지나간 것에 대한 반성과 동시에 새로운 출발을 기약하는 괘이다. 우리 인생에도 결함이 없는 완성은 없고 그 지나온 길에 늘 과오는 있을 것이다. 중요한 것은 과거의 잘못을 통하여 오늘을 반성하고, 그 경험을 통하여 다가올 미래에 적용하는 지혜를 배우는 것이다. 우리는 인생에서 많은 매듭을 지으며 긴 여정을 나아간다. 어느 한 매듭이 끝나면 다음 매듭이 시작되지만, 어느 매듭이 완벽히 마무리되지 않아도 또 새로운 시작이 일어난다.

　역사에도 완전한 결론은 없으며, 끊임없이 발전하며 멈추지 않는 미제, 미완성이다. 이런 연유로 미완성은 끝이 아닌 시작이고 또 새로운 희망을 내포하고 있다. 우주의 무한한 시간 속에서 하나의 마무리는 또 다른 시작이다. 그 무한한 순환과 반복으로 인간의 역사가 진전되어 왔고 우주는 그 생명을 연장하고 있을 것이다. 김훈 작가의 "미완성 속에서 허송세월하고 있다."라는 말은, 어쩌면 새로운 출발을 위한 몸짓의 완곡한 표현인지도 모른다.

현대의
── 겸손

우리가 살아가고 있는 현대 사회의 겸손은 어떠한 모습이고 그 가치는 각 구성원들에게 어떻게 받아들여지고 평가되고 있는가? 한국 사회에서의 겸손의 가치는 지난 반세기 동안 벌어진 역동적인 사회적, 문화적인 변화와 이에 수반되는 개인의 가치 인식과 그 결을 같이할 것이다. 또한 과학 기술의 혁신적인 발전과 넘치는 정보의 쉬운 접근성은 겸손의 가치를 소중히 하는 우리의 문화에 적지 않은 도전으로 다가오고 있다.

한국 사회는 지난 반세기를 거치며 가족 관계의 급속한 변화를 겪었다. 6.25전쟁은 온 나라를 피폐하게 했고, 산업과 경제, 가족관계에도 많은 피해를 끼쳤다. 1945년 광복 직전에 남북을 합한 한반도 전체의 인구는 2,600만 명이었다. 6.25전쟁이 끝나고 국가가 재건되기 시작하면서, 1950년대 말부터 1960년대까지의 베이비 붐으로 출산율이 폭발적으로 높아지면서 남한만의 인구가 2,500만 명에 이르렀다.

전쟁으로 무너진 국가를 재건하고 또한 가족구성을 재건하기 위하여 정부는 다산 정책을 지원했고, 이 시기에는 합계 출산율이 6명 정도로 많은 다산 국가였다. 당시에는 아이를 낳으면 건강한 아이를 뽑는 '우량아 선발 대회'가 있을 정도로 출산을 장려하기도 했다.

대가족 제도에서 개인의 존재감은 가족 전체의 이익을 위해 자주 경시되어 왔다. 형의 말은 내 행동의 지침이 되고, 어린 동생도 보살펴야 하는 샌드위치가 신세가 된 낀 세대가 많이 양산된 시기였다. 이후 급격한 인구 증가를 조절하기 위하여 소산 정책이 국가적으로 장려되었다. 같은 시기에 한꺼번에 많은 아이들이 태어나고 이를 수용할 학교시설이 부족해졌다. 콩나물시루 같은 교실에 아이들이 빽빽이 들어앉아 초롱초롱한 눈으로 선생과 칠판을 바라보는 모습이 그 시절의 수업 시간 풍경이었다.

"둘만 낳고 잘 살자!" 소가족 제도가 더욱 물살을 타고, 이후 두 아이도 많다고 여기는 핵가족 세대로 진입했다. 아들이든 딸이든 하나만 낳아 잘 키우자는 것이 출산 정책의 모토로 전환되었다. "잘 키운 딸 하나 열 아들 부럽지 않다!" 이후 부모는 집안의 독자인 아이에게 온갖 사랑을 쏟아부었다. 부모는 아이에게 당부의 말인지 명령인지 혼합된 지침을 말한다. "네가 최우선이야, 너를 가장 먼저 생각해야 돼." 부모로부터 이런 말을 듣고 자라난 아이의 가치관은 어떻겠는가. 다분히 그 말에 영향을 받는다.

한 자식만 있는 가정에서 아이의 존재감과 위력은 무시무시할 만큼 강하다. 금지옥엽처럼 키운 자식이니 교사들도 어찌 못하는 현실이다. 초등학생 아이의 부모가 교사를 고소하고 이를 견디지 못한 교사가 극단적인 선택을 했다는 뉴스도 가끔 들린다. 학생과 부모의 원성이 두려위 수업 시간에 책상에 엎드려 자는 아이들을 감히 깨우지 못하는 서글픈 교육 현장이다. 참선 중 졸음을 쫓기 위해 내려치는 죽비처럼 선생은 아이들을 위한 사랑의 매를 들어야 한다. 하지만 그것이 과한 체벌이라는 원성과 보복이 두려워 매를 들지 못하는 상황이다. 자신을 낮추고 타인을 존중하고 배려하는 자세가 겸손의 기본이라면, 지금 핵가족 세대에서 자라나는 아이들에게 겸손의 미덕이 발휘되기를 기대하는 것은 어렵다. 나의 존재가 늘 우선이고 타인에 대한 배려보다는 나의 입장으로 바라보는 시각에 익숙하다. 이러한 가치 기준이 몸에 밴 우리 아이들 세대의 겸손은 분명 큰 도전에 직면해 있다.

현대사회는 인터넷 망의 보급을 기반으로 한 인공지능과 정보기술의 대중화로 정보에 대한 접근성이 아주 쉬워졌다. 내 손에 스마트폰만 있으면 시간과 공간을 초월하여 어딘가에 저장되어 있는 필요한 정보를 실시간으로 불러낸다. 정보의 쉬운 접근성은 우리 생활을 혁신적으로 도우며 또한 편리를 제공한다. 하지만 우리는 스마트폰으로 불러낸 객관적인 정보를 나의 주관적인 지식으로 착각하는 오류를 범하기도 한다. 필요한 정보를 언제나 알 수 있기에, 예전처럼 누구의 주장이나 의견에 진중하게 귀 기울이지 않는다.

누구의 주장이나 말의 시비를 가리기 위해 즉각 스마트폰을 든다. 타인의 말에 대한 존중과 배려는 점점 시들고, 필요한 지식과 정보를 언제든 얻을 수 있다는 그릇된 자신감으로 넘쳐난다. 더구나, 그 정보의 빠르고 쉬운 접근성은 나의 지적 수준이 자동으로 상승되기라도 한 듯한 대단한 큰 착각에 빠지게 한다. 현대인은 모르는 게 없다. AI가 언제나 대답을 준비하고 있다. 겸손함이 미덕을 발휘하는 환경과 점점 멀어지고, 겸손이 삶에서 지켜야 할 가치로서의 인식도 점점 사라지는 느낌이다.

내 어린 시절에는 누가 어떤 사실에 대한 강한 주장을 하거나 또는 질문을 받았을 때, 그 분야의 전문적인 지식이 없으면 그냥 고개를 끄떡이며 수긍하는 것이 보통의 분위기였다. "너, 미국이 알래스카를 얼마에 구입했는지 알아?"라는 질문에 대해 그 지식을 안다면 답할 것이고, 그렇지 않다면 상대가 이야기하는 바에 수긍할 것이다. 1867년 미국무부 장관 윌리엄 수어드의 명령으로 720만 달러(현재 가치 16억 7,000만 달러, 한화 2.4조 원)에 러시아로부터 매입했다. 당시 러시아 제국은 크림 전쟁의 여파로 재정적인 어려움에 처해 있었다. 정치적·군사적으로 불안한 상황에 영국에 알래스카를 잃을지도 모른다는 불안으로 고조되고 있었다. 이에 알렉산드로 2세는 이 영토를 미국에 팔기로 결정하고 수어드와의 협상 끝에 새벽 4시에 양국 간의 매매계약이 성립된다. 역사의 아이러니는 언제나 그렇듯, 알래스카 구입에 대한 긍정적인 여론도 있었지만, 그 비싼 돈을 주고 쓸모없는 얼어붙은 황무지를 왜 사느냐고 반발하며 수어드의 쓸모없는 냉장고라고 그 결정을 비방했다고 한다. 한 역사가는 그 당시의 알래스카 구입의 비난 여론을 이렇게 요약했다.

이미 우리는 인구로 채울 수 없는 영토의 부담을 안았다. 지금 영토 안에 있는 인디언 원주민들을 다스리기에도 벅차다. 우리는 지금 국가가 신경 써야 할 사람들을 더 늘려서 우리를 더 힘들게 하려고 노력하고 있는 것은 아닌가? 이 영토는 본토와 인접해 있지도 않다. 그 땅은 다 빨아먹은 오렌지이고, 털짐승밖에 없고, 거의 멸종 위기가 올 때까지 다 사냥해 버렸다. 금이라도 발견되지 않는다면 얼어붙은 황무지에 축복은 없을 것이다.

미국은 알래스카 구입 후 50년 만에 구입한 금액의 100배가 넘는 수익을 올렸다. 더욱 중요한 것은 엄청난 자원과 지정학적인 요충지로서의 가치를 가진 이 땅이 앞으로도 계속 미국의 영토라는 것이다. 이 투자의 효과는 상상을 초월한 수준의 이익과 미국의 힘을 키우는 데 기여한 것이다. 아마도 세계 역사상 가장 성공한 땅 거래가 아닐까?

요즈음 세대는 이런 질문을 받아도 당황하거나 주눅 들지도 않는다. 스마트폰을 꺼내 관련되는 정보를 불러내고 자신 있게 대답한다. 굳이 겸손까지는 아닐지라도 상대의 입장을 살피고 나의 한계를 벗어나지 않던 이전의 대화 분위기는 사라진 지 오래다. 누구나 대화의 주도자가 될 수 있는 환경 속에 살고 있고, 상대를 인정하고 믿기보다는 스마트폰을 더 신뢰한다.

인터넷이나 AI가 제공하는 정보는 나의 지식이 아니다. 지식과 정보는 철저한 자기 검증의 과정을 거쳐야만 진정한 자신의 것이 될 수 있다. 또한 생활 속에서 실천되는 과정을 거쳐야만 삶 속에서 발현되는 진정한 지혜로 승화된다. 정보 만능의 환경은 나를 높이고, 타인에 대한 존중과 배려의 마음을 약하게 하는 역효과로 돌아온다. 주역에서는 큰 산이 땅 밑으로 들어가 산의 모습을 드러내지 않는 정도로 자신을 낮춘 모습을 겸손이라고 했다. 옛 고전에서 이야기하는 겸손의 모습과는 달리 현대 사회는 자신을 높은 곳에 위치하고 싶은 유혹이 곳곳에 널려 있다.

밀레니엄 2000년대를 지나면서 급속한 인터넷의 보급과 정보기술의 발달로 편리하고 혁신적인 생활 환경 속에서 우리의 아이들은 자란다. 우리의 아이들은 기성세대가 경험하지 못한 신세계를 탐험하고 있다. 또한 아이들은 부모의 총애와 사랑을 독차지하면서 나를 중시하는, 내가 최고인 가치관이 주도하는 환경에서 자라고 있다. 남을 배려하라는 말보다 내가 먼저라는 말을 더 많이 들었고, 기다리고 인내하는 자세보다 나서고 행동하는 것에 주저함이 없고, 낮은 곳에 위치하기보다 높은 곳에 자리하기를 선호할 것이다.

우리의 아이들에게 겸손이라는 단어를 어떻게 설명할 것인가? "엄마 아빠 겸손이 웬 말? 남들 배려하다 내 것은 언제 챙기나요?" 오늘날의 자기중심적이고 교만에 넘친 세태를 빗댄 '난가병'이라는 우스개 이야기가 있다. 이 병은 보통 사람에게는 잘 나타나지 않고, 자기 평가에 우월감을 가진 사람들에게 주로 발병한다. 특히 직업 정치인들이 잘 걸리는 현대인의 난치병이라고 한다. 정당의 높은 자리가 공석이 되어 누구를 뽑아야 할 경우, 자신이 적임자라며 "난가?" "내가 적임자지." 하고 나서는 것을 비꼬아 일컫는 현대인의 병이라고 한다.

자신의 처지를 냉철히 파악하고 오만한 마음을 내려놓으면, 꼭 '난가?' 하는 생각에서도 자유로울 수 있을 것이다. 현대를 살아가는 우리 특히 후손들에게 겸손의 미덕을 지키며 살아가는 것이 점점 어려워지는 환경이다. 개인화되고 주관적인 문화적 환경에서 타인을 자기 삶의 영역에 불러오는 것이 쉽지 않기 때문이다. 그러나 겸손의 미덕은 꺼지지 않는 불꽃으로 살아날 것이다. 각박한 현대의 토양에서도 그 아름다운 꽃을 피울 것이라 믿는다.

광활한 우주와 ——— 인간

우리는 거대한 우주의
작은 한 부분에 불과하다.
그러나 인간의 뇌는
그 우주를 이해할 수 있다.
우주를 이해하려는 우리의 욕망은,
우주가 자신을 알게 되기를 바라는
욕망일지도 모른다.
– 칼 세이건

제2차 세계대전이 끝난 후 우주 정복을 향한 미국과 소련 간의 인공위성 경쟁은 치열하게 전개된다. 소련은 1957년 세계 최초로 인공위성 스푸트니크호를 발사하여 미국을 충격에 빠뜨린다. 이어 1961년 최초의 유인 우주선 보스토크 1호에 탑승한 인류 최초의 우주 비행사 유리 가가린이 지구 상공을 1시간 29분 만에 일주한다. 인류 최초의 우주비행에 성공한 가가린은 우주에서 지구를 보고 이런 말을 남긴다.

지구는 푸른빛이었다.

우주 경쟁에서 미국을 앞지른 소련에 충격을 받은 미국은 우주 개발 프로젝트에 착수하게 된다. 1969년 7월 21일 아폴로 11호가 달 표면에 역사적인 착륙을 하고, 닐 암스트롱과 버즈 올드린은 인류 역사상 최초로 달 표면에 인간의 발자국을 남긴다. 아폴로 11호의 선장 닐 암스트롱은 인류 최초로 달 표면에 발을 디디고 그 감상을 이렇게 전한다.

이것은 한 인간에게는 작은 발걸음이지만, 인류에게는 위대한 도약입니다.

우주 경쟁은 미국과 소련 사이의 우주로 나아가기 위한 기술 경쟁을 넘어서는 체제 경쟁의 성격을 띠고 있었다. 연구비와 개발비로 막대한 자금이 투입되는 우주 경쟁에서 최후의 승리자는 미국이었고, 이후 미국의 스타워즈 계획에 대항하기 위하여 소련은 막대한 자금을 쏟아부었다. 이것이 소련 붕괴와 냉전의 종식에 중요한 기폭제 역할을 했다는 분석이 있다. 인류 역사의 또 하나의 아이러니가 아닐 수 없다.

나는 아폴로 11호 발사와 관련된 어린 시절의 아련한 추억이 있다. 내가 초등학교에 들어가기 1년 전에 아폴로 11호가 발사되었다. 인공위성이 달에 착륙하고 인간이 달 위를 걷게 된다는 뉴스를 어디선가 듣게 되었다. 우리 머리 위에 늘 존재하는 달은 살아 있는 현실 속의 달이지만, 어린 나이의 나에게는 동화에서 본 토끼가 방아를 찧는 상상의 별이고 노래 속에 등장하는 가슴속의 별이었다.

'달에 사람이 간다는 것이 어떻게 가능한가? 사람이 달 위에서 걷는다고?' 어린 마음에 그 장면을 보고 싶은 강한 끌림이 있었지만, 그 당시 우리 집에는 TV가 없었다. 당시 TV, 라디오 등의 가전제품을 수리하는 전파사가 동네마다 꼭 있었고 전파사에는 TV가 있었다. 나는 혼자 동네 전파사를 찾아갔고, 그곳에서 아폴로 11호가 발사하는 장면을 비장하게 지켜보았다. 이 장면은 그 후에도 꽤나 인상적인 장면으로 오랫동안 기억되었고, 나는 우주 과학자가 되리라는 마음을 품곤 했었다. 물론 그 꿈은 이루어지지 않았지만, 과학과 기술을 근간으로 하는 업에 평

창백한 푸른 점

생을 종사하게 된 것은 어쩌면 어릴 때의 경험이 영향을 미쳤는지도 모른다.

NASA는 1977년 우주에 대한 정보를 얻고자 우주 탐사선 보이저 1, 2호를 발사했다. 보이저호는 목성, 토성, 천왕성, 해왕성을 탐사했고, 다른 많은 행성과 별의 정보와 사진을 지구로 전송하고 있다. 1990년 위대한 천문학자 칼 세이건의 제안으로 보이저 호가 태양계를 벗어나기 직전 지구에서 64억 킬로미터 밖에서 지구를 촬영하고 그 사진을 인류에게 전송한다. 이 사진에서 하늘에 박혀 있는 아주 작은 점 하나가 82억의 인류가 살고 있는 지구이다. 칼 세이건은 우주 속의 이 작은 점을 창백한 푸른 점으로 명명하고 그의 저서 『창백한 푸른 점』에서 이렇게 말한다.

여기에 우리가 있다. 여기가 우리의 고향이다. 우리가 사랑하는 사람들, 우리가 알고 있는 사람들, 우리가 들어 봤을 법한 사람들, 예전에 있었던 모든 이들이 이곳에 있었다. 즐거움과 고통들, 수많은 종교와 이데올로기들, 모든 영웅들과 약탈자, 사랑에 빠진 연인들, 모든 성인과 죄인들이 이 티끌 위에 있다. 이 역사 안에서, 우리는 서로를 얼마나 오해했는지, 서로를 죽이려 얼마나 애써 왔는지, 얼마나 증오했는지를 생각해 보라. 이 사진보다 우리의 오만함을 쉽게 보여 주는 사진이 존재할까? 이 창백한 푸른 점보다 우리가 사는 이 터전을 소중하게 다루고 서로를 따뜻하게 대해야 한다는 책임을 적나라하게 보여 주는 사진이 또 있을까?

보이저호는 시속 6만 킬로미터의 속도로 항해하며, 이제는 태양계를 벗어나 광활한 우주 공간을 항해하고 있다. 보이저 우주선은 한 시간에 한국과 미국을 세 번 왕복하는 속도로 48년째 우주를 항해하고 있다. 지금까지 한국과 미국을 126만 번 왕복했다. 빛의 속도로 1년간 가는 거리를 1광년이라고 한다. 보이저 우주선은 지금까지 약 10광년의 거리를 날아간 셈이다. 우주의 관측 가능한 범위의 크기는 930억 광년이라고 한다.

보이저호는 48년을 항해하여 우주 전체 거리의 93억분의 1을 간 셈이다. 우주의 크기를 한국과 미국 사이의 거리로 치환하고 보이저호가 어디까지 갔는지를 가늠해 보자. 지금 인천에서 출발하는 미국행 비행기 보이저는 이제 겨우 0.1cm를 나아갔다. 우주 공간은 광활하다. 보이저호가 시속 6만 킬로미터의 속도로 48년간 항해한 거리가 무시될 정도로 말이다. 이 광활한 우주가 경이로울 뿐이다! 광활한 우주 속의 인간의 존재는 티끌 같은 흔적일 뿐이다. 우주의 광대함 앞에 인간은 어찌 겸손해지지 않을 수 있겠는가.

우공이산

중국의 사상서 『열자』에 나오는 이야기이다. 중국의 태항산과 왕옥산 사이의 작은 마을에 우공이라는 아흔이 넘은 노인이 살고 있었다. 노인의 집 앞과 뒤는 높은 산이 가로막고 있었다. 집 앞뒤의 산 때문에 다른 고장을 왕래하는 것이 아주 불편했다. 우공은 이 문제를 해결하기 위해 가족과 힘을 모아 두 산을 옮기기로 결정한다. 우공은 세 아들과 손자와 함께 둘레 700리에 달하는 산의 돌을 깨고 흙을 파서 지게에 지고 가서 발해 바다에 버리기 시작했다. 발해까지 가서 흙을 버리고 오는데 왕복 1년의 시간이 걸렸다.

이러한 우공의 모습을 보고 주위 사람들이 "죽을 날이 머지않은 노인이 망령이 났다."라며 비웃자 우공은 이렇게 말한다. "나는 늙었지만 나에게는 자식과 손자가 있고, 그들이 자자손손 대를 이어 갈 것이다. 산은 유한하고 불어나지 않을 것이나, 우리는 대를 이어 이 일을 계속 해 나갈 것이다. 그러면, 언젠가는 산이 깎여 평평하게 될 날이 올 것이다."

산신령에게 이 말을 전해들은 옥황상제가 우공의 노력과 믿음, 그리고 열정에 감동을 받아 태항산과 왕옥산을 옮겨 주어 마침내 우공의 뜻이 이루어졌다고 한다. 우공의 우직함이 산을 옮겼다는 '우공이산'의 이야기가 불가능할 것 같은 세상을 바꾸고 시도하는 많은 예시에 등장하는 비유이다. 현명한 사람은 자기를 세상에 잘 맞추는 사람인 반면에, 우직한 사람은 세상을 자기에게 맞추려고 하는 사람이다. 역설적이게도 세상은 이런 우직한 사람들로 인하여 조금씩 바뀌어 가는 경우도 많이 있다.

모택동은 중국 공산당 대회에서 우공이산을 인용하여 말한다.

중국 인민의 머리를 짓누르는 두 거대한 산이 있습니다. 하나는 제국주의이고, 다른 하나는 봉건주의입니다. 중국공산당은 이 둘을 다 파내기로 했습니다. 우리는 반드시 이를 계속해야만 하고, 또 계속해야 합니다. 그러면 우리도 하나님을 감동시킬 수 있습니다. 그 하나님은 바로 모든 중국의 인민 대중입니다.

인도의 다슈라트 만지의 실제 사연 또한 우공이산에 비유되는 가슴을 울리는 이야기이다. 외진 마을에 살며 산에서 일을 하던 그에게 식사를 가져오던 아내는 그만 미끄러지는 사고를 당하고 크게 다친다. 그는 아내를 들러업고 55킬로미터나 되는 산 둘레를 돌아 병원으로 가지만, 사고 후 시간이 너무 지나 아내는 숨지고 뱃속의 아이만 기적처럼 살아난다.

아내의 장례를 치르고 홀로 아들을 키우고 아내를 그리워하며 살아간다. 그는 누군가가 자신과 같은 아픔을 겪는 사고가 일어나지 않기를 바라는 마음으로 병원으로 빨리 갈 수 있는 길을 만들기로 한다. 외진 마을이라 산속의 길을 만드는 데 중장비와 현대식 도구를 사용할 수도 없는 상황이었다. 그는 혼자의 힘으로 쉬지 않고 망치와 정으로 돌산을 깎고 흙을 짊어져 나른다. 그의 끊임없는 작업은 22년 동안 계속되었고 마침내 산속에 새로운 길을 만들었다.

병원까지 55킬로미터를 돌아가야 하는 예전의 작고 험난한 길 대신에 15킬로미터 거리의 넓고 평탄한 길을 뚫었다. 이 길을 이용하여 청년들은 일자리를 구해 도시로 나갈 수 있었고, 아이들은 학교에 다니며 교육의 기회를 얻었다. 정부는 그의 노력을 치하하며 그에게 포상을 주려고 했다. 그는 포상을 거절하고 대신 그 돈으로 길을 포장해 달라고 했고 길은 말끔하게 포장이 되었다. 덕분에 지금은 다슈라트의 이름이 명명된 이 길에 자동차가 다니며 사람들을 실어 나르고 있다.

우리의 주변에도 끈기와 꾸준함으로 목표를 향해 나아가는 보통 사람들이 많이 있다. 산티아고 순례길은 무거운 배낭을 짊어지고 두 다리의 힘만으로 160만 보를 걸어서 산티아고 디 콤포스텔라까지 가는 작은 우공이산이라 할 것이다. 한 걸음 한 걸음이 쌓이고 쌓여서 1,000 걸음, 1만 걸음이 되고, 마침내 160만 보를 걸어야만 목적지에 도착하는 단순한 진리만이 존재한다. 이 진리는 길 위의 누구에게도 예외 없이 적용된다.

우공의 가족을 가로막은 두 산이 옮겨지는 결과는 그의 당대에는 결코 이루어질 수 없는 일이었다. 하지만 우공은 단념하지 않았고 언젠가는 그 목표가 이루어질 것이라는 믿음으로 그 일을 계속했다. 결과 못지않게 목표를 향해 쏟아붓는 시간과 노력의 가치를 알았기에 가능한 시도였다. 우공은 평생 무모할 것만 같은 작업을 하면서 목표에 미약하나마 접근하고 있다고 생각했을 것이고, 그것이 그와 그의 후손들에게도 포기하지 않는 힘이 되었을 것이다.

다슈라트 만지의 불가능할 것만 같은 작업도 아내를 생각하고 누군가에게 도움이 된다는 확신이 없었다면 첫 삽을 뜨지 못했을 것이다. 이제 그가 만든 길은 아내의 죽음에 대한 보답을 넘어서 후세 자손들의 삶을 개선하고 보다 큰 세상으로 나아가는 길이 되었다.

산티아고 순례길에서도 160만 보를 한 걸음 한 걸음 세면서 걷는다면, 결코 목적지에 도착하는 희열을 느끼지 못할 것이다. 지금 내딛는 왼발 앞에 다시 내디딜 오른발 한 발자국에만 집중할 뿐, 아득히 멀리 보이지도 않는 목적지를 생각할 필요가 없다. 부분의 합이 없는 전체는 없다. 모든 것의 시작은 결국 첫걸음이다. 나도 작년 첫 순례길에서 발을 헛디뎌 발목을 접질리는 부상을 당하여, 며칠 동안 절뚝거리며 걸은 기억이 있다. 잘못된 한 걸음이 전체 카미노의 여정을 망칠 수도 있다. 우리 인생의 하루하루의 소중함을 되새기는 큰 경험이 되었다.

현대는 모든 것이 빠른 시간에 가시적인 성과가 나기를 기대한다. 결과의 대응이 늦어지면 목표나 방향을 즉각 수정한다. 일상에서 반복되는 작은 결과가 쌓이고 쌓여 인생의 목표에 근접한다는 믿음을 잃지 않아야 한다. 우공이산의 마음으로 우직하게 버티고 나아가는 자세도 필요할 것이다.

올라온 만큼 —— 아름다운 길

음악은 예로부터 인간과 떨어질 수 없는 삶의 한 부분이다. 슬프거나 우울할 때는 음악을 통해 위로받고, 기쁠 때는 흥을 살리는 조미료 역할도 한다. 현대에는 불면증에 시달리는 사람에게는 잠을 잘 자게 도와주는 음악도 있다. 음악의 기본 재료는 소리이다. 청아하고 맑은 노랫소리는 영혼까지도 맑게 하고, 폐부를 찌르는 듯한 간절하고 애절한 소리는 마음을 울린다. 개인적으로 가장 아름다운 소리로 기억하는 것은 모니카 수녀님이 계신 봉쇄 수녀원에서 들은 수녀님들의 합창이었다. 그곳에 계신 수녀님들의 연령은 40에서 60대라고 했다. 적지 않은 연배인데 어떻게 그런 천상의 목소리가 나올 수 있는지 궁금했다. 비단 목에서만 나오는 것이 아닌 듯했다. 수녀님들의 삶 속에서 정제되고 다듬어진 소리가 몸 전체에서 뿜어져 나오는 느낌이었다.

음악은 시적인 가사가 아름다운 소리와 멜로디로 합쳐져 듣는 사람에게 더욱 진한 감동을 준다. 글로 쓰여진 노랫말은 소리와 멜로디의 조합으로 살아 있는 언어가 되어 의미 전달을 더욱 깊고 풍미롭게 한다. 산티아고 길을 걸으며 음악은 친구처럼 연인처럼 늘 함께한다. 힘든 오르막길을 걸을 때는 뒤를 받쳐 주는 응원군이 되고, 단조롭고 무료한 길을 걸을 때는 동행하는 친구가 되어 주고, 기분이 우울한 날에는 가라앉은 기운을 살려 주는 역할도 한다. 노랫말을 쓰는 사람의 감성과 창의력이 때때로 신기하고 놀랍다. 그들은 자연과 삶을 어떻게 그렇게 깊숙하고 진지하게 들여다보길래, 가슴을 적시고 머리를 때리는 가사를 발견해 내는 것일까 궁금하다. 개인적으로 재미있게 생각하는 노래의 가사이다.

총 맞은 것처럼
정말 가슴이 너무 아파
이렇게 아픈데 이렇게 아픈데
살 수가 있다는 게 이상해

– 백지영, '총 맞은 것처럼' 노래 가사

확신하는데 이 노래의 작사가는 총을 맞아 보지 않았을 것이다. 가슴이 아픈 것을 왜 하필 총 맞은 것에 비유했을까? 인간이 느끼는 최고의 고통이 총 맞은 것이라고 생각한 것일까? 총을 맞아 보지 않았는데 총 맞은 것 같은 가슴의 아픔은 어떤 아픔일까?

오르막길을 걷는 날에는 언제나 정인의 노래 '오르막길'을 듣는다. 이 노래의 가사를 음미하며 지금 나의 오르막길을 걷는다. 쉬운 오르막길은 없다, 올라온 만큼 이룬 것이고 올라온 만큼 아름다운 길인 것이다.

이제부터 웃음기 사라질 거야 가파른 이 길을 좀 봐

그래 오르기 전에 미소를 기억해 두자 오랫동안 못 볼지 몰라

완만했던 우리가 지나온 길엔 달콤한 사랑의 향기

이제 끈적이는 땀 거칠게 내쉬는 숨이

우리 유일한 대화일지 몰라

한 걸음 이제 한 걸음일 뿐 아득한 저 끝은 보지 마

평온했던 길처럼 계속 나를 바라봐 줘 그러면 견디겠어

사랑해 이 길 함께 가는 그대 굳이 고된 나를 택한 그대여

가끔 바람이 불 때만 저 먼 풍경을 바라봐

올라온 만큼 아름다운 우리 길

기억해 혹시 우리 손 놓쳐도 절대 당황하고 헤매지 마요

더 이상 오를 곳 없는 그곳은 넓지 않아서

우린 결국엔 만나 오른다면

한걸음 이제 한 걸음일 뿐 아득한 저 끝은 보지 마

평온했던 길처럼 계속 나를 바라봐 줘 그러면 난 견디겠어

우린 결국엔 만나

크게 소리쳐 사랑해요 저 끝까지

– 정인, '오르막길' 노래 가사

오르막길을 걸어야 하는 날은 단단히 준비를 하고 아침도 든든히 챙겨 먹는다. 이어폰에 '오르막길' 노래를 장착하고 길을 나선다. 지금까지 걸어온 길이 완만하고 평탄한 길이었다면 그 길의 감사함도 느낄 것이고, 삶의 오르막길 여정에 힘이 되어 준 사람들에 대한 생각도 할 것이다. 노래 가사처럼 올라온 만큼 아름다운 길이라 했다. 오르는 과정에 거친 숨을 내쉬며 힘든 시간도 있을 것이고, 저 먼 풍경을 바라보며 잔잔한 감동에 빠지는 시간도 있을 것이다. 정상이 꼭 최후의 목표가 되어

야 할 이유는 없다. 저 아득한 끝은 보지 말고 지금 내 앞에 펼쳐지는 이 길을 걷다 보면 결국엔 정상에 오르게 될 것이다.

산티아고 길에서 만나는 첫 번째 오르막 코스는 프랑스 길의 출발지인 생장에서 론세스바예스를 가는 25킬로미터 구간에서 올라야 하는 해발 1,450미터 높이에 있는 콜 데 레페데르이다. 출발지인 생장이 해발 170미터이니 1,300미터 정도의 오르막을 올라야 한다. 피레네 산맥을 넘어야 하는 전체 여정에서 가장 힘든 구간이라 할 수 있다. 생장은 중세의 분위기를 간직하고 있는 인구 1,500명의 작은 도시이며, 프론테라 지역을 지나면 이제 스페인 국경으로 들어선다.

오르막을 실제의 오르막 경사보다 더 가파르게 만드는 것도, 무덤덤하게 받아들이고 오르게 하는 것도 마음에 달려 있다. 바람에 흔들리는 나뭇잎을 보고, 누구는 바람이 흔들리는 것이라 했고, 누구는 나뭇잎이 흔들리는 것이라 했다. 이를 본 큰스님이 바람이 흔들리는 것도 아니고 나뭇잎이 흔들리는 것도 아니고, 그것을 보고 있는 네 마음이 흔들린다고 했다. 첫 번째 맞이하는 이 오르막길도 전체 여정의 한 부분일 뿐이고 올라온 만큼 아름다운 우리 길이고 욕심부리지 않고 한 걸음 한 걸음 걷다 보면 더 이상 오를 곳 없는 정상에 도달할 것이다.

산티아고의 두 번째 오르막길은 산티아고를 272킬로미터 남겨둔 아스토르가에서 라바날까지 이어진 꾸준한 오르막길이고, 이라고 고개를 넘어 전체 여정 중 가장 높은 1,505미터 지점에 있는 철의 십자가에 도착한다. 라바날은 이라고산 중턱에 자리 잡고 있으며 이곳에 사는 주민은 채 50명도 되지 않는 작은 산골 마을이다. 전형적인 스페인식 돌로 된 가옥들로 지어져 있다. 라바날에는 12세기 로마네스크 양식의 산타 마리아 성당이 광장에 자리해 있고, 그 왼쪽에 런던에 본부를 둔 성 야고보 신자회가 운영하는 알베르게 가우셀모가 있다. 헛간을 개조한 공간에 만든 숙소이며, 영국에서 파견 온 자원봉사자들이 친절한 서비스를 제공한다. 안뜰의 의자에 앉아 걸려 있는 빨래와 함께 햇볕을 쬐며 휴식을 취하면 천국이 따로 없을 것 같은 평화로운 곳이다.

산티아고에는 한국에서 온 순례객이 많다. 외국인들과 이야기하다 보면 한국 사람들이 왜 산티아고를 좋아하는지 아느냐고 묻는다. 나도 궁금하지만 그 이유를 정확히는 모른다. 신앙심 깊은 종교적인 목적의 방문인지, 치열한 생업 전선을 은퇴하고 지친 몸과 마음을 달래려는 목적인지, 진로를 찾으려는 젊은이들이 많은 건지, 이유야 어쨌든 한국인 순례자는 많다. 라바날의 가우셀모 알베르게의 식당 벽에는 1991부터 2024년까지 33년간 투숙한 순례자의 수가 국가별로 정리되어 있다. 이곳이 스페인이니 당연히 스페인 여행자가 제일 많고, 주변 유럽 각국의 여행자가 그 뒤를 잇는다. 이 기록이 산티아고 여행자의 정확한 비교는 아닐 수는 있지만, 한국인 순례자가 열한 번째로 많다. 이웃 나라 일본보다 3배 많으니 가히 한국인 순례자들은 산티아고에 차고 넘친다. 나도 한국인 방문자 기록에 작년 올해 합하여 2표, 아내는 올해에 1표를 더한다.

가우셀모 알베르게 방문자 (1991-2024)

스페인	독일	프랑스	이탈리아	미국	영국
55,799	19,045	16,350	11,921	9,819	7,662
캐나다	**브라질**	**덴마크**	**호주**	**한국**	**일본**
5,216	4,233	4,026	3,326	3,270	993

가우셀모 알베르게 봉사자들의 친절함과 함께 꿀맛 같은 충분한 휴식을 취하고 철의 십자가로 향한다. 해발 고도 1,505미터 지점에 단조롭고 소박한 철 십자가가 우뚝 서 있다. 무심한 세월과 거친 바람을 견디고 묵묵히 순례자를 맞이하는 철 십자가는 '성 야고보의 순례길'의 대표적인 상징 중 하나가 되었다. 철의 십자가에서는 지금까지 걸어온

해발 1,505미터에 위치한 철의 십자가

길의 감사함과, 사랑하는 가족을 위하여 또는 누군가를 향한 소망과 바람을 담아 기도를 올린다. 산티아고 여행의 의미를 다시 한번 돌이켜 보고 남은 길을 걷기 위한 에너지를 충전할 수 있는 좋은 장소이다.

철의 십자가에는 순례자들의 사연과 소망이 적힌 조약돌이 주위를 둘러싸고 있다. 자기의 특별한 추억을 집에서부터 가지고 온 순례객도 있다고 한다. 애절한 사연을 담은 이야기도 있고, 소망과 희망의 글이 적힌 작은 돌도 많이 보인다. 누군가에게는 여기가 희망을 찾는 곳일 수도 있고, 누군가에게는 슬픔과 아픔을 내려놓는 장소일 수도 있다. 순례자들이 남긴 하나하나의 사연들이 철의 십자가 기둥을 타고 하늘까지 닿아 소망이 이루어지기를 바라는 마음이다. 철의 십자가를 지나 조그만 봉오리를 하나 더 넘으면 이제부터는 몰리나세카로 가는 내리막길이다. 내려오지 못하는 정상은 의미가 없듯이 삶에서 도달한 정상에서도 언제나 내려가는 때를 잊지 않아야 한다.

정상에서의 달콤함은 미련 없이 내려놓고 이제 맞이하는 내리막길에서 또 새로운 의미를 찾으면 되는 것이다. 오르막의 끝은 정상임과 동시에 그곳은 또 내리막의 시작이다. 오르막이 험하면 그만큼 내리막도 가파르다. 힘든 오르막길을 다 오르고 맞이하는 내리막길에 방심하면 늘 문제가 일어난다. 큰 부상은 오르막보다 내리막에서 자주 발생하는 법이다. 우리 인생에서도 예외는 아니다. 힘든 상황 속에서 늘 경계하고 주의를 기울이는 경우보다 쉬운 일이라 방심하고 허술하게 대처하면 사고는 꼭 그 허점을 찾아 우리를 공격한다.

세 번째 오르막은 산티아고까지 193킬로미터를 남겨둔 비야프랑카에서 오세브레이로까지의 30킬로미터 구간이다. 전체 순례 여정에서 가장 가파른 길이다. 이 오르막길을 지나면 갈리시아 지방으로 진입한다. 길이 가파른 만큼, 보상은 늘 어딘가에 숨어 있다. 발카르세 계곡의 멋진 풍경은 오르막길의 숨찬 호흡을 가다듬게 해 주고, 하늘과 산과 땅에서 느껴지는 장엄함으로 영혼이 맑아지는 선물 같은 순간을 느낄지도 모른다.

오르막의 중간 정도 지점인 라파바에 작은 알베르게가 있다. 작년 방문 때 어떤 한국 분과의 인연이 있었다. 전날 이름도 기억나지 않는 작은 동네에 있는 침대 10개 정도의 아담한 규모의 알베르게를 숙소로 정했다. 그곳에서 나보다 연배가 조금 높은 한국에서 오신 남자분과 함께 머물게 되었다. 오랜만에 한국분을 만난 반가움으로 인사를 나누고 여러 이야기를 하게 되었다. 그분은 산티아고를 이미 여러 번 방문했다고 했다. 여러 번의 경험으로 산티아고에 대한 많은 정보를 가지고 있었고, 숙박시설, 한국 음식을 먹을 수 있는 곳, 산티아고의 이야깃거리, 가 볼 만한 곳 등 도움이 되는 여러 이야기를 해 주셨다. 한국에서 산티아고까지 오기란 쉽지 않다. 더구나 그 연세에 여러 번 온다는 것이 대단한 도전이다. 용기가 없이는 어려운 일이다.

그분을 산티아고로 인도한 특별한 계기가 궁금하여 "어떤 일을 하시나요?" 하고 여쭈어보았다. 그러자 "그쪽 관련된 일을 하고 있어요."라는 답이 돌아와, 그쪽이 어느 쪽인지 더 묻지는 않았다. 다음 날 아침 일어나니 늘 그렇듯 모두 출발 준비로 어수선했다. 나는 이 층 침대였기에 일 층에서 이미 출발 준비를 하고 계시는 그분 모습을 보았고, 그분은 나보다 먼저 짐을 챙기고 길을 나섰다. 나도 곧 출발했고, 오르막길의 가쁜 숨을 '오르막길' 노래에 묻으며 유유히 걷고 있었다. 출발 후 2시간 정도가 지나자 깊숙한 산길로 접어들었다. 길 양쪽의 우거진 나무들은 오로지 내 앞에 놓여 있는 좁고 꼬부라진 길만 보여 줄 뿐 멋진 경치나 탁 트인 공간은 허용하지 않았다.

한 걸음 한 걸음에 집중하며 한참을 걸으니 저 멀리 남자 두 분이 길옆에 앉아 쉬고 있는 모습이 눈에 들어왔다. 산티아고 길에서 보이는 흔한 모습이라 오르막이 힘들어 쉬고 있나 보다 생각하고 다가가니 그 한국분과 젊은 외국인이 함께 있었다. 얼굴을 마주치고 인사를 하니 그분은 고개를 푹 숙이고 대답이 없고, 대신 젊은 외국인이 한국말을 할 줄 아느냐고 묻는다. 지금 이분의 상황이 좀 안 좋은 것 같고 도움이 필요한데 대화가 안 되니, 한국말을 하면 어떻게 좀 해 보라고 한다.

내가 같이 있을 수 있다고 하자 그 외국인은 자기의 길을 떠났고, 나는 그분과 이야기를 나누었다. 손바닥에 상처가 있고 그 사이로 핏자국이 보였다. 아마 넘어지신 듯했다. 그분이 작은 소리로 말했다. 지치고 기운 없는 목소리였다. 오르막길에서 무리를 한 것 같다고, 조금 쉬면 괜찮으니 걱정 말라 하셨다. 이런저런 말을 시켜 보고, 가지고 있는 사탕도 드리고 기운을 차릴 때까지 옆에서 기다리며 시간을 함께 보냈다. 얼마의 시간이 지나 기운이 좀 회복되었는지 일으켜 달라고 하기에 부축하여 나무 둥지에 앉혀 드렸다.

잠깐 앉아 계시는가 싶더니, 마치 슬로비디오처럼 머리가 왼쪽으로 떨어지며 땅바닥으로 넘어졌다. 깜짝 놀란 마음을 진정하고, 온 힘을 다해 일으켜 세웠으나 몸의 중심을 잡지 못한다. 앉은 채 등으로 그분의 등을 지탱하며 앉아 있는 방법밖에 없었다. 나보다 몸집이 크고 무거운 분을 한참 동안 그렇게 지탱하고 있는 것도 쉬운 일이 아니었다.

이 오르막길을 지나가는 순례자도 보이지 않고 무언가 방법을 찾아야 하는데 난감한 상황이었다. 무서운 마음과 함께 고립된 것 같은 외로움이 갑자기 밀려왔다. 혼자 나의 길을 갈 수도 없고, 그분과 함께 있어야 했다. 이 난관을 헤쳐 나갈 길이 생각나지 않았다. 주변에 쉴 만한 장소가 있는지 검색하려 했는데, 산속이라 인터넷이 되지 않았다. 그러니 두 사람의 힘으로 헤쳐 나가는 수밖에 없었다. 그분이 조금 정신을 차려, 일으켜 세운 뒤 함께 오르막길을 오르기 시작했다. 나는 뒤에서 밀고 그분은 힘겹게 한 걸음씩 옮기며 걷기 시작했다. 몇 걸음 가다 쉬고, 다시 걷고 또 쉬기를 반복하며 조금씩 나아갔다.

그분은 몇 발자국 걷고는 접힌 허리를 들어 거친 숨을 몰아쉬고 하늘 한 번 보고, 그 동작을 기계적으로 반복했다. 혹시라도 또 쓰러지면 그때는 어떻게 하나 걱정이 밀려왔다. 나도 서서히 지치기 시작하고, 등은 땀으로 범벅이었다. 저 멀리 길 안내 표지판이 눈에 들어왔다. 짙은 어둠 속에서 한 줄기 불빛을 발견한 듯했다. 표지판에는 600미터 전방에 라파바라는 동네가 있고 그곳에 알베르게가 있다고 적혀 있었다. 땀은 온몸을 적셔왔다. 목적지를 발견한 기쁨은 어디로 갔는지, 과연 우리가 그 목적지에 도착할 수 있을까 하는 걱정이 다시 몰려왔다.

'내가 왜 자청하여 이 고생을 하고 있나?' 하는 생각이 불쑥 들어왔다 금방 사라진다. 혼자 걷는 것도 힘든 오르막길인데 나보다 큰 상대를 부축하며 걷고 있는 이 길에 다른 생각을 할 여유가 없다. 지금 걷고 있는 이 상황에 집중하고 온 힘을 다해야 했다. 두 사람에게는 공동의 목표가 생겼다. 지금 처한 이 상황에서 무사히 벗어나고 빨리 알베르게에 도착하는 것이었다. 우리는 한 몸이 되어 움직여야 했다.

〈산티아고의 흰 지팡이〉의 재한과 다희의 관계처럼 지금 우리는 이 길을 더불어 같이 걷는 동반자였다. 더불어 같이 걷는 걸음이 목적지에 도달하는 최선의 수단임과 동시에 더불어 함께하는 것 자체가 최고의 목표가 되었다. 산티아고 길의 160만 보도 한 걸음, 한 걸음의 발자국이 모여 이루어지듯, 우리 두 사람은 600미터를 서로 온 힘을 다하며 오르고 또 올랐다. 어쩌면 그날 600미터의 오르막길은 그분과 내가 산티아고에서 경험한 진정한 순례길이었는지도 모른다. 저기 어렴풋이 라파바 알베르게의 안내 표시가 보인다. 이 알베르게는 독일 신자회가 개축한 교구 주택이고, 숲속 한적한 장소에 자리 잡고 있었다.

도착하여 그분을 탁자에 눕혀 드리고 관리인에게 자세한 상황을 설명하고 급히 도움을 청했다. 알베르게 관리인은 약이 필요한지 의사가 필요한지 등을 묻고 친절히 응대해 주셨다. 누울 수 있는 침대가 필요하고 당분간 안정을 취해야 할 것 같다고 말했다. 알베르게는 보통 오후 2~3시는 되어야 입실이 가능한데 오전 시간이니 아직 준비된 침대가 없지만, 빨리 쉴 수 있는 침대를 준비하겠다고 했다. 그리고 시간이 제법 지났다. 휴식으로 기운을 조금 차리신 그분은 이제 괜찮으니 나의 길을 가라고 했다. 관리인에게 다시 한번 부탁을 드리고, 그분 가방에 인사를 전하는 간단한 메모를 남기고 나의 길을 떠났다. 나머지 일정에서 혹시 뵐 수 있을까 했는데 뵙지는 못했다.

산티아고의 세 번째 오르막길에서 어쩌면 우리가 인생에서 맞이하는 오르막의 도전을 경험한 듯하다. 누구나 인생의 오르막길을 피해 갈 수는 없고, 그 길은 예상 못한 지점에서 나타날 수도 있을 것이다. 인생에서는 오르막이 아무리 힘들지라도 돌아서서 내려갈 수는 없다. 그 길을 헤치고 한 걸음, 한 걸음 나아갈 뿐이다.

내리막 길, 그리고 급격한 추락도 인생에서 늘 경계하고 잊지 않아야 하는 교훈을 던진다. 우리는 역사를 통하여 가파른 오르막길을 포기하지 않고 끝없이 헤쳐 나가는 인간 승리의 드라마도, 그와는 반대로 최고의 정상에서 내리막길을 피하지 못하고 한순간 몰락하는 일화도 많이 본다. 오르막, 내리막의 반복은 피할 수 없는 인생 여정의 한 과정이다. 그 과정에서 울고 웃으며 저 높은 곳을 향해 걸어간다. 도달하고자 하는 정상의 높이는 모두가 다를 것이다. 그 정상의 높이가 행복의 크기를 판단하지는 않겠지만, 정상에 머무르는 시간만큼은 행복의 지속을 보장할지도 모른다. 일일 천하로 끝나는 허망함이 아니라 오랜 시간 누리는 정상의 기쁨은 그 과정의 노력과 희생을 보상할 것이다.

진시황은 고대 중국의 550년에 걸친 춘추전국시대를 끝내고 2,000년에 걸쳐 이어지는 황제 중심의 중앙집권제를 처음으로 실현한 왕이다. 중국을 최초로 통일하여 황제라는 명칭을 사용했다. 첫 번째 황제라는 뜻으로 시황제로 불리고 진나라의 첫 황제라는 의미로 진시황으로도 불린다. 진시황의 진나라는 춘추전국시대를 끝내고 거대한 중국을 통일하는 대업을 이룬다. 하지만 그 후 억압적인 정책과 폭군 정치로 불과 15년 만에 나라가 멸망하는 역사적인 아이러니를 남긴다.

천하 통일을 이룩한 진시황은 영원불멸의 지위를 누리며 그 정상에 머무르고 싶었을 것이다. 그는 늙지 않고 죽지 않는 불로장생초를 얻기 위해 온갖 힘을 쏟는다. 그는 삼신산이라는 곳에 불로장생의 영약이 숨겨져 있다는 점술사들의 말을 듣고 그의 부하 서복에게 그 영약을 찾아올 것을 명령한다. 서복은 불로초를 구하기 위해서는 남녀 동자 500명과 많은 금은보화가 필요하다고 말한다.

불로장생이라는 탐욕에 눈이 먼 시황제는 이를 흔쾌히 수락하고 서복은 불로장생초를 찾기 위해 길을 떠난다. 서복은 불로장생초를 구하지 못하고 돌아오면 죽임을 당할 것을 알고 있었다. 그는 또한 불로장생 초는 세상에 존재하지 않고, 구할 수도 없다는 것을 알았으리라. 그가 진시황에게 돌아가지 않은 것은 살기 위한 당연한 결과였고, 진시황에게는 탐욕에 눈먼 욕심이 빚어낸 당연한 결과였을 것이다.

진시황은 사후세계를 믿었을까? 자신의 무덤에 흙으로 구운 병사와 말을 배치하여 죽어서도 영원히 자기를 지키게 했다. 중국 산시성 서안에서 발굴된 이 병마용은 영원한 수명에 대한 인간의 탐욕을 나타낸 허황된 믿음의 결과일 것이다.

진나라가 멸망한 후 초나라 군대는 진나라 역대 왕들의 무덤을 도굴했다. 당연히 가장 큰 진시황의 무덤이 도굴 1순위였지만 그 위치를 찾지 못한다. 오랜

병마용의 보병대

시간이 지나 어떤 농부에 의하여 지금의 병마용이 우연히 발견되었다. 1974년, 마을 청년들이 우물을 만들기 위해 땅을 파던 중 도기 조각을 발견했다. 이것이 계기가 되어 본격적인 발굴을 통하여 도기로 만든 병사 인형 수천 점이 묻힌 거대한 지하 공간인 병마용이 발견되었다. 병마용은 8,000여 점의 병사, 130개의 전차, 520점의 말이 묻혀 있다고 추정되는 거대한 진시황의 지하 무덤이다. 병마용은 아직 다 발굴되지 않은 상태이다. 중국 정부는 병마용의 원래 모습을 보존하면서 발굴할 기술이 아직까지 없다고 판단하여, 그 기술이 구비되는 시기까지 추가 발굴을 하지 않고 있다.

삼성이 이곳 서안에 중국 시장을 목표로 반도체 공장을 지었고, 회사 업무로 출장을 간 적이 있었다. 시간 여유가 있어 동료들과 병마용 구경을 갔다. 그 규모와 위용에 놀랐고, 사후 세계까지 자신을 지키고 싶어 하는 인간의 욕망에 많이 씁쓸했던 기억이 난다. 진시황은 춘추전국의 중국을 통일하고 황제의 칭호를 얻고 최고의 정상에 등극하지만 그와 진나라는 불과 15년 만에 급속한 퇴락을 거쳐 멸망에 이르게 된다. 누구나 정상에 오르기 위하여 부단한 노력을 쏟아붓고, 도달한 정상의 희열을 오래 만끽하길 원한다.

정상의 위치를 지키기 위해서는 오를 때의 노력 못지않게 지키기 위한 노력도 최선을 다해 쏟아야 한다. 어쩌면 지키기 위한 노력이 오르기 위한 노력보다 더 힘든 것일 수도 있다. 정상에 오른 만족감에 우쭐대지 않고 한결같이 자신을 비추어 보는 겸손한 자세가 정상의 위치를 오래 보존할 방도가 될지도 모른다. 우리는 힘들게 오른 정상에서 급격한 나락을 맞이하는 슬픈 세상사를 많이 보고 듣는다. 정상에서의 급격한 몰락은, 과연 아직 정상에 도달하지는 못했지만 끊임없이 목표를 향하여 걸어가는 여정보다 가치 있을까?

진시황이 오르려고 했던 정상은 그에게 어떤 의미였을까? 그는 진나라와 자신의 운명이 그렇게 빨리 추락할지를 몰랐던 것일까? 안전하게 내려오지 못하는 정상의 의미는 무엇인가? 내리막길을 걸으며 이 화두를 생각해 본다.

길(路) 위에서 길(道)을 묻다: ——————— 동양의 도

세계 곳곳에서 많은 사람이 산티아고 순례길을 찾아온다. 그들은 산티아고 길 위에서 그들의 길을 생각하고 미래의 길을 그려 보고, 또 지나온 과거의 길도 떠올린다. 동양 문화에서는 길은 사람이 걸어가는 길이며, 동시에 사람이 지켜야 하는 도리를 의미한다. 본래 사람이 걷는 길이란 의미가 인간의 행위에 따르는 기준과 원칙을 규정하는 도의 의미로도 사용된다.

산티아고의 순례자들은 걷는 길(路) 위에서 인생의 길(道)을 물을 것이다. 중국을 기반으로 한 동양 사상과 서구의 사상은 서로의 고유한 결을 유지하며 인류의 역사가 바르게 나아가도록 방향을 제시했다. 중국 사상의 지배 담론은 공자가 제시한 인의예지를 모태로 한 도덕을 최고 이념으로 '수신제가 치국평천하'를 목표로 하는 유가 사상이다. 유가 사상은 사람이나 집단 간의 상호 작용에서 그 형식인 예를 소중히 하는 것이다.

예를 정하는 이유는 사람과 집단 간의 갈등과 분쟁을 최소화하고, 원활한 사회의 작동을 위해서다. 그것을 위해 관습적인 장치를 마련하는 것이다. 예를 지키는 것이 건강한 사회의 형성과 그 지속에 중요한 가치라고 생각했기 때문이다. 유교의 전통 사상에서는 인간의 본성을 실현하는 것이 도의 실현이라고 여겼다. 인간의 도덕인 인도를 지키는 것이 하늘의 도인 천도의 실현이라는 것이 유교의 사상적 근간이었다.

반면에, 유가 사상에 비판적인 담론으로서 노자, 장자를 중심으로 한 도가 사상이 중국 사상의 또 한 축을 이룬다. 도가 사상은 몰락한 주나라의 문물제도가 지닌 허위성과 형식성을 문제 삼는다. 공자나 맹자가 제시한 인의예지와 같은 도덕적인 가치는 인위적인 것이고, 대신에 자연을 최고로 인식하는 철학적 논리를 전개한다.

도가 사상은 유가 사상의 형식적 가치 체계를 벗어나 인간 내적인 도덕성에 대한 철저한 분석과 비판을 통해, 인간의 궁극적인 자아실현과 자연스러움에 대한 문제를 다루었다. 사람의 입장에만 매몰되지 않고 사물의 밑바닥에 깔린 자연의 도와 합일하는 것을 이상적인 길이라 생각했다. 그 길은 만물이 생성되고 성장하는 실재이며, 만물이 존재하게 하는 법칙이며, 이를 따르는 것이 우주의 진리라고 여겼다. 사람이 도와 함께함으로써 참다운 인간의 가치를 발현한다는 철학적 사고였다. 중국 도가철학의 시조인 노자는 도와 덕을 다룬 철학서인 도덕경에서 이렇게 말한다.

인법지는 인간이 땅을 본받는 것이고,
지법천은 땅이 하늘을 본받는 것이고,
천법도는 하늘이 도를 본받는 것이고,
도법자연은 도는 스스로 그러함을 본받는 것이라 했다.

사람은 땅에 발을 딛고 살며 땅에 씨앗을 뿌리고 땅에서 자란 곡식을 먹고 살아간다. 땅은 생명의 원천이고, 사람은 땅을 바탕으로 살아가기에 땅을 본받는다고 했다. 하늘의 운행에 따라 봄, 여름, 가을, 겨울 계절이 변화한다. 땅에는 생명의 원천인 비가 내리고, 따스한 햇볕이 비추고, 시원한 바람이 분다. 땅은 하늘의 법칙에 따라 움직인다. 땅이 하늘을 본받는 것이라 했다. 하늘은 우주의 한 부분이기에 우주의 운행 법칙을 따른다. 광활한 우주가 장구한 세월을 이어오며 소멸되지 않는 것은 불멸의 존재의 법칙이 있기 때문이다. 하늘은 우주의 운행 법칙인 도를 본받고 따르는 것이다.

도는 자연적인 '저절로 그러한' 것을 본받고, 인위나 억지가 아닌 '무위'와 '무의'인 것을 본받는다고 했다. 여기에서 자연은 환경으로서의 대자연이 아니라 스스로 그러한 자연스러운 존재 방식을 말한다. 모든 것은 억지로 끼워 넣는 어색함이 아니라 자연적으로 어우러지는 힘이 우주의 장구한 생명을 유지하는 기초인 것이다.

노자의 도에 대한 사상은 만물의 형성·변화는 원래 스스로 그러한 것이며 어떠한 부자연스러운 요소가 지배하지 않는다는 것이다. 도는 만물을 생장시키지만, 만물을 자신의 소유로는 하지 않고 그 공을 내세우지 않고 주재하지도 않는다.

노자는 만물을 이롭게 하는 물의 성질을 최고의 선이자 도의 이상적인 경지로 삼았다. 첫째, 물은 지극히 유연한 성질을 가지고 있다. 물은 어느 모양의 그릇에 담기더라도 자기의 모양을 내세우지 않고 그 그릇의 모양과 조화를 이룬다. 물은 그릇의 모양에 맞추어지는 것이지 그릇의 상태를 거역하지 않는다. 어떤 그릇에 담기더라도 그 성질이 바뀌지 않고 물 고유의 성질을 항상 간직한다.

둘째, 물은 순리대로 높은 곳에서 낮은 곳으로 흐른다. 물은 스스로를 높이려 하지 않고 기꺼이 뭇사람들이 원하지 않는 낮은 곳에 처한다. 빗방울이 모여 계곡을 흘러내리고, 계곡의 물이 강으로 흐르고, 강물이 모여 더 낮은 바다로 흘러가는 것이 물의 성질이다. 낮은 곳으로 흘러가는 물의 성질은 겸손의 도를 가르친다고 할 수 있다.

셋째, 물은 내면에 엄청난 에너지를 보유하고 있다. 급류의 물은 큰 바위를 밀쳐내는 힘을 가지고 있다. 또한 물은 장애물을 만나면 피해가는 유연함, 낮은 곳으로 임하는 겸허함도 가지고 있다. 물이 가진 강함, 유연함, 겸손의 성질은 어쩌면 우리가 살아가면서 필요한 길이고 도일 것이다. 우리의 삶의 방식을 물의 순리대로 행하고 따르는 것이 도라고 노자는 도덕경에서 말하고 있다. 도는 존재와 생명의 근거이자 사람이 준수해야 하는 삶의 원칙이기에 도는 지켜져야 한다. 그러나 우리는 도를 벗어나고 부도덕이 행해지는 경우를 많이 본다.

선과 악의 경계는 무엇이고, 도와 부도덕 사이의 간극은 얼마인가? 우리는 살면서 주변의 많은 사례와 경험을 통하여 이러한 물음에 직면한다. 도를 따르는 선한 행위는 비록 결과에 대한 보상을 기대함이 없을지라도 분명 복을 받아야 한다. 하지만, 우리는 그렇지 않은 경우를 자주 보게 되고 그 어긋난 결과에 절망하고 한탄한다.

자신의 삶을 선하게 살아왔고 사랑으로 베푸는 삶을 살아온 사람에게 예기치 않은 불행이 닥쳐오는 경우를 본다. 선하게 살아왔기에 그 삶에 선한 결과가 함께하리라는 믿음에 금이 간다. 그들에게 닥치는 불행을 어떻게 해석해야 하는가? 평범하던 일상을 잃어버린 그 허망함과 슬픔은 무엇으로 설명되고 또 위안받아야 하는 것일까?

우리는 절박한 심정으로 묻지 않을 수 없다. "왜 하필 나에게, 죄 없는 그 사람에게, 선하게 살아온 나의 이웃에게 이런 슬프고 불행한 일이 생기는가?" "하늘의 도는 과연 있는가?" 가족 중에 아픈 사람이 있어 오랜 시간 보살펴야 하고, 그 보호자의 삶과 자유가 제한되는 슬프고 안타까운 사연이 많이 있다. 노약하고 병든 부모를 보살피는 자식의 상황이 피할 수 없는 운명이라면, 아픔으로 태어난 자식을 평생 보살펴야 하는 부모의 운명은 또 어떻게 설명하여야 하나?

사랑하는 아내와 남편에게 갑자기 찾아온 장애를 보살펴야 하는 그들의 배우자는 또 어떤 운명적인 만남인가? 그것은 우연한 결과인가 필연적인 운명인가? 이런 결과와 그 원인은 어떤 치밀한 인과관계를 맺고 있는가? 이것이 하늘의 도라면 그것은 정녕 합당한 것인가?

세월호와 이태원 참사를 당한 가족들의 아픔은 왜 그들 가족에게만 생기는가? 철저한 진상 규명, 충분한 수준의 책임의 규명, 그리고 재발 방지를 보장하는 대책을 통해서 사고의 기억은 점점 무디어질 것이다. 그러나 피해를 당한 가족들의 아픔은 쉽게 사라지지 않는다. 사고의 기억이 무뎌져도 피해 당사자는 여전히 묻지 않을 수 없다. '왜 하필 우리 아이에게 이런 일이 생겼는가?'

큰 수술을 두 번 받고 땅끝으로 내려앉는 듯한 좌절에 빠져 있을 때, 내게도 이 질문은 육체적 통증에 더해지는 정신적인 고통이었다. '나에게 지금 일어난 일은 내 과거와 현재의 어떤 인과관계인가? 이 일은 내 미래의 어떤 결과를 예정하기 위한 것인가?' 내 삶에서 초래된 원인과 그 합당한 결과의 인과성을 믿으려 했었다. 그 관계성으로부터 당면한 상황을 인식하는 것이 그 고통과 슬픔을 이겨 낼 수 있는 힘이라고 믿고 싶었다.

내가 겪고 있는 상황이 인과성이 없는 우연히 일어난 일의 결과라면, 나는 그 상황을 더욱 참담하게 받아들였을 것이다. 선업을 행하면 선한 결과가 있고 악업을 행하면 악한 결과가 있을 것이라는 굳은 원칙을 믿고 살았다. 100의 선업이 100의 좋은 결과를 주고, 50의 악업이 50의 나쁜 결과를 줄 것이라는 정량적인 믿음이 아닌, 선업과 악업이 혼돈 없이 제대로 반영된 결과로 나타나야 한다는 최소한의 믿음이었다.

하늘의 뜻을 안다는 지천명의 50대에 들이닥친 두 번의 수술은 분명 달리고 있는 선로에서 탈선하는 것이었다. 내가 믿는 인과성의 원칙을 적용하면 나는 분명 지금의 결과에 대한 원인을 제공했을 것이다. 수술 침대에서 중환자실에서 그리고 병상에서의 고통도 참기 어려웠지만, 내가 제공한 그 원인의 정체가 무엇인지 알고 싶었다. 그 원인을 인정하더라도 지금의 결과를 잉태할 만큼 과연 충분한 인과관계인지에 대한 의문이 나를 더욱 괴롭혔다. 한밤 잠에서 깨어나 뒤척일 때 이 의문이 찾아오면 잠들기가 어려웠다.

우리는 살아가면서 알게 모르게 선업과 악업을 쌓는다. 그 행위의 대상은 자신일 수도 있고 타인일 수도 있다. 우리가 쌓는 업은 몸과 말과 심지어 생각으로도 지어진다고 한다. 타인에게 해를 끼치는 직접적인 행위만이 아니라 불의를 외면하고 무시하는 소극적인 행위도 악업일 것이다.

나의 말이 타인에게 상처가 되는 것을 알지 못했고, 거짓을 진실이라 우기며 호도했고, 미워하고 시기하는 마음도 가졌을 것이다. 행동과 말과 생각의 결과로 업이 지어진다면, 내 삶의 인과에서 나도 예외일 수 없을 것이다. 나는 과연 내가 지은 많은 업으로부터 선한 결과만을 기대할 수 있는가? 우리는 살면서 세상일이 뜻대로 되지 않거나, 크나큰 슬픔에 처하거나, 단죄되지 않는 악행을 보면 하늘을 그 심판자로 내세운다. "하늘은 무심하지 않을 거야." 인간의 죄에 대한 도덕적 판결의 최후의 보루는 하늘이었다. 악행이 요리조리 운 좋게 법망을 빠져나가도 하늘은 이를 알고 선악을 판단해 주리라는 믿음이었다. "천벌을 내릴 거야." 모든 벌 중에서 가장 무겁고 치명적인 벌은 하늘에서 내리는 벌이었다.

이처럼 하늘은 늘 우리를 지키는 보호막일 뿐 아니라, 삶의 질서를 관장하는 도의 주체였다. 옛날 사람들은 지금보다 훨씬 하늘에 대한 경계와 공경의 마음이 컸다. 노자는 도를 무와 무위의 상태라고 했다. 무는 제로(0)를 의미하는 것이 아니라 인간의 인식 범위를 초월한다는 의미이다. 무위는 아무것도 하지 않는 것이 아니라 비자연적인 행위를 배제한다는 것이다. 다시 말하여 자연을 거스르지 않는 것이며, 자연스러운 질서를 깨트리지 않고 자연스러움에 순응하는 것이다.

중국의 역사를 알고 중국을 이해하기 위해 외국인들이 가장 많이 읽는 책이 사마천의 『사기』라고 한다. 사마천은 전한 시대의 역사가이다. 그는 역사 저술에 임하던 시기에 역모 사건을 변호하다가 황제의 노여움으로 사형을 선고받는다. 당시 사형 언도자에게는 세 가지 선택이 가능했다. 첫째는 허리를 잘려 죽는 것이고, 둘째는 거금의 속죄금을 내고 풀려나는 것이고, 마지막으로는 궁형을 받고 사는 것이었다. 당시의 사대부들은 궁형이 너무나 치욕적인 형벌이라 차라리 자결하는 것이 상례였다. 그러나 사마천은 『사기』를 완성하겠다는 일념으로 그 치욕을 견디며, 하루에도 스무 번씩 식은땀을 흘리는 고통 속에서 불후의 중국 역사서를 완성한다.

사마천은 『사기』 「열전」에서 평생 올바른 정의만을 위하여 살았던 인의의 대표자 백이와 숙제의 이야기를 통하여 하늘의 도를 묻는다. 백이와 숙제는 수양산에서 굶어 죽어야 했던 반면 매일같이 도둑질을 하고 살인을 일삼는 도둑은 호의호식하고 인생을 향유하고 있는 현실에 절망한다. 사마천은 이 같은 현실을 한탄하듯 절규하며 묻는다. 과연 하늘은 선한 행위에 상을 주고 악을 저지른 사람을 벌하는가? 하늘의 도는 있는가? 하늘의 뜻은 과연 옳은 것인가?"

백이와 숙제는 고조국 왕의 아들이었으며, 아버지는 동생인 숙제에게 왕위를 물려주려고 했다. 아버지가 죽자 숙제는 형 백이에게 왕의 자리를 양보한다. 그러자 백이는 아버지의 뜻을 따라야 한다며 거절하고 산으로 도망가 숨어 산다. 숙제 역시 자기 생각을 굽히지 않고 도망을 가고 숨어 살게 된다. 고조국은 왕의 자리를 비울 수 없어 다음 동생을 왕으로 삼게 되었다. 백이와 숙제는 주나라로 도망을 가게 되고, 주나라는 아버지의 나라 은나라를 멸망시키고 천하를 다스리게 된다. 이에 백이와 숙제 형제는 주나라의 곡식을 먹지 않겠다며 수양산에 숨어 고사리를 캐어 먹으며 살다 결국 굶어 죽는다.

"하늘의 뜻, 천도는 사사로움이 없고 언제나 착한 사람과 선의 편이다."라는데, 어질게 살고 정도를 지키며 살았음에도 굶은 죽은 것은 무엇을 뜻하는가? 날마다 무고한 사람들을 죽이고 사람의 간으로 회를 쳐 먹는 포악한 도둑의 무리가 천하를 어지럽히지만, 천벌을 받지 않고 온전히 목숨을 누리고 사는 것은 무엇으로 설명되는 것인가? 도적의 무리들은 무슨 덕을 쌓았고, 어떠한 선행을 했다는 것인가?

동양 문화의 철학적 토대인 유가 사상을 구축한 공자는 말한다.

선한 사람은 선한 결과가 있고 악한 사람에게는 악한 결과가 있기 마련이다. 그것이 나타나지 않은 것은 아직 그 시간이 도달하지 않았을 뿐이다.

우리는 살면서 즉각적인 결과가 나타나지 않으면 그 결과를 의심한
다. 때로는 지연된 결과도 받아들인다면 인과관계의 비대응으로부터의
좌절이 조금은 해소될 것이다. 때로는 그 인과의 결과가 나의 당대에 나
타나지 않고, 나의 후손에게 나타날지도 모른다. 실망할 필요 없다. 결
과는 반드시 나타난다. 동양의 도는 하늘의 도이며, 하늘은 선한 행위에
는 선한 결과를 보답하는 원칙을 거스르지 않는다. 그리고 인간의 도는
하늘의 도를 따른다.

칸트의 물음:
───── 서양의 도

나는 무엇을 알 수 있는가?

나는 무엇을 해야 하는가?

나는 무엇을 희망해도 좋은가?

– 임마누엘 칸트

프로이센 왕국 출신으로 그 당시 대륙 중심의 합리주의와 영국 중심의 경험주의 철학 사조를 종합하여 '선험적 종합 판단'이라는 코페르니쿠스적 혁명을 일으켰다고 평가받는 임마누엘 칸트가 남긴 명언이다. 칸트는 형이상학, 윤리학, 미학 등 분야를 막론하고 서양 철학의 전 분야에 큰 발자취를 남겼다. 그의 3대 비판서인『순수이성비판』,『실천이성비판』,『판단력비판』은 서양 철학사의 대표적인 역작으로 평가받는다.

서양의 철학은 합리주의와 경험주의의 두 부류로 진전되어 왔고 칸트에 의하여 두 부류가 합쳐지고 인식론의 철학으로 전개된다. 서양 철학의 사상은 칸트에게 흘러 들어가고 칸트에게서 흘러나온다고 한다. 그만큼 그의 영향이 지대하게 컸다. 칸트는 사망한 지 200년이 흐른 지금도 근현대 서양 철학의 중심인물로 평가받고 있다. 칸트는 시대에 국한되지 않고 인간의 이성과 윤리적인 접근에 큰 영향을 미치는 사상 체계를 정립했다.

칸트의 사상 체계는 흔히 크게 세 분야로 나뉜다. 첫째, "나는 무엇을 알 수 있는가?"라는 인식론적 체계를 다룬 『순수이성비판』이다. 『순수이성비판』은 인간이 어떻게 지식을 창출해 내며, 사물을 알게 되는지를 논한다. 둘째, "나는 무엇을 해야 하는가?"라는 윤리학적 체계를 다룬 실천이성비판이다. 『실천이성비판』은 인간이 어떻게 윤리적으로 옳고 그름을 판단하며, 그것을 실천하는지를 논한다. 셋째, "나는 무엇을 희망해도 좋은가?"라는 심미학적인 체계를 다룬 『판단력비판』이다. 『판단력비판』은 인간이 어떻게 심미적으로 아름다운 것의 여부를 판단하고, 그것을 직관할 수 있는지를 담고 있다.

"나는 무엇을 알 수 있는가?"를 논하는 『순수이성비판』은 인간이 진리에 접근하는 방식을 다루고 있다. 인간은 경험과 이성적인 판단에 기초해 지식을 습득한다. 구름으로 뒤덮인 하늘은 곧 비를 내릴 것이라는 것을 우리는 안다. 이 지식은 우리가 경험한 이후에 얻게 되는 후험적인 지식이다. 인간은 경험에 의하여 지식을 얻는다. 경험은 상대적인 것이고, 따라서 경험에서 얻은 지식들도 상대적인 성격을 가진다. '사과는 달다.'라는 경험은 모든 사람에게 동일하게 적용되지 않는 진리이다. 즉, 어떤 사람에게는 참이지만, 다른 사람에게는 참이 아닐 수도 있다.

현대 사회는 이성적인 판단보다는 경험적으로 지식을 습득하는 경우가 많다. 그 중요한 역할을 하는 부분이 정보 네트워크망의 개인화이다. 예전에는 동일한 공중파 뉴스를 보면서 비록 서로 다른 생각을 가진 사람들 사이에서도 대화와 타협을 통하여 생각의 차이를 좁히는 작업이 가능했다. 하지만 현대 사회는 공중파 뉴스 대신 개인화된 유튜브를 통하여 자기가 보고 싶은 정보만 보고 듣는다. 인공지능으로 발달된 알고리즘은 내가 보고 싶은 정보에 맞는 프로그램만 골라서 나를 더욱

한 방향으로만 몰고 간다. 내가 보고 싶고 듣고 싶은 정보에만 접속하는 것이 잘못된 것은 아니다. 그러나 보고 싶은 것과 보아야 하는 것이 반드시 일치하지는 않는다. 보고 싶은 것에 집착함으로써 보아야 하는 것을 보지 못한다면, 정보와 지식을 바르게 습득하는 것이 아니다.

반면, 수학에서 1+1이 2라는 것은 경험을 하지 않고도 이성적으로 알 수 있는 선험적인 진리이다. 칸트의 『순수이성비판』은 외부적인 요소인 경험을 배제하고, 경험에 의하여 변질되지 않으며, 오로지 인간의 순수한 이성에 의하여 사물을 판단하는 방식에 대하여 논한다. 칸트는 이러한 방식으로 인간 이성의 작용 원리와 근거를 제시함으로써, 모든 인간 지식의 참과 거짓에 대한 기준을 제시할 수 있을 것으로 생각했다.

칸트의 첫 번째 질문은 인간의 이성이 인식할 수 있는 범위와 한계가 어디까지 인지를 묻는다. 다시 말해, 우리는 어디까지 알 수 있으며, 또한 어떤 것은 알 수 없는지를 묻는 것이다. 칸트의 『순수이성비판』은 인간의 인식에 대한 논의를 "나는 무엇을 알 수 있는가?"라는 질문을 통해 냉철히 들여다보고 있다.

"신은 존재하는가, 아니면 존재하지 않는가?" "인간에게 영혼이 있는가, 아니면 없는가?" "시간의 시작은 있는가, 아니면 없는가?" 인간이 무엇을 판단하고 인식하는 근거는 인간이 가진 이성과 경험에 의하여 체득한 지식의 복합적인 결과이다. 이성적인 판단과 경험으로 축적된 배움을 통해서 우리의 인식 체계가 형성된다. 철학자들은 2,000년 역사를 통하여 인간의 문제, 신적인 영역, 우주의 근원에 대한 근본적인 질문에 답을 찾기 위하여 다양한 철학적 접근을 시도한다.

신과 우주와 같이 한계가 없고 스스로의 제약이 없는 대상들은 인간 이성이 인식할 수 있는 한계를 아득히 초월하는 초이성적인 대상들이다. 유한한 인간의 이성은 자신의 한계로 인해 결코 그 대상들을 인식할 수 없다. 따라서 인간 이성의 인식 범위를 넘어서는 초이성적인 대상들을 인식하려는 모든 시도는 독단적인 것일 수밖에 없다고 주장한다.

칸트는 이러한 인간이 경험하지 못하는 것들에 대하여 인간의 이성으로는 알 수 없다고 한다. 하지만, 아이러니 하게도 인간은 이 질문들에 답할 수 없지만, 이런 질문을 늘 대면해야 하는 존재일 수밖에 없다고 『순수이성비판』에서 말한다. 신적인 영역, 우주의 영역에 대하여 인간은 이성적인 접근을 통하여 인간이 추론할 수 있는 범위의 다양한 답을 제시한다. 하지만 이 질문들에 대한 답의 어느 것도 인간이 경험해 보지 못한 것이다. 경험할 수도 없는 것이기에 제시된 답에 대한 신뢰와 검증 또한 한계가 있다.

두 번째 질문인 "나는 무엇을 해야만 하는가?"는 도덕적 물음으로 『실천이성비판』의 주요 쟁점이다. 이 물음에 대한 답은 결국 도덕 준칙을 따르는 것이며, 우리는 도덕적으로 행동해야 한다는 것이다. 그렇다면 도덕 준칙은 무엇인가? 칸트는 우리의 행동이 보편적 입법에 타당해야 한다고 말한다. 보편적 입법에 부합하는 것은 남이 싫어하는 것을 하지 않는 것이고, 내가 싫은 것은 남에게도 강요하지 않는 것이다. 칸트는 도덕 법칙을 스스로 입법하라고 말한다. 즉, 인간의 근원적인 도덕 법칙은 내면의 양심이다. 스스로의 도덕 법칙을 지키며 사는 것은 양심에 따라 행동하는 것이다.

칸트는 "무엇을 해야만 하는가?"라는 질문에 대하여 두 가지 명령을 이야기한다. 인간은 누구나 불완전한 존재이고 머리로는 정리된 생각을 제대로 행동으로 옮기지 못하는 경우도 많다. 하지 말아야 하는 일을 저지르고도 후회와 반성을 하지 않는다. 인간은 두 가지 명령을 따름으로써 마땅히 해야 하는 것과 지금 하고 있는 것의 차이를 줄일 수 있다고 말한다. 그것은 불완전한 인간의 결함을 메우는 방법일 것이다.

첫 번째 명령은 조건적인 명령이고, 다음은 무조건적인 명령이다. 조건적인 명령은 어떠한 결과를 전제로 스스로에게 내리는 명령이다. 좋은 성적을 위하여, 건강해지기 위하여, 돈을 많이 벌기 위하여, 스스로 해야 하는 당위적인 일들이다. 이 명령들을 충실히 수행한 결과는 자신의 가치를 높이고 삶의 질을 높이기에 누구나 조건적 명령을 충실히 수행하려고 노력한다. 때로는 스스로에게 조건적 명령을 너무 많이 내리고 과부하로 인한 스트레스의 원인이 되기도 한다. 자신의 능력과 한계를 고려하지 않고 스스로 내린 많은 명령에 구속되어 주체적인 삶을 살지 못하고 불행해지는 경우도 있다.

우리는 조건을 담보로 많은 것을 약속한다. 요즈음은 효도의 조건을 전제로 유산을 상속하는 부모도 있다. 부모가 죽을 때까지 자식이 효도를 다한다는 조건이 재산 상속의 필요충분한 요건이라고 계약하는 것이다. 부모, 자식 관계도 상업적인 거래가 되는 씁쓸한 세상이다. 결혼도 조건을 전제로 이루어지는 경우도 많다. 결혼의 전제가 된 조건이 사라지면 결혼을 무효화하고 각자의 길을 걷는 부부도 많이 본다. 직장과 개인의 관계도 노동을 제공하고 그에 상응하는 임금을 받는 조건적 명령이다. 우리는 많은 조건의 틀 속에서 살고 있다. 칸트는 이 조건에 의하여 요구되는 각종의 행위를 조건 명령이라고 규정했다.

하지만 무조건적 명령은 시간과 공간 그리고 상황에 관계없이 요구되는 도덕적 준칙의 명령이고, 이를 정언명령이라고 했다. 나의 이해관계나 호불호에 관계없이 이성적인 인간으로서 지켜야 하는 도덕 법칙이다. 도덕법칙이 규정하는 원칙을 받아들이고 그것에 따라 행동하는 것이다. 『실천이성비판』에서 칸트는 선의지라는 개념을 제시했다. 선의지란 아무런 구속 없이 선한 마음을 가지는 것이다. 인간이 어떤 행위를 할 때의 선한 의지를 강조하며, 이것을 도덕 준칙의 핵심으로 보았다. 어떤 결과를 이루려는 의도가 내재된 행위가 아니라 그 행위 자체의 선한 의지가 더욱 중요하다고 보았다. 다시 말해, 자신이 실현하고 성취하고자 하는 어떤 목적들 때문에 선한 것이 아니라, 오직 그 일을 하는 선한 마음이 도덕 준칙의 핵심이라는 것이다.

전통적인 윤리학에서 제시되는 도덕적인 가치인 용기, 희생, 결단 등의 덕목은 선한 것이지만, 선의지가 전제되지 않을 경우에는 오히려 더 극단적으로 악하고 해로울 수 있음을 지적한다. 선의지가 전제되지 않은 악한 사람이 용기 있게 행동하고, 자신을 희생하며 극단적으로 행동하는 것은 위협적인 것이고 때로는 참혹한 결과를 만들기 때문이다.

칸트는 도덕 준칙과 행복의 비례가 일치하지 않는 갈등을 해소하기 위하여 신을 개입시킨다. 도덕 준칙을 지키며 사는 사람은 꼭 행복한가? 우리는 경험적으로 그렇지 않은 경우를 많이 본다. 선하게만 살아온 사람이 불행의 늪에 빠져 보는 이를 가슴 아프게 하는 사례가 많이 있다. 반면에, 머리가 좋은 어떤 범죄자가 법망을 요리조리 피해 가며 어떤 처벌도 받지 않고 잘 사는 경우가 있다. 우리는 그 범죄자가 벌을 받아야 한다고 여기면서도, 그가 응당 받아야 할 처벌을 지능적으로 피해 나가는 것을 슬프지만 지켜볼 뿐이다.

이러한 모순적인 두 삶의 모습이 존재하는 현실을 우리는 어떻게 받아들여야 하는가? 반도덕적인 행위가 죄의 대가를 받아야 한다는 판단을 포기해야 하는가? 칸트는 악한 자가 벌을 받아야 한다는 믿음을 계속 유지하라고 주문한다. 현실 세계에서 도덕적 응보의 판단과 실제의 결과가 일치하지 않을지라도, 마치 이 세상은 그것이 일치하게 기획된 것을 믿으라고 한다. 나아가 그것이 일치되도록 노력하며 살아가라는 것이다. 바로 그것이 보편타당한 최고의 선이라고 말한다.

이것은 최고의 선을 위한 신에 대한 믿음이고, 이 믿음은 오직 윤리의 명령에 대한 신앙이다. 칸트에게 신에 대한 믿음은 윤리에 대해 우리가 마땅히 가져야 할 태도, 즉 윤리와 응보가 현실에서 결코 완벽하게 이루어지지 않을지라도 우리가 가져야 할 태도를 의미한다.

우리가 두 번째 물음에 따라 도덕 준칙을 지키는 것은 우리가 '행복해도 좋을 자격'을 갖추는 일이라고 한다. 따라서 우리가 도덕적 행위를 충분히 수행하여 행복해도 좋을 자격을 가지게 된다면, 비로소 우리는 우리의 도덕성에 상응하는 행복을 희망할 수 있게 된다는 것이다. 다만, 이 행복이 우리에게 실제로 주어진다고 하지 않고, 희망의 대상이라고 말한다는 점에서 칸트는 전통적인 행복주의 윤리학을 거부하고 있다고 볼 수 있다. 왜냐하면 전통적인 행복주의 윤리학은 도덕적으로 행동하게 될 경우 현실의 삶에서 도덕적 행복을 얻을 수 있다고 주장하기 때문이다.

칸트는 우리가 아무리 도덕적으로 살아간다고 하더라도, 자연 법칙이 지배하는 현실 세계에서 도덕성에 상응하는 행복과의 완전한 상관관계를 전제하지 않는다. 따라서 우리가 도덕적인 삶에서 얻을 수 있는 것은 단지 행복해도 좋을 자격, 그리고 행복이 따라오리라는 희망이라고 주장한다. 또한 칸트는 도덕성에 상응하는 행복은 결코 우리 인간의 능력으로는 실현 불가능한 것이라고 전제한다. 행복의 분배에 개입하는 전능한 신을 가정한다면 각자의 도덕성에 상응하는 행복을 희망할 수 있다고 주장한다.

칸트가 말하는 도덕 준칙과 행복의 인과관계, 그리고 이 원칙을 관장하는 신의 존재에 대한 믿음은, 공자가 말하는 하늘의 도와 이를 지배하는 우주 대자연의 섭리와 크게 벗어나지 않을 것이다. "나는 무엇을 희망해도 좋은가?"라는 세 번째 물음은 결국 행복할 자격과 행복이 필연적으로 연결되는 최고선이라는 도덕의 문제로 귀결된다. 칸트는 이 물음에서 도덕에 상응하는 행복이 보장될 수 있게 하기 위해 신의 현존을 요청해야만 한다고 말한다. 그러므로 셋째 물음은 종교적 믿음과 필연적으로 연관될 수밖에 없다.

칸트가 『순수이성비판』, 『실천이성비판』, 『판단력비판』을 통해 말하는 도는 인간의 순수한 이성으로 우리가 알아야 할 것을 제대로 알고, 나의 행동이 도덕 준칙에 따르고 보편적 입법에 타당하게 행동하는 것이고, 그것이 인간의 의무라고 했다. 『순수이성비판』에서는 우리가 경험하지 못하는 초월적인 것이 배제된 인간의 순수한 이성을 강조한다. 서양 철학에서 인간의 위대함과 고귀함은 다른 어떤 생명체와도 구별되는 인간만이 가진 이성적인 존재임을 중시한다. 이성적인 인간이기에 잘못된 경험으로 오염되지 않은 순수한 이성으로 인간이 알아야 하는 지식과 지혜를 끊임없이 배우고 삶과 자연과 우주의 진리에 접근하는 것이다.

『실천이성비판』에서는 도덕 준칙을 따르고 양심에 따라 사는 것을 최고의 선이라고 했다. 또한 보편적인 기준에서 도덕 법칙을 스스로 입법하라고 했다. 자신이 입법하는 도덕 법칙은 누구의 강제에 의하여 만들어지는 것이 아니고 결국은 자기의 양심의 명령을 따르는 것이다.

칸트는 양심에 따라 도덕 준칙을 지키며 사는 것은 최고의 선이기에 행복해야 한다고 했다. 하지만 우리의 현실에서는 도덕적 준칙을 지키며 사는 사람이 꼭 행복한 것은 아니다. 그런 불일치를 경험하고 인정할 수밖에 없다. 인간의 수명이 무한하다면 도덕적인 삶과 행복이 일치하는 인과관계는 반드시 있을지도 모른다. 하지만 유한한 인간의 삶 속에 존재하는 도덕과 응보의 불일치 때문에 인간은 슬퍼하고, 번뇌하고, 때로는 좌절한다.

도덕적으로 사는 것, 선하게 사는 것, 그 자체가 결과와 상관없이 행복이라고 말하기도 한다. 하지만 나약한 인간의 믿음에는 이러한 말도 그 불일치를 해소하는 진정한 위안이 되지는 못한다. 칸트는 그 불일치의 해소를 주관하는 신을 등장시키고, 도덕적으로 사는 가치와 의미를 다시 한번 설득력 있게 강조한다. 칸트로 대표되는 서양 철학은 인간을 이성을 가진 존재로 바라보고, 자연을 탐구와 연구를 통하여 인간을 이롭게 이용하는 대상으로 보았다. 공자, 노자의 동양철학은 자연과 인간의 합일, 하늘과 땅과 사람이 하나이고, 자연을 따르는 것이 도라고 인식했다. 장구한 세월 동안 고유의 방식으로 발전해 온 동양과 서양의 철학은 그 결이 약간은 다른 모습으로 전개되어 왔지만, 궁극적인 주제는 인간과 삶에 대한 고민이고 깨우침이었다.

인간의 삶에 대한 두 사상의 근원적인 도달점은 도덕적인 준칙을 지키며 살라는 것이고, 도덕 준칙의 핵심은 양심에서 출발한다는 것이다. 양심에 의하여 행동하는 것을 최고의 선이라 했고, 이러한 사회를 이상적인 이데아의 사회라고 보았던 것이다. 나의 입장에서만 행동하지 않고 상대의 입장도 고려하고, 내가 싫어하면 남에게도 강요하지 않고 나의 양심에 거슬리면 하지 않는 것이 도라고 말한다.

인간의 역사에서 무수하게 일어난 피비린내 나는 영토 전쟁, 종교적인 반목과 갈등으로 인한 싸움 그리고 피부색, 계급으로 유발된 인종적인 차별로 죄 없는 사람들이 수없이 죽어 갔다. 그들은 죽어 가면서 자신들이 왜 죽어야만 하는지를 하늘을 향해 물었을 것이다. "신은 있는가?" "나의 죽음은 하늘의 뜻인가?" 죽음을 당하는 이유를 인정할 수도 용납할 수도 없는 현실 앞에서, 그들은 하늘을 비난하며 울분을 토해 냈을 것이다. 그들이 토해 낸 울분이 쌓이고 쌓여 우리의 역사는 진보를 거듭한다. 하지만, 아직도 지구 곳곳에는 죄 없는 사람들이 다양한 이유로 매일매일 죽어 가고 있다. 그렇다면 이 물음은 아직도 유효한 것이다.

산티아고를 향해 걷는 사람들은 나름의 이유를 가지고 순례길을 왔고, 그 길(路)에서 각자의 길(道)에 대해서 생각할 것이다. 어떻게 사는 것이 나의 길이고 나를 행복하게 하는 길인가를 생각하며 인생의 짐을 메고 매일매일 걷는다. 각자의 길(路) 위에서 길(道)을 물을 것이다.

창세기 이후 200억 명의 사람이 광대한 우주 속의 티끌 같은 존재인 창백한 푸른 점 지구를 다녀갔고, 현재 이 지구에 80억 명의 사람이 살고 있다. 우리의 종족인 호모 사피엔스 280억 명은 모두 행복한 삶을 살지는 않았고, 지금도 지구 곳곳에서 삶의 고통과 절망에 싸우고 있는 사람이 많다. 자신의 삶에 배어 있는 아픔이 정당한 인과의 대응인지에 대한 의문은 누구에게나 있고, 또한 어느 누구도 자명한 답을 주지는 못한다.

서양 철학의 사상적 체계를 완성한 칸트는 인간의 순수한 이성에 따르고 도덕 법칙의 준수가 행복에 이른다고 말했다. 동양 철학의 사상적 원조인 공자는 하늘의 도를 지키는 것이 곧 인간의 도리라고 했다. 동서양의 시간적 공간적 간극을 초월하여 그들은 도에 대하여 같은 입장을 표명하는 것이다.

그들은 또한 선과 악이 원인이 되어 제공되는 선한 결과와 악한 결과의 인과의 대응에 대해서도 비슷한 입장을 견지한다. 도덕법칙과 양심의 준수가 최고의 선에 이르는 길이고 그것을 주재하는 신이 있고 우주의 섭리가 있다. 도덕 법칙의 준수를 통하여 행복에 이르는 그 믿음과 희망을 그 잃지 말라고 한다.

칸트의 말이 나의 남은 인생에서 늘 실현되기를 희망한다.

> 내 머리 위의 별로 가득 찬 하늘과 내 안의 도덕 법칙을 경탄과 경외감으로 바라볼 수 있기를.

헤어짐은 서러워

작년에 어머니가 하늘로 가셨다. 이승에서의 생을 마감하고 영원한 이별을 고했다. 아내로 인해 부모의 인연이 된 장인어른도 떠났다. 헤어짐으로 인한 슬픔과 또 그 헤어짐에 대한 많은 생각을 하게 되는 시간이었다. 나이가 들면서 받는 부고장은 망자에 대한 슬픔과 유족의 안타까움에 더해져, 죽음을 자신의 문제로 직시하게 만든다. 언젠가는 나의 부고장이 작성될 것이고, 누군가는 나의 부고장을 보면서 또 그의 삶을 들여다볼 것이다.

죽음이 두렵지 않은 것은 아니다. 그리고 누구나 죽음을 피할 수도 없다. 다가올 죽음을 직시하고 주어진 오늘에 감사하며 사는 것이야 말로 죽음의 두려움을 이기는 최선의 방법일 것이다. 나는 살아오면서 많은 감사함을 받았고 어쩌면 지금 존재하는 것 자체가 기적이고 감사한 일인지 모른다. 살아 있음에 대한 감사함은 죽음으로 맞이할 슬픔을 희석시키고, 죽음의 두려움을 떨쳐내게 하는 힘이다. 삶을 통하여 죽음을 극복하는 것이다.

삶과 죽음은 별개의 것이 아니고, 죽음은 결국 삶의 문제이다. '어떻게 죽을 것인가?'에 대한 근원적인 답은 궁극적으로 '어떻게 살 것인가?'에서 얻어야 할 것이다. 좋아하는 노래의 가사처럼 죽음이 두렵지 않을 수는 있으나, 모든 함께하는 인연들과의 헤어짐은 분명 슬프고 서러운 것이다. 그 서러움의 마음을 줄여 나가는 것은 살아 있는 시간 동안 느끼고 표현하는 많은 감사함을 통해서일 것이다.

어두운 거리를 나 홀로 걷다가 밤하늘 바라보았소
어제처럼 별이 하얗게 빛나고 달도 밝은데
오늘은 그 어느 누가 태어나고 어느 누가 잠들었소
거리에 나무를 바라보아도 아무 말도 하질 않네

어둠이 개이고 아침이 오면은 눈 부신 햇살이 머리를 비추고
해맑은 웃음과 활기찬 걸음이 거리를 가득 메우리
하지만 밤이 다시 찾아오면 노을 속에 뿔뿔이 흩어지고
하릴없이 이리저리 헤메다 나 홀로 되어 남으리

야윈 어깨 너머로 무슨 소리 들려 돌아보니 아무것도 없고
차가운 바람만 얼굴을 부딪고 밤이슬 두 눈 적시네
나 혼자 눈감는 건 두렵지 않으나 헤어짐이 헤어짐이 서러워
쓸쓸한 비라도 내리게 되면은 금방 울어버리겠네

- 산울림, '독백' 노래 가사

우리는 살면서 많은 인연을 맺게 된다. 부모와 자식의 만남, 천생연분 부부의 만남, 떼어놓을 수 없는 친구의 만남, 사회적 관계의 만남, 그

리고 일상에서 스쳐 지나가는 만남도 있다. 우리는 이러한 만남을 흔히 인연이라고 한다. 인연은 나의 조건인 인과 상대의 조건인 연이 결합되어 이루어지는 것이다. 내가 상대방을 좋아하는 것이 인이고, 상대방이 나를 좋아하는 것이 연인 것이다.

인과 연이 통하여 인연이 맺어진다고 한다. 내가 상대방을 좋아해도 상대방이 나를 좋아하지 않으면 인연이 없다고 한다. 마찬가지로 상대방이 나를 좋아해도 내가 상대방을 좋아하지 않으면 그 역시 인연이 아니라고 한다. 인연이란 내가 선택하고 상대도 호응하는 것이며, 역으로 상대의 입장에서도 선택을 하고 호응을 받는 관계를 말한다. 콩을 밭에 심을 때 콩이 인이고, 그것이 자랄 수 있는 밭이 연이 된다. 콩을 자갈밭에 뿌리면 싹이 나오지 않는 이치는 인과 연이 서로 호응하지 않기 때문이다. 또한 아무리 밭이 좋아도 씨앗을 심지 않으면 싹이 나오지 않는 이유도 인과 연이 통하지 않기 때문이다. 인은 결과를 낳기 위한 직접적 원인을 의미하고, 연은 이를 돕는 간접적 원인을 의미한다.

인연이 이루어지기까지 엄청난 긴 시간이 축적되어야 한다고 한다. 고대의 인도인들은 방대한 시간의 단위인 겁을 사용하여 인연이 맺어지는 데 필요한 시간을 비유적으로 나타내었다. 물방울이 떨어져 집채만 한 바위에 구멍을 뚫는 데 걸리는 시간을 1겁이라 했고, 가로, 세로 10킬로미터의 상자에 가득 찬 겨자씨를 1년에 한 알씩 꺼내어 상자가 다 비워지는 데 걸리는 시간을 1겁이라고도 했다.

그 비유에 대한 정확성을 논하는 것은 차치하고, 고대 인도인들의 시간에 대한 스케일과 상상력에 감탄하지 않을 수 없다. 지나가다 옷깃을 한 번 스치는 인연에는 500겁의 시간이 필요하고, 부부의 인연이 맺어지기 위해서는 7,000겁의 시간이 걸린다고 했다. 이처럼 헤아릴 수 없는 긴 시간이 쌓여 맺어진 인연이니, 귀하게 여기라는 의미일 것이다. 인연 관계에서 본다면 죽음은 당사자만의 문제는 아닐 것이고, 망자와 인연을 맺고 있는 살아갈 사람에게도 상실의 아픔을 줄 것이다. 맺어진 인연이 단절되는 헤어짐은 서러운 일이다.

약속해요 이 순간이 다 지나고 다시 보게 되는 그날
모든 걸 버리고 그대 곁에 서서 남은 길을 가리란 걸
인연이라고 하죠, 거부할 수가 없죠
내 생애 이처럼 아름다운 날 또다시 올 수 있을까요
고달픈 삶의 길에 당신은 선물인 걸
이 사랑이 녹슬지 않도록 늘 닦아 비출게요

– 이선희, ‘인연’ 노래 가사

죽음은 우리가 가진 자원인 부, 명예, 건강, 그리고 시간이 한정되어 있음을 일깨우는 가장 직접적이고 단호한 신호이다. 그 신호는 우리가 가진 자원을 감사히 여기고 소중히 사용할 것을 알리는 경건한 명령이다. 나이 들면서 나의 자원을 늘리는 것은 그리 바람직하지도 않고 또한 자연스럽지도 않다. 나의 자원이 서서히 줄어든다는 것은 아쉽지만 자연스러운 섭리이다.

나이가 들면서 내가 가진 자원이 줄어드는 것만큼, 우리를 위하여 필요한 자원도 조금씩 줄어든다. 최선의 선택은 한정된 자원을 소중히 가치 있게 사용하는 것이다. 죽은 후 사용되지 않을 자원을 많이 남길 필요는 없다. 나의 자원을 가치 있게 사용하기 위한 계획을 세우고, 충분히 아낌없이 사용하여야 할 것이다. 그 사용의 대상을 꼭 나에게만 한정할 필요는 없을 것이다. 나를 넘어서는 더 넓은 대상에게 나의 자원이 사용된다는 것은 사용 가치를 더욱 높여 줄 것이다. 나눔을 통해서 나의 자원이 필요한 사람에게 사용된다면 그 가치는 한층 증가할 것이다. 죽음의 문제에서 자유로워지는 첫걸음은 우리에게 주어진 시간이 유한하고 삶에는 끝이 있다는 것을 인정하고 받아들이는 것이다.

우리는 살아가면서 두 가지 질문을 받는다. "어떻게 살 것인가?" "어떻게 죽을 것인가?" 젊을 때는 어떻게 살 것인가에 집중하고 자신의 삶의 모습을 가꾸어 나간다. 나이가 들면 서서히 죽음에 가까워지고 어떻게 죽을 것인가를 많이 생각하게 된다. 하지만 두 질문은 결코 떨어질 수 없는 같은 물음이다. 주어진 한정된 시간 속에서 오늘 하루를 살았다면, 오늘 하루의 시간만큼 죽음에 가까워진다. 죽음은 우리 삶과 분리된 별개의 사건이 아니다. 늘 우리와 함께하는 삶의 한 부분이다.

우리의 삶은 죽음을 전제로 할 때 의미가 더욱 커진다. 죽음이라는 부정할 수 없는 단절이 있기에 삶에 대한 애착과 사랑, 그리고 감사와 겸허함을 느끼며 더욱 단단해진다. 우리에게 영원의 시간이 보장된다면, 오늘 누리는 시간의 효용 가치는 크지 않을 것이다. 내일도 있고, 다음 달도 있고, 내년도 확실히 보장되어 있는데 오늘 무언가를 꼭 해야 한다는 열정과 노력이 무슨 의미가 있겠는가? 언젠가 죽는 것이 피할 수 없는 인간의 숙명이라는 사실은 우리를 현재에 더욱 집중하게 만드는 역설이다. 죽음이 끝이 아닌 새로운 출발이라는 기대를 할 수 있게 하는 것이다.

분명한 것은 죽음이 있기에 살아 있는 가치가 의미를 더한다는 사실이다. 죽음이라는 확연한 단절이 있기에 우리는 유한한 인생을 더욱 간절히 그리고 의미 있게 살려고 노력한다. 죽음이 있기에 삶이 더욱 절실해지는 것이다. 만약 죽음이 삶을 압도하고 단절의 의미로만 그친다면 현재의 삶에 최선을 다하고 사랑하고 노력하지 않을 것이다. 이것이 아마도 알베르 카뮈의 질문에 대한 답일 것이다. "왜 자살하지 않는가?"

나를 낳아 주시고 키워 주시고 61년을 함께한 어머니가 작년에 영원히 하늘로 떠났다. 누구에게나 그렇듯 어머니와의 헤어짐은 크나큰 상실이자 가슴 저린 아픔이다. 어머니는 낙상 사고를 당하신 이후 요양 병원에 신세를 졌고, 음식을 잘 드시지 못하고 몸의 기력이 점점 떨어져 가고 있었다. 작년에 산티아고에 가기 전 한국에 계신 어머니를 찾아뵈었다. 어머니가 나의 산티아고 여행 동안 무사히 버티실 수 있을까 걱정되었다. 여행을 다음으로 미루어야 하나 고민했다.

점점 쇠약해지는 육체는 어쩔 수 없었지만 정신만은 아주 분명하셨다. 우리 집안의 무슨 이야기를 하다 그 일이 내가 초등학교 6학년 때의 일이라고 했더니 어머니가 말씀하셨다. "그건 네가 중학교 1학년 때의 일이었지." 내 기억이 틀렸고 어머니 기억이 맞았다. 미국으로 돌아온 나는 산티아고 여행을 결심했고, 어머니는 나의 여행 기간 동안 무사히 잘 버티셨다. 여행을 다녀온 지 한 달쯤 후 형님으로부터 연락을 받는다.

"어머니가 돌아가셨다."

펑펑 울었다. 어른도 이렇게 울 수가 있구나! 흐르는 눈물을 닦으면 또 새로운 눈물이 흘렀다. 울음이 주체가 되지 않고 주체할 마음도 없었다. 울음을 그쳐야 눈물이 멈추는가? 눈물이 멈춰야 울음이 그치는가? 아내는 옆에서 계속 나의 등을 두드릴 뿐이었다. 그 후로도 한참을 그렇게 울었다. 조금 마음의 안정을 찾고 아내에게 잠깐 내 방에 있겠다고 말한 것이 그날의 마지막 기억이 될 줄은 몰랐다. 시간이 얼마나 지났는지 감각이 없었다. 시계를 보니 밤 12시가 넘었다. 문득, '이 늦은 밤 홀로 이 방에 왜 있지?' 하며, 섬뜩한 기운을 느끼고 아내를 급히 불렀다.

"내가 지금 왜 이 방에 혼자 있지?"

아내는 우리가 내일 한국에 가야 한다고 말했다. 다분히 긴장된 어투였다.

"왜…?"

아내와 나의 이상한 대화는 그 후 한참 동안 계속되었다. 안타깝고 슬픈 대화였다.

"한국을 왜 가?"

"어머니께서 어제 돌아가셨어."

"거실에 있는 저 여행 가방은 뭐지?"

"내일 한국 갈려고 챙겨 놓은 가방이야."

"비행기 표도 없는데 어떻게 한국을 가?"

"자기가 어제 비행기 표 예약했잖아."

이게 무슨 말도 안 되는 황당한 상황인가? 도대체 아무것도 기억나지 않았다. 가만히 돌이켜 보니 어렴풋이 생각이 나는 게 있다. 한참 동안 울고 난 후 어떤 흐물흐물한 형체가 연기처럼 내 머릿속에서 빠져나와 공중으로 사라지는 것 같은 느낌을 받았다. 그 희미한 덩어리가 내 기억을 몰고 나간 것인가? 아내는 계속 말했다.

"여보, 우리 내일 한국 가려고 강아지를 딸 민선이에게 맡기고 왔잖아, 기억 안 나?"

그러고 보니 늘 촐랑대며 옆에 붙어 있는 반려견이 보이지 않았다.

"여보, 이틀 전에 내가 타던 차 팔았잖아, 기억 안 나?"

아내가 18년을 사용한 미국에서의 첫 차를 어제 처분했다. 책상에 있는 작은 달력을 보니 아내가 탔던 차의 모델명과 처분이라는 메모가 이틀 전 날짜에 분명히 적혀 있다.

"여보, 우리 내일 마지막으로 어머니를 보러 한국을…."

내일 날짜 밑에 한국이라고 적혀 있고 그 날짜에 진하게 동그라미가 그려져 있다. 한국을 꼭 가야 한다고 알려 주는 직진 신호등처럼 파란색으로 선명하게 그려져 있다. 나는 온통 뒤죽박죽이었다. 기억이 전혀 없었다. 오늘 일도, 어제 일도, 오래전 일도, 이렇게 나의 기억이 사라지는가? 어머니가 돌아가셨다고 아내는 말하지만, 나는 무엇을 해야 하는지 생각도 없고 판단도 서지 않았다. 아내는 무언가를 계속 말했고, 나는 그것을 들으면서 내 머릿속 기억 저장소에 하나하나 집어넣고 있을 뿐이었다. 나는 아내에게 절박하게, 그리고 단호하게 말했다.

"계속 뭐든 이야기해 봐, 나는 기억을 찾아야 돼."

아내가 무슨 이야기를 하면, 마치 새싹이 땅 위로 살며시 머리를 내미는 것처럼 조금씩 기억이 흐릿하지만 돌아왔다. 며칠 전 어머니의 상태가 점점 나빠지고 있다는 연락을 형님에게서 받았다. 어쩌면 마지막일지도 모를 어머니와의 만남을 위해 한국에 가야 할 시간이 온 것을 직감하고, 내일 출발하는 한국행 비행기를 예약했다. 가방도 꾸리고 강아지는 딸에게 맡기고 한국 가기 위한 준비를 다 해 놓은 것이었다. 어머니와의 영원한 이별은 그렇게 서글프게 찾아왔다. 나는 그 이별을 생각하기도 싫은 건지 그 이별을 인정하고 싶지 않은 건지, 어머니의 떠남이 내 기억 속에서 홀연히 사라졌다. 그것은 이제 나의 의식이 아닌 무의식의 세계에 존재하는 사건인 것 같다.

어머니는 나와의 헤어짐이 서러워 이런 흔적이나마 남기시는 걸까? 어머니와의 인연의 끈을 놓기 싫은 나의 무의식이 만든 기억의 망각일까? '어머니 저는 어떻게 될까요? 어머니 마지막 가는 길을 뵈러 가야 하는데….' 지금 나의 기억을 찾기 위해 할 수 있는 게 없다는 것이 슬프지만 거부할 수 없는 현실이었다. 아내는 나를 침대로 데리고 갔다. 그리고 아내는 그날 생각했다고 한다. '우리는 내일 한국에 못 갈 것이고, 대신 남편을 병원으로 데려가야 할 것 같다.'

아내는 11년 전 출장 간 남편이 뇌수술을 해야 한다는 갑작스러운 연락을 받았다. 한국행 비행기를 타기 전날 밤을 새우며 했던 걱정과 불안한 마음을 똑같이 재생하며 그 밤도 새웠을 것이다. 나는 침대에 몸을 눕혔다. 그 밤이 내 기억의 단절을 끊어내는 밤이 되길 간절히 기도했다. 사라진 기억의 조각들이 밤손님처럼 찾아와 서로서로 만나고 연결되기를 기도했다. 컴퓨터가 부팅을 하듯 나의 두뇌도 재부팅되어 기억이 100% 회복되어 있기를 기도했다. 나의 기도가 이루어질지 여부는 이제 내 몫이 아닌 것 같았다. 나는 그냥 나를 내려놓고 잠 속으로 빠져들었다. 다행히 잠에서 깨어나니 훨씬 많은 기억이 돌아왔다. 아내와 나는 어머니를 뵈러 한국으로 가는 비행기를 탈 수 있었다.

장례식에 가면 슬픔에 빠진 가족들에게 위로의 말을 전하며 같이 슬픔을 나눈다. 하지만 그 슬픔과 위로는 객관적일 수밖에 없는 슬픔이고 위로일 것이다. 어머니와 헤어지는 슬픔은 좀 다른 것 같다. 애초에 어머니와 한 몸이었고, 그렇기에 어머니의 죽음은 타인이 아닌 나로 받아들이는 주관적인 슬픔으로 느껴지는 것 같다. 어머니와의 헤어짐으로 사라지는 인연이 많이 슬펐고 많이 가슴 아팠다. 어머니와 헤어진 지 벌써 1년이 지났지만, 그 서러움은 가끔씩 불현듯 찾아온다. 그 불현듯 찾아오는 헤어짐의 기억이 싫지 않다. 그 시간은 어머니를 그려 보는 추억의 시간이다. 이제 하늘나라에 잘 도착하시어 평안하시기를 빌 뿐이다.

살아온 세상과 이별하고 함께한 인연들과 헤어지는 그 순간은 피할 수는 없다. 헤어진다는 건 분명 슬픈 일이다. 헤어진다는 것은 인연의 단절이고 관계와의 이별이다. 사랑하는 누군가와의 헤어짐은 슬픈 일이지만 감당해야 할 일이다. 인연들과의 헤어짐으로 인한 서러움을 조금이나마 줄이기 위해, 지금의 삶을 알차게 그리고 아름답게 살아갈 뿐이다.

19x19
―― 길

바둑은 인생의 축소판이라고 이야기한다. 바둑판 위의 가로 세로 19줄이 만나서 361점의 길을 만든다. 바둑 기사는 361점의 길 위에서 변화무쌍한 수를 발휘하며 흑과 백이 승부를 겨룬다. 바둑은 우리 인생에서 벌어지는 다사다난한 세상살이와 비슷한 점이 많다. 바둑 시합의 전개도 인생의 흐름과 유사하다. 인생의 초년에 살아갈 날들을 준비하고 배우고 익히는 시기는 바둑에서는 포석을 하는 단계이다. 인생의 중 장년기에 치열하게 세상과 부딪히며 가정을 일구고 사회적 위치를 공고히 하는 시기는 바둑에서 세력 싸움을 통하여 시합의 승부를 거는 중간 공방전과 비슷하다. 노년이 되어 삶을 정리하는 시간이 필요하듯이 바둑에서도 승부를 마무리하는 과정을 거친다. 바둑의 전술과 전략을 표현하는 사자성어 가운데 우리 인생에도 적용되는 유용한 비유가 많이 있다.

'부득탐승'은 승리를 탐하면 이길 수 없다는 뜻으로, 승리에 대한 욕

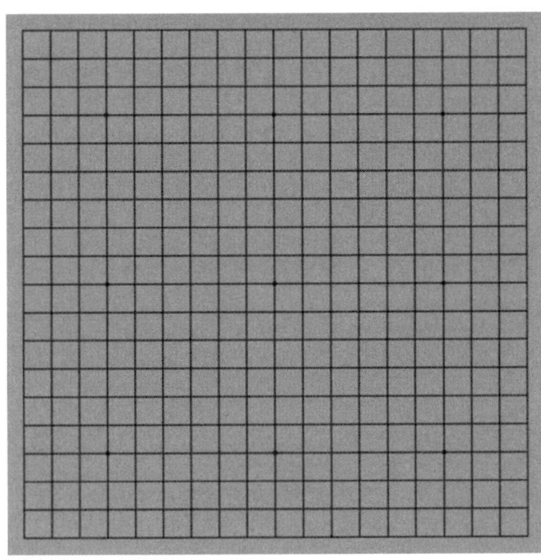

19X19가지의 길

심에 눈이 멀면 오히려 패배할 수 있다는 의미이다. 지나친 욕심은 판단력을 흐리게 하고 실수를 유발할 수 있으므로, 냉정하고 차분하게 대국에 임해야 한다는 교훈을 주는 말이다. 우리 인생에서도 성공을 눈앞에 두고 절제하지 못한 욕심으로 실패를 초래하는 안타까운 경우를 많이 본다. 게임이든 세상일이든 원칙을 지키며 순리대로 일을 진행해 가야 하는 것인데, 욕심이 개입되면 무리하게 되고 결국은 악수가 되어 승부를 망치게 된다.

'경적필패'는 적을 가볍게 보아서는 반드시 패한다는 의미이다. 상대를 얕보고 경망하게 바둑에 임하면 지게 된다는 뜻으로 긴장을 놓지 말 것을 강조하는 말이다. 상대에게 정수가 아닌 무리수를 두다가 뜻밖의 응징을 당해 패국을 초래하기도 하고, 느슨한 자세로 양보하다가 집이 부족하여 패하는 경우도 생긴다. 상대가 비록 자신보다 한 수 아래라 하더라도 약하다는 선입관을 갖지 않고 최선을 다해서 게임에 임하여야 한다. 인생에서도 어이없는 방심이 큰 사업을 망치는 시초가 되고, 작은 실수가 인간관계에 큰 오점을 남기는 경우도 많다. 늘 겸손한 자세를 잃지 않고 나에게 집중하는 것이 삶의 진실인 것과 비슷한 이유일 것이다.

'소탐대실'은 작은 것을 탐하다 큰 것을 잃는다는 말이다. 바둑 판세에 영향이 적은, 작은 이득을 추구하다 큰 손실을 보게 되는 경우를 말한다. 작은 실리에 연연하다가 크게 그리고 멀리 보는 자세를 잃어버리는 경우가 있다. 인생에서도 사소한 것까지 다 얻으려다 손에 쥐고 있는 것도 잃어버리는 경우가 생긴다. 무언가를 얻으려면 새로운 것이 자리할 수 있는 공간이 있어야 한다. 큰 것을 얻기 위해서는 작은 것을 버릴 수 있어야 하고, 그 작은 것이 큰 것을 물어 올리는 마중물 역할을 할 것이다. 소탐대실도 부득탐승과 마찬가지로 지나친 욕심에 기인하는 것이다.

'아생연후살타'는 내 돌을 먼저 살린 후에 상대 돌을 잡으라는 뜻이다. 내 돌이 확실하게 살지 않은 상태에서 상대 돌을 잡으려 대들다가 오히려 자기 돌을 죽일 수 있다는 경고다. 특히 하수일수록 자신의 돌은 개의치 않고 막무가내로 상대 돌을 잡으려 드는 경우가 많은데 먼저 스스로를 돌본 다음에 상대 돌을 공격하는 것이 순서이다. 일을 할 때도 자신의 능력을 과신하고 무모하게 덤비는 것은 일을 망치는 첩경이다. 항상 자신을 냉정히 돌아볼 수 있는 지혜를 가져야 한다. 나의 상황과 능력을 고려하여, 나아갈 것인지 물러설 것인지를 판단하고 결정해야 한다. 인생살이에서도 나의 입지와 나의 주관을 먼저 공고히 한 후 치열한 삶의 현장으로 들어가면 실패를 줄일 수 있을 것이다.

'성동격서'는 동쪽에서 소리를 내어 상대를 유인하고 서쪽을 친다는 공격전술을 의미하는 병법 격언이다. 상대에 대한 직접적인 공격이 여의치 않을 경우 후방에서 배후를 두텁게 한 다음 상대를 다른 쪽으로 유인하고 목표 지점을 공격하는 요령이다. 인생에서도 온갖 노력과 정성을 들임에도 불구하고 일이 뜻대로 잘 풀리지 않는 경우가 있다. 이런 경우는 우리가 알지 못하는 어떤 이유가 있을 것이고, 그것이 일의 해법을 막고 있는 것이다. 일이 가로막힌 이유를 알지 못한 채 투입하는 노력과 시간은 해결에 별로 도움이 되지 않는다. 이때는 조용히 물러나 호흡을 가다듬고 다른 방법을 찾아야 한다. 지금까지 시도하지 않은 방법으로 접근하다 보면 의외로 해결책이 나오기도 한다. 바둑에서 구경꾼이 수를 보고 알려 주는 것을 훈수라고 한다. 나보다 실력이 뛰어나지도 않은 구경꾼이 내가 알지 못하는 수를 발견하는 경우가 많다. 게임의 승부에 집중한 기사에게는 잘 보이지 않는 묘수가 승부의 집착에서 자유로운 구경꾼의 눈에는 보이는 것이다. 살아가면서 일이 잘 풀리지 않으면 잠시 물러나 조용히 그 일을 들여다보는 여유를 가지는 것도 필요하다.

바둑에는 '복기'라는 용어가 있다. 대국이 끝난 후 두 기사가 자기들이 둔 한 수, 한 수를 다시 두면서 시합을 분석하는 것이다. 복기를 통하여 어떤 수가 패배의 원인을 제공한 치명적인 선택이었고, 어떤 수가 승리의 결정적인 묘수였는지를 짚어 본다. 복기를 해 봄으로써 실패의 원인을 찾고 그것이 배움이 되어 실력 향상을 돕는다. 나는 이 복기 과정이 신기하고 의문스러웠다. 두 기사가 각자의 선택으로 바둑판 391점의 길을 채워 가는 과정은 한없이 복잡한 변화를 거치는데 어떻게 그 순서를 다 기억하여 다시 둘 수 있는 것인지 궁금했다.

그 답은 어떤 바둑 기사의 인터뷰 방송을 본 후 명확히 얻을 수 있었다. 바둑 기사들은 매 순간 돌을 놓을 때, 어떤 지점이 현재 상황에서 최선의 선택인지를 끊임없이 분석하고 그 최적의 지점을 찾아간다. 기사들은 주어진 상황에서 그가 생각한 최선의 지점에 바둑돌을 놓는다. 최선의 선택을 찾아가는 것이 바둑 시합이기에, 시합이 끝나고도 자신이 최선이라고 선택했던 지점에 다시 돌을 두는 복기는 어렵지 않다는 것이다. 그 답이 아주 명확하고 단순했다! 바둑 속의 답은 또한 인생의 길에서도 적용되는 것이라 믿는다.

바둑의 목표는 게임에서 이기는 것이라면 인생의 목표는 행복하게 사는 것이다. 이기는 것인 목표인 바둑은 이길 수 있는 지점을 잘 찾는 것이 실력일 것이다. 행복하게 사는 것이 목표인 인생은 행복해지는 방법을 잘 찾는 것이 지혜일 것이다. 바둑에서는 오직 한 명의 승자만 있지만, 인생에서는 자신의 목표에 이르는 모든 사람이 승자일 것이다. 산티아고에서 만난 많은 사람은 그들의 길을 걸었고, 그들의 행복을 안겨주는 지점을 생각하며 길을 걷고 있을 것이다.

앞으로의 ──── 길

인간 수명 100세 시대가 현실로 다가오고 있다. 우리가 몇 년을 살건 우리의 삶은 크게 세 단락으로 나뉠 것이다. 첫 단계는 축복을 받으며 태어나 세상을 마주하고, 부모의 보살핌 속에서 자라나고, 살아가는 데 필요한 지식과 규범을 익히고, 신체가 성장하고 드디어 청년이 된다. 젊은 시절에는 속도가 강조되고 빠른 결과를 얻는 것이 최선의 덕목으로 간주되는 시기이다. 젊은 시절에는 늘 높은 곳을 바라보고 목표를 이루기 위하여 시선을 밖으로 향했고, 나의 시간도 예외는 아니었다. 보고 배워야 할 것도 많고, 성취하고 싶은 것도 많고, 시선은 늘 내면이 아닌 바깥세상을 바라보았다. 넘치는 투지와 왕성한 활동력으로 앞으로 앞으로만 나아가는 시기였고, 그것이 젊음이 가진 특권이자 의무감으로 인식되었다.

두 번째 단계는 가정을 이루고 사회적인 위치를 확보하며, 자신의 포부를 펼치고 꿈을 이루어 가는 성년기일 것이다. 가족을 부양하고 먹고 살기 위한 경제적인 채움을 이루어 가는 시기이다. 내면의 채움을 통하여 성숙한 인간으로서 모습을 갖추어 간다. 눈에 보이는 외형적 채움 못지않게 성숙함이 마음을 채우는 내면적 성장이 함께한다. 나이가 들면서 적립되는 세월의 마일리지가 충분히 모인다고 단순히 어른이 되지는 않을 것이다. 어른이 된다는 것은 몸과 마음의 성장이 원숙함에 다다른 상태를 말한다. 오늘날 우리는 참 어른의 존재가 희소해지는 시대를 살아가고 있다. 어른이 된다는 것은 우리 삶 속에서 부단히 이어지는 여정이고, 우리 삶은 끊임없이 성장하기 위한 과정이다.

나의 과거 현재의 시간을 통하여 앞으로의 내가 걸어갈 길을 생각해 본다. 나는 예상치 못한 두 번의 뇌수술을 받으면서 인생의 전환점을 맞이했다. 어느 누구도 자신의 삶에 불행한 시간을 예측하고 준비하지는 않는다. 나에게 닥친 일이 우연인지 아니면 필연적인 결과인지는 알 수 없다. 하늘이 나를 넘어지게 한 의도는 과연 무엇인가? 내가 곤경에 빠지게 된 명확한 인과의 연결고리를 알지는 못하지만, 분명한 것은 그것은 나의 결과이고 원인의 주요 제공자도 나일 거라는 생각에는 변함이 없다. 나에게 찾아온 곤경을 교훈 삼아 앞으로 살아갈 길을 미리 보여 주려고 큰 시련을 준 것이라 믿으려 했다.

믿음은 언제나 희망을 내재하고 있다. 나의 시련에 대한 희망적인 믿음은 내가 처한 곤경을 겸허히 인정하고 다시 딛고 일어서는 힘을 주기 시작했다. 어쩌면 곤경에 빠져 갈팡질팡한 시간이 좌절과 실패의 경험만 준 것이 아니라, 나를 더욱 단단하게 하고 성장시키는 인생의 전환점일 수도 있다고 생각한다. 앞으로의 시간이 더욱 성숙되고 아름답기를 꿈꾼다. 꿈보다 깸이 먼저라고 했다. 무언가를 꿈꾸고 희망하기 위해서는 지금의 나에게서 먼저 깨어나야 한다. 변하지 않는 나에게 새로움 꿈은 찾아오지 않고, 설령 그 꿈이 이루어진다고 하여도 오래 지속되지 못한다. 인생 세 번째 챕터로 들어서는 나의 꿈은 나로부터 어떤 깸을 요구하고 있는가?

인생 세 번째 챕터는 지금까지 살아온 청년기, 성년기의 삶의 방향이 채움을 향하는 길이었다면, 이제는 비움이 자연스러운 길일 것이다. 비움은 단순히 비우고 끝나는 것이 아니다. 새로운 채움을 준비하고 받아들이기 위한 준비이다. 비워야 하는 것들이 많이 있다. 몸에도 있고 마음에도 있다. 비움의 대상에는 행복을 방해하는 것들, 어른스럽지 않은 것들, 원숙함을 해치는 것들도 있고, 물질적인 것도 있고, 마음과 정신에 자리한 잘못된 생각과 믿음 그리고 난잡한 정보와 지식도 있을 것이다.

부처님은 중생에게 고통을 주고 깨달음을 방해하는 세 가지 번뇌를 탐, 진, 치라 했다. 그리고 이를 우리에게서 몰아내야 하는 세 가지 독이라 했다. 탐은 지나친 욕심을 유발하는 탐욕을 말한다. 물질적인 것뿐 아니라 감각적인 욕구, 권력과 명예에 대한 욕심, 그리고 존재에 대한 과시욕 등 모든 종류의 욕심을 포함한다. 진은 성내고 미워하고 분노하는 감정을 말한다. 화내고 짜증 내고 분노하는 마음은 사람을 불편하게 한다. 또 사리 분별을 어렵게 하여 잘못된 행동을 유발하기도 한다. 치는 어리석음을 말한다. 올바르게 판단하지 못하는 무지한 상태이며, 진실을 보지 못하고 거짓에 현혹되는 것이다.

부처님은 우리를 번뇌의 고통에 빠뜨리는 탐욕의 마음, 분노의 마음, 그리고 어리석은 마음을 없애라고 했다. 마음에 차 있는 탐, 진, 치의 독을 비운다면 분명 평안과 고요함이 그 빈자리를 대신 채울 것이다. 탐욕과 성냄과 무지의 독이 사라지고 삶에 충만한 행복이 찾아올 것이다. 내가 살아갈 앞으로의 길에 채우고자 희망하는 것은 여유로움과 겸손과 그리고 감사이다. 조금 더 여유로운 사람이 되고, 겸손의 자세를 잃지 않고, 그리고 일상으로부터 감사함을 발견하고 또한 감사를 나누는 길을 걷고 싶다. 여유란 물질적인 것으로부터의 여유로움이 아닌 마음이 충만한 여유이다. 세월에 변색되지 않고 나이 들면서 더욱 향기를 내는 여유로움을 가지는 것이다. 내가 사는 곳은 시니어 타운이다 보니 연세 많은 분이 계시고, 일상에서 그분들의 여유로운 삶의 모습을 여기저기서 만나게 된다. 그 여유로움을 보면서 흐뭇하고, 노년의 나를 그리며 그 여유로운 품격을 대입해 보기도 한다.

장면 1.

80대의 두 친구가 일주일에 두 번씩 함께 골프를 즐기며 노년의 시간을 보낸다. 두 친구는 골프를 하면서 그들의 룰을 정한다. 두 사람 중 드라이버의 거리가 적게 나간 사람은 핑크볼을 써야 하는 것이다. 핑크볼은 주로 여성들이 사용한다. 그러니까, 남성인 그들로서는 상대적으로 거리가 적게 나간 이에 대한 소소한 벌칙인 것이다. 두 친구의 골프 실력이 비슷했기에 핑크볼의 주인은 매번 달라진다. 그런데 어느 때부터 마틴의 힘이 떨어지고 그의 드라이버는 거리가 줄어들었다. 그렇게 핑크볼은 늘 마틴의 차지가 된다. 그로부터 몇 달 후, 마틴의 골프 친구가 갑자기 세상을 떠난다.

장례식이 열리고 마틴은 작별을 위해 관 속에 누워 있는 친구를 우두커니 바라본다. 한참을 바라보던 마틴은 주머니 속에서 무언가를 꺼내어 관 속에 누워 있는 친구의 옆구리에 집어넣는다. 그러고는 머리를 숙여 친구의 귀에다 뭐라고 속삭인다. 장례식이 끝나고 마련된 식사 자리에서 죽은 친구의 아들이 마틴에게 조용히 물었다.

"아버지의 관 속에 넣은 게 무엇인가요?"

"핑크 골프 볼이라네."

마틴은 친구의 아들에게 두 사람이 함께 즐긴 그들의 골프 이야기와 핑크볼 벌칙에 대한 이야기를 들려주었다. 친구의 아들은 조심스럽게 다시 물었다.

"혹시, 아버지 귀에다 무슨 말씀을 하신 건가요?"

마틴은 유쾌하게 웃으며 이렇게 말한다.

"하하하! 이놈아, 내가 너를 이겼어, 이제 핑크볼은 영원히 네 차지야!"

일주일에 두 번씩 골프를 치며 노년의 시간을 함께한 친구를 잃은 슬픔이 어찌 크지 않겠는가? 친구를 보내는 이별의 순간을 이렇게 맞이하는 것은 결코 삶을 가볍게 보거나 죽음을 경시한 태도가 아니다. 마틴의 모습에서는 망자에 대한 불손이 아니라, 삶의 현실을 죽음까지 연결하는 그들 관계의 애틋함이 보인다. 망자에 대한 존중과 죽은 자를 기억하려는 남은 자의 슬픔 속에 간직하는 여유일 것이다. 노년의 시간을 함께하며 같이 늙어간 친구의 죽음이 어찌 남의 일처럼 보이겠는가? 친구의 죽음은 곧 다가올 나의 죽음으로 느껴질 수도 있을 것이다.

누구나 다가오는 죽음의 시기를 외면할 수도 없고 부정할 수도 없다. 유한한 인간이기에 인정하고 받아들여야 한다. 친구의 죽음을 나와는 관계없는 일로 억지로 외면한다면 이런 여유는 가질 수 없을 것이다. 친구의 죽음 그리고 자신에게도 언젠가 찾아올 죽음을 공포로 대하는 것이 아니라 자연스러운 결과로 받아들인다면, 죽음조차도 여유를 가지고 대할 수 있을 것이다. 노년에 찾아오는 가장 큰 두려움은 죽음을 마주하는 것이다. 태어남과 죽음이 모두 삶의 한 부분이듯이, 삶의 마지막을 차분히 바라보는 여유를 가진다면 죽음에 대한 두려움도 약해질 것이다. 마틴이 친구의 죽음을 대하는 자세는 어쩌면 삶 속에 축적되어 있는 여유의 표현일 것이다. 삶 속에 함께하는 여유를 희망해 본다.

장면 2.

어느 날 골프 연습장에 갔다. 비어 있는 자리를 차지하고 나만의 스윙 삼매경에 빠져든다. 언제나 하는 것처럼 이어폰을 끼고 음악이나 그날의 뉴스를 들으며 혼자만의 시간을 즐긴다. 연습 공을 반 정도 쳤을 때 백발의 백인 한 분이 와서 내 뒤에서 연습을 하신다. 외국인들의 연세는 가늠하기는 쉽지 않지만, 족히 80대 중후반은 되신 것 같다. 가끔 서로의 눈길이 마주치지만 말없이 겸연쩍게 바라만 본다. 나는 가끔 그분의 스윙을 보았고, 그분도 나의 스윙을 보았을 것이다.

80대 중후반의 고령인데 볼이 멀리 쭉쭉 날아갈 리가 없다. 그 연세에 골프 스윙을 한다는 것 자체가 쉽지 않은 것이다. 잠시 쉬는 시간에 그분의 스윙을 보다가 서로 눈길이 마주쳤다. 공이 잘 맞지 않는 것을 나도 보았고 본인 스스로도 잘 알고 있다. 마주친 서로의 두 눈이 순간 어색함으로 역력하다. 그분은 이 어색한 상황을 단번에 유쾌하게 돌려 놓는다.

"젊은 친구, 오른쪽으로 치는 건 너무 지겨워. 이제 왼쪽으로 치기로 했어."

그분은 왼손 스윙을 하고 있었다. 아마도 평생 왼손잡이로 살았을 것이다. 나이가 들면 근력이 줄어들고 유연성도 떨어지고 골프가 잘 안 되는 것이 당연하다. 누구도 80대 중후반의 어른에게 골프를 잘 못 친다고 이야기하지 않을 것이다. 나는 그분을 모르고 젊은 시절에 골프를 잘 쳤는지 여부도 알 수 없다.

이런 상황에서의 일반적인 반응은 나이 탓일 것이다. 나이가 드니 골프가 잘 안 된다고 탓할 것이고, 누구나 그 이유를 인정하고 그 상황은 자연스럽게 마무리될 것이다. 말하는 사람은 그가 지나온 세월의 무상함을 다시 한번 느낄 것이고, 듣는 사람은 앞으로 다가올 세월의 그 무상함을 미리 경험할 것이다. 그분이 보인 지금의 반응은 조금 어색한 상황에서 두 사람의 기분을 유쾌하게 전환한다. 누구나 그분이 왼손잡이인 것을 안다. 오른쪽으로 공을 치는 게 너무 지겨워서 이제 왼쪽으로 연습을 한다는 것이 선의의 거짓말인 것을 뻔히 안다.

그분은 공이 잘 안 맞는 이유를 나이 탓으로 돌리지 않는다. 다른 유쾌한 이유를 내세운다. 그것은 공이 잘 안 맞는 것에 대한 변명도, 오만함도 아니다. 자기의 상황을 조금 떨어져 보는 여유로움이다. 살면서 불편한, 매듭이 꼬여 있는 어떤 상황에 매몰되지 않고 그 문제를 좀 더 여유를 가지고 지켜볼 필요가 있으리라. 모든 일이 어찌 원하는 대로 척척 되겠는가? 계획대로 되지 않고, 예상을 벗어나고, 생각지도 못한 변수가 나타나 일을 그르치는 일이 한두 번이 아닐 것이다. 지금의 결과가 원하는 모습이 아닐지라도 화내고 짜증 낸다고 하여 그 결과가 달라지지 않는다. 동일한 상황에서의 다른 반응은 우리의 기분을 현격하게 차이 나게 하고, 나아가 불편한 상황을 반전시켜 의외의 좋은 결과를 줄 수도 있다. 세상일을, 그리고 자신을 조금 더 여유 있게 바라보는 것은 노년에 간직해야 할 품격이지 않을까.

장면 3.

산티아고 길의 좋은 점 하나를 꼽으라면 진정한 자유라고 말하고 싶다. 30~40일 걷는 여정을 오롯이 내가 계획한다. 걷고 먹고 쉬고 잠자는 하루의 모든 일정을 온전히 나의 뜻대로 한다. 나의 계획에 대하여 누구의 참견이나 평가도 없다. 무엇보다 좋은 점은 스스로에게 집중할 수 있는 시간도, 나의 내면을 들여다보고 나를 대면할 기회도 많다는 것이다. 길을 걸으며 남이 아닌 나의 내면이 하는 이야기에 귀 기울이고, 어떤 구속도 없는 진정한 자유를 누릴 수 있다는 것이다. 내가 작년에 경험한 산티아고에서의 자유를 아내도 누리기를 바랐다.

나는 기회가 있을 때마다 아내를 데려가기 위한 작업을 했다. 산티아고 길의 좋은 점을 이야기하고 또 이야기하고, 산티아고 여행 관련 유튜브 시청은 식사 시간의 단골 메뉴가 되었다. 하지만 아내는 쉽게 결정을 하지 못했다. 아내는 무거운 배낭 메고 먼 거리를 걷는 것에 체력적으로 자신이 없었다. 그리고 조금은 불편한 산티아고의 숙박 환경에 본인이 잘 적응할 수 있을지가 의문이었고, 그 어려움 뒤에 숨어 있는 자유에 대한 확신이 없었다. 여러 방법으로 아내를 설득하고 특히 숙소에 대한 절충안을 제시한 끝에 아내도 함께 가기로 힘든 결정을 했다. 산티아고에 가기 전 동네 커뮤니티의 몇 가정과 식사를 하는 자리가 있었다. 우리 부부의 산티아고 여행 이야기도 나왔고 모두 용기를 불어넣어 주며 격려의 말씀을 해 주셨다.

다음 날 식사를 같이한 선생님 한 분이 카톡을 보내셨다. 아내가 걷는 매 1킬로미터당 1달러씩 기부를 약속하시고, 적립된 그 금액은 어느 선교 단체로 보내질 것이라고 한다. 아내는 자신의 행동이 이렇게 좋은 의미로 활용된다는 것이 뿌듯하기도 하고 한편으론 약간의 부담도 되는 것 같았다. 아내의 용기를 더 키우고 그 걸음의 의미를 더 높게 세우기 위해 나는 그 선생님께 답신을 했다.

"저도 그 계획에 동참합니다."

이제 아내의 한 걸음은 자기만의 걸음이 아니었다. 누군가와 같이하는 걸음이 되었다. 아내가 걷는 매 1킬로미터는 2달러의 적립금이 되어 누군가를 돕는 힘이 될 것이다. 그 힘은 오르막길에서 아내를 밀어 주는 응원군이 되었고, 내리막길에서는 뒤를 붙들어 주는 동반자가 되었다. 혼자만의 길이 아닌 누군가와 함께하는 길이라는 믿음으로 아내는 나의 걱정을 날려 버리고 산티아고 순례길을 무사히 잘 마무리했다.

그 선생님은 어떻게 그런 제안을 할 수 있었을까? 타인의 일에 관심을 가지고 세심히 들여다볼 여유가 있기에 가능했을 것이고, 타인의 일을 또 다른 타인과 연결시키는 눈이 있기에 가능했을 것이다. 그 연결이 서로 융합되어 새로운 가치가 탄생하는 것을 볼 수 있기에 가능했을 것이다. 그 선생님의 제안은 아내를 응원하는 힘이 되었고, 나를 동참시키는 선의의 결과를 낳았다. 그 힘으로 적립된 기부금은 누군가에게 전해져 그들의 삶에 도움이 될 것이고, 그 삶에서 피어나는 힘이 모여 세상을 밝고 아름답게 만들 것이다.

여유는 가진 것이 많다고, 많이 배웠다고, 높은 자리에 있다고 발현되는 것이 아니다. 아무리 많이 가진 사람도 지금 내가 가진 것이 부족하다고 느끼면, 여유가 아니라 궁핍함이 있는 것이다. 가진 것이 상대적으로 적어도 충분하다고 만족하는 사람은, 궁핍한 마음이 사라지고 여유의 마음이 생기는 것이다. 물질적인 여유이건 정신적인 여유이건, 그것의 절대적인 평가의 기준은 없다. 내가 원하는 것을 다 충족하고 남는 것이 여유라고 정의하면 우리에게 남아 있는 여유는 별로 없을 것이다.
나와 남과의 관계에서, 나와 세상과의 관계에서 나의 테두리를 조금 낮
추고 욕심을 줄이면 여유는 자연히 생겨날 것이다. 아내는 산티아고 순
례길에 힘을 준 선생님께 감사하고, 선생님의 건강을 소망하는 마음으
로 길을 걸었을 것이다.

은퇴 전까지의 삶이 무언가를 정복하기 위해 산을 오르는 여정이었
다면, 이제 맞이할 두 번째의 산은 순리를 받아들이고 순응하는 여정일
것이다. 사람은 단순히 나이나 연식이 오래되었다고 원숙해지고 명품
이 되는 것은 아니다. 노년의 삶이 원숙해지는 것은 그 세월 속에서 닦
아지고 걸러지는 사색과 끊임없는 성찰 속에서 이루어지는 것이다. 어
제의 반성을 토대로 성찰하는 노력이 오늘을 더욱 성장시킬 것이고, 오
늘의 반성과 성찰은 또 내일을 더욱 원숙하게 해 줄 것이다.

우리가 두 발로 걷는 땅을 길(路)이라고 한다. 또한 길은 하늘의 도리
를 의미하는 길(道)을 뜻하기도 한다. 누구나 자신의 인생길을 걸으며
하늘의 도리를 생각한다. 길(路)에서 각자의 길(道)에 대해서 생각할 것
이다. 앞으로 내가 살아갈 길은 이런 모습이었으면 좋겠다.

1. 몸과 마음에 필요한 만큼의 건강이 함께하고, 삶에 필요한 것과
   원하는 것의 차이가 좁혀지는 길이기를 희망한다.
2. 화는 자제하고 친절은 잃지 않으며, 용서와 반성에 인색하지 않
   은 길이기를 희망한다.
3. 인연 맺은 사람들에 감사하고, 사랑을 나누되 그 나눈 사랑에 머
   무르지 않는 길이기를 희망한다.
4. 욕심과 집착의 유혹에 흔들리지 않고, 불필요한 것이 비워지고

새로운 것이 채워지는 순환이 자연스러운 길이기를 희망한다.

5. 사색과 성찰의 시간으로 하루하루가 채워지고, 여유와 원숙함을 잃지 않는 평화로운 길이기를 희망한다.

6. 대화에 10의 시간이 주어지면 6은 듣기 위해 노력하고, 말하는 기쁨과 듣는 즐거움이 조화를 이루는 길이기를 희망한다.

7. 풍족하게 소유하기보다 풍성하게 존재하고, 자신의 신대륙을 탐험하는 환희가 넘치는 길이기를 희망한다.

8. 시간의 사용에 인색하거나 각박하지 않고, 주어진 시간 허투루 낭비하지 않는 길이기를 희망한다.

9. 내일을 위하여 오늘 무엇을 할 것인가를 고민하지 않고, 오늘 속에 존재하는 내일을 발견하는 지혜로운 길이기를 희망한다.

10. 하늘아래 존재하는 것에 감사하고, 양심이 명령하는 도덕 준칙으로 걸어가는 길이기를 희망한다.

이 모든 희망이 바람으로 끝나지 않고 그 희망에 가까워지는 비밀이 용기라는 것을 믿으며, 그 용기가 앞으로의 길에 늘 함께하기를 다짐한다.

작 가

인 터 뷰

이 책을 집필하게 된 계기는 무엇인가요?

100세 시대라고들 하는데요. 은퇴한 저에게 남은 시간이 얼마나 될지는 모르겠지만, 좀 더 의미 있는 일을 하고 싶었어요. 살아온 경험을 돌아보거나 앞으로 무언가를 해야겠다고 다짐할 때 보통 일기를 쓰잖아요. 저도 60여 년간 보고 듣고 배우며 살아온 경험을 기록했어요. 저는 사회적으로 유명한 사람도 아니고, 직장 생활을 하며 평범하게 살아왔어요. 그런 저에게 글쓰기는 스스로를 일깨우는 하나의 선언과도 같다고 생각했어요. 이 책을 읽는 분들도 저처럼 자신의 인생을 차분히 되돌아볼 기회를 가지셨으면 좋겠습니다. 그게 저의 작지만 소중한 바람이에요.

엔지니어로서 35년간 치열하게 '속도'와 '정답'을 찾는 삶을 사셨어요. 은퇴 후, 해답 대신 '질문'을 붙잡는 삶의 감각은 이전과 무엇이 다른가요?

35년간 반도체 분야에 몸담고 한국과 미국을 오가며 살았는데요. 반도체가 기술 혁신이 빠른 분야 중 하나다 보니 목표가 매우 분명했어요. 목표 달성을 위한 전략과 계획도 정형화되어 있었고요. 개인적인 주관보다는 조직의 결정을 따라야 했고, 정답이 보이면 둘러 가지 않고 가장 빠른 직선 코스를 선택해 질주해야 했죠. 속도와 경쟁의 전쟁터 속에서 이기기 위해 모든 열정을 쏟아부은 시간이었습니다.

그런데 50대 후반, 조금 이른 은퇴를 하고 4년 차에 접어드니 삶의 패턴이 달라지더라고요. 성취보다는 남은 시간을 '무엇을 하며 보낼 것인가'에 집중하게 되었죠. 그 '무엇'의 본질은 결국 행복, 즐거움, 그리고 의미 있는 삶이었어요. 현역 시절이 정답을 향해 직진하는 삶이었다면, 지금은 곡선을 그리며 둘러도 가보고 여기저기 기웃거리기도 해요. 주변의 인간관계나 사소한 것들이 나에게 어떤 의미인지 자꾸 묻게 되죠.

앞으로도 어떻게 살아갈지에 대한 질문을 잊지 않고 살아가고 싶어요.

작가님만의 '의미 있는 삶, 행복한 삶'에 대한 답을 찾으셨나요?

딱 정해진 정답이라는 건 없는 것 같아요. 지금 생각하는 정답과 70대, 80대에 그리는 정답은 또 다를 테니까요. 다만 현재의 기준에서 답을 찾자면, 아직은 제가 신체적, 정신적으로 무언가를 할 수 있는 에너지가 있잖아요? 그래서 과거에는 시간이 없어서 못 했던 일들을 하나씩 해보려고 해요. 지난 2년 동안 여행도 가고, 그림 공부도 해보고, 이렇게 글쓰기도 하면서 지내는 이유죠. 사실 은퇴할 때부터 3~4년 정도는 연습 기간으로 삼자고 마음먹었어요. 어떤 일이 나에게 맞을지, 어떤 길로 가야 할지 탐색하고 준비하는 과정인 셈이죠. 지금도 여전히 이것저것 시도해 보며 저만의 길을 찾아가는 중입니다.

인생의 황금기라 여겼던 시기에 두 번의 뇌수술을 받으셨어요. "Why me?"라는 절망이 "Why not me?"라는 수용으로 바뀌게 된 순간에 대해 좀 더 나눠주신다면요.

보통 불행이 닥치면 "내가 무슨 잘못을 했길래? 내가 그렇게 악하게 산 것도 아닌데, 왜 하필 나야?"라고 묻게 되잖아요. 저 역시 처음 3개월은 그런 생각에 시달렸어요. "Why me?"라는 질문을 붙잡고 있는 동안 현실을 인정하지 못했어요. 스스로를 감옥에 가둔 거예요. 거기서 빠져나올 생각은 못 하고 왜 갇혀 있는지만 되물으며 괴로워했죠. 특히 세상 모든 일은 인과관계가 있다고 믿었는데, 연결고리를 찾을 수 없다는 게 가장 힘들었어요. 그러다 문득 깨달았어요. 인간은 제한적인 존재구나. 나에게 일어나는 모든 일의 원인을 다 해석할 수는 없는 거구나.

결정적인 전환점은 두 번째 수술을 앞뒀을 때였어요. 의사 선생님이 수술이 잘못될 확률이 30%가 넘는다고 하셨거든요. 그 말은 곧 제가 의도치 않게 이 세상에서 사라질 수도 있다는 뜻이었죠. 죽음의 확률을 마주하니 굳이 현실을 부정하며 시간을 낭비할 필요가 없다는 생각이 들더라고요. 그때부터 관점을 바꿨습니다. "나라고 이런 일이 일어나지 말란 법은 없다(Why not me?)"라고 수용하기 시작했죠. 이 시련이 세상의 배신이 아니라, 어쩌면 새로운 기회이자 출발점일 수 있다고 긍정적으로 생각하기로 했어요.

수술 후유증으로 '냄새 없는 세상'을 살아가게 되셨지만, 상실을 통해 삶에서 더 예민하게 감각하게 된, 혹은 새롭게 얻게 된 것이 있을까요?
보통 시각을 잃으면 청각이 예민해지는 것처럼 감각의 보상 작용이 일어난다고 하잖아요. 그런데 후각을 잃었다고 해서 다른 감각이 더 좋아지진 않더라고요. 오히려 맛을 느끼는 기능에도 영향이 있었고, 전체적으로 감각이 무뎌졌어요. 대신 확실하게 얻었다고 말할 수 있는 건 공감 능력이에요. 뇌 수술 후 몇 년간 통증이 지속됐어요. 아침마다 머리를 감싸고 깨어나야 했죠. 구안와사로 얼굴 대칭이 틀어진 거울 속 나를 바라보며 생각했어요. '세상에 나와 비슷한 고통을 겪고 있는 사람들도 많겠지.' 그런 사람들을 보면 같은 마음으로 그 아픔을 바라보게 되고 마음이 쓰여요.

예전의 저는 굉장히 타이트해서 아랫사람들이 많이 힘들어했는데 아픔을 겪고 나니 성격이 좀 온순해지고, 타인의 고통을 이해하는 폭이 넓어지더라고요. 물론 후각을 잃은 상실감과 새로 얻은 공감 능력이 등가 교환이 되는 가치인지는 잘 모르겠어요. 하지만 이미 냄새 없는 생활에도 적응했고, 무엇보다 공감 능력은 삶에 큰 도움이 되죠. 상실이 꼭 절망은 아니더라고요. 그 자리에 또 다른 무언가가 찾아와요.

아픔을 겪고 난 후 저에게는 '만족과 멈춤'이라는 처방전이 찾아왔어요. 과도한 욕심을 멈추고 지금의 스스로에게 만족하게 되면서 치유가 일어났죠. 그뿐만 아니라 타인을 향한 넓은 시각을 얻게 되기도 했고요. 여전히 부족하지만, 상실의 아픔을 딛고 공감 능력이 조금이나마 자라난 것은 삶의 축복이었어요. 그런 의미에서 '인생의 전환점은 '무엇을 얻어서 생기는 것이 아니라 무엇을 잃었을 때 비로소 만들어진다'라는 말은 삶의 정곡을 꿰뚫는 인식이라고 생각해요.

산티아고 순례길을 두 번 다녀오셨어요. 혼자 걸을 때 마주한 '고독한 나'와, 아내와 함께 걸으며 발견한 '관계 속의 나'는 어떻게 달랐나요?

혼자 산티아고에 갔을 때는 오롯이 저만의 생각에 푹 잠길 수 있어서 좋았어요. 그 시간 덕분에 책을 써야겠다는 결심도 하게 되었죠. 하지만 혼자다 보니 여러모로 긴장도 많이 됐어요. 산티아고 치안이 안전한 편이라지만, 화장실 갈 때마다 배낭을 어디에다 둬야 하나 불안하더라고요. 여권, 돈, 약이 든 배낭이 전 재산이나 다름없으니까요. 아내와 함께 갔을 때는 서로 짐을 봐줄 수 있어서 든든했어요. 무엇보다 '내 편'이 있다는 사실이 위로가 되었어요. 대화할 상대가 있다는 점도 참 좋았고요.

물론 24시간 내내 붙어 있는 게 쉽지는 않았어요. 좁은 공간에서 같이 먹고 자고 걷다 보면, 사이좋던 사람들도 관계가 나빠지는 경우가 많거든요. 그래서 저희는 '따로, 또 같이'라는 수칙을 정했어요. 걷다가 혼자 조용히 생각하고 싶을 땐 이어폰을 끼는 거죠. 그러면 '나를 건드리지 마라'라는 신호로 알고 서로의 시간을 존중해 주기로 약속했습니다.

일상의 테두리를 벗어나 낯선 길을 걸으며, 신체적으로나 생각으로나
다른 서로를 이해하고 타협하는 과정이었어요.

산티아고 길을 걷는 동안 가장 기억에 남는 일은 무엇이었나요?

어느 날 점심을 먹고 길을 나섰는데, 계산하는 걸 깜빡하고 그냥 나온
거예요. 한 2km쯤 걷고 나서야 알았죠. 돌아가자니 너무 멀리 와버려서
고민하고 있는데, 마침 오래된 성당이 보이더라고요. "밥값보다 더 큰
돈을 이 성당에 기부하면, 그게 보상이 되지 않을까?" 생각하면서 돈을
기부했어요. 다시 길을 나섰는데, 얼마 안 돼서 돌비석에 새겨진 글귀가
눈에 딱 들어왔습니다. "Believe doesn't make you free, have faith
does you let it space to act."(믿음이 너를 자유롭게 하는 것이 아니라,
신념이 네가 행동할 수 있는 공간을 만들어 준다.)

충격이었어요. '왜 하필 지금, 이 글이 보였을까?' 싶었죠. 제가 '믿음'
으로 실수를 덮으려 했다는 걸 바로 알아차릴 수 있었어요. 식당 주인
입장에서는 음식을 팔고 돈을 못 받은 건데, 제가 엉뚱한 성당에 기부한
다고 해결되는 게 아니잖아요. 그건 순전히 제 편의적인 판단이었죠. 만
약 저에게 올바른 '신념'이 있었다면, 힘들더라도 다시 돌아가서 밥값을
지불할 수 있는 마음의 공간이 있었을 텐데 말이에요. 앞으로 인생에서
중요한 결정을 내려야 할 때 지침으로 삼겠다고 결심했죠.

**순례길 위 배낭의 무게를 인생의 무게에 비유하셨습니다. 일상으로 돌
아온 지금, 삶에서 가장 덜어내고 싶은 '욕심(Want)'은 무엇인가요?**

저는 농담 삼아 제 종교가 '천불기독(천주교+불교+기독교)'이라고 말
하곤 하는데요. 불교 용어를 빌려 한 단어로 표현하자면, '아집(我執)'

을 가장 덜어내고 싶어요. 나에 대한 집착이죠. 우리가 가진 모든 욕심의 근본에는 '집착'이 있고, 그 집착의 시작점은 결국 '나'예요. 저 역시 항상 '나'를 기준으로 세상을 바라봤죠. 지금도 완전히 버리지는 못했고요.

나만의 기준으로 울타리를 치다 보면 남들과 나를 구분 짓게 돼요. 타인을 들어오지 못하게 막고, 결국 나 자신도 그 울타리 밖으로 나가지 못하게 만들죠. 요즘 사회적으로 문제가 되는 정치적 양극화도 결국은 각자의 집착이 만든 결과라고 봐요. 물론 나의 정체성까지 버리라는 뜻은 아닙니다. 다만, 나를 중심으로 세상을 재단하려는 잘못된 아집, 그로 인한 불필요한 집착들을 배낭 무게 줄이듯 덜어내고 싶습니다.

반대로 이제는 내려놓을 수 있다고 느끼게 된 것은 무엇인가요?
'필요한 것(Need)'과 '원하는 것(Want)'의 차이가 클수록 사람은 불행해져요. 구분이 쉽지는 않지만, 필요를 넘어서는 것들은 이제 좀 내려놓게 된 것 같아요. 내려놓는다는 건 단순히 버리는 게 아니라 일종의 교환이에요. 무언가를 내려놓으면 그 빈 공간에 새로운 것이 분명히 들어오죠. 불필요한 것들을 내려놔야 비로소 제 나이에 걸맞은 새로운 것들을 채울 수 있어요.

자연과 우주를 보면, 소멸과 탄생의 끝없는 순환을 통해 그 질서가 유지되잖아요. 인간의 삶도 이 원칙에서 벗어나지 않는 게 자연스러운 것이겠죠. 무언가를 내려놓는 것은 포기나 절망이 아닌 새로운 희망과 탄생을 위한 준비라고 생각해요. 유한한 인간의 존재는 모든 것을 가질 수가 없기 때문에 새로움을 위한 빈 공간을 마련해 두어야 해요. 내려놓는다는 게 쉽지는 않겠지만요. 그 어려움을 넘어서려면 믿음이 필요하죠. 실행하려면 용기가 있어야 하고요. 저는 용기 있게 더 많이 내려놓으려고 합니다.

앞으로 꼭 지키며 살고 싶은 단 하나의 '기준'이 있다면 무엇인가요?

늘 '겸손'이라는 기준을 마음에 품고 살고 있는데요. 겸손은 '비우고 낮아지는' 자세를 말하죠. 노자는 도덕경에서 '쓰임이 없는 쓰임'이라는 '무용지용'을 말했는데요. 그림과 말의 여백, 인생의 휴식이 그것들을 더 가치 있게 만들잖아요. 이것이 진정한 겸손의 가치라고 생각해요. 채워지고 높아지는 것의 열광과 환호도 경험했지만 그 끝도 없고, 영원하지도 않더라고요. 이제는 비우고 낮아지는 것이 주는 소박한 만족 그리고 역설적으로 충만해지는 느낌이 더 친숙하고 좋아요. 그릇은 비어 있기에 무언가를 담을 수 있죠. 저도 비움으로써 있음의 의미를 보탤 수 있는 삶을 살고 싶어요. 그래서 불필요한 말과 적절치 않은 행동, 번잡한 생각과 편향된 사고를 비우려고 합니다.

요즘은 여기에 '친절'을 덧붙이고 싶어요. 세상 모든 일에는 '내용'과 '형식'이 있잖아요. 예를 들어 프레젠테이션 자료를 만들 때, 아무리 내용이 좋아도 형식이 엉망이면 전달이 안 되고, 반대로 형식만 번지르르하고 내용이 없으면 의미가 없죠. 삶도 마찬가지예요. 속은 굉장히 겸손하고 좋은 분인데, 그 표현이 친절하지 않으면 상대방에게 그 마음이 온전히 전달되지 않더라고요. 저 역시 매일 대화하는 아내에게도 '아, 오늘도 친절하지 못했구나' 하고 반성할 때가 많아요. 그래서 '겸손'이라는 내용에 '친절'이라는 형식을 갖추고 싶습니다.

인생을 바둑에 비유하며, 마지막 64번째 괘가 '미완성'이라는 점에 주목하셨어요. 두려움 없이 다음 경로의 '첫수'를 두려면 어떻게 해야 할까요?

주역의 마지막 64번째 괘가 미완성인 이유는 어린 여우가 강을 다 건넌 시점에 꼬리를 물에 살짝 적셨기 때문인데요. 강을 건너는 목적은 달성했지만, 꼬리가 젖는 작은 흠이 남은 거죠. 옛사람들은 이를 실패가 아닌 '미완성'으로 봤어요. 미완성이기에 또다시 새로운 출발을 할 수 있다고 해석했습니다. 인생은 결국 미완성이 쌓여가는 과정인 것 같아요.

은퇴 후 지난 3~4년 동안 앞으로 큰 수를 두기 위해 시서화부터 문사철까지 다양하게 시도했어요. 그 과정에서 좋아하는 일과 잘하는 일이 매칭되는지 확인할 수 있었죠. 이제 책 집필이라는 하나의 큰 여정을 마치고 다음 수를 생각하고 있는데요. 제 기준은 세 가지예요. 첫째, 나를 성장시키는 일이어야 하고, 둘째, 기쁘고 행복해지는 일이어야 하며, 셋째, 내 몸과 시간, 노력을 투입해 직접 결과를 만들어낼 수 있어야 합니다. 이 기준에 맞는 첫수를 두려고 준비 중이에요.

답을 찾아가는 것이 인생의 여정이라고 하셨어요. 만약 단 하나의 질문에 대한 답을 신(神)에게서 들을 수 있다면 무엇을 묻고 싶으신가요?

평소에 많이 하던 생각이라 좀 놀랐는데요. 어릴 때부터 부모님이나 선생님께 "착하고 바르게 살아라."라고 배우잖아요. 그 가르침에는 선한 삶이 좋은 결과를 가져올 거라는 믿음이 담겨 있죠. 하지만 현실에서는 선한 사람이 고통받는 경우가 너무나 많아요. 그래서 만약 신이 계신다면, 묻고 싶어요. "선하게 산 사람들에게 닥친 시련은 도대체 어떻게 해석해야 합니까? 세상에는 왜 이런 불일치가 존재합니까? 만약 삶에서 이 간극이 채워지지 않는다고 해도, 우리는 끝까지 착하고 바르게 살아야 하는 겁니까?"

천지 만물과 우주를 관장하는 전지전능의 신과 천 개의 손과 천 개의 눈으로 중생의 고통을 구제하는 천수천안 관세음보살은 이 세상에서 벌어지는 선한 행위와 그 결과의 불일치를 볼 거예요. "선과 악의 거리는 도대체 얼마인가?" "선한 행위가 선한 결과를 잉태하지 않는 부조리를 어떤 믿음으로 극복할 것인가?" 신에게 듣고 싶은 답이자 동시에 제가 풀어가야 할 평생의 숙제 같은 질문이죠.

마지막으로 인생의 오르막길에서 숨이 턱끝까지 차올라 멈춰 서고 싶은 독자들에게 해주고 싶은 이야기가 있다면요.

지금 전 세계에서 가장 주목받는 기업은 어디일까요? 바로 엔비디아(NVIDIA)입니다. 시가총액이 무려 6,500조 원에 달해요. 직원 수가 3만 6천 명 정도 되고요. 그런데 세계에서 주식이 제일 많이 오르고 돈을 많이 버는 회사에 다니는 그 3만 6천 명의 직원은 모두 행복할까요? 아마 다 그렇지는 않을 겁니다. 그들에게도 각자의 오르막과 내리막이 있고, 남모를 어려움이 있을 거예요. 결국 중요한 건 외부 조건이 아니라 나 자신입니다. 그래서 힘든 시기를 겪는 분들에게 제 경험을 토대로 세 가지 말씀을 드리고 싶어요.

첫째, 목표를 선명하게 세우세요. 흔히들 목표라고 하면 돈을 많이 버는 것, 출세하는 것, 이름을 알리는 것을 꼽는데, 사실 그것들은 목표에 이르기 위한 도구일 뿐이에요. 도구와 목적을 혼동하지 말고, 내가 진정으로 바라는 삶의 목표를 아주 선명하게 정립해야 해요.

둘째, 목표에 대한 확신을 가지세요. 앞서 언급했던 단순한 믿음이 아니라 흔들리지 않는 확신, '신념'이 필요합니다. 살다 보면 목표가 흔들릴 때가 반드시 와요. 그때 나를 지탱해 주는 힘은 바로 내 길에 대한 단단한 확신에서 나옵니다.

마지막으로, 용기를 잃지 마세요. 살다 보면 누구나 넘어지고, 자빠지고, 벙커에 빠지기도 합니다. 곁에 있는 동반자의 도움도 중요하겠지만, 결국 다시 일어서는 건 본인의 몫이죠. 4·19 혁명 당시 서울대 문리대 선언문 중에 다음과 같은 구절이 있어요. "자유의 비밀은 용기일 뿐이다." 여러분도 진정 자유로워지고 싶다면, 용기를 내세요.

작가 홈페이지

길 위에서 길을 묻다

삶, 그 신비한 여정이 답하는 인생의 지혜

발행일 2026년 1월 30일

지은이 송영국
펴낸이 마형민
기획 페스트북 편집부
편집 곽하늘 강채영 김예은
디자인 김안석 표진아
펴낸곳 주식회사 페스트북
주소 경기도 안양시 동안구 관악대로 488
홈페이지 festbook.co.kr

© 송영국 2026

ISBN 979-11-6929-974-9 03810
값 18,000원